Nikos Themelis
JENSEITS VON EPIRUS

Nikos Themelis

JENSEITS VON EPIRUS

Roman

Aus dem Neugriechischen
von Norbert Hauser

Piper
München Zürich

Die Originalausgabe erschien 1998
unter dem Titel »Anasitissi« im Kedros-Verlag, Athen.
Die Übersetzung wurde vom Hellenischen Kulturministerium,
Athen, gefördert.

ISBN 3-492-04282-1
© 1998 by Nikos Themelis
Deutsche Ausgabe:
© Piper Verlag GmbH, München 2001
Vorsatzkarte: Jutta Winter
Satz: Uwe Steffen, München
Druck und Bindung: Friedrich Pustet, Regensburg
Printed in Germany

Meinen Heldinnen

Die Erzählung von Nikolas

SCHON ZU BEGINN DER ACHTZIGER JAHRE ging es mit den Geschäften meines Vaters aufwärts. Früher war er Iltizamci, Steuerpächter – ich war da noch klein und kann mich nicht erinnern –, doch rasch kehrte er zum Handel zurück; er wollte sich nicht schämen, so sagte meine Mutter, mochte es auch eine würdige und einträgliche Stellung sein, nach der so viele im geheimen oder ganz offenkundig in Ioannina strebten, auch wegen der Beziehungen mit der Pforte. Er streckte seine Fühler in Ioannina aus, begann eine Handelspartnerschaft mit einem Freund aus Siatista, um die andern einzuholen, und sie fingen an, gemeinsam und auch getrennt sämtliche Verwaltungsbezirke in Epirus und in Makedonien bis zur Donau abzugrasen. Zudem hatte er eine gute Beziehung zu einem gewissen Petros, einem Händler aus dem nahen Koukouli, aber auch mit den Karawanen, die von Dovra aus aufbrachen. Zwei-, dreimal gelangten sie bis nach Bukarest, Brăila und Odessa und schlossen dort ein paar Verträge ab, obwohl niemals vorher etwas gegangen war, da waren plötzlich Grenzen gewesen, und alles war so schwierig geworden. Handelsbeziehungen hatten sie auch mit Saloniki. Doch dort hatten vor allem Juden die Schlüsselstellungen inne. So wandten sie sich nach Norden, ohne aber ihre Beziehungen zu gefährden oder gar unglücklich zu sein, und fanden einen dritten Kompagnon, der eine Handelsagentur im Gebiet der Walachen hatte. Sehr schnell machten sie sich in Sagoria und in Siatista einen Namen und schufen sich eine feste Lebensgrundlage, während andere, die an den alten Gewohnheiten hingen, verkümmerten und ein Vermögen an Land und Vieh verloren. Besonders als die Privilegien aufgehoben wurden, kamen bittere Zeiten für Sagoria.

Mein Vater und sein Freund und Kompagnon hatten es sich angewöhnt, niemals gemeinsam zu reisen. Ihre Beziehung, erbaut auf Vertrauen, war so stark, daß der eine des andern Worten und Rechnungen uneingeschränkt Glauben schenkte. So ging einmal der eine weg, dann der andere, manchmal wiederum machten sie für die Rückreise irgendwo einen Treffpunkt aus, ein jeder war dem andern zum Wohle der Partnerschaft und der Bedürfnisse seines guten Freundes behilflich. Jede Reise dauerte viele Monate. Hatte mein Vater fremdes Geld bei sich, so kannte niemand seine Reiseroute. Die Karawanen verloren ihn plötzlich und fanden ihn genauso plötzlich Wochen später wieder. Alle wußten, keiner fragte.

Für die Felder, es waren nicht gerade viele, und sie waren auch nicht besonders einträglich, hatte mein Vater seit vielen Jahren einen Mann seines Vertrauens. Romos hieß er – keiner wußte, wie er aus den walachischen Dörfern zu uns gekommen war. Er besorgte die wenigen Tiere, die wir für unsere Bedürfnisse hielten. Den jungen weißen Käse, der übrigblieb, verkauften wir. Aber wir erwarteten nicht, von den Erträgen leben zu können. Die es taten, gingen über kurz oder lang an den Schulden und den schlechten Einkünften zugrunde, und sie zogen völlig enttäuscht für immer weg. Der Zinswucher hatte, nebst unserem Dorf, Tsepelobon, Kapessovo und Koukouli ruiniert, während die Klöster, die Notabeln und gewisse Ortsvorsteher im

Laufe der Zeit ihren Besitz an Land und Vieh vermehrt hatten. Andere wiederum, und es waren viele, hatten ständig Meinungsverschiedenheiten untereinander über ihren Besitz, über Weiden und Pachtzinsen, über Abgaben und Mitgiften, über die gute oder schlechte Verwendung von wohltätigen Spenden und Erbschaften. Oftmals spaltete der Zwist ganze Dörfer und Familien, mochten andere auch beispielhaft zeigen, daß es möglich war, zuträgliche und gerechte Lösungen für alle zu finden. Was man auch besaß, ein Mißgeschick genügte, daß man in Schwierigkeiten geriet und unterging, trotz der Dekrete, der vielfältigsten türkischen Vorschriften und der uralten Sitten und Bräuche, die alles regelten. Dann waren da auch die Räuber, sie verheerten die Gegend und vertrieben viele, viele Menschen aus unseren Ortschaften. Gegen all dies war Romos, ein alter Weinbergwächter, eine gewisse Garantie; das wenige, was wir hatten, war geschützt, viel riskierten wir nicht mit dem Land. Er war immer auf der Hut, denn der Vater hatte ja sein ganzes Augenmerk dem Handel zugewandt. Er sprach Griechisch und Walachisch, und wenn der Vater auf Reisen war, so kam er zu uns, wegen der größeren Sicherheit. Er hatte sich in den Lagerräumen eingerichtet, ganz nach seinem Gutdünken, ins Haus kam er nur – das war sein eigener Entschluß –, wenn auch der Vater da war, obwohl wir alle ihn immer wieder ermunterten. So brachten wir ihm jeden Abend seine Mahlzeit, damit er wie wir essen konnte, und wenn die Großmutter eine Pastete buk, so legte sie ihm immer zwei, drei Stücke beiseite. Er selber suchte für den Vater den besten Wein von ganz Sagoria aus.

Das Familienleben in Sagoria verlief ruhig, wie es sich gehörte, schön nach der Regel – entweder war der Vater bei uns, oder er war weit weg und in Geschäften unterwegs. Seine Anwesenheit veränderte jeweils den Lebensrhythmus aller. War er weg, so verging die Zeit nicht, war er bei uns, verflog sie um so schneller. Die Anweisungen waren niemals Befehle, die Wünsche niemals Aufträge, immer »wir wollen gehen« oder »wir wollen machen«, »wir wollen dafür sorgen«, alles ging alle an. Unser Leben war bestimmt vom Zyklus der Erwartung seiner Heimkehr und dem Zyklus der Vorbereitungen für seinen neuerlichen Aufbruch. Der heilige Dimitris und der heilige Georgios gemahnten alle sechs Monate an das Fließen der Zeit. Mit ihnen entwarfen wir Pläne, setzten wir Fristen, begannen und beendeten wir Pflichten.

Meine Mama, Evdokia, nannte ich Mutter, so hatte man es uns beigebracht. Sie stammte aus einer wohlhabenden Familie aus der Gegend und war in ständiger Sorge um uns und vor allem um unseren Namen in Sagoria. Es gefiel ihr, vorbildliche Gattin einerseits, Mutter andererseits, drittens wohlanständige Frau zu sein. Ihr Stolz nährte sie. Ich war der Älteste und ihr Liebling, aber auch der Liebling des Vaters. Vielleicht weil ich der Erstgeborene, vielleicht auch weil ich ein Sohn war. In unserem Haus jedoch waren die weiblichen Wesen in der Überzahl, denn da waren noch meine Schwestern, Eleonora, Theodora und Kassiani. Hatte ich etwas Wichtiges zu sagen, vertraute ich es Eleonora an, der ältesten; die beiden andern waren mir nur lästig, sei es, weil ich mich ihnen widmen mußte, sei es, weil sie meine Hilfe brauchten, sie stahlen mir das bißchen Zeit, das ich zu meiner Verfügung hatte. Jahre später erst begriff ich, daß mich mit Eleonora etwas viel Stärkeres verband als das Blut. Wir verstanden uns, was auch geschah, der eine schlug sich auf die Seite des andern, wir spürten, daß da ein leiser Wind zwischen uns wehte, voller Zärtlichkeit, Ideen, Geheimnisse und heimlicher Sorge. Kann sein, daß ich sie auch viel mehr liebte als die Mutter, nur hatte ich es damals noch nicht begriffen.

Wenn wir Teig machten oder große Wäsche hatten, kam aus dem Dorf eine ledige ältere Frau, sie hieß Elli und half, das heißt, sie machte alles, und die Großmutter führte die Aufsicht. Ich erinnere mich dunkel, daß Elli sich immer etwas sonderbar benahm. Ließ man sie, so zerkrümelte sie ihr Stück Brot auf dem Tisch und aß es hernach, indem sie die Brosamen zusammenwischte und mit den Fingern aufpickte. Ein ums andere Mal brachten wir sie zum Popen, und der las ihr die Leviten. Eines Tages gab es im Haus einen riesigen Krach, wir schickten sie weg, und ihre Stelle nahm ein Waisenmädchen ein, das uns der Pope empfohlen hatte. Sie hieß Chariklia. Viel später erst erfuhr ich, daß man Elli in der Waschküche erwischt hatte. Sie saß da, mich auf dem Schoß – sechs, sieben Jahre alt mochte ich gewesen sein –, sie hatte die Bluse über den Brüsten offen, und wir spielten. Ich jedenfalls erinnere mich an nichts Derartiges, obwohl ich mich an manches erinnere, als wäre es erst gestern gewesen.

Bei uns lebte auch die Großmutter, die Mutter meiner Mutter. Die Onkel, die Nichten und Neffen meiner Mutter lebten verstreut in Ioannina und Sagoria.

Von Vaters Seite niemand. Merkwürdig, aber niemand. Die Namen meiner drei Schwestern jedoch stammten aus der Familie meines Vaters, was ihm die Großmutter nie verziehen hat. Der Vater hatte darauf bestanden, und natürlich war auch mein eigener Name der seines Vaters, Nikos, der früh gestorben ist, ich habe ihn nie kennengelernt, wie auch die andere Großmutter früh gegangen ist, Eleonora, die Mutter meines Vaters. Diese, sagt Mutter, habe kurz nach Großpapas Tod wieder geheiratet und sei in ihr Heimatdorf zurückgegangen. Die Familie meines Vaters existierte nur in kurzen Bemerkungen und Nachrichten, die, kaum hatte man sie vernommen, bereits wieder vergessen waren. Es paßte meinem Vater nicht, wenn wir über seine

Familie sprechen und mehr erfahren wollten als nur das aus den seltenen Nachrichten.

Er war ein offenherziger Mann, großzügig, er hatte nie etwas Böses im Sinn; als nehme er Nebensächlichkeiten gar nicht wahr. Er zeigte Verständnis und stand immer über den Dingen. Er hatte eine große Schwäche für seine wenigen Bücher, von denen zwei sogar fremdsprachig waren, eines auf französisch und eines auf deutsch geschrieben, obwohl keiner von uns Deutsch oder Französisch verstand, nicht einmal er selber. Die andern, die ganz zerlesen waren, fanden wir einmal auf dieser, dann auf jener Seite aufgeschlagen und mit vielen Randnotizen versehen, auf den Seiten lagen abgeschnittene Blätter vom Zitronenbaum, der genau unter seinem Fenster wuchs. Beeindruckt haben mich zwei: »Christoforos oder Der Schiffbruch und die Rettung« von einem gewissen Melas und die »Zusammenfassung der heiligen Geschichte« von Korais, offenbar sein Lieblingsbuch, denn er erwähnte es oft. Wir haben nie gesehen, wie er las. Er hatte einen eigenen Tisch am Fenster, den niemand berührte, höchstens die Mutter, die ihn putzte und aufräumte, wenn Vater auf Reisen ging. Aus Triest hatte er ein dickes rotes Samttuch mitgebracht, mit dem er den Tisch bedeckte, und eine Petroleumlampe aus dunkelgrünem Porzellan, zu der die Mutter zweimal zu bemerken wagte, sie gehöre eigentlich in den Salon. Auf dem Tuch waren seine Bücher, ein dickes Geschäftsbuch, ein Tintenfaß und eine Feder aus Wien, Zündhölzer mit Zündschwamm und Tabak und eine kleine Schachtel mit Nelkenköpfen, die gut verschlossen war, damit der Geruch nicht verflog. Dazu kamen Schreib- und Briefpapier, Zigarettenpapier und ein Stück Siegellack. Unter dem Tisch stapelte er sämtliche Zeitungen, die er für aufbewahrenswert hielt. Das Geschäftsbuch schleppte er stets mit sich, die Bücher nie. Ein-, zweimal, als ich mitten in der Nacht aus Alpträumen schreckte und zum Zimmer meiner Eltern schlich, sah ich ihn über ein Buch gebeugt, fast drückte er seine Nase darauf und las mit leiser Stimme mit Pausen und Wiederholungen; von Zeit zu Zeit hob er den Blick ins Licht der Lampe, dann senkte er wieder den Kopf, tauchte ins Buch, versunkener noch als bei einer Andacht. In der Schule unseres Dorfes gab es, dank wohltätiger Spenden, eine große Bibliothek. Eine Zeitlang ging er häufig dorthin, dann wurden seine Besuche seltener. Ihm paßten die Lehrer nicht und was sie glaubten. In Baia war sein Freund, mit dem verstand er sich.

Er hatte keine Marotten, abgesehen von der Liebe zu seinen goldenen Uhren. Auf der einen stand »Breguet«, auf der andern »Elgin«. Die »Breguet« war ein Geschenk eines Freundes in Smyrna, Georgiadis, glaube ich, ebenfalls ein Händler. Die »Elgin« hatte er in Triest gekauft. Verlegte er die eine oder die andere, kehrten wir im Hause das Unterste zuoberst, bis wir sie fanden. Zum Glück fanden wir sie immer.

Er hatte auch eine Melodie, die er oft summte oder leise pfiff, und ich versuchte immer vergeblich, seine Stimmung zu ergründen.

Über seine Geschäfte redete er nicht viel. Viel mehr hörte er zu. Wollte wissen, was außerhalb Ioanninas und oben in Saloniki geschah, in Triest, im Gebiet der Walachen und im freien Griechenland. Ehrfürchtig bewahrte er mal die »Stimme von Epirus«, mal die »Heimat« aus Bukarest auf, je nachdem, was sie schrieben. Er hörte und behielt alles, was zum Gedeihen der Welt beitrug. Aus diesem Grunde interessierte er sich nicht besonders für das, was sich in Konstantinopel abspielte. Von dort erhoffte er sich nichts. Er erfuhr auch, daß Grenzen gezogen wurden oder daß man anderswo neue zu ziehen plante, und fragte sich, was für eine Welt sie da machten. Fragte ich ihn: »Aber wie geht es, wenn keine Grenzen da sind?«, antwortete er: »Es geht. Du wirst es irgendwann verstehen.«

Was ich sehr schnell verstand, war, daß der Vater – wie erfolgreich seine Reise auch gewesen war, wie viele Bestellungen sein Kompagnon auch aus Siatista brachte – nach dem ersten oder dem zweiten Tag wieder plötzlich weit weg war, wenn das Rufen und das Lachen im Hause sich legten und meine Mutter und meine Großmutter ihm erzählt hatten, was sich während seiner Abwesenheit alles zugetragen hatte. Er fragte nur, wie es mir in der Schule ging, offensichtlich war es das einzige, das ihn interessierte – nebst seinen Geschäften und Verpflichtungen. Nach und nach entfernte er sich vom Dorf, von den Gewohnheiten unseres Lebens, von der Mutter, von uns allen. Oft sah man ihn im Kloster von Rongovou allein im Hof sitzen und nachdenken. Es war, als löste er sich ganz langsam in Dunst auf, Tag um Tag, bis schließlich nur noch ein Geist da wäre; zu Pferd streifte er ziellos durchs Land und über die Hügel, er spiegelte uns vor, daß er auf die Jagd gehe, aber nicht ein einziges Mal brachte er Beute mit. Doch niemand urteilte über die Gewohnheiten des Herrn, niemand rührte an ihnen.

Als unser zweites Haus fertig war, ganz in der Nähe meines Geburtshauses, ein steinernes, riesiges, dreistöckiges Haus mit Bodenbrettern aus Eichenholz, die immer noch nach Baum dufteten, veranstaltete der Vater ein prächtiges Fest, bevor die Bauhandwerker weiterzogen. Er lud das ganze Dorf, lud auch seinen Kompagnon ein, lud vergessene oder verlorene Freunde aus den umliegenden Dörfern ein. Ich strahlte vor Freude, denn nun hatte ich mein eigenes Zimmer, getrennt von den Schwestern. Meine Mutter hatte es als erste gewünscht: »Nikos kann nicht mehr mit Eleonora im Zimmer schlafen«, und der Vater war sogleich einverstanden gewesen. Sobald sie es uns gesagt hatten, brachen wir beide in Freudenschreie aus. Jedoch, als wir am ersten Abend schlafen gehen sollten, standen wir einander gegenüber, nur einen Hauch entfernt, und sahen einander in die Augen, suchten dort in der Tiefe zu ergründen, was sich zwischen uns verändert hatte, daß wir nun getrennt schlafen mußten. Eleonora nahm meine Hände, wir schworen einander ewige Treue in allen Belangen, und doch entfernten wir uns seit jenem Tag voneinander, wir hörten auf, unsere Gedanken auszutauschen, einander unsere Geheimnisse zu verraten. Etwas viel Stärkeres als das Blut hatte uns vereint, und nun begann es, uns langsam zu trennen, es schlang das Band unserer Liebe zu einem riesigen Knoten.

Das Fest dauerte drei Tage, wir feierten, tranken, aßen, tanzten, wie auf einer Kirchweih. Niemand wußte, ob es ein Fest für das Haus oder für die Handwerker war, die für ihren nächsten Auftrag nach Mitilini ziehen würden. Der Meister war ein Mann, der sich auf alles bestens verstand, was seine Arbeit betraf. Er hatte sich bei allem durchgesetzt. Er hatte zwei, drei Wünsche meines Vaters berücksichtigt und ein Haus gebaut, wie er selber es gewollt hätte, als wäre es sein eigenes. Und das Schöne dabei war, daß mein Vater ihn dafür noch mehr bewunderte. Tatsächlich schlugen unsere Befürchtungen, kaum hatte er das Haus fertiggestellt, in Bewunderung um. Vergessen waren die Ängste meiner Mutter und die Reibereien mit allen, mit denen er zu tun gehabt hatte, damit am Schluß alles nach seinem Belieben ausgeführt werden konnte. Am dritten Tag, beim Abschied, gab ihnen der Vater den Rest ihres Lohns. Da bückte sich der Meister, zog den Meißel aus seinem Reisesack, hob die Hand und schleuderte ihn mit aller Kraft hin zur Schlucht, dabei sagte er: »Wo er auch hinfällt ... mit Freude bauen wir auch für Nikolas ein Haus.« Der Meißel flog weit, weit durch die Luft, denn dort, wo wir standen, fiel der Hang steil ab; wir konnten nicht erkennen, wo er auftraf. Ich fühlte mich wunderbar, stolz, atemlos rannte ich hinunter und suchte ihn, durchsuchte Zoll um Zoll. Am nächsten Tag ging ich wieder hin, ich kam bis ans Wasser, aber vergeblich, ich fand ihn nirgends.

Ein, zwei Wochen später zogen wir um, und bevor wir uns einigermaßen gemütlich eingerichtet hatten, begannen wir bereits mit den Vorbereitungen, um den Vater für eine Reise auszurüsten, die er seit langer Zeit geplant hatte und die ihn bis nach Konstantinopel führen sollte. Alles nahm von neuem seinen Lauf. Alle Gewohnheiten, Vorbereitungen, Aufträge, Notizen, Vieh, die Übereinkünfte mit seinem Kompagnon, die Bestellungen – ganz sicher Seidenfäden, Tuche und Garne, Wollgarne, Baumwollgarne, Leder, Papier, Zucker, Öl und Tabak, Schrot, Schießpulver und Fibeln. Man wußte nicht, was gehen und was kommen sollte. Das große Geschäftsbuch mit dem Ledereinband, getränkt vom Schweiß, Geruch und der Wärme seiner Hand. Eine verwickelte Darstellung, die Handelswaren, Transporte, Beförderungsmittel, Personen, Sachen und Namen bekannter und unbekannter Stationen verband. Die Satteltasche mit den Zehnern und den andern Münzen, voneinander getrennt, hier die türkischen, dort die englischen Pfunde, die Rubel im Geldgürtel. Die einen trug er am Leib, andere steckten in einem altbackenen Laib ganz unten im Sack von Lengo, seinem Pferd, andere wiederum in den Verstecken seiner Stiefel, die er zu diesem Zweck in Wien hatte anfertigen lassen.

Seine Lieblingsspeisen, köstlich zubereitet von meiner Mutter, für den ersten Tag der Reise. In einem Tontopf Quittenpaste und in einem andern Preßsack in Olivenöl. Die Seife aus Prevesa, ein kleiner Kamm für den Bart, getrocknete Nelken, eine Flasche Raki als Medizin und Chinin, mochte es auch überflüssig sein. Am Vorabend seiner Abreise warf er, immer noch der gleiche, einen letzten Blick auf sein geliebtes Gewehr, das er dennoch so selten benutzte. Er kümmerte sich selbst um alles Nötige, Schießpulver, Schrot, Zapfen, alles erste Qualität aus Triest, das Öl aus Wien. Im Lauf der Zeit ging er immer seltener auf die Jagd. Immer neue Gebote fielen ihm ein, was die Tiere betraf, die wir jagen durften oder nicht. Zuerst schloß er die Zugvögel aus, dann alle Vögel. Es ging weiter mit den kleinen Vierfüßern, dann den großen, die selten waren, und schließlich blieben auf der Liste nur Wölfe, Schakale, Füchse und Wildschweine übrig. Er hatte das Gewehr eher zur Sicherheit, zum Schutz gegen die Räuber, die das Land heimsuchten, als für die Jagd, eher als Zeichen seiner Macht, würde ich sagen, denn als Drohung. Das Wichtigste hob er bis zum Schluß auf, die Sorge für seine Stute Lengo. Er strich ihr über den Leib wie ein Arzt, der sich ihrer Gesundheit versichern wollte. Er musterte ihre Hufe, prüfte die Eisen, ihre und die aller Tiere des Trosses.

Er würde, wie immer, an Siatista vorbeikommen, würde sich mit seinem Freund und Kompagnon besprechen, auch dessen Bestellungen mitnehmen, und am Tage darauf frühmorgens nach Saloniki aufbrechen, danach ginge es weiter nach Konstantinopel. In einem Monat würde er zurückkehren. Die Mutter bat ihn niemals um etwas, denn wünschte sie sich eine Sache, so brachte er drei, und sie klagte über die Ausgabe. Er brachte trotzdem immer jedem etwas mit. Besonders Eleonora, Dinge für Frauen, als wolle er die Zeit antreiben, damit Eleonora schneller groß würde. Die Mutter war bekümmert, und es gab jedesmal Streit. Einzig die Großmutter bat ihn um Mastix aus Chios, nur ein klein wenig... Der Lehrer hatte einmal zu ihm gesagt: »Wenn du nach Konstantinopel gehst, dann schau, daß du für Nikolas ein französisches Buch findest, wir wollen mit Französisch anfangen, und findest du ein Buch von Jules

Verne, sei so gut und bring es uns.« Er hatte es ihm versprochen.

Es war an jenem Morgen wie jedesmal, wenn er aufbrach, beinahe der gleiche Ablauf. Zufällig hatte sich an jenem Morgen auch der Lehrer zum Abschied eingefunden, sein Freund aus Baia. Es kam mir merkwürdig vor, daß er im Morgengrauen in unserem Dorf auftauchte, ganz zufällig, doch wir maßen dem keine weitere Bedeutung bei. Die letzten Anweisungen für Romos, diesmal vielleicht mit einer gewissen Übertreibung. Dann, ohne Kuß, der große Sprung. Wenn er sich in einer einzigen Bewegung aufs Pferd schwang, war er wie ein Engel oder ein Dämon, der in seine eigene Welt ritt, und wir standen im Hoftor, verabschiedeten ihn und bewunderten ihn, wie er stolz und aufrecht auf Lengo saß, die Großmutter mit dem Räucherpfännchen, ohne besondere Rührung, wortlos. Wir wußten gut, dies ist das Leben, und dies ist das Rad, mit dem sich das unsrige dreht. Es blieb nur eine kleine Trauer, daß er schon wieder fortging. Allein, an jenem Morgen wandte sich der Vater um und sagte, es war das erste Mal, zu mir: »Paß auf sie auf«, dann war er verschwunden. Ich ging zusammen mit dem Lehrer hinunter nach Baia, zur Schule. Er redete zum erstenmal mit mir über meinen Vater und wie sehr er ihn schätze, über ihre gemeinsamen Träume, in denen sie auf den Spuren von Neofitos Doukas, Christodulos Klonaris und Georgios Jennadiou gewandelt waren und das Kloster des heiligen Joannis in Rongovou in eine Universität verwandeln wollten.

Am selben Abend, als ich mich aufs Bett legte, fand ich unter dem Kopfkissen, in ein schneeweißes Tüchlein gehüllt, eines seiner guten, die goldene Uhr, die »Elgin«. Freude erfüllte mich, aber gleichzeitig auch Furcht. Nachdem ich sie ausgiebig bestaunt und am Kopfkissen poliert hatte, damit sie glänzte, schlief ich ein, und ich hörte ihr

Ticken, zum erstenmal war es so nah, noch in meinem Traum. Ich fragte mich immer wieder: Warum schon jetzt und warum auf diese Weise?

Das Leben nahm wieder seinen gewohnten Gang. Ich ging jeden Tag mit meinem Maultier nach Baia zur Schule. Nicht daß ich größere Mühe gehabt hätte, aber, na ja, ich lernte das, was mir gefiel, vor allem Rechnen und Geographie, und ließ das, was mich nicht interessierte, beiseite. Obwohl wir eine eigene Schule hatten, mit einer großen, mit lateinischen Buchstaben beschriebenen Weltkugel für den Geographieunterricht, wollte Vater mich unbedingt nach Baia schicken. »Die Sosimea-Schule ist die berühmteste«, sagte er. Meine drei Schwestern gingen in die Mädchenschule im Ort. Wir hatten eine Mädchenschule und eine Schule aus dem Vermächtnis der Tsolakis, Gott sei ihr gnädig. Als das Geburtshaus meiner Großmutter einstürzte, das als Schulhaus bestimmt gewesen war, wurde es nicht wieder aufgebaut – man holte die Steine, um die Kirche zu restaurieren, die ebenfalls vom Einsturz bedroht war. Des weiteren hatten wir eine Apotheke, einen Arzt und einen Postboten. Damals zählten wir in unserem Dorf fast neunzig Familien. Sie waren, wie überall, ihren Mitteln entsprechend nach Klassen getrennt. Nahm man die Steuern, so gab es drei Klassen von Hausherren, betrachtete man die Höhe der Mitgiften, so gab es fünf. Und je nach seiner Klasse entrichtete man seine Abgaben.

Die Mutter begann wieder, über die Zeit zu verfügen, die Zeit blieb stehen, und ich hatte Vaters Uhr in meinem Versteck.

Die Hiobsbotschaft erreichte uns nach einigen Tagen. Ich brauchte Monate, um sie zu verarbeiten und einen Entschluß zu fassen. Es war November, und ich kam erst kurz vor Einbruch der Nacht aus der Schule heim. Im Dorf stieg ich vom Maultier ab, so wollte es der Vater, und ging zu

Fuß weiter, das Maultier zog ich hinter mir her, egal, wie das Wetter war. Unser Haus war ja nicht weit entfernt. Ich stapfte über das Straßenpflaster; es regnete leise, der Regen, so kam es mir vor, wollte nicht, daß man ihn hörte. Als ich vor unserem Haus um die letzte Ecke bog, sah ich ein Pferd, und vor ihm ging jemand auf müden Beinen. Er war durchnäßt von einem Regen, der ihn schon lange begleitete. Vor unserem Haus blieb er stehen und schlug den Klöppel. Ich näherte mich ihm nun mutiger – es war Vaters Kompagnon, Kir-Vangelis. Ich war verdutzt, beunruhigt, fragte ihn, wie es ihm gehe. Ich bat ihn hinein, aber ich wagte nicht, ihn noch mehr zu fragen. Wir traten in den Hof, die Tür ging auf, und meine Mutter kam, um uns zu begrüßen. Höflich, aber sehr beunruhigt führte sie ihn ins Haus, mir schenkte sie nicht die geringste Aufmerksamkeit. Sie fragte ihn, was vorgefallen sei, und ging mit ihm hinein. Die Tür fiel ins Schloß. Ich blieb unten und betrachtete die Tiere im Hof, die schutzlos dem Regen ausgeliefert waren. Ich zog sie am Zaumzeug unter das Vordach und sattelte die Maultiere ab. Da sah ich unter den gemusterten Decken des Herrn Vangelis einige Handelswaren meines Vaters, die er mitgenommen hatte. Ich rief nach Romos, doch der war nicht da. Als ich das Haus betrat, glaubte ich Mutter weinen zu hören. Das Ende eines Schluchzens, das einen Satz erstickte. Ich stieg zur Galerie hinauf und fand die Großmutter und Kir-Vangelis; sie waren in Schweigen versunken, meine Mutter war verweint, ganz sicher war sie verweint. Sie sahen einander in die Augen, um sich zu verständigen, um zu verstehen, sie sahen mich an, dann blickte jeder in eine andere Richtung, als suchten sie den Vater, am Fenster, an der Feuerstelle, an der Wand, an der Decke, doch er war nirgendwo.

Ich erinnere mich, ich brauchte viel, sehr viel Kraft, die ganze Kraft, die ich aufbringen konnte, um eine Frage zu stellen – ob mein Vater wohlauf sei. Und gleichzeitig gaben beide mir die beruhigende Antwort, er sei wohlauf, wie mir nur etwas so Schlimmes habe in den Sinn kommen können. Die Großmutter sagte nichts, sie erhob sich nur, mühsamer als sonst, schlang einen Schal, den sie selber gehäkelt hatte, um die Schultern und zog sich mit kleinen, langsamen Schritten in die Küche zurück. Als meine Schwestern kamen, zeugte nichts mehr von dem, was vorgefallen war, aber selbst ich hatte keine Ahnung. Lachend wünschten sie Herrn Vangelis einen guten Abend, ich, als hätte ich begriffen, ließ mich auf ihr Spiel ein und begann sie zu necken. Die Mutter deckte den Tisch, und gleich nach dem Essen schickte sie uns ins Bett. Zwei-, dreimal hörte ich, wie ihre Stimmen lauter wurden, wie sie ein Gespräch anfingen. Ich sprang aus dem Bett und lief zum Türspalt, um etwas zu erspähen und zu erlauschen. Jedesmal, wenn ich bei der Tür anlangte, war es still. Durch die Ritzen sah ich, wie sie einander schweigend anblickten. Die Mutter hielt einen Bogen Papier in den Händen, es schien ein Brief zu sein. Sie beugte sich vor und sagte etwas zu Kir-Vangelis; der streckte langsam die Hände aus, dann zog er aus seinem Hemd einen zweiten Bogen, wohl auch ein Brief. Mutter nahm ihn, faltete ihn auseinander und begann zu lesen. Und da sah ich, daß sie wirklich weinte. Kein Laut war zu hören. Die Tränen flossen. Dann nahm sie den andern Bogen, den andern Brief, öffnete ihn und legte die beiden nebeneinander. Sie preßte die Handflächen an die Wangen und blickte wie verloren die beiden Briefe an, dann die Augen von Kir-Vangelis, dann die Augen des Hauses, die beiden Fenster links von ihr. Ich zog mich zurück, voller Angst, daß ich noch mehr gesehen, die ganze Wahrheit vor mir gehabt hätte, eine Wahrheit, die ich vielleicht nicht hätte ertragen können. Und so, als ich mich jäh zurückzog, ritzte mir ein vorstehender, hinter der Tür verborgener Nagel die Hand der

Länge nach auf. Ich erinnere mich, die Wunde entzündete sich, sie plagte mich viele Wochen lang, und als ich nach Monaten von der Wahrheit überzeugt war, eiterte sie noch immer. Herr Vangelis brach am folgenden Tag in der Morgendämmerung auf – wie Menschen es tun, die sich schämen. Mutter schickte uns zur Schule, ohne etwas zu verraten, obwohl die schwarzen Augenringe von ihrem Kummer zeugten.

Seit jenem Tag blieb ich jeden Abend nach dem Essen am Tisch sitzen, bis meine Schwestern schlafen gingen. Ich machte meine Hausaufgaben, und ohne etwas zu fragen, sah ich meiner Mutter in die Augen, in der Erwartung, sie würde das Wort an mich richten, würde mir alles beichten. Bis sie dann sagte, als hätten wir uns schon stundenlang unterhalten: »Komm, es ist Zeit für dich, schlafen zu gehen.« Und ich ging wortlos zu Bett, mit dem Gefühl, wir hätten uns bereits so vieles gesagt. Mein neues Zimmer war noch leer, ich kannte die Maserung an den Holzbalken der Decke, die ich im Liegen sah, noch nicht. Mir gehörten nur mein Körper und meine Uhr, alles andere war eins mit der Dunkelheit. Ich wog die Uhr auf der Handfläche, drückte sie, wollte sie eher berühren als die Zeit fühlen. Die Zeit hat nicht Platz in einer Uhr, eine Uhr kann sie auch nicht messen. Eine Uhr hilft einfach dem Gedächtnis, sich durch die Zeit zu bewegen. Dies und noch viel mehr ging mir durch den Kopf. Nach und nach fiel ich in der Schule zurück. Eines Nachmittags kam sogar der Lehrer und fragte meine Mutter, was mit mir los sei, ich sei nicht mehr der gleiche Nikolas wie früher. Vielleicht war es wirklich so.

Ich kannte jedoch einen Teil des Geheimnisses, das meine Mutter nur für sich allein hütete. Ich kannte den notwendigen Teil, der das Geheimnis in eine Komplizenschaft verwandelte, auch wenn ich es selber noch nicht glaubte.

Komplizenschaft des Schweigens. Aber ich hatte noch mehr, ich besaß die Uhr, von der sie nichts wußte.

Einen Monat nach seiner Abreise sollte der Vater nach Hause zurückkehren. Aber er kam nicht. Es waren noch ein paar Tage bis zum Fest des heiligen Nikolaos. Auf jenen Tag setzten wir all unsere Hoffnungen, ohne daß einer von uns auch nur ein Wort sagte. Wir beschlossen zum erstenmal, nicht zur Kirchweih des heiligen Nikolaos nach Frangades zu gehen; wir bereiteten uns auf mein Namenstagsfest vor, und alle wußten wir, daß wir uns auf seine Rückkehr vorbereiteten, auf die Widerlegung der Hiobsbotschaft, wie diese auch gelautet hatte. Das Haus wurde geschmückt, am Vorabend wuschen wir uns gründlich, die Großmutter stand den ganzen Tag mit Chariklia in der Küche, sie bereiteten für mich zudem zwei Süßspeisen zu, eine sogar nach einem Rezept, das die Mutter aus der Fremde hatte und das nun Verwendung fand. Es war das einzige Mal, daß wir Romos überreden konnten, ins Haus zu kommen und sich zu uns an den Tisch zu setzen. Gegen Abend war der Klöppel an der Haustür zu hören. Der Vater schlug nie den Klöppel, er kam einfach herein. Ich sprang die Treppe hinunter, nahm zwei Stufen auf einmal, riß die Tür auf und sah den Lehrer vor mir. »Guten Abend und die besten Glückwünsche und viel Erfolg.« Ich brachte ihn hinauf, er wünschte allen viel Glück, wir bedankten uns und bewirteten ihn. Dann sagte er: »Das ist für dich, der Postbote in Ioannina hat es mir mitgegeben.« Es war ein kleines Paket, in dicken Stoff gewickelt und zweimal über Kreuz mit einer festen Schnur zugebunden. Und ich erkannte den Knoten, den ganz besonderen Knoten, den mein Vater schnürte, wenn er guter Laune war, und den er mit Lack versiegelte. Ich öffnete das Päckchen inmitten der Stille seiner Abwesenheit, inmitten des Schweigens, das alle Augen, die auf meinen Händen ruhten, geboten. Es war ein Buch in französischer Sprache, und es trug eine Widmung von der Hand meines Vaters: »Freu Dich an Deinem Festtag, lies und werd ein guter Mann. Es geht mir gut. Ich küsse Dich. Dein Vater.« Ich las die Widmung laut und sah, wie sich die Augen meiner Mutter mit Tränen füllten und wie Romos durchs Fenster in weite Fernen schaute. Um das Schweigen zu brechen, begann der Lehrer, auf französisch vorzulesen und den Wert des Buches zu preisen. »Weltenzyklopädie der Geschichte und Geographie«, Paris 1859.

Weitere zwei Wochen vergingen, es kam Weihnachten, aber der Vater erschien nicht. Auch nicht am Neujahrstag und nicht am 6. Januar an Epiphanias. Wir gingen ins Kloster des heiligen Joannis in Rongovou, um zu huldigen. Düstere Feiertage. Nach und nach traten alle in der Familie ein in die Komplizenschaft des Schweigens. Und je gebieterischer und bedrängender die Zeit wurde, die verging und eine Antwort auf die Frage »Wo ist der Vater?« erzwang, desto seltener und schwächer wurden die Fragen angedeutet: »Wann kommt der Vater?« Eines Tages stellte die Jüngste, Kassiani, der Großmutter klar und deutlich diese Frage. Die Großmutter gab keine Antwort, und die Mutter lenkte das Gespräch rasch auf ein anderes Thema. Ich hörte jedoch, wie die Großmutter, die sich über die Feuerstelle und die Holzscheite gebeugt hatte, sagte: »Ob er am Leben ist oder tot, seine Seele ist hier.« Ich glaube, das sagte sie, und ich glaube, sie meinte »in diesen glühenden Scheiten«.

Die Tage vergingen, wir lebten und aßen von dem, was wir hatten. Es fehlte uns an nichts. Romos arbeitete und half mit, wo er konnte, doch er traf keine Entscheidungen. »Morgen, wenn der Herr kommt«, erwiderte er bei allem, was ihm von Vaters Aufträgen entfallen war. Ich lebte in der Erwartung. Immer weniger in der Erwartung des Vaters, sondern der Nachricht – die die große Veränderung in unserem Leben erklären würde. Und diese Nachricht, die brachte weder Herr Vangelis noch der Postbote. Eleonora brachte sie eines Tages von der Schule nach Hause. Sie kam weinend heim, sagte zu unseren beiden Schwestern kein Wort. Die Großmutter häkelte, die Mutter kochte das Abendessen und deckte den Tisch. Eleonora kam herein, blieb mitten im Raum stehen und wartete, bis sie mit ihrem Schweigen die Aufmerksamkeit aller hatte. Ich spürte die Bedeutung jener sonderbaren Haltung, es war, wie wenn sie auf unnatürliche Weise die Antigone deklamierte, den Kopf leicht gehoben, den Blick auf die obere Zimmerecke gerichtet. Ich spürte, daß die Abenddämmerung, die matt und farblos hereinbrach, die Dämmerung meines Vaters war, die Dämmerung der Hoffnung, welche die Komplizenschaft des Schweigens für kurze Zeit weiteratmen ließ. Die Mutter wandte sich um, sah Eleonora da stehen wie in einer Aufführung der Mädchenschule, sie stockte, spürte, daß etwas nicht in Ordnung war, und fragte, was geschehen sei. Eleonora atmete tief ein, aber sie brachte keinen Laut heraus. Ich stand näher bei ihr und ermunterte sie, weil ich den Knoten lösen wollte: »Sag es, sag es schon.« Und da kam es heraus: »In der Schule sagen sie, daß Papa die Tochter von Kir-Vangelis entführt hat und mit ihr nach Rumänien geflohen ist.«

Keiner sagte ein Wort. Geht es ihm wohl gut?, fragte ich mich als erstes, dann rief die Mutter: »Hört nicht auf die, sie wissen nicht, was sie sagen. Der Vater wird zurückkommen.« Meine Schwestern sahen mich an, dann die Großmutter, sie suchten auf unseren Gesichtern jene Anzeichen, die ihnen sagten, was sie nun glauben sollten. Es ist wahr, daß aus unseren Dörfern immer wieder Männer weggingen in die Länder an der Donau, wie die sechs Söhne von Kostas Petrou aus unserem Dorf, die ins Gebiet der Walachen gingen. Oder wie die Karastathis vor ihnen; noch immer sprachen wir von ihnen und von ihrem Erfolg. Andere wiederum gingen nach Rußland, nach Konstantinopel, Smyrna und weiter nach Süden, bis nach Kairo und Alexandria, ganz zu schweigen von denen, die nach Ioannina und ins freie Griechenland gezogen waren. Alle waren auf der Suche nach einem besseren Schicksal als Händler oder Grundbesitzer, Lehrer oder Ärzte, als Übersetzer oder als Einzieher der Pacht für die Schafweiden. Sollte der Vater ohne ein Wort so plötzlich in die Fremde gegangen sein? Waren wir denn in Not, hatten wir Schulden? War er weggegangen ohne die Erlaubnis des Vekil, des Dorfvorstehers, er, der die Verordnungen achtete und einhielt, die Gepflogenheiten und die Steuerpflichten und als erster zahlte, was man ihm auferlegte? Und dann noch mit der Tochter von Kir-Vangelis?

Ich fühlte mich mit einemmal größer, wie jemand, der Verantwortung dafür trug, eine Welt zusammenzuhalten, die kurz vor dem Einsturz stand. Ich wollte in mir jenen Augenblick und seine Bilder bewahren, diesen offiziellen Übergang in eine Welt ohne den Vater, auch wenn ich es selbst noch nicht glauben konnte. Ich betrachtete die Personen und die Dinge im Raum, die Nacht, die die Dämmerung verscheucht hatte, das Licht, das von der schneeweißen Porzellanlampe an der Decke ausging, ich atmete tief ein und sagte laut: »Ich habe Hunger.« Dann setzte ich mich an den Tisch und rief die Frauen des Hauses zu Tisch. Ich war sechzehn Jahre alt. Anfang 1886.

Drei aufeinanderfolgende Vorfälle machten das Gerücht zur Gewißheit. Der erste trug sich am Tag der Drei Kirchenväter zu. Die Schule war früh aus gewesen, ich trödelte herum und schlenderte mit meinem einzigen Freund, Aristotelis, dessen Vater sich geschäftehalber ständig in Karditsa aufhielt, durch einen sonnigen Vormittag; wir trugen beide unsere Sonntagskleider. Überall blieben wir stehen. Wir kamen auch zum Haus von Kir-Michalis, dem Tischler. Während wir ein frisch gehobeltes Stück Holz für das

Templon der Kirche bestaunten, hörte ich ihn fragen: »He, Nikolas, wie geht es deinem Vater?« Die Antwort kam aus dem Hintergrund, von seiner Frau: »Laß den armen Jungen in Ruhe. Gott wird den Verruchten richten.« Der Tischler sagte nichts. Er holte eine Handvoll Walnüsse und brachte sie mir. Ich schnellte zurück, verschränkte die Arme hinter meinem Rücken, dann machte ich kehrt und ging wortlos weg. Ich der »arme Junge«, mein Vater der »Verruchte«. Was war schlimmer? Und wenn Gott der Richter für letzteres ist, wer ist es dann für das erstere? Diese Wörter begannen mich zu verfolgen und zu verletzen.

Der zweite und der dritte Vorfall trugen sich kurze Zeit später rasch nacheinander zu, als der Mutter plötzlich einfiel, daß sie in Siatista eine entfernte Cousine hatte, Tante Maria. Ob's die Wahrheit war? Sie müsse sie jedenfalls besuchen. Die Mutter ging hin und wieder nach Ioannina hinunter oder nach Baia. Nirgendwohin sonst. Die andern kamen stets zu uns. Sie benachrichtigte den Lehrer und nahm mich mit. Entfernung und Räuber kümmerten uns nicht; wir holten die Maultiere, beluden sie mit Körben voller Käse, frischem Ziegenquark, Honig und gepökeltem Fleisch. Tief in der Nacht brachen wir auf und kamen nach zwei Tagen auf der Straße und auf Pfaden, die nur Romos kannte, in Siatista an.

Man hieß uns voller Überraschung und tief gerührt willkommen. Schnell aber spürte ich, daß sich hinter den Worten der Erwachsenen andere Worte verbargen, hinter den Liebenswürdigkeiten lief ein Geflüster. Meine Mutter und die Hausherrin hatten ständig etwas im geheimen zu bereden, mal fragte die eine, und die andere gab Antwort, dann wieder umgekehrt. Die wenigen Male, die ich mich mit »Kira-Maria, Frau Maria« an die Hausherrin wandte, scherten sie sich nicht darum und wiesen mich auch nicht zurecht. Nicht einmal hieß es: »Aber das ist deine Tante, das ist nicht Kira-Maria.« Am Abend kam der Mann von Kira-Maria, wir setzten uns zu Tisch, aßen ein karges Mahl, aber voller menschlicher Wärme, beinahe schon Zärtlichkeit. Es fingen die Fragen an, die stets gestellt werden, wenn Leute sich zum erstenmal treffen. Wie geht's den Kindern? Das Wetter? Die Ernte? Dann weitere Fragen, genauere. Dann die spontanen. Als hätten die Leute nicht den ganzen Tag zusammengesessen, als sähen sie einander zum erstenmal. Über den Vater keine Silbe. Und dann wandte sich die Mutter um und sagte zu mir: »Los, es ist Zeit, schlafen zu gehen.« Und mir rutschte hinaus: »Ich bin nicht müde.« Lächelnd nahm Kira-Marias Mann, ich erinnere mich nicht einmal mehr an seinen Namen, eine Flasche aus dem Regal und schenkte eine durchsichtige Flüssigkeit ein, wie Raki; es sei kein Raki, sagte er, aber es war doch Raki. »Trink das, wie ein Mann, ex und hopp«, forderte er mich auf, »und schlaf gut.« Ich gehorchte. Ich trank; es brannte. Dann ging ich schnurstracks ins Bett. Aber in den Stunden der großen Stille war ein endloses leises Gespräch im Gange, das die Nacht aufweckte. Ich schlief tief bis zum Morgen, ohne Träume, Gedanken, ohne Fragen.

Am nächsten Tag erwachte ich früh, als hätte mich die ganze Nacht über etwas geplagt und gemahnt, rasch dieses Haus zu verlassen und zu Kir-Vangelis zu gehen. Ich verließ das Haus, vielleicht waren noch nicht einmal alle wach, und suchte voller Bangen nach seiner Haustür, voller Bangen, ob ich ihn treffen würde oder ob er sich auf Reisen befände. Kir-Vangelis war nicht da, seine Frau und seine jüngere Tochter hüteten das Haus. Die ältere war nicht da.

Kir-Vangelis' Frau hatte große Wäsche, und die schneeweißen Leintücher flatterten an Leinen, die vom einen Ende des Hofes zum andern gespannt waren. Während ich mit ausgestreckten Armen zwischen ihnen hindurchglitt, fühlte ich, daß ich mich langsam der Wahrheit näherte. Zwischen den weißen Laken spürte ich, daß sich mir die Wahrheit immer klarer offenbaren würde. Ich spürte, daß ich mich etwas näherte, das sich hinter dem Weiß ganz deutlich vor meinen Augen ausbreiten würde. Ich strich mit der Handfläche über die Laken, die sich im Wind bauschten und mich einhüllten, ich ließ sie auf mein Gesicht fallen, auf meine Ohren klatschen, sich unter meinen Händen wölben, über meine Schultern streichen, mich zurückdrängen, so daß ich mich vom einen zum andern vorarbeiten mußte.

Unversehens stieß ich auf Avji. Sie bekam einen Schreck, als sie mich sah, und rannte weg. Schnell sprang sie die Treppe hinauf, als hätte sie den gesehen, den sie nicht sehen durfte, als wäre der gekommen, der nicht kommen durfte, als könnte sie dem Treffen ausweichen, das unausweichlich war.

Da erschien die Vangelena auf der sonnigen Seite des Hofes. Sie legte eine Hand aufs Kreuz und drückte den Rükken durch, die andere hielt sie schützend über die Augen, um den Besucher zu erkennen. Sie sah mich einen Augenblick an, zögerte und stieg dann mit einem breiten Lächeln die Stufen hinab. Sie legte den Arm um mich und sagte: »Mein Junge, wie bist du gewachsen. Ein richtiger junger Mann. Komm, setz dich hier hin.« Sie nahm einen Stuhl, und wir setzten uns dicht nebeneinander. »Avji, bring Sauerkirschen in Sirup«, rief sie. »Das ist doch nicht nötig«, wandte ich ein. »Einen randvollen Teller«, rief sie wieder und fragte mich dann, wie es mich zu ihnen verschlagen habe. Ich antwortete, wir seien hergekommen, um unsere Tante zu besuchen. Sie wußte nicht, daß sie eine Tante von uns war. So viele Jahre kannte sie uns, genauso viele die Kira-Maria, zwei Häuser neben dem ihren, doch daß Kira-Maria eine Tante sein sollte, kam auch ihr sonderbar vor. Dann sagte sie: »Wenn du deine Süßigkeit gegessen hast, spring hinüber und hol deine Mutter rüber. Wir trinken

Kaffee, und ihr bleibt bei uns.« Aber im selben Augenblick schien sie es schon zu bereuen, ein schmerzlicher Gedanke schien ihr zu kommen. »Nein, laß es besser, iß deine Süßigkeit, und ich begleite dich zu Kira-Maria.«

Als ich meine Sauerkirschen aß, bemerkte ich, daß Avji gekommen war und sich neben ihre Mutter gesetzt hatte. Sie musterte mich verstohlen, belauerte mich, verborgen an der Seite der Mutter. Sie war zwei Jahre jünger als ich, doch sie sah älter aus. Schon als kleine Kinder spielten wir gemeinsam, stritten uns aber auch häufig wegen dummer Kleinigkeiten. Ich gab stets nach. Ich hatte den Blick auf ihre nackten Arme gerichtet, auf den blonden Flaum auf ihrer Weizenhaut, die in der Sonne leuchtete. Ein-, zweimal erhaschte ich einen Blick auf ihren nackten Knöchel. Zum erstenmal hatten die Sauerkirschen keinen Geschmack. »Ich ziehe nur schnell die Schürze aus und komme gleich wieder«, sagte die Vangelena und ging ins Haus, während sie das Kopftuch über die Haare zog und die Schürze in die Ecke warf. Zwischen dem Augenblick, in dem sie hineinging, und dem, in dem sie wieder erschien, gelang es Avji, mir einen Satz hinzuschleudern – sie hatte wohl die ganze Zeit auf den günstigen Zeitpunkt gewartet. Und dieser Satz galt für immer: »Mich wirst du nicht mitnehmen.« Die Wahrheit verborgen in der Ablehnung.

Ich tat so, als hörte ich es nicht, stand auf und beugte mich über den Ziehbrunnen, blickte hinunter ins schwarze Loch, als schätzte ich die Tiefe, als mäße ich die Anziehungskraft. Ich sah meinen Schatten, der sich in der Tiefe spiegelte. Ich stützte mich mit den Händen auf und beugte mich vor, steckte den Kopf ins Maul des Brunnens, unbeweglich, ließ Gedanken und Ideen durcheinanderwirbeln. Sogar Newton kam mir in den Sinn. »Gehen wir«, hörte ich von oben die Stimme der Vangelena, die zur Tür ging. Als ich mich ihr von hinten näherte, sagte sie: »Auch du bist ein richtiger junger Mann geworden.« Wir traten über die Schwelle, und mit schnellen Schritten, als verfolge man uns, gelangten wir zu Kira-Marias Haus.

Dort trug sich der dritte Vorfall zu. Ohne anzuklopfen, stieß Kira-Vangelena die Tür auf; wir traten ein und trafen auf meine Mutter, die aus der inneren Tür kam. Die beiden Frauen blieben verlegen stehen, dann breitete Kira-Vangelena in ihrer angeborenen Spontaneität die mächtigen Arme aus und legte sie um meine Mutter. Ein »liebe Evdokia« war zu hören, von einem Schluchzen entstellt. Doch meine Mutter erwiderte die Begrüßung nicht; die Vangelena schien an etwas schuld zu sein, was nur sie und der liebe Gott wußten. Sich wiegend verharrten sie in der Umarmung, es war, als wöge eine jede den Schmerz der andern und die eigene Verantwortung.

Wir holten Stühle heraus, stellten sie im Halbkreis in der Sonne auf und setzten uns mitten in den Hof, unterhielten uns verlegen, griffen mal dieses, mal jenes Thema auf. Ich gab einsilbige Antworten, war mit den Gedanken anderswo, und Kira-Maria nahm es auf sich, all die Bitterkeit, den Druck, die Anspannung und das Schweigen, das den Hof tränkte, einzuschlürfen, einzuatmen. Ein Glück, daß sie da war.

Der Satz von Avji quälte mich immer noch, und niedergeschlagen, wie ich war, stand ich auf und lehnte mich mit dem Rücken an die grobe Steinwand, eine riesige schneeweiße Pferchmauer. Ich spürte, wie der Kalk feucht auf mir klebte. Ich verlor mich in meinen Gedanken. Da hörte ich plötzlich, wie die Vangelena die Stimme hob und sagte: »Meine liebe Evdokia, Vangelis weiß genug, um sagen zu können... sie werden nicht mehr zurückkommen.« Ich wandte meinen Blick zur Sonne und starrte sie an. Als ginge mich das, was gesagt worden war, nichts an. Ich wollte meine Widerstandskraft messen, indem ich bereits geblendet mit weit offenen Augen in die Sonne sah. Wollte spüren, wie sie in mich drang und sich tief in mich hineingrub, meine Pupille war wie ein Brunnen. Ich wollte ihren kreisrunden Abdruck im Zentrum meiner Augen. Als ich den Blick senkte, sah ich fast nichts mehr. Ein großer Kreis in jedem Auge, bar jeden Bildes. Und in meiner Erinnerung der letzte Satz des Vaters, bevor er hinter der Wegbiegung verschwand: »Paß auf sie auf.«

Da fielen gleichzeitig alle Warum zusammen. Das Warum der Tat, das Warum mit der Tochter seines besten Freundes, das Warum gerade zu einer Zeit, wo es uns allen so gutging, aber auch das persönliche schmerzhafte Warum, das Warum hat er mir nichts gesagt, das Warum haben meine Mutter und Kir-Vangelis und nicht ich die letzte Nachricht erhalten, das Warum habe nicht auch ich ein Stück Papier und einen Anteil an der Nachricht ... Ich wußte keine Antwort. Und danach das »Warum aller Warum«. So hatte er es mich gelehrt. »Nach jedem Warum mußt du das Warum aller Warum suchen. Dort findest du immer mehr als die halbe Antwort und vielleicht die ganze Wahrheit.« Er bestand darauf wie ein Lehrer, bei jedem möglichen Anlaß kam er auf diese Worte zurück. Er hielt es für äußerst wichtig, daß wir, wenn etwas Schwieriges auf uns zukam, nicht bedenkenlos nach einfachen Antworten suchten, die eine provisorische Erklärung geben, die Dinge verschleiern und mit Leichtigkeit die Schuld andern zuschieben, nie aber uns selber. Wir müßten sorgfältig auf die Erklärungen achten, die die Vorlieben des Herzens schürten, die Welt, die Menschen und die Taten in Schwarz und Weiß teilten, die eher dazu beitrügen, Beruhigung zu verschaffen, als die Wahrheit zu erhellen. Und zudem könne hinter jeder Erklärung, die auf ein Warum folge und die genaue Ursache zu erhellen scheine, ein weiteres Warum stecken. Und dieses zweite Warum führe zum tatsächlichen Grund, der die Wahrheit ausmache. »Es ist von Bedeutung, von großer Bedeutung, daß du die Menschen und ihre Taten richtig beurteilst, daß du die tatsächliche Erklärung, den tieferen Grund stets kennst oder zumindest nach ihm suchst.« Die Knie gaben nach, ich gab nach und mit mir die Mauer des Pferchs. Stunden später gelang es mir – ich klammerte mich fest an die Widmung im Buch –, zu sagen: »Und dennoch, ich habe die letzte Nachricht von ihm erhalten, es geht ihm gut, er fordert von mir, daß ich ein Mann werde«, und tief einzuatmen. Aber das »Warum aller Warum« blieb ohne Antwort. Meine Gedanken taumelten durcheinander, mein Verstand hielt sich fest an der einzigen Hoffnung, die er für richtig befand und die ihm die Antwort geben konnte: an seinen geliebten Büchern.

An jenem Abend blieben wir in Kira-Marias Haus. Ich war sicher gewesen, daß wir zu Kira-Vangelena gehen würden. Doch wir gingen nicht. Dafür besuchte uns spätabends Kir-Vangelis nach seiner Rückkehr von den Geschäften. Es war offensichtlich, daß sie uns sehen, uns umsorgen wollten, doch in ihrem Haus sollten wir nicht auftauchen, sie wollten keine bösen Blicke, Bemerkungen und kein Gerede. Er brachte uns zwei Säcke mit den verschiedensten Sachen, nahm dann meine Mutter beiseite und sagte leise ein paar Worte zu ihr. Ein paarmal fiel das Wort Schande, es verband sie, war nicht nur eine Anklage. Er überredete sie, die Dinge anzunehmen, wie sie waren, dann rief er mich zu sich: »Nikolas, das gehört deinem Vater, also dir.« Er gab mir einen ledernen Quersack, lang und schmal, zugenäht und verschnürt und außerordentlich schwer. Ich nahm ihn wortlos entgegen, ohne Fragen und ohne ihn aus Stolz abzulehnen; er gehörte ja meinem Vater. Ich fühlte, daß ich an der Reihe war, mich als Mann zu erweisen, mich zu beherrschen und zu versuchen, über den Dingen zu stehen, wie es wohl auch mein Vater an meiner Stelle getan hätte.

Ich nahm all meinen Mut zusammen und sagte mit Überzeugung: »Eleni wird es gutgehen mit ihm.« Kir-Vangelis
blickte mich unverwandt an. Dann bewegte er den Kopf, als
sagte er gleichzeitig ja und nein. Mein Vater war damals um
die Vierzig. Und Eleni…?

Am folgenden Tag machten wir uns frühmorgens auf
den Weg – eine Reise von zwei Tagen, es kam mir unendlich vor. Das Pindosgebirge noch höher, seine Gipfel zum
erstenmal unerkennbar. Ich hatte diese Reise schon zwei-
oder dreimal gemacht. Mein Vater kannte den Weg Stein für
Stein, und meinen Vater kannten die Brunnen, die Stufen,
die Brücken und ein jeder Stein. Ihn kannten die Händler
und die Lehrer in ganz Sagoria. Ihn kannten die Handwerker in Ioannina, ihn kannten die Bauleute und die Menschen der Erde. Ihn kannten die Popen und die Mönche,
die Gemeindevorsteher, die Notare, die Geldwechsler und
die Türken. Als Zeuge oder als Vermittler war mein Vater
angesehen, und immer wieder wurde er in den verschiedensten Dörfern dazu auserwählt, die Gemeindevorsteher und
deren Verwaltung zu inspizieren, obwohl er es immer wieder höflich mit dem Hinweis auf die Bürde seiner Arbeit
ablehnte. Er kam mit allen gut aus, nur nicht mit den Zins-
wucherern. Verstrickungen hatten wir nie, er hielt sich hartnäckig aus Streitigkeiten und Interessenkonflikten im Dorf
heraus; er machte auch keine Mauscheleien mit den Räubern. Alle liebten ihn, und liebten sie ihn nicht, so achteten
sie ihn, und einige fürchteten ihn.

Am meisten bewunderte der Vater die Bauleute und die
Lehrer in Baia. Er bewunderte das Handwerk, das dem
Stein durch den Meißel Gestalt gab, das Fundament, den
richtigen Aufbau zu einem Ganzen, die Verbindung mit
andern Arbeiten, die Schönheit der Vollendung. Aber noch
viel mehr bewunderte er den menschlichen Verstand, der
die Erkenntnis bearbeitete. Er schätzte den Lehrer, den wir

hatten, und gab mit drei weiteren Vätern Geld für die Mädchenschule und für einen Laienlehrer in Baia. Er war aufmerksam gegenüber allem, was den Verstand der Menschen
erweitern konnte. Seine Augen wurden zu zwei Schlitzen,
wenn er nachsann, und was wir beide auch an Ernsthaftem
besprachen, hatte stets auf die eine oder andere Art mit dem
Erwerb von Wissen zu tun. So kannte ich aus seinen Berichten beinahe die ganze Reiseroute, es war wie eine Kette von
Kenntnissen, die sich von Gebäude zu Gebäude, von Baum
zu Busch, von Vogel zu Wild hinzog. Die Kenntnisse waren
verbunden mit Vorfällen, deren Bedeutung größer war als
sie selber. Ein Reichtum, der sich entlang der Route von
Siatista bis zu unserem Zuhause ausbreitete. Ich versuchte,
all dies aus meiner Erinnerung hervorzuziehen, was mein
Vater mir hatte sagen können, um es wiederzuerkennen und
zu spüren, daß meine Beziehung zu ihm von neuem lebendig wurde.

Ich fand alles, erinnerte mich an alles, erkannte es wieder. Aber ich suchte noch mehr. Ich verstand, wie schwierig
die Erfüllung war, doch ich bemühte mich um so mehr wie
in einer Wette um den Beweis, daß ich über kurz oder lang
wieder mit meinem Vater zusammensein würde. An einer
bestimmten Kurve pflegte er zu rasten, neben einer spru-
delnden Quelle mit himmelhohen Nußbäumen. Wenn er es
sich auf dem Boden bequem machte, sah er beim ersten Mal
erschrocken, beim zweiten Mal verblüfft und danach
hin und wieder in der Abenddämmerung einen Bären, der
sich langsam der Stute Lengo näherte, um sie herumging
und sie beschnüffeln wollte. Dann sah der Bär ungerührt
die Stute an, verfolgte ihre Bewegungen, machte kehrt und
verschwand wieder im Wald. Bange erwartete auch ich, auf
einen Bären zu treffen. Auf der Welt wollte ich nichts so
sehr, als daß er käme. Als wir an die Quelle mit den
Nußbäumen kamen, forderte ich die Mutter auf, stehenzu-

bleiben und mit mir zu lauschen. Reglos suchte ich dort zwischen Bäumen und Büschen, an hellen Stellen und an den Hängen, ob ich eine Bewegung erhaschen, das Knacken eines brechenden Zweiges oder ein merkwürdiges Rascheln erlauschen könnte, das mich von der Anwesenheit des Bären überzeugte. In einem fort sagte ich zur Mutter: »Noch ein wenig«, bis all meine Hoffnung erschöpft war. Der Bär schien mit dem Vater weggegangen zu sein.

Am Abend ruhten wir uns im selben Kloster aus, in dem der Vater auch immer die Nacht verbracht hatte. Wir kamen spät an, zogen uns gleich in die Zelle zurück. Frühmorgens brachen wir wieder auf. Zu Hause trafen wir die Schwestern, die Hausaufgaben machten, die Großmutter suchte im Gesicht der Mutter nach Anzeichen, die ihr etwas verraten würden. Auch eine Notiz des Lehrers war da, der sich wegen meiner Abwesenheit Sorgen gemacht hatte, obwohl wir ohne Verspätung zurückgekehrt waren. Ich hatte an nichts Interesse, weder am Abladen der Tiere noch an der Begrüßung der Großmutter und meiner Schwestern. Ich lief die Treppe hinauf, nahm zwei Stufen auf einmal und rannte ins Zimmer meines Vaters, zum kleinen Tisch mit den Büchern. Doch die Bücher waren nicht mehr da. Ich ging zurück zum Treppenabsatz und rief: »Wo sind die Bücher?« Meine Stimme hallte im Treppenhaus wider, als wäre es die Stimme meines Vaters, und alle verstummten. Ich rief nochmals, fast wütend: »Mutter, wo sind die Bücher?« Ihre Antwort, nach einem Augenblick des Schweigens, ließ mich schaudern. »Er hat sie mitgenommen.« »Mutter, die Bücher vom Fest des heiligen Nikolaos waren hier. Ich erinnere mich ganz genau.« »Hast du nicht gehört, was ich gesagt habe?« gab sie zurück. Es störte sie, daß ich die Stimme erhoben und ihr Gespräch unterbrochen hatte. Ich kehrte im Haus das Unterste zuoberst, sah in den Vorratsräumen, im Keller und in der Küche nach, ich hob sämtliche

Matratzen, suchte in den Vertiefungen, den Wandnischen, kroch unter Sitzbänke, schaute sogar in Kochtöpfe und Pfannen, stieg bis unters Dach, nichts. Ich war drauf und dran, beim Lehrer und in der Mädchenschule nachzufragen, ob der Vater ihnen die Bücher gegeben habe. Doch Eleonora versicherte mir, sie erinnere sich gut, damals, als sie das Haus für das Fest des heiligen Nikolaos hergerichtet hätten, seien die Bücher an ihrem Platz gewesen.

Die Bücher waren verschwunden. Wie auch der Vater verschwunden war. Vielleicht war in ihnen die wirkliche Welt, die große Antwort, die sich hinter den kleinen Antworten verbarg, sein anderes Selbst, das wir nur so weit kannten, als er selbst es zuließ. Er hatte die Bücher bewußt zurückgelassen, obwohl er sie verehrt hatte. Er hatte sie für uns dagelassen, vielleicht sogar nur für mich. Als ein getrenntes Testament, in dem er einen andern Reichtum verteilte. Nichts war mehr da. Als wollte jemand sowohl ihn als auch uns bestrafen. Ich fühlte mich doppelt schuldig, daß ich das Persönlichste, was der Vater hinterlassen hatte, nicht behütet hatte – der Mutter nahm ich ihre Erklärung nicht ab –, aber auch, daß ich so lange gleichgültig geblieben war und mich nicht um das geschert hatte, was die Bücher sagten. Der Faden, der mich vielleicht zum »Warum aller Warum« führte. Wie oft habe ich mich wegen meiner Nachlässigkeit der Sünde bezichtigt.

Das Leben nahm langsam wieder seinen gewohnten Gang. So viele Dinge entwickelten sich von selbst – gewöhnlich verbunden mit der Erwartung und der Aussicht auf seine Rückkehr –, daß sie sogleich zu einem Gedanken zusammenflossen: Diesmal wird er nicht mehr heimkommen. Andererseits mußten wir uns um vieles kümmern, das auch nach seiner Rückkehr allein weitergehen mußte. Die Mutter begann, Romos zu bedrängen, er solle tätig werden, Entscheidungen treffen, öfter nach Ioannina hinuntergehen. Bald darauf begann sie, ihn nach seiner Ansicht zu fragen, die meinige reichte ihr nicht. Alles war ein wenig anders als gewöhnlich.

Eines Tages bat die Mutter mich, sie zur Kirche zu begleiten. Es war der Feiertag, an dem man zu Ehren der Muttergottes Hymnen sang. Sie wollte mich in ihrer Nähe haben. Meine Beziehungen zur Kirche waren nicht so, wie die Kirche es sich wünschte. Das hatte ich von meinem Vater übernommen. So viele Fragezeichen, so viele Zweifel, ich konnte mich nicht überzeugen lassen. Und da ich mich nicht überzeugen lassen konnte, tat ich mich schwer, an all das zu glauben, was auf Erden Gott repräsentierte. Viel mehr achtete ich jedoch den Glauben und die Empfindungen der Gläubigen. Und das brachte mich dazu, mich ehrfürchtig zu verhalten, an der Liturgie teilzunehmen, wenn auch passiv, dabeizusein, um niemanden zu verletzen. Wenn ich zur Kirche ging, nahm ich unter dem Fenster Platz, neben den Heiligenbildern des Aristoteles und Plutarch. Der Lehrer und mein Vater sprachen voller Bewunderung über die alten Griechen gleichen Namens, und ich fühlte mich ihnen näher. In letzter Zeit aber waren meine Besuche in der Kirche spärlicher geworden. Ich schob meine Schulaufgaben und die Pflichten vor, die ich aufgrund der Abwesenheit meines Vaters zu erledigen hatte. Unwillig nahm ich am Abendmahl teil, unwillig fastete ich, und bei der Beichte sagte ich, ohne irgendwelche Schuld, was ich wollte und soviel ich wollte. In der wenigen Zeit, die ich tatsächlich zur Verfügung hatte, gab es so manche Dinge, die auf mich einstürzten, und noch mal so viele Dinge, von denen ich träumte. Die Kirche hatte nirgendwo Platz, wenn ich auch an Gott, an Christus, an die Muttergottes, an die Heilige Dreifaltigkeit, an die Heiligen und an all das glaubte, was mit der christlichen Güte gegenüber den Ohnmächtigen und den zu Unrecht Leidenden zu tun hatte.

Die Ermahnung meiner Mutter erschien mir noch schwerwiegender, denn ich fühlte mich bereits als Erwachsener. So erwachsen, daß es keine weiteren Kirchgänge für mich gab. Es war nicht nötig, daß die Mutter mich noch lange drängte. Ich sagte nur einmal, um den Dispens zu erhalten, zu ihr: »Aber Mama, du wirst auf die Frauenseite gehen, und ich bin schon groß, wir werden nicht beisammen sein.« Und als sie sagte: »Das macht nichts« und es wieder von mir forderte, wollte ich sie nicht ein weiteres Mal betrüben.

Unsere Kirche war eines der schönsten Gebäude, die Menschenhand geschaffen hatte. Ein reicher Landsmann hatte sie in Erfüllung eines Gelübdes erbaut, ein gewisser Ginos, den man angeklagt hatte, der Hohen Pforte Steuern hinterzogen zu haben. Er schwor also, wenn es ihm gelinge, seine Unschuld zu beweisen und sein Leben zu retten, so wolle er mit der Summe der Schuld Gott zum Dank eine Kirche errichten. Und so geschah es, mit Müh und Not konnte er seine Unschuld beweisen, und man fing den wahren Dieb. Er hielt all seine Versprechen und erbaute eine dreieinige Kirche zu Ehren des heiligen Georgios, des heiligen Dimitris und der Heiligen Dreifaltigkeit. Mit einer wunderschönen geschnitzten und mit unendlich vielen Goldblättchen überzogenen Ikonenwand, die ich jedesmal bewunderte, während ich die handwerkliche Meisterschaft, die Kunst und die Schönheit des Schöpfers entdeckte. Die Wand barg in sich Geduld, Stunden unablässiger Arbeit, Liebe zum kleinsten Detail und eine unbeschreibliche Harmonie zwischen dem Großen und dem Kleinen, zwischen dem Viereckigen, dem Dreieckigen, dem Runden, zwischen den Lebewesen und den Schößlingen der Natur, zwischen den Geschöpfen des Himmels und der Erde. Und davor zwei große Kandelaber, ein jeder mit drei dicken hölzernen Lichtstöcken, von Meisterhand bemalt. Früher hatte er meine Aufmerksamkeit vom ersten bis zum letzten Augenblick auf sich gezogen. An den Wänden ringsum unzählige Heiligenbilder, dicht nebeneinander, wunderschön in ihrem eigenen Zusammenhang, in ihrem Kosmos des Gehorsams. Doch im Rauch der Kerzen begannen mit der Zeit zuerst die Gesichtszüge, dann auch die Falten der Gewänder dunkler zu werden, zu verschießen.

Am ersten Freitag ging ich mit meiner Mutter sehr früh zur Liturgie der Salutationen, zum letztenmal gemeinsam. Wie wir übereingekommen waren, sie zu den Frauen, ich zu den Männern. Der größte Teil vorne in der Kirche war für die Männer, hinten, abgetrennt, war der Frauenraum, der eine eigene Pforte zum Kirchhof hatte. Eine Treppe ging vom unteren hinauf zum oberen Frauenraum für die Unverheirateten; sie sollten getrennt der Liturgie beiwohnen, nicht daß die Verheirateten sie gar um den Verstand brachten, zudem waren sie hinter einem filigranen Holzgitter verborgen, damit die Männer sie nicht sehen konnten. Ich und meine Altersgenossen konnten mit den Männern in die Kirche gehen oder sie durch den unteren Frauenraum hindurch betreten.

Ich wurde rasch müde und wich langsam einen Schritt nach dem andern rückwärts; ich wollte gehen, ohne daß man mich durch die Pforte der Männer treten sah. Heimlich wollte ich bei den Frauen hinaushuschen. Langsam zog ich mich bis zur Trennwand zurück. Noch zwei Schritte, und ich war im Frauenraum, ohne daß ich einer Nachbarin aufgefallen wäre; nicht einmal meine Mutter sah mich. Ich blieb kurz stehen, sie sollten sich nicht wundern; ich hatte die Hände gefaltet, wie es sich in der Kirche ziemt, hörte das byzantinische Gebet, ohne seine Bedeutung zu verstehen. Und da sah ich zum erstenmal direkt vor mir, was auf den vorderen Wänden und ringsum gemalt war. Es waren nackte Menschen, nicht so, wie wir es von Adam und Eva kannten, sondern sie lagen einander umarmend auf dem Boden, Menschen mit Tieren, Dämonen und jungen Mädchen, alle eng umschlungen und aneinander haftend. Es waren Szenen voller Gewalt und Schmerz, Szenen von Verbrechen und Sühne, Darstellungen unsäglicher Sünde und Bilder menschlicher Häßlichkeit. Häßlichkeit der Seele, die den Menschen erniedrigt und entwürdigt. Es war die Welt der Ausschweifung, gemalt mitten im Frauenraum. Ich dachte: »Das muß er sein.« Und da durchfuhr mich siedend heiß, was sie mir über meinen Vater gesagt hatten: »Den Verruchten wird Gott richten.« Dorthin also, in diesen Kosmos, der sich jäh vor meinen Augen ausbreitete, hatten die Dörfler meinen Vater getan? Ich hielt es nicht mehr aus, machte kehrt und ging durch die hintere Pforte hinaus.

Im spärlichen Licht der Laterne und der umliegenden Häuser sah ich, wie die Wolken von überall her niedersanken und unsere kleine Welt einhüllten. Weitere Wolken sah ich auf dem Platz vor mir und noch mehr in den Tannen ringsum. Wieder andere zogen langsam durch die Gassen, und noch andere hielten inne und sahen durch die Fenster ins Innere der Häuser. Einige blieben schemenhaft, andere versuchten Gestalt anzunehmen. Diese kamen über mich, und jene zogen dahin in die andere Welt. Sie schienen auf der Flucht zu sein, auf einer Flucht, die auch ich in meinem Herzen nährte. Ich wollte sie zählen und mir ins Gedächtnis einschreiben, die verlassenen Häuser jener im Dorf, die weggegangen waren, wollte nach weiteren mutmaßlichen Lüstlingen suchen, wollte verneinen, daß mein Vater einer von denen war, wollte verneinen können, daß er uns für immer verlassen hatte.

Die Leute begannen aus der Kirche zu strömen, es waren vor allem Frauen. Ich entdeckte meine Mutter und hielt sie an. Sie hatte nichts von meiner Abwesenheit gemerkt, und voller unverständlicher Freude ging sie rascher: »Komm schnell, die Großmutter wartet.« Bis wir ankamen, waren wir steif gefroren vor Kälte. An jenem Abend konnte ich nicht einschlafen. Als ich mich hinlegte, erschien mir voller Lebendigkeit das Bild des nackten Mannes mit der nackten Frau und den beiden Liegenden, die sich umschlangen. Mich quälte das Bild, mich quälte die Tat, mich quälte die Welt der Wollust, die es zeigte. Es quälte mich, daß diese Menschen um mich herum den Vater als lasterhaften Mann sehen wollten und die schöne Handlung als Sünde. Ich griff nach der Uhr meines Vaters und schlief endlich zum Pochen meines Herzens ein. Am Morgen erklärte ich, ich sei krank, und blieb im Bett. Gegen Mittag erst stand ich auf, als klar war, daß es keinen Sinn mehr hatte, zur Schule zu gehen. Die Großmutter schien etwas zu ahnen, sie sagte: »Da du heute keine Schule hast, geh und hacke Holz.« Ich ging zum Schuppen und lief schnurstracks zur Kirche. Wieder trat ich in den Frauenraum und betrachtete ein Bild ums andere neugierig, als wollte ich auswendig lernen, was ich fühlte, aber ich konnte es nicht begreifen. Verstört verließ ich die Kirche, aus der andere voller Seelenruhe traten.

Am Sonntag morgen läuteten die Glocken. Ein Privileg, das uns die Türken zugestanden, der Glockenturm war unser Stolz. Jeden Sonntag weckten mich die Glocken. Doch diesmal hallten sie von so vielen Dingen gleichzeitig, unverständlichen und verworrenen. Ich fühlte, daß in diesem Haus kein Platz mehr für mich war, der ganze Ort war für mich zu klein. Ich stellte mich ans Fenster und sah meine drei Schwestern zur Kirche gehen. Sie waren so weit entfernt von mir. Eleonora ein mannbares Mädchen.

Und schnell wurde mir auch bewußt, daß es mit unseren Geldmitteln nicht mehr so war wie früher. Weder reichten uns die Grundstücke für das Leben, das wir gewohnt waren, auch die Ersparnisse und die Reserven waren nicht unerschöpflich. Auch Romos würde es sicher nicht mehr lange schaffen. Quelle der Kraft und des Wohlergehens waren der Name des Vaters und sein Handel jenseits der Berge von Sagoria gewesen. Weder das eine noch das andere existierte noch.

Der Gedanke wegzugehen begann in mir Wurzeln zu schlagen, immer stärker zu werden. Wegzugehen, nicht zu flüchten. Es war etwas Selbstverständliches, nicht etwas Unvermeidliches. Etwas, das ich selber bestimmte, das nicht die andern von mir forderten. Das Schicksal wollte mich dort und so, ich wollte mich anderswo und anders. Der Gedanke reifte zum Entschluß, und als ich begriff, daß nichts und niemand ihn noch ändern konnte, teilte ich ihn zuerst dem Lehrer und dann den Meinen mit. Er verblüffte, verwirrte sie, doch niemand bekämpfte ihn. Der große Entschluß war in Tat und Wahrheit nicht groß. Es war mein erster Entschluß, gereift dank der Hefe, die der Lehrer und mein Vater mir gegeben hatten.

In der Hosentasche umschloß ich mit der Hand die Uhr, der Mutter hatte ich den Quersack mit den Pfunden gegeben, den ich von Kir-Vangelis bekommen hatte. Es war Mariä Verkündigung, und ich war in Saloniki. Mit dem Versprechen, ich käme irgendwann wieder heim, mit der Verantwortung für die, die ich zurückgelassen hatte, mit der Hoffnung, meinen Vater zu finden, mit dem Entschluß, mehr zu lernen, zu bewirken, zu erbauen. Und tief in mir quälte mich das »Warum aller Warum« meines Vaters. Welches war meines? Welche war meine eigene Wahrheit, oder mußte ich sie mir alleine schaffen?

So endete die Erzählung von Nikos/Nikolas über seinen Vater, seine Jugendjahre in Epirus und Sagoria, über das Weggehen eines nach dem andern. Und unvermittelt ein Sprung von Sagoria nach Saloniki. Hier mit vielen Einzelheiten, da mit verschieden großen Lücken. Er sprach oft von jener Zeit,

43

doch niemals bezog er sich auf die Umstände seines Aufbruchs oder auf das, was folgte. Ein paar bruchstückhafte Schilderungen anderer Themen kamen hinzu und verbanden, erhellten andere Geschichten.

Die Erzählung des Meisters

KURZ NACH EPIPHANIAS 1886, als die sonnigen, kalten Tage kamen, gingen wir wieder von Epirus nach Mitilini. Zusammen mit meinem Bruder waren wir sieben, ich übernahm die Leitung. Es war ein erfreulicher Auftrag vom Sommer her; ich hatte versprochen, daß wir die Arbeit aufnehmen würden, sobald wir frei wären. Weder die Entfernung schreckte uns noch die kalte Winterszeit. Wichtig war nur, daß wir die kalten und trockenen Januartage ausnutzen konnten, das war maßgebend für den Baubeginn – wir mußten das Fundament legen und die Wände zwei Meter hochziehen. Wir wußten nie genau, wann diese Tage beginnen und wie lange sie andauern würden, doch richteten wir uns jedes Jahr nach der Meinung der Älteren und machten uns auf den Weg.

Wir bauten Häuser, wo man es uns auftrug. Herrenhäuser, Häuser von einfachen Leuten, sogar Kirchen; der Lohn mußte anständig und gesichert sein. Dazu gehörten stets auch Kost und Logis. Wir liebten unsere Arbeit, so hart sie war. Wir bearbeiteten die Steine sorgfältig, denn darauf verstanden wir uns. Wir kannten ihre Tücken, ihre Natur, wußten, wie man sie in die Hand nahm, wie man sie mit einem Hammerschlag brach, wie man sie fein bearbeitete und richtig plazierte und aneinander anpaßte. Die Ecksteine

45

setzte immer ich, ebenfalls die Bögen, kleine wie große. Ich wählte die Platten für die Tür- und Fensterstürze und setzte sie, natürlich setzte auch ich die Nischen- und die Erkerabschlüsse aus Stein oder Eichenholz. Wenn uns die Pläne gefielen, legten wir uns aus lauter Freude um der Schönheit willen für Dinge ins Zeug, die nicht vereinbart waren. Einfache Pläne konnte ich selbständig erstellen, Pläne von fremder Hand, so kompliziert sie auch waren, konnte ich lesen. Die Pläne hatten es mir angetan, eigene wie fremde. Ich betrachtete sie als unerläßlich selbst für die einfachen Häuser der einfachen Leute. Sie mußten sorgfältig gezeichnet sein, damit man schon vor Baubeginn die Schönheit als Ergebnis der Bemühungen am Stein sehen konnte. Und wenn wir fertig waren und als erstes für uns allein unsere Anstrengungen und deren Ergebnis guthießen, waren wir so stolz, als wäre es unser eigenes Haus.

Wir kamen nach Saloniki; von dort fuhren wir mit dem Raddampfer direkt nach Limnos und Mitilini. In Kastro, wie Mitilini damals noch hieß, fanden wir leicht das Kontor des jungen Herrn an der Hafenfront, zwischen Seehandels- und Versicherungshäusern. Er war Händler, ein Schriftzug, breit und langgezogen, mit seinem Namen und daneben »Import – Export«. Er war gerade am Gehen und erkannte mich sofort. Er war hoch erfreut und dankbar, daß wir gekommen waren.

Am selben Abend saß ich bereits über den Plänen für ein Herrenhaus. Pläne von fremder Hand, mit einer feinen Feder und solcher Sorgfalt gezeichnet, wie ich es ein einziges Mal gesehen hatte, nämlich auf den Plänen für ein Haus, das wir vor drei Jahren in Athen gebaut hatten. Aber die Schönheit dieser Pläne hier war aus einer andern Welt. Ich studierte sie bis tief in die Nacht, ja bis kurz vor Morgengrauen. Ich schlief ein wenig auf dem Kanapee im Kontor, die andern waren auf dem Schiff geblieben. Das Rufen des ersten Salepverkäufers, der draußen vorbeiging, weckte mich. Kurz darauf erschien in bester Laune der junge Herr, und wir machten uns auf den Weg, um das Grundstück, auf dem das Haus erstehen sollte, zu inspizieren. In einer funkelnagelneuen kleinen Droschke fuhren wir durch die Stadt, die im Licht der aufgehenden Sonne erwachte und in den schräg einfallenden Strahlen ihre ganze Schönheit zeigte. Ich zählte Gebäude, Büros, Läden, vieles befand sich noch im Bau. Wohin man auch sah, entstand etwas Neues, wurde etwas noch Größeres in die Wege geleitet. Wir ließen die Stadt hinter uns und gelangten nach Aklidiou; es gab dort andere Herrenhäuser, zwei waren noch eingerüstet. Sie blickten aufs Meer und auf die Berge von Kleinasien. »Auch das Ufer gegenüber gehört uns, ist mitilinisch, und alles, so weit dein Auge reicht, ja noch darüber hinaus. Von Ayvalik bis nach Konstantinopel und nach Smyrna alles unser Grundbesitz und unser Markt, vom Schwarzen Meer bis nach Kairo reichen unsere Geschäfte«, brüstete sich der junge Herr, erfreut über das, was schon existierte, und noch erfreuter über das, was ihn erwartete. Doch es war nicht nur der Handel, den er pries. Immer wieder gab es Leute, für die in Mitilini zuwenig Platz war, sie gingen hinüber in den Bezirk Ayvalik und brachten nach und nach das Land und den Handel unter ihre Kontrolle. Diese und noch viele andere Griechen aus der Ägäis, aber auch aus Epirus oder von der Mani, zogen nun seit Jahren nach Osten, gründeten ein neues Zuhause und eine Familie, kamen allerorten voran, und schnell garantierten ihnen die Erlasse des Sultans auf die eine oder andere Weise ihr Wohlergehen. Die Türken selber zogen sich zurück, verloren Kraft und Einfluß und schließlich auf friedliche Weise die Macht. Ich sah das Gut des Herrn und versprach ihm, sein Haus werde seiner würdig sein.

Auf dem Rückweg fuhren wir durch das Marktviertel. Auf der ganzen Strecke erzählte er mir ohne Unterlaß vom Leben in Mitilini: die Umstände, die sie wegen Kemal-Bei hatten, des Obersten Verwalters der ganzen Insel, den sie schließlich nach langem Bemühen und im Einverständnis der Pforte und aller Konsuln der westlichen Länder verjagen konnten; die wirtschaftlichen Perspektiven, die immer besser wurden, seine eigenen Pläne und die all seiner Bekannten, die Tore, die sich dank dem Seehandel auftaten, die Gewinne jener, welche die ersten Fabriken errichteten, aber auch seine Sorgen als Vater. Er hatte noch eine mannbare Tochter, auch das ein großer Kummer, und die Mitgift, die er aufbringen mußte, ein noch größerer. Bewerber waren da und wollten sie, aber sie wollte unbedingt einen Engländer aus Pamphylien, der allerdings keine Augen für sie hatte. Seine Frau sei ständig am Keifen, aber ich solle sie einfach nicht beachten. Er treffe sämtliche Entscheidungen. Das war mir nur recht.

Im Marktgetümmel verstand man sein eigenes Wort nicht mehr. Die Kaffeehäuser, schmal und lang, hatten auch draußen Personal, und dies belebte alles noch mehr. Grüßend bahnte man sich den Weg durch die Menge. Wir blieben auf einen Kaffee stehen, alle redeten durcheinander, wurden gegrüßt und grüßten wieder, einer rief einem andern ein paar Worte zu, ein dritter gab einem Passanten die gewünschte Antwort, stehend machte man Treffen ab, eines nach dem andern, Pistazienverkäufer und fliegende Händler rannten mit Milch und Joghurt von Lokal zu Lokal, mündliche Bestellungen, man wußte nicht, von wem und an wen, aber alle schienen sich zu verstehen, die Kafenionbesitzer stellten die Pfännchen in die glühende Asche und nahmen sie wieder heraus, waren noch flinker als ihre eiligen Gäste. Die Zeit rannte für sie, und sie rannten mit ihr. Sie trugen europäische Kleider, man konnte sie auf den ersten Blick von den Türken unterscheiden. Für diese existierte keine Zeit, existierten keine Interessen, vielleicht verstanden sie auch nichts. Die meisten hatten wegen der schlechten Verwaltung Darlehensschulden bei unseren Leuten. Doch im selben Kafenion spielten sie freundschaftlich und friedlich Tavli oder Dame mit ihnen und genossen ihren Kaffee, ihre Wasserpfeife und das Leben in aller Gemütsruhe.

Als der junge Herr mir alles erzählt hatte, was er für diesen Morgen als wichtig erachtet hatte, trennten wir uns; er ging zu seinen Geschäften, ich suchte meine Gefährten auf und sorgte für Unterkunft und Verpflegung. Mein Bruder und ich nahmen unser Logis in einer Herberge, sie hieß »Pittakos« und lag nahe beim christlichen Markt. Die andern fanden eine Schlafgelegenheit in ein paar Lagerräumen hinter der Werft am unteren Hafen. Alles auf Vorschlag des Herrn, der ja dafür bezahlte.

Am selben Abend und am folgenden Tag trafen wir die notwendigen Übereinkünfte und bestellten die Materialien, einheimische wie auch europäische. Bauholz aus Schweden und vom Schwarzen Meer, die Wände aus Nußbaum und die Böden aus Eiche, Marmor aus Triest für die Badezimmer und aus Marseille schöne rote Kacheln für die Küche. Französische Dachziegel, Zeichenmuster und Gips für die Stukkaturen in den beiden großen Wohnräumen.

Wir kamen ohne Probleme voran, wenn wir von den Besuchen der Frau des Herrn absahen, die den ganzen Tag über nichts tat und dann, wenn es ihr gerade in den Sinn kam, erschien und Änderungsvorschläge für die Muster machte, weil sie am Können desjenigen, der sie hergestellt hatte, zweifelte. Mit der Innung der Bauhandwerker und Steinmetzen kamen wir gut aus. Unser Herr mußte natürlich mit ihnen diskutieren, ihnen Versprechen abgeben und Verbindlichkeiten eingehen. In der Stadt waren Handwerker, Kleinhändler und Produzenten in Innungen organisiert. Allmächtig und mit klaren Ansprüchen. Anfänglich gerieten wir uns in die Haare, doch letzten Endes einigten wir uns mit dem Ersten Handwerker der Vereinigung. Und dank ihm lernten wir uns besser kennen. Er war ein anständiger Mann, ehrbar und gemäßigt, wir tranken sogar miteinander, unterhielten uns über unsere Kunst, über das Leben in Ioannina, über das Leben in Kastro. Er machte keinen Unterschied zwischen Türken und Christen, mit den Juden handelte er nicht; es tat ihm weh, daß er vor Jahren, in einer schweren Zeit für ihn und für die zehn Münder, die er stopfen mußte, gezwungen war, seine erste Tochter in eine Pflegefamilie zu geben. Allmählich, glaube ich, wurden Stratis und ich Freunde, denn sonst hätte er es, nach jenem ersten Auftrag, nicht zugelassen, daß wir auch nur einen einzigen Stein in die Hand nahmen. Immer wieder schickte er mir eine Nachricht wegen einer Kirchweih da, wegen eines Festes dort. Den Raki tranken sie wie Wasser, die Musikanten spielten wie besessen Geige, Laute und seltsame Instrumente, die wir bei uns zu Hause nicht kannten. Dann und wann amüsierten wir uns ausgiebig mit Stratis. Wo Reiche wie Arme alles verspielten, nahmen wir nie eine Karte in die Hand. Doch wenn auf einen einzigen Wink hin das Blut heiß wurde, zogen wir schnurstracks zu Evanthias Herberge; die befand sich dort, wo der christliche Markt aufhörte und der türkische begann. Die einen berauschten sich in der Kaschemme gegenüber, die andern in Evanthias Armen. Anschließend, egal, wie spät es war, gingen wir in den Hamam, ins türkische Bad, säuberten uns anständig und spülten das Patschuli oder das Parfüm ab. Mir war das zwar gleichgültig, aber Stratis war ein verheirateter Mann und wagte es nicht, so nach Hause zu kommen.

Schon in den ersten Tagen kam es mir vor, als drehte sich die ganze Welt von Mitilini, Markt, Gebildete und

Unternehmer, Klub und Kaffeehäuser, um ein einziges Wort und als begänne darüber und darum herum langsam eine neue Welt zu entstehen. Es kam und ging, wurde gekauft oder verkauft, geplant oder bekämpft. »Dampf«. Alle sprachen vom Dampf und den Dampfmaschinen. Daß sie in unser Leben kämen oder kommen müßten, daß die Dinge sich verändern würden, die Arbeiten, die Umsätze, die Einnahmen. Daß der Dampf alles über den Haufen werfen würde, in den Ölpressen, den Seifensiedereien, den Mühlen und dem Schiffsverkehr. Daß die Distanzen kleiner würden, Märkte sich öffneten, daß die Fabriken aller Art, von denen es damals in der Stadt vierhundert gab, sich verändern könnten. Daß Banken und Versicherungen noch mehr abzudecken hätten, daß gewisse Lloyd's aus Triest über die Gründung der ersten Bank von Mitilini nachdachten, daß Produkte von fremder Hand den einheimischen Markt überschwemmen könnten. Daß es sogar in den Schulen neue Unterrichtsfächer geben müsse, die aufzeigten, wohin es gehe mit der Welt, und die lieben Kinder richtig auf das Leben vorbereiteten. Man ging so weit zu behaupten, daß der Dampf das Osmanische Reich schon bald in die Knie zwingen und so das nationale Problem der Lösung zuführen würde, die alle ersehnten. Dampf und Dampfmaschinen beschäftigten auch Stratis, denn er hörte auf dem Markt immer wieder, daß sie das Leben der Armen wie der Reichen verändern würden. Schließlich suchte auch ich einen Mechaniker auf, um ihn zu fragen, wie ich in unserem Handwerk den Dampf nutzen könnte. Doch schnell zeigte sich, daß er sich das nicht vorstellen konnte. »In deinem Handwerk mit seinen Fertigkeiten hat der Dampf keinen Platz«, schloß Achilleas, der als Mechaniker aus England zurückgekehrt war. »Aber du mußt wissen, er wird das Rad unseres Lebens, des Wohlergehens unserer Gegend und unserer Kinder

bewegen.« Einerseits beruhigte es mich, anderseits beküm-
merte es mich, daß die beiden Künste nicht zueinander
paßten.

Der Herr des Hauses, Achilleas, der Mechaniker, Stratis, der Erste Bauhandwerker, machten mich in Mitilini
mit einer Welt bekannt, einer alten und einer neuen, die
erwachte, die Zusammenstöße erlebte, die Ideen hatte, die
von Ansprüchen sprach. Es gab Dinge, die ich von zu
Hause kannte, Differenzen wegen Grundstücken, Zinswucher, Amtsmißbrauch der Volksvorsteher, aber es gab
auch Neues. Überall boten sich neue Gelegenheiten. Daß
die Leute sich vielleicht gegen den Mißbrauch erhoben oder
Geld für die Schulen verlangten. Und daß das Volk mög-
licherweise nicht mehr nur in Christen und Muselmanen
geteilt war, sondern in die, die man »Bürger« nannte, und
jene, die außer ihrer Arbeit nichts hatten. Sie drückten es
so aus, drückten es anders aus, aber wer als letzter darüber
sprach, schien immer recht zu haben.

Bevor das Haus noch fertig war, bekamen wir kurz nacheinander einen zweiten, einen dritten und einen vierten Auftrag. Der erste kam aus Smyrna, der zweite aus Mitilini,
der dritte aus einem Dorf irgendwo im Norden. Es hieß
Molivos. Wir konnten unmöglich alle drei Aufträge gleichzeitig ausführen, denn wir waren nur zu siebt, anderseits fiel
es mir schwer, den Glücksfall nicht auszunutzen. Jedenfalls
brauchten wir weitere Männer. Ich lehnte in Smyrna sogleich
ab und sandte Freunden aus Langada eine Nachricht, aus-
gezeichneten Handwerkern, die in Piräus am Bauen waren.
Am Auftrag in Mitilini war derselbe Architekt beteiligt, der
auch die Pläne des vorherigen Hauses gezeichnet hatte, ein
sehr gebildeter junger Mann, der sich als hervorragender
Kenner der Materie erwies. Er würde die Pläne ausführen,
was nur gut für uns war, denn so konnten wir noch etwas
dazulernen.

Der Auftrag aus Molivos war eine Ölmühle. Ein junger Pope, Papa-Fotis, hatte ihn gebracht; Stratis hatte ihn zu uns geschickt, da er mit seinen Männern keine Zeit hatte. Das erstemal war er früh zu uns gekommen und hatte uns zugesehen. Er stieg vom Maultier, öffnete einen schwarzen Sonnenschirm, brachte auch sein Tier in den Schatten und beobachtete uns von weitem eine Stunde lang. Die Sonne stand noch hoch am Himmel, und er, unbeweglich, stumm, verging vor Hitze in seinem Priestergewand. Als wir aufbrachen, kam er auf mich zu. Er sah robust und kräftig aus und schien schwere Arbeiten zu kennen, trotz seiner heiligen Bücher. Es war ein Auftrag von vielen, ein Entschluß all jener, die in der Ebene von Molivos ein Stück Erde mit Olivenbäumen besaßen und gemeinsam eine Ölmühle bauen wollten. Eine große Ölmühle mit Dampf, wie es keine zweite in Mitilini gab. Pläne hatten sie nicht, auch keinen Ingenieur. Sie fragten mich, ob ich alles übernehmen könnte; ich bat mir eine Nacht Bedenkzeit aus, bevor ich ihnen Bescheid gab. Ich machte die ganze Nacht kein Auge zu. Bis zum Morgengrauen wog ich Ja und Nein gegeneinander ab. Die Verantwortung eines Ja und meine eigene Enttäuschung, wenn ich doch nein sagen müßte. Bis dahin hatten wir uns noch nie an ein so großes und besonderes Bauwerk gewagt. Wir hatten Häuser mit bis zu drei Stockwerken gebaut, sogar eine Kirche, ohne Ingenieur, nur aufgrund der Pläne. Aber eine Ölmühle, von der das Wohlergehen und der Fortschritt so vieler abhingen? Ich wußte nicht genau, welche weiteren Räume sie benötigten und wie sie anzuordnen wären. Ich spürte, wie der Pope mein Schicksal herausforderte, wie der Auftrag meine Gedanken verwirrte. Ich spürte die Notwendigkeit, mich etwas Neuem zu stellen, etwas Großem und Schwierigem, etwas wirklich Bedeutendem. Ich ging zu dem Ingenieur, der von einem gewissen Issigonis in Smyrna englische Dampfmaschinen bezog und sie importierte. Ich besprach mich mit Achilleas. Ich bekam Antworten, und ich bekam Mut.

Unter der Woche kam Papa-Fotis; ich stand gerade auf dem Gerüst. Ich hatte meinen Entschluß gefaßt, sagte ja und bat ihn, am Abend bei mir vorbeizukommen, damit wir das Nötige für den Vertrag besprechen könnten. Wir würden den Ingenieur mit einbeziehen, der für die Beschaffung und die Installation der Dampfmaschinen verantwortlich wäre; zudem solle er vom Ingenieur eine Garantie fordern und ihn auszahlen, nachdem die Maschinen einen Monat geprüft worden seien. Wir würden zusammen nach Molivos gehen, damit ich die Örtlichkeit kennenlernte, und uns mit jenen unterhalten, die das Innenleben einer Ölmühle kannten; ich würde Messungen vornehmen, und wir könnten den Vertrag abschließen. Im Vertrag müßte unbedingt eine Klausel enthalten sein, die es mir erlaubte, mich für kurze Zeit allein in Molivos niederzulassen; sie sollten für mich ein Haus oder sonst einen Ort suchen, damit ich in aller Ruhe meine Berechnungen machen und erste Pläne erstellen könnte. Dann schließlich würden wir vertraglich bestimmen, wann wir beginnen würden, was alles vonnöten wäre, sowie Höhe und Art der Bezahlung des Honorars festlegen. Danach würden wir darüber befinden, wann die andern nachkämen; jedenfalls würden wir zunächst mit der Arbeit in Kastro beginnen, und sobald die Leute aus Langada einträfen, würden wir entscheiden, wer in Kastro bleiben und wer nach Molivos kommen sollte, damit wir die Arbeit in Angriff nehmen könnten. Und so geschah es auch.

Am ersten Samstag brachen wir mit zwei Maultieren frühmorgens nach Molivos auf, auf dem vorderen Papa-Fotis, auf dem hinteren ich mit meinen Siebensachen. Wir würden eine Runde machen, Kalloni und das Kloster von Limonas besuchen. Papa-Fotis mußte zum Metropoliten von Mithimna, der vor Jahren scheinbar vorläufig Molivos verlassen, sich aber endgültig in Kalloni niedergelassen hatte wie auch schon sein Vorgänger. Papa-Fotis stellte die Verbindung zwischen Molivos und Kalloni her. Wir ritten durch ganz unterschiedliche Gegenden, sahen Olivenhaine und Kirchen, Quellen und Brücken, Bäche und Pinien. Papa-Fotis erzählte unaufhörlich Geschichten über die Örtlichkeiten, die wir durchquerten, über Vorfälle, die sich mal da, mal dort im Zusammenhang mit bestimmten Menschen zugetragen hatten, vor allem aber über den Bezirk Mithimna, über Molivos und seine kleine Welt. Es waren rund achthundert Familien, die meisten christlich. Nicht, daß es keine Muslime gab, aber sie waren ruhig und sicherlich friedlicher als unsere eigenen Landsleute, und deshalb schienen sie so wenige zu sein. Alle lebten friedlich miteinander, niemand wollte, daß Zwietracht sie spaltete. Weder Christus noch Mohammed. Sie hatten zwei Ärzte und zwei Apotheken und Quellen mit warmem Heilwasser etwas außerhalb, östlich des Dorfes, in Eftalous. Die Leute kamen aus dem ganzen Bezirk, aus Ayvalik, ja sogar aus Smyrna, um Heilung zu finden, wenn die Knochen ihnen weh taten oder wenn sie keine Kinder bekommen konnten. Der Bezirksvorsteher war ein gerechter Mann, der Christen und Osmanen gleich behandelte, es reichte, daß sie die Steuern bezahlten. Hier trafen sich die Vorsteher aller großen Dörfer des Bezirks Mithimna zu wichtigen Entscheidungen. Nun aber bestellte Molivos selber seine christlichen Vorsteher, die sogenannten Ältesten. Es gab drei Kirchen, zwei Moscheen und zwei dreiklassige Mittelschulen, eine griechische und eine osmanische. Sie hatten sogar eine Bibliothek. Sie stellten guten Käse her, Weichkäse und Hartkäse, den sie im Öl ziehen ließen, hatten guten Wein, wenig zwar, aber guten. Sie hatten Tiere und Getreide, hatten auch das Meer. Es hatte ihnen einige Männer weggenommen und ernährte andere. Vor allem aber hatten sie Öl. Beinahe die Hälfte der Dorfbewohner lebte vom Öl.

Spät am Nachmittag, es war noch hell, erreichten wir das Kloster von Limonas, außerhalb von Kalloni, wo Papa-Fotis aufgebrochen war. Ein Kloster mit so vielen Kirchen innerhalb und außerhalb der Einfriedung hatte ich noch nie gesehen. Es war mit viel Verstand erbaut und besaß so große Ländereien, daß das menschliche Auge sie gar nicht alle fassen konnte. Sie redeten immer noch von den Unruhen, die es in den vergangenen Jahren wegen des klösterlichen Vermögens und der Bedürfnisse der Menschen im Bezirk gegeben hatte. Sie empfingen uns, bewirteten uns und fuhren sogleich fort in ihrer Diskussion, die unser Kommen unterbrochen hatte. Sie sprachen von einem Papier, das Kallinikos, der Patriarch von Konstantinopel, und zwölf Bischöfe aus Kleinasien vor achtzig Jahren unterschrieben hatten, und dieses Papier befinde sich im Kloster des heiligen Joannis, und das sei nicht in Ordnung, es könnte verlorengehen, man müsse es ihnen übergeben, denn sie könnten es besser behüten als die andern. Doch der Abt des andern Klosters, ein sturer Mann, weigerte sich und gab es ihnen nicht. Die Klügeren sagten wenig. Einige hielten es für richtig, noch strenger dreinzuschauen als der heilige Ignatios, der jenes Kloster gebaut hatte, und zwei, drei wagten es gar zu zeigen, daß sie tiefen Respekt hegten für das andere Kloster, das des heiligen Joannis. Ich zog mich zurück und bat demütigst, die Räume des Klosters und die Baulichkeiten besuchen zu dürfen, da wir am Morgen schon in der Frühe aufbrechen wollten. Der Abt gab mir seinen Segen und wies mir einen jungen Mönch als Begleiter zu. Der Junge wußte unendlich viele Jahreszahlen, die Namen aller Äbte seit Ignatios bis in unsere Tage, Länge, Breite, Höhe aller Gebäude, er rasselte es nur so herunter wie ein Schulbub, der aufgerufen wurde. Ich konnte mir lediglich die vierhundert Fermane des Sultans merken, die dem Kloster den gesamten Besitz garantierten. Weiter draußen befand sich das Kloster der Frauen, das der Abt einmal im Monat besuchte, um zu sehen, ob sie ein Bedürfnis hätten, und um für ihren Unterhalt zu sorgen. Ein anderer Umgang war den Mönchen und den Nonnen untersagt; das wäre eine große Sünde gewesen.

Am nächsten Morgen brachen wir früh auf und nahmen den Weg nach Petra. Als wir den Ort aus der Höhe erblickten, erschien mit einemmal auch der gewaltige Fels mit der Kirche der Panajia Glikofiloussa. Als wir hinunterstiegen, erzählte mir Papa-Fotis ihre Geschichte, vom Abenteuer des Seemanns, seinem Gelübde, wie er gerettet und wie die Kirche zuoberst auf dem Felsen erbaut wurde. Die Müdigkeit, noch mehr aber die Ungeduld, endlich an den Ort zu gelangen, wo ich meine Kenntnisse und Fähigkeiten auf den Prüfstein legen könnte, ließen uns keine Zeit für ein Gebet, und wir gingen ohne Pause weiter.

Dann kam Molivos hinter einer Wegbiegung in Sicht. Wie eine Seele, die sich am äußersten Ende der Welt festhielt, dann als Gespenst umging und zu einer Festung auf dem Scheitelpunkt einer öden, dürren Erde wurde, die langsam in die Ägäis auslief. Unter der Festung mit zwei Minaretten und drei Glockentürmen duckten sich die Häuser und klammerten sich aneinander. Ihre letzte Reihe, ein Haus dicht am andern und ganz hoch, war so erbaut auf den Felsen, die tief ins Meer reichten, daß sie den äußeren Wall des Dorfes bildete. Die Abhänge ringsum waren ebenfalls nackt, sie endeten am Kap, das sich steil erhob und die Festung auf dem Gipfel noch erhabener machte. Dort, am Ende der Welt, macht die Erde, bevor sie ins Meer sinkt, eine Umarmung, bildet einen kleinen Hafen. In der Ebene zwischen dem Meer und den Bergen sind die Ölbäume unzählbar.

Bis wir ankamen, sah ich nichts anderes. Mein Blick war auf die Festung gerichtet, die im Licht des heißen Mittags dampfte, deren Bild in der Hitze zitterte und nach und nach schärfer wurde; während wir näher kamen, wurden ihre Linien, ihre Masse, ihre Gestalt deutlicher. Sie kam mir schöner vor als das Kastell im Ort Kastro, sie blendete mich, und ich war eifersüchtig auf ihren Erbauer und auf die Familie Gateluso aus Genua, die sie über Generationen bewohnt hatte, bis sie den Türken in die Hände gefallen war.

Wir betraten das Dorf still durch das Südtor und stiegen im stummen Nachmittag bergan; wir hörten lediglich die Hufeisen der Tiere, die auf dem Kopfsteinpflaster nur mühsam vorankamen. Zwei, drei Menschen, die wir trafen, grüßten Papa-Fotis ehrfürchtig, ein paar Frauen, die auf der Türschwelle saßen und spannen, etwas herzlicher. Schließlich gelangten wir zur Kirche, wo Papa-Fotis Diakon war. Wir befreiten die Maultiere von ihrer Last, schöpften Wasser aus dem Ziehbrunnen, tränkten die Tiere und wuschen uns. Die Kirche groß und stolz, das Werk eines gewissen Karekos aus Anemotia im Innern der Insel, der auch die andere bedeutende Kirche aufgrund eines Gelübdes erbaut hatte. Eine Zelle, in der es nach Kalk und Basilikum duftete, am andern Ende des Hofes, mit Blick auf die gesamte Ebene und das Meer, wurde zu meinem Aufenthaltsort für die kommende Zeit. Wir aßen, was wir im Hängekorb fanden.

Am Morgen wachte ich unbeschwert auf und traf Papa-Fotis, der am Kalken war. Eine alte Frau tauchte plötzlich auf, gebückt von der Taille an, ganz in Schwarz, vom Gesicht waren fast nur die Augen zu sehen. Sie brachte von nebenan zwei irdene Tassen mit Milch, die noch dampfte, frischen Käse und große Stücke Zwieback. Es war die Mutter von Papa-Fotis. Bis ich ihr guten Tag gewünscht und ein paar Worte mit ihr gewechselt hatte, wie es sich gehörte, war die Milch mit einer fingerdicken Haut bedeckt. »Gutes Zeichen«, sagte sie.

Bald darauf waren wir unterwegs. Wir stiegen die Gassen von Molivos hinab; das Feld und das Meer an der Ebene zogen uns immer weiter. Papa-Fotis unterschied sich ohne das Priestergewand, in den Pluderhosen für die Arbeit, nur durch seinen Haarzopf von den andern Männern des Dorfes. Das Priestergewand war etwas Feierlicheres, für seine Amtspflichten oder wenn er sich von den Strapazen des Tages erholte. Beim Buckel der Marktstraße, wo man dabei war, eine Kreuzung zu bauen, stießen wir auf einen schönen gemauerten Brunnen; danach entdeckte ich noch weitere. Schön behauene Steine mit Mustern und Inschriften bildeten in jedem Viertel einen Treffpunkt, guten Tag hier, guten Tag da. Wir ließen den Markt hinter uns, grüßten die Leute hier und dort, den Friseur, den Krämer, den Bäcker, der Backofen duftete herrlich, den Schneider, den Schuhmacher, den Schmied. Alle sahen mich an, beobachteten mich und flüsterten. Dann die Kafenions, noch leer. Auf der ganzen Marktstraße Rohrgeflechte, von den Dächern der Geschäfte auf der einen Seite reichten sie bis hinüber zur andern, und überall Weinreben, die sich in die Höhe rankten, sich über uns ausbreiteten und angenehmen Schatten spendeten. Und wunderschönes Kopfsteinpflaster, nach allen Regeln der Kunst, natürlich nicht wie das unsrige. Schließlich passierten wir das untere Tor und waren wieder in der Sonne. Wir stiegen immer weiter ab und ließen die Herberge hinter uns, vor der die Tiere angebunden waren und auf ihre Herren warteten; der Pferdemist dampfte in der Sonne. Dann erreichten wir das Feld. Wir schritten zwischen Gärten mit allerlei Gemüsen, Obstbäumen und hohen Schatten hindurch. Wir durchquerten Haine mit Schwarzpappeln, Nußbäumen, dann wieder mit Mandeln und Pistazien, schließlich mit Birn- und Pflaumenbäumen. Überall gurgelten Ziehbrunnen, aus denen man das Wasser für die Pflanzen schöpfte. Ein Dorf voller Leben und ein Stück Erde, von Gott gesegnet.

Das Merkwürdigste aber auf diesem Abstieg von der Kirche bis zum Feld waren die Menschen, ihre Kleider, ihr Benehmen; wenn sie uns nicht grüßten, wußte ich nicht, waren es Griechen oder Türken. Aber auch die Griechen verstand man nur schwer, so, wie sie sprachen. Einige wiederum sprachen halb griechisch, halb türkisch, als wäre es eine eigene Sprache. »Einer von vieren ist Türke, vielleicht sogar einer von dreien. Und es gibt kleine Dörfer, wo nur Türken leben«, sagte Papa-Fotis. So viele Türken, solche Bilder hatte ich in meiner Heimat Epirus nie gesehen. Sie waren jedenfalls alle freundlich und hatten einen guten Wunsch auf den Lippen. Wir kamen zu einer Hütte, die von all dem Grün fast erstickt wurde, mit einem Ziehbrunnen und einem Esel, der endlose Runden drehte, die Augen mit einem Sack zugedeckt, damit er nichts sah und nicht ins Taumeln geriet. Daneben saß ein blinder Greis, mit trüben, weit aufgesperrten Augen, in einer schwarzen Pluderhose auf einem niedrigen Stein, mit dem Rücken an der Mauer; er blickte ins Leere und schnitzte mit einem Dolch einen Hirtenstab, er betastete sein Werk, damit ihm nicht die kleinste Kleinigkeit des Musters entging, das er im Kopf entworfen hatte, mit den Augen seiner Seele.

Wir blieben kurz stehen, Papa-Fotis grüßte, der Blinde erwiderte den Gruß und fragte gleich: »Ist dein Freund ein Fremder?« »Wie hast du das herausgefunden?« wollte Papa-Fotis wissen. »Da er mich nicht gegrüßt hat, muß er ein Fremder sein«, und er streckte den Stab aus, um mich zu berühren. Im selben Augenblick waren Pferdehufe zu hören, die näher kamen, dann erschien ein türkischer Reiter. Er hielt inne, grüßte zuerst den Blinden, dieser antwortete auf türkisch, dann grüßte er uns beide, zog die Zügel und verschwand langsam in den Gärten. »Das ist unser Kaimakam, der Bezirksvorsteher«, sagte Papa-Fotis. »Gott möge ihn behüten und erleuchten«, sagte der blinde Greis.

Wir verabschiedeten uns und gingen weiter auf unserem Pfad. Wir durchquerten ein ausgetrocknetes, schwer zu begehendes Bachbett und gelangten, nachdem wir uns durch Schilf und Dickicht gekämpft hatten, zu einem unbestellten Acker; er war schon vor Jahren sich selber überlassen worden. »Hier ist es«, sagte Papa-Fotis und zog ein Tuch aus der Tasche; er band es um, es sollte den Schweiß aufsaugen, der ihm in der Hitze von der Stirn tropfte.

Ich entfernte mich etwa hundert Meter bis zu einer kleinen Erhöhung, die der Erdboden bildete, bevor er im Meer endete, ich betrachtete die Umgebung, das Feld, die Abhänge, das Dorf, die Olivenhaine. Falls sie beabsichtigten, Öl zu produzieren, das sie in andere Gegenden verschiffen wollten, so war dies der geeignete Ort. Das bestätigte auch Papa-Fotis. Sie dachten, es sei geschickter, das Öl selber von Molivos aus in andere Häfen zu verschiffen, statt es auf Karren zu laden und irgendwohin in Mitilini zu geben; auch der Preis wäre besser, und sie könnten ein eigenes Transportschiff bauen.

Ich schritt den Acker hinauf und hinab, dachte nach, malte mir alles aus, machte mir ein vollständiges Bild. Die Sonne brannte, bald schon rann mir der Schweiß in Bächen herunter, ich sah, wie auch Papa-Fotis in seinem dunklen Mantel schwitzte. Und ich hatte nicht einmal ein Tuch, um den Kopf zu bedecken, und keinen Schatten, wohin ich mich flüchten konnte. Ich fragte ihn, ob es irgendwo Wasser gebe, und er antwortete: »Das ganze Meer liegt vor dir, andernfalls müssen wir zum Brunnen zurück.« Ich sagte nichts, und er fuhr fort: »Kühlen wir uns im Meer ab, und bei der Rückkehr halten wir am Brunnen an und trinken.« Ich schämte mich zuzugeben, daß ich noch nie in meinem Leben im Meer gewesen war und daß ich natürlich nicht schwimmen konnte. Er, ein junger Pope, im Meer, und ich, beinahe sein Vater, hatte die halbe Welt durchquert und war nie im Meer gewesen. Ich folgte ihm und sagte mir, daß es für alles ein erstes Mal gebe. Er zog alles aus, was die Schicklichkeit erlaubte, und sprang vor meinen Augen ins Wasser, gerade so, als ginge er aus dem Haus in den Garten. Ich ahmte seine Bewegungen genau nach, gab mir einen Ruck und glitt in die Wellen, ich versank, schluckte Wasser, tauchte wieder irgendwie auf, machte kehrt und stolperte an Land. Mir stockte der Atem, Wasser rann mir aus Nase und Ohren, aber ich war stolz auf mich. Eine so schwierige Sache hatte ich einfach so getan. Ich fühlte mich prächtig, legte mich breit auf den Strand und ließ mich von der Sonne trocknen. Ich wollte dem Popen nicht mehr beim Schwimmen zusehen aus Angst, ich könnte ihn vor Bewunderung verhexen. Er erinnerte an ein Gespenst, das das Meer zähmte, als wäre es seine Gemeinde. Er kam schneller heraus, als ich erwartet hatte, mit hastigen Bewegungen, beunruhigt, wie es schien. Er sagte, wir müßten uns anziehen, er war in größerer Eile, als seine Worte es vermuten ließen. Immer wieder sah er zum andern Ende des Strandes hinüber und beobachtete ein Boot, das, auf die Seite gekippt, halb im Meer, halb an Land lag, doch es war nichts und niemand da, es gab keinen Grund zur Beunruhigung. »Ist etwas passiert?« fragte ich. »Nein«, sagte er, »wir müssen gehen.« »So naß?« »Ja, das macht nichts, bis wir ankommen, sind wir trocken und schon wieder naß vom Schweiß.«

Das Boot war so weit entfernt, daß ich kaum die zwei Fischer sehen konnte, die dahinter saßen und mit dem Rükken zu uns ihre Netze flickten. Wir hatten uns bereits angezogen, als ich bemerkte, daß der eine aufgestanden war und sich uns näherte. Überrascht stellte ich jedoch fest, daß es eine Frau war, ganz in Schwarz, mit einem Kopftuch; sie stolperte über die Kiesel, neigte sich nach links, nach rechts, und je näher sie kam, desto jünger sah sie aus. Als sie bei uns war, verneigte sie sich wortlos, küßte dem Popen die Hand, hob den Blick und begrüßte uns. Sie mochte sechzehn, siebzehn sein, hatte zwei riesige Augen, die uns aus dem Kopftuch heraus ansahen, und ein Lächeln, das zu ihrem Alter paßte und uns aus dem schwarzen Kleid entgegenstrahlte. Sie wechselten im Stehen ein paar Worte, Papa-Fotis fragte sie nach ihrer Schwester; ohne sich umzudrehen, wies sie mit der Hand auf das Boot und sagte, auch ihr gehe es gut. Es war offensichtlich, daß er mit den Augen, die auf dem Boot ruhten, nach Jasmin suchte, während er mit Virgin sprach.

Auf dem Rückweg erzählte er mir von den beiden Schwestern. Sie waren Armenierinnen, wahrscheinlich Waisen, vielleicht auch nicht. Vor vielen Jahren hatten die Armenier Mitilini verlassen. Wie die beiden hier zurückgeblieben waren, wußte niemand genau. Ein Pope hatte sie in seinen letzten Lebensjahren wie Adoptivtöchter unter seinem Schutz gehabt, nun lebten sie allein im Haus, das er ihnen hinterlassen hatte. Es war klein, eng, zweistöckig, etwas abseits der Straße, unterhalb der Kirche, hinter dem Brunnen, vom Jasmin, den Nachtblumen und der Bougainvillea erstickt. Der Duft strömte bis zur Kirche. Sie halfen Papa-Fotis' Mutter, halfen in der Kirche, flochten Körbe und fischten. Die ältere entfernte mit Zaubermitteln an jedem Neumond Warzen an Händen und Füßen, eine ärgerliche Sache, die ein Priester wohl nur ungern erwähnte. Sie kamen zurecht. Eigenen Grund und Boden hatten sie nicht. Die schwarzen Kleider trugen sie aus Gewohnheit, sie behielten sie auch nach der Trauerzeit für den Popen bei. Papa-Fotis hatte sie in Schwarz kennengelernt, und zwei Jahre lang hatte er sie nur in Schwarz gesehen. Die eine hieß Virgin und war um die Sechzehn, die ältere hieß Jasmin und war um die Zwanzig. Das alles erzählte mir Papa-Fotis; er selber ging auf die Dreißig zu, ein strammer, großgewachsener, tüchtiger Mann, der in nichts an einen Popen erinnert hatte, als er mit aufgelöstem Haar und tropfendem Bart aus dem Meer gekommen war.

Wir waren bereits wieder beim blinden Alten. Papa-Fotis griff durchs Fenster nach einer Wasserkanne, wir tranken und tranken, löschten den Durst, dann ging er hinein und brachte eine Wassermelone, er schnitt sie entzwei und reichte mir die Hälfte. Ich fühlte mich nicht wohl wegen der Selbstverständlichkeit, mit der er sich in einem fremden Haus bewegte. Der blinde Alte war nirgends zu sehen, auch sonst hörte man keinen menschlichen Laut. Papa-Fotis kam mir merkwürdig vor, mochte er noch so ein guter Freund sein. Er sammelte die Melonenschalen mit einer Müllschaufel zusammen und brachte sie dem Esel, der nicht mehr angebunden war und ohne das schreckliche Tuch über den Augen dastand und nachzudenken schien. Papa-Fotis füllte die Wasserkrüge und rief, ohne sich in eine bestimmte Richtung zu wenden: »Vater, willst du sonst noch was?« Und sogleich von drinnen die Antwort: »Deinen Segen, mein Sohn, was könnte ich sonst wollen?« Wir gingen am Strand entlang nach Skala; er wollte mir ihren Hafen zeigen. Stolz präsentierte er mir auch die kleine Werft, wo bei dieser Gluthitze ein paar Männer ein neues Fischerboot kalfaterten. Es war früher Nachmittag, die Sonne brannte noch genauso wie vor zwei Stunden, das Meer wie aus Glas, das Dorf versunken in der Stille. Hinter einer Hofmauer duftete frisch gekochter Kaffee. An der Straßenkreuzung weiter oben, im Schatten, hatten zwei alte Frauen einen ganzen Berg Wolle vor sich; sie füllten das Gäßchen, spinnend und abmessend.

Am späteren Nachmittag ordnete ich meine Siebensachen, ebenso meine Gedanken, meine Bedürfnisse; ich bereitete die Arbeit des folgenden Tages vor. Papa-Fotis gab mir einen großen neuen Tisch, auf dem ich meine Gerätschaften auslegte, er brachte mir eine zweite Lampe, damit ich besseres Licht hatte. Die Armenierinnen brachten mir Sauerkirschsirup und Mandelmilch, am Abend aßen wir frische Makrelen von der Glut und kühle Wassermelonen aus dem Brunnen. Später holten wir zwei Stühle aus dem Haus. Es war ein herrlicher Abend, wir saßen da und sahen übers Meer; ich fragte ihn, wie er Pope geworden sei, und er fragte mich, wie ich Bauhandwerker geworden sei. Er kam auf das zu sprechen, was wir im Leben suchten, sprach über das Göttliche und Christus, ich erzählte ihm von Steinen und vom Bau eines Hauses. Ich sprach von weiblicher Gesellschaft, von Kindern und Familie, er sprach von Enthaltsamkeit und spirituellem Leben. Wir trennten uns, ohne daß wir uns befriedigt fühlten von den Antworten, weder er von meinen noch ich von seinen.

In den folgenden Tagen machte mich der Pope mit allen bekannt, mit denen wir die Arbeiten für die große Ölmühle beginnen würden. Ich erinnere mich nicht mehr, wie oft ich zum Feld hinunter und wieder hinauf zum Dorf stieg, um abzumessen und nochmals abzumessen, die Pläne zu ändern und sie in Übereinstimmung mit denen des Mechanikers zu bringen, der in der Folge die Installation der Maschinen und Kessel vornehmen würde. Ich wollte einen schönen und durchführbaren Plan. An der großen Kirchweih in Petra, wo die Menschen aus dem ganzen Bezirk zusammenkommen, um die Ikone der Muttergottes zu verehren, gingen einige von uns heimlich nachts zur einzigen Ölmühle, um sie uns aus der Nähe anzusehen. Sie befand sich an einem ungünstigen Ort, der den Bedürfnissen aller nicht gerecht wurde, und gehörte einem »Malefiz«, wie man ihn nannte, als hätte er sonst keinen Namen oder als erinnere sich niemand mehr daran. Sie war in der Tat klein, nicht zu vergleichen mit meinem Entwurf, doch der Besuch war nützlich, denn ich sah, wie die einzelnen Arbeitsgänge nacheinander abliefen, und gewann dadurch neue Ideen besonders für die Details.

Im Dorf kannte man mich bereits, beinahe alle grüßten mich, sogar der Mufti. Auch er hatte Oliven. Ich war der Mann, von dem sie hofften, er würde ihr Leben verändern. Fast jeden Nachmittag oder öfter noch am Abend kam der Lehrer vorbei, wir saßen zusammen, Papa-Fotis war auch dabei, und unterhielten uns über das Leben im Dorf, in Mitilini, in Epirus, auf der ganzen Welt, und stets erblickten wir einen noch schöneren Sonnenuntergang als tags zuvor. Der Lehrer hatte einen Freund, der seit vielen Jahren in Manchester lebte. Er hieß Kleanthis Michailidis; sie korrespondierten miteinander. Aus den Briefen erschnupperte der Lehrer den Duft einer andern Welt, er berichtete uns von Begebenheiten oder betonte »wie Kleanthis schreibt«, und seit der Telegraph nach Molivos gekommen war, sandte er ihm Nachrichten bis zu zehn Wörtern. Er erzählte uns auch von einem gewissen Venjaminos Lesvios, der vor vielen Jahren wegen seiner Ideen mit den Herrschaften von Ayvalik aneinandergeraten war. An andern Tagen wiederum war die Rede von den Unruhen mit den Mönchen des Klosters von Limonas, eine Sache, die Papa-Fotis verlegen machte; niemals bezog er Stellung. Der Lehrer sagte stets, alles beginne mit der Bildung, die wir hätten oder nicht hätten. Papa-Fotis sagte, zuerst müßten sich die Dinge ändern, damit man einen Fortschritt zu sehen bekäme, doch ich wußte nicht, ob er dabei nur an die Türkei dachte oder noch an etwas anderes. Ich wiederum glaubte an die Fähigkeiten des Verstandes und der Hände der Menschen. Sie sind der Schlüssel zu allem. Oder wir erzählten Geschichten – Jasmin und Virgin reizten mich beständig, denn sie wußten, daß außer den Steinen das Erzählen meine Leidenschaft war. Jasmin und Virgin hatten einen kleinen Anteil an unserem Leben. Sie sagten, es sei nicht richtig, daß die Mutter des Popen für uns sorge, sie sei zu alt; so kamen sie immer, und plötzlich, ohne daß wir es gemerkt hätten, hatten wir zwei Adoptivtöchter. Es kam mir vor, als wären wir nun alle miteinander eine neue Familie. Rasch wurde aus Papa-Fotis der titellose Fotis, und Virgin kannte meine Gewohnheiten besser als meine eigenen Töchter.

Es war der letzte Abend vor der Fertigstellung der Pläne und der Berechnungen, am nächsten Morgen wollte ich die Herren rufen und ihnen meinen Vorschlag unterbreiten. Der Mond schien hell, ich ging für einen Augenblick in den Hof, um durchzuatmen, ich lehnte mich an die Hofmauer, hackte frischen Tabak, genoß den Anblick des Meeres, das in der Tiefe silbrig glitzerte; vor mir hatte ich die Ölmühle, bereit, Öl zu liefern. In der Ferne war ein großes Kaiki zu sehen; es war überladen und fuhr direkt auf den Hafen zu. Ich blieb stehen und beobachtete es. Dann, von einer Sekunde zur andern, sah ich einen Funken wie von einem Feuerstahl, ich lief in die Kirche und rief nach Fotis – und schon stand das ganze Kaiki in Flammen. Fotis willigte ein, die Glocke zu läuten, ein Türke rief auf der Burg, bald läuteten sämtliche Glocken. Rufe von überall her. Man wußte nicht, waren es die Stimmen der Dorfbewohner, die das Schiff brennen sahen, oder Schreie der Verzweiflung, die der mittlerweile aufgekommene Wind herübertrug. Plötzlich war ein Schrei zu hören, langgezogen, voller Schmerz, dann wieder ein Schluchzen – als würde jemand bei lebendigem Leib verbrennen. Die Leute aus dem Dorf liefen nach Skala, obwohl das Kaiki so weit draußen war und keine Hoffnung bestand, daß es den sicheren Strand erreichen würde. Der Wind von den Dardanellen reichte aus, um die Flammen noch zu vermehren. Meer und Wind trugen den Todeskampf der Schiffer, die Schreie, die Kommandos, die Anrufungen Gottes, Allahs, der Muttergottes bis hinauf ins Dorf, wir hörten auch das Knirschen des Kaiki, das bald auseinanderbrechen würde, und doch befand es sich so weit draußen, daß man einzig und allein das Flackern sah. Es versank vor den Augen von uns allen, die wir nichts tun konnten. Wie ein mächtiges Kohlenbecken sank es in die Tiefen des Meeres und hinterließ Rauch und einen Gestank, der bis zu uns nach oben drang.

Ich ging mit Fotis nach Skala hinunter. Es gab Wellengang, und nur drei von allen Barken im Hafen zeigten Mut und Bereitschaft hinauszufahren, sich dem Kaiki zu nähern, zu retten und zu bergen, was übriggeblieben war. Ich stieg hinunter und sollte Unglück sehen, wie es mir noch nie in meinem Leben begegnet war. Alle drängten sich im Kafenion des Hafens und suchten den Türken, der das Zollamt aufschließen sollte. Sie stiegen auf Fässer, auf umgedrehte Barken, die Gerüste der Werft und die Kaiki, sie hingen an den eisernen Fensterrahmen, um besser aufs offene Meer zu sehen. Sie suchten nach den Barken, die ausgefahren waren. Andere standen vor dem Kafenion, tranken Kaffee, tranken Raki, warteten. Nach langer Zeit tauchte die erste Barke wieder auf. Wir lehnten uns fast übers Meer, einer fiel im Gedränge sogar ins Wasser, im letzten Licht des Mondes, der versank, warteten wir stumm auf Nachrichten.

Als erster kam Tassos; er kannte das Meer bestens, sogar mit geschlossenen Augen, mochte es Wellen haben oder mochte Flaute herrschen. Er steuerte die Barke an Land, er hatte zwei Männer an Bord, der eine war ohnmächtig, der andere schien einen Schlag abbekommen zu haben. Man hob sie vorsichtig aus dem Boot, trug sie ins Kafenion, trocknete sie, gab ihnen Raki und was es an heißen Getränken gab und fragte sie nach dem Wie und Was. Danach kam die zweite Barke, es war Michalis; er arbeitete im Hafen und entlud die großen Kaiki, die nicht in den Hafen einfahren konnten. Er brachte drei Männer, zwei konnten lebend geborgen werden, der dritte war gestorben. Doch auch der zweite heulte vor Schmerzen, man solle ihn ja nicht anrühren und liegen lassen; ihn hatte ein Mastbaum im Kreuz getroffen, und bevor wir ihn ins Kafenion bringen konnten, starb auch er, hauchte vor uns allen seine Seele aus. Die drei Überlebenden wurden vorerst in zwei nahe gelegenen Häusern untergebracht, die beiden Toten trug man ins Zollamt zur Aufbahrung; der Türke war aufgetrieben worden und hatte aufgeschlossen. Dann sperrte man die Tür wieder zu und ging weg. Auch wir zerstreuten uns nach und nach, einige waren schon vorangegangen und stiegen zum Dorf auf. Ich fragte Fotis nach der dritten Barke. Er hatte keine dritte Barke gesehen. Wir fragten die andern, keiner erinnerte sich, eine dritte Barke gesehen zu haben, nur Tassos und Michalis, die auch die einzigen seien, die etwas Derartiges bewerkstelligen könnten. Ungefähr auf halber Strecke hielt ich es nicht mehr aus, ich drehte mich zu Fotis um und sagte: »Ich gehe zurück, es gibt noch eine andere Barke.« Fotis hielt inne, packte mich, sicher, daß es keine dritte Barke gab, aber trotzdem – nun, er wollte mich nicht allein lassen und mir zu Gefallen mitgehen. Als wir wieder unten waren und auf den Hafen zugingen, sahen wir an der Krümmung der Mole, wie die dritte Barke kam, mitgenommen und mühsam kämpfte sie sich vorwärts. »Das nächste Mal hörst du auf mich«, sagte ich zu Fotis, und ohne ein Wort zu erwidern, warf er rasch ein Tau aus und half der Barke beim Landen. »Allmächtiger!« hörte ich ihn sagen, und da sahen wir, beide sprachlos vor Erstaunen, Jasmin und Virgin. Jede hielt ein Ruder, erschöpft versuchten sie die letzten Meter zurückzulegen. Auf den Planken der Barke lag rücklings ein Schiffbrüchiger, er bewegte sich nicht. Lebte er, oder war er tot? Wortlos hoben wir die beiden Mädchen aus dem Schiff, Jasmin brachte es tatsächlich fertig, uns ein breites Lächeln der Befriedigung und des Stolzes

zu schenken, Fotis sprang in die Barke, hob den Schiffbrüchigen heraus und lehnte ihn vorsichtig an die Steine.
Keine Menschenseele, alles geschlossen, nicht ein einziges
Licht. Ich wußte nicht, ob ich meinen beiden Adoptiv-
töchtern gratulieren oder sie schelten sollte. Wir sahen uns
um, suchten nochmals nach Hilfe, und nachdem wir uns
vergewissert hatten, daß der letzte Schiffbrüchige noch
atmete, nahm ihn Fotis und lud ihn auf die Schulter. Langsam begannen wir den Aufstieg zurück ins Dorf.

Da erst bemerkte ich, daß Jasmin in ihren Kleidern ins
Wasser getaucht war, sie war tropfnaß, und ihre Zähne klapperten im Dunkel der Nacht. Ich zog mein weißes Hemd
aus und befahl ihr so zornig, wie ich konnte – es war eine
perfekte Theatervorstellung –, ohne Widerspruch zu dul-
den: »Geh nach hinten und zieh dich um, sonst kannst
du was erleben.« Ihr Zustand, meine Miene, ihr Zittern,
ich weiß nicht, was von allem, bewirkten an jenem Abend
das zweite Wunder. Ohne ein Wort ging sie in eine Ecke,
wir blieben stehen, warteten, und sie erschien bald wieder
im ersten Hemd ihres Lebens, und das war nicht einmal
schwarz. Fotis stand da wie ein Ölgötze, den Ohnmächtigen auf der Schulter, und starrte sie an wie vom Blitz getroffen und vom Donner gerührt. Ich mußte ihn am Ärmel
ziehen, bis er begriff, daß wir weitergehen wollten, hinauf
bis zur Kirche. Zuvorderst Jasmin im weißen Hemd, hinter
ihr Fotis mit dem Ohnmächtigen auf der Schulter und am
Schluß ich mit Virgin, die den Kopf an meine Schulter
gelegt hatte und mir in allen Einzelheiten berichtete, was
sich zugetragen hatte. Wir kamen außer Atem zur Kirche
und brachten den Schiffbrüchigen gleich in die Zelle von
Fotis' Mutter, die in jener Nacht auf dem Feld unten bei seinem Vater schlief. Ich schickte die Mädchen nach Hause;
sie sollten sich umziehen und sofort wiederkommen, stellte
ihnen zudem eine Bedingung, ja drohte ihnen. »Falls«, sagte

ich zu Jasmin, »du zurückkommst und mein Hemd nicht mehr anhast, so wagt es ja nicht, über meine Schwelle zu treten, du nicht und die andere auch nicht.« Stumm wie die Kühe, starrten sie mich an, drehten sich um und gingen. Fotis trocknete hastig den Schiffbrüchigen, zog ihm ein Hemd an, und ich brühte schnell Minze auf, das einzige, was mir unter diesen Umständen nützlich schien. Wir setzten uns vor Fotis' Zelle und tranken den Tee. Da ging langsam das Hoftor auf – Jasmin und Virgin traten in langen, schneeweißen Blusen ein. Fotis erstarrte wieder, ich wandte mich an Virgin, sie solle Wasser bringen und Minze für alle aufkochen, und Jasmin fragte, wie es ihrem Geretteten gehe und ob sie ihn sehen könne.

Da hörten wir Lärm aus seinem Zimmer. Wir sprangen auf und eilten hinein. »Er kommt zu sich«, sagte Fotis, und wir beugten uns alle über ihn, als wollten wir ihn stärken, damit es schneller gehe, aber die Augen hatte er noch nicht aufgeschlagen. Ich saß etwas abseits, ich war sicher, daß es Stunden dauern würde, bis er zu sich käme, und mein Blick erhaschte ihn von Zeit zu Zeit, wenn ihn die andern nicht verdeckten. Er war ein junger Mann, ohne Schnurrbart, mit einem Gesicht, das nicht an die Menschen erinnerte, die in der Sonne und auf dem Meer ihr Leben verbrachten. Das Gesicht kam mir bekannt vor, ohne daß es mich jedoch an jemanden erinnerte. Plötzlich war Jasmins Stimme zu hören: »Er ist aufgewacht, er ist aufgewacht, kommt her!« Da stand auch ich auf, und wir beugten uns alle über ihn und sahen ihn an; wir lächelten, sagten Worte halb der Freude, halb des Stolzes, und er, auf dem Rücken liegend, ließ den Blick über jeden von uns schweifen, eine Runde und noch eine Runde, er war weg gewesen und wieder zurückgekehrt. Wir fühlten hinter seinen Lippen, hinter seinen Augen ein leises Lächeln. Und da wurde nun ich zu Stein, ich starrte ihn mit halboffenem Mund an und mit weit aufgerissenen

Augen, mir blieb die Luft weg, die andern sahen mal mich an, mal ihn, bis Fotis mich schließlich fragte: »Was ist? Was ist los?« »Aber das ist Nikolas, der Sohn des Herrn aus Sagoria, wir haben ihnen letztes Jahr das Haus gebaut.«

Nikolas, Nikos wollte weder an jenem Abend noch am folgenden, noch an irgendeinem Tag sagen, wie er von Epirus, wo ich ihn verlassen hatte, auf einem Kaiki, das ein Raub der Flammen wurde, in die Nähe von Molivos gekommen war. Andeutungen, Ausflüchte, und drang man in ihn, trotzte er und sagte kein Wort. Eines Tages fand ich ihn über den Tisch gebeugt, zwei Gefäße mit Öl vor sich, in die er eine goldene Uhr an einer Kette abwechselnd eintauchte; der vordere und auch der hintere Deckel waren offen, er schüttelte die Uhr leicht, das Öl spritzte, dann tauchte er sie wieder ein. »Sie ist von meinem Vater«, sagte er, »so werde ich sie retten.« Viel später, nach über einem Jahr, erfuhren wir, daß sich sein Vater mit der Tochter des Kompagnons davongemacht hatte, die einen sagten, nach Bukarest, andere wollten ihn in Odessa gesehen haben. Er war stets wortkarg. Wenn man ihn nicht ansprach, blieb er stumm. Aber auch wenn man das Wort an ihn richtete, gab er nicht jedesmal eine Antwort. Er sah einem tief in die Augen und wog die Worte ab, bevor er ja oder nein sagte. Und jener abwägende Blick konnte einen ins Wanken bringen. Dann kam es vor, daß sich in seinen Augen das Nein abzeichnete und er trotzdem gehorsam ja sagte.

In der Woche, die folgte, beschäftigte sich das ganze Dorf mit dem Schiffbruch, den Schiffbrüchigen, der Ursache, man hörte die verschiedensten Geschichten. Niemand dachte daran, daß Nikolas von uns weggehen könnte. Fotis bat seine Mutter, sie möge von nun an auf dem Feld unten bleiben, zumal der Vater an den Beschwerden des Alters litt, und unseren Gast konnten wir nicht aus dem Haus weisen. So bekam unsere Familie ein Mitglied mehr.

Mitte der Woche waren die Pläne, die Berechnungen, die Vermessungen fertig, ich hatte die Antworten für alles und konnte meinen endgültigen Vorschlag präsentieren. Alle wurden benachrichtigt, und am Sonntag setzten wir uns nach der Liturgie in den Hof. Virgin brachte uns Kaffee und Sauerkirschsirup, ich redete, redete, alles wurde gesagt, wir waren uns einig und machten den Vertrag. Je mehr ich müde wurde, insgeheim ja zu sagen, desto leichter gaben die andern ihre Einwilligung. Am Tag darauf fuhr ein Schiff von Molivos nach Kastro. Ich wollte es nehmen, am Abend wäre ich bei den Meinen, den andern Meinen, ich würde sehen, wie es voranging, würde regeln, wer unten bleiben und wer nach Molivos kommen würde. Die Männer aus Langada hatten sich bereits mit meinem Bruder geeinigt: Sie blieben zusammen und nur in Kastro. Nach einem unendlichen Palaver, wer blieb und wer ging – ich sah ja auch, was in der Hauptstadt nötig war, wo wir unsere erste Verpflichtung hatten, die wir nicht vernachlässigen durften –, beschlossen wir folgendes: Sobald die drei aus Langada gekommen wären, würden drei von uns nach Molivos gehen, mein Bruder jedoch nicht, und ich würde in Molivos selber die fehlenden Männer auftreiben. Wieder hatte ich Glück, denn sogleich fand ich ein Kaiki, das am nächsten Tag fahren würde, es würde auf seiner Reise nach Limnos in Molivos anlegen. Am nächsten Abend war ich bereits wieder daheim. Wir versammelten uns im Hof, Fotis und der Lehrer, Jasmin, Virgin und Nikolas. Die Leute von gegenüber, zwei gute Menschen, die keine Kinder hatten, brachten ihr Essen. Der Maultiertreiber, der zufällig vorbeikam, blieb stehen und wünschte einen guten Abend; er war Türke, wir sagten ihm, er solle die Maultiere anbinden und hereinkommen. Und er kam. Ohne Tumult, Geschrei und Gelächter, wir waren schließlich in einer Kirche, aßen wir alle zusammen wie eine große Familie.

An jenem Abend, ein Wort gab das andere, doch nichts Bedeutungsvolles wurde gesagt, erwachte in mir all das, was ich in mir für den passenden Zeitpunkt aufgespart hatte. Ich war neugierig auf die Burg. Am frühen Morgen trennten wir uns, Fotis suchte nach einer Unterkunft für die drei Männer, die kommen sollten, dazu hatte er weitere Dinge zu regeln, und ich stieg hinauf, um mir die Burg anzusehen. Ich nahm den Kopfsteinpfad, der hinaufführte, grüßte da und dort Frauen, die in der Kühle des Morgens am Spinnrad arbeiteten, häkelten oder nur dasaßen. Eine Frau sang: »Gegenüber Molivos liegt Babas, ich fahr hinüber, wenn du mich nicht liebst.« Ich gelangte zum hohen Außentor und legte eine Rast ein. Ich sah mir die Burg genauer an, studierte die Steine, die Bauweise, die Verbindung, die Ausdehnungen, wie die Steine Öffnungen bildeten, Quadrate, Rechtecke oder Rundungen, studierte die Höhen und die Neigungen, dabei ging ich immer mit beinahe schleppenden Schritten weiter. Ich dachte über die Burg nach und die mit ihr verbundenen Notwendigkeiten, aber auch an die Nöte, die zu den Mühen des Burgbaus geführt hatten. Was würden wir heute mit solchen Steinen bauen, was müßten wir bauen, mit wie vielen Männern, in welcher Zeit? Die Ölmühle erschien mir klein und nichtig angesichts der Bedürfnisse des Dorfes. Es folgten ein zweites und ein drittes Tor – Stellen des Widerstands und des Rückzugs für die Belagerten. Schwere Türen, unbeweglich, mit Eisenplatten verkleidet, auf jeder Platte zwanzig Nägel und jeder Nagelkopf so groß wie eine Haselnuß. Ich stieg hinauf zu den Schießscharten und sah die Kanonen, die immer noch auf die gegenüberliegenden Küsten gerichtet waren; sie waren rostig, vergessen vom Handel, von den Schiffen, welche die Furt durchpflügten, in einem unablässigen Hin und Her zwischen Osten und Westen, bei dem die Kanonen ein für allemal zu Alteisen wurden. Ich ging in jede Ecke der Burg und überblickte all die Felder, das unendliche Meer, die endlosen Berge gegenüber, irgendwo dort lagen Adramiti und weitere kleinere Dörfer, dort in der Tiefe des Ostens lag Ayvalik. Alles zusammen an dieser andern Küste von Mitilini war ein springlebendiges Stück dieser Erde des Wohlergehens.

»Dort drüben Tria, Tria.«* Ich drehte mich um und sah einen dunkelbraunen Mann, so dunkelbraun, wie ich es noch nie bei einem Zigeuner gesehen hatte. »Was drei?« fragte ich ihn. Ich konnte nicht verstehen, was er sagte, beharrte auch nicht darauf, aber ich richtete trotzdem das Wort an ihn. Die Burg, sagte er, gehörte ihm, er lebte in einer Zelle ohne Sonnenlicht, zusammen mit drei Ziegen, keiner der Dörfler gab ihm Unterkunft. Er sprach ein sonderbares Griechisch, aber alle verstanden es. Er machte im Hafen den Lastträger, und er kam ihnen nur dann in den Sinn, wenn es um eine Arbeit ging, die keiner sonst tun wollte. In der Nacht bewachte er die Getreidespeicher des Dorfes, die in der Burg untergebracht waren. Die Gendarmen kamen selten mal vorbei, warfen ein paar Blicke hinein, drehten sich eine Zigarette, und wenn es ihnen einfiel, inspizierten sie rasch die Speicher. Die Kanonen hatten sie seines Wissens nie angerührt. Er war groß, hager, mit einer langen und krummen Nase, mit scharfen Augen, wie sie der Adler in meiner Heimat hat, er war robust, mochte er auch einige Jahre älter sein als ich. Ich fragte ihn, was er denn getan habe, daß man ihn so behandle, hier, an einem Ort, wo Christen und Osmanen zusammenlebten, und zwar einträchtig, wie alle sagten. »Ich bin weder Osmane noch Grieche«, erwiderte er. Er hieß Mehmet und stammte aus Malta. Vielleicht stammte er sogar von den Sarazenen ab. Es war bald zwanzig Jahre her, als das Schiff eines Abends auf ein

* Tria, neugriechisch für Troja und drei (Anm. d. Übers.)

75

Riff gelaufen war, alle waren ertrunken, und Allah allein wußte, wie er gerettet worden war und lebendigen Leibes bis zu den Felsen hatte gehen können.

»Zuerst wollten sie mich hängen«, fuhr er fort, »doch etwas geschah, und Allah fügte es, daß sie mich verschonten. Ich wollte nie von hier weg, ich wußte ja nicht, was mich anderswo erwartete und ob Allah immer Zeit finden würde, mich zu retten. Lange Zeit aß ich, was die Hunde übrigließen, auch rohe Fische, die man als unbrauchbar zurück ins Meer warf. Ich freundete mich dort drüben in den Höhlen mit den Robben an. Am Anfang hatten sie Angst vor mir. Wochen, Monate redete keine Menschenseele mit mir, die Kinder sahen mich und rannten weg, andere warfen mit Steinen nach mir. Sie zeigten auf mich und sagten: ›Der Pirat, der Pirat.‹ Und ich sagte zu ihnen: ›Mehmet, Mehmet.‹ Und sie sagten: ›Der Pirat.‹ Eines Tages, als ich auf den Felsen Napfschnecken sammelte, glitt ich aus und fiel. Ich schlug mir den Kopf an und blieb liegen. Als ich zu mir kam, hatte mich der Vater von Papa-Fotis geborgen. Damals war er noch nicht blind. Er gab mir Wasser, Brot, Käse, eine Wassermelone. Seit meinem Weggang von Malta hatte ich keinen Käse mehr gegessen. Aber auch jener fürchtete sich vor mir, er hatte eine junge Frau, am nächsten Tag brachte er mir einen Strohkorb mit ein paar Sachen und sagte: ›Inschallah und gute Reise.‹ Im Dorf erfuhren sie, daß er mir geholfen hatte; sie gingen zu ihm, sogar der Kaimakam war beunruhigt, daß ein Mensch mich nicht schlechter als einen Hund behandelt hatte. Nach einiger Zeit sprachen einige mich an, sagten mir, daß der Vater von Papa-Fotis zum Kaimakam gesagt hat: ›Aga, er ist kein Pirat, er ist nur ein Sarazene.‹ Der Kaimakam fragte nach dem Unterschied, und der Vater von Papa-Fotis erklärte es ihm. Als der Aga an der Kreuzung beim Markt gefragt wurde, sagte er: ›Er ist kein Pirat, er ist nur ein Sarazene.‹

Seit da nannten mich alle Sarazene und hörten auf mit dem Piraten. Von da an konnte ich leben, ohne mich schämen zu müssen. Im Sommer schlief ich in Skala, unter den Barken in der Werft, im Winter ging ich auf den Friedhof. Ein Zigeuner hatte mir einen Schlüssel für die Kirchentür gemacht, ich ging hinein und schlief auf den Platten, in der Gewißheit, daß ich im Morgengrauen von der Kälte aufwachen würde und heimlich den Friedhof verlassen könnte, solang es noch dunkel wäre.

Lange Zeit später saß ich einmal am Marktbrunnen, trank Wasser und wartete, ohne daß ich wußte, worauf. Da erschien hoch zu Roß der Aga. Alle drängten sich, um ihn zu grüßen und ihm Ehrfurcht zu bezeugen, und der Aga, freudig wie noch nie, mit einem Lächeln bis zum Fes hinauf, sagte zu ihnen, er habe einen Sohn, und der heiße Ahmet, und alle müßten seinen Namen kennen. Alle erwiesen ihm ihre Reverenz, ein jeder sagte einen Segenswunsch. Ich saß abseits und maß die Freude der andern. Da sah mich der Aga, er runzelte die Brauen, sein Gesicht verdüsterte sich, und er fragte, warum ich so nachdenklich sei, was ich auf dem Herzen hätte, ich solle es ihm erklären. ›Ich freue mich über deine Freude, Efendi‹, sagte ich zu ihm. Er schien besänftigt und fragte mich noch einmal nach meinem Namen. ›Mehmet, Efendi‹, erwiderte ich, ›Mehmet.‹ Er dachte nach und sagte dann: ›Aferim, ausgezeichnet, mein Sohn Ahmet, und du Mehmet.‹ Er gab dem Pferd die Sporen und ritt hinunter. Da hörte ich auf, der Sarazene zu sein, und alle nannten mich Mehmet, ich existierte. Sie fingen an, mir Aufträge zu geben, mich in die Gemüsepflanzungen zu bestellen, zu den Ölbäumen, nach Skala, wenn schwere Handelswaren kamen, die sie kaum entladen konnten. Aber mich ins Haus einzuladen, dazu hatten sie nicht den Mut. Zu der Zeit, es war an einem Sonntagmorgen, sagte der Vater von Papa-Fotis im Kafenion, daß jemand die Burg bewachen müsse. Sie wunderten sich selber, und ich wunderte mich auch, als sie sagten, ich solle in der Burg wohnen; doch schnell begriff ich, daß es eine gute Entscheidung war und sich mein Leben verändern würde. Die Unterkunft war bereit für mich, und seitdem habe ich das größte Haus in Molivos. Dann vertrauten sie mir auch die Aufsicht über die Getreidespeicher an.

Unter der Burg, bei den letzten Häusern, lebte damals eine kranke alte Frau, sie konnte sich nicht bewegen, die Knochen taten ihr weh. Sie hatte eine prall gefüllte Sparbüchse und einen Sohn, der von hier nach drüben und wieder zurückfuhr, aber die Mutter sah ihn mit der Zeit immer seltener. Er hatte sich in Adramiti Reichtum und Land erworben und lebte mit einer Türkin, und das war der Kummer der alten Frau. Eines Tages rief sie mich zu sich und sagte: ›Du sorgst für mich, und ich bringe dir dafür Griechisch und Türkisch bei, ich gebe dir auch Ziegen, wir werden sagen, sie gehören mir, aber du wirst sie für dich haben. Für all das will ich nur eines: Du läßt dich taufen, wirst Christ, wir wollen dich Ignatios nennen.‹ Ich fragte mich immer wieder, was sie da gesagt hatte, ich hatte Schwierigkeiten zu verstehen, am Schluß aber war ich sicher, daß sie wollte, ich solle Christ werden. Da sagte ich, einverstanden, aber zuerst müsse ich gut Griechisch lernen, denn es wäre nicht richtig, daß ich als Christ nicht Griechisch könnte. Das fand sie richtig, und wir lebten mit dieser Übereinkunft, bis sie eines Tages starb. Ich hatte Türkisch und Griechisch gelernt wie ein Bewohner von Molivos, mir blieben ihre Ziegen, ihre Hühner, und mir blieb mein Name, Mehmet. Allah stand mir bei, und ich wechselte die Religion nicht.«

Seine Geschichte gefiel mir, ich sah ihn an und bewunderte ihn. Ich bewunderte seine Widerstandskraft. Ein richtiger fester Eckstein. Ich fragte ihn, ob er zupacken könne und ob er Lust habe zu arbeiten. Er sagte, seine Hände seien kräftiger als meine, ich solle es ruhig versuchen. Dann fragte ich ihn, ob er etwas vom Bauhandwerk verstehe, von der Arbeit mit den Steinen. Er sagte trocken: »Nein, Efendi, dafür von anderem.« Ich sagte also: »Für alle Dinge gibt es einen Anfang, es ist an der Zeit, daß du das Bauen lernst. Morgen oder übermorgen kommst du zu Papa-Fotis und besuchst mich, wir besprechen dann alles.« Da erhob sich Mehmet, reckte und streckte sich zwei Köpfe über mich, als wollte er in den Himmel fliegen, und als er sich so hoch gereckt hatte, wie es ihm möglich war, ließ er sich jählings auf die Knie fallen; er küßte meine Hand und sagte: »Inschallah.« Ich fühlte es, die Familie hatte wieder ein Mitglied mehr.

Ich ging den Kopfsteinpfad bergab; da traf ich auf den türkischen Maultiertreiber. Dort, im Stehen, bot ich ihm spontan an, falls er wolle, könne er einige Monate ausschließlich für mich arbeiten. Ein Lohn für ihn und einer für seine Tiere. Er brauchte nicht lang zu überlegen, er lächelte mich an und sagte: »Ich danke dir, Efendi, aber laß mich von Zeit zu Zeit, wenn es nichts zu tun gibt, nach Skala gehen für einen Transport.« Wir waren uns einig, schlugen ein, und ich stieg weiter abwärts. Seit Tagen hatte ich den Schmied im Auge, einen kräftigen Zigeuner. Sooft ich auch vorbeigekommen war, nie hatte er ein Feuer am Brennen gehabt und gearbeitet. Und wieder sah ich, wie er im Schatten saß, neben dem verloschenen Feuer, und sich mit dem Blasebalg Luft zublies, um sich abzukühlen. Ich sagte ihm, er solle doch mit mir arbeiten, doch er lehnte ab und sagte, er sei schon im Alter, und wenn er mit mir ginge, so gäbe es niemanden, der Tieren die Hufe beschlage, und es wäre für uns alle besser, ich nähme seinen älteren Sohn. Er garantiere mir für ihn, und wenn ich wolle, könne ich auch Papa-Fotis fragen. Ich kehrte zurück, traf Fotis, erzählte ihm alles, was geschehen war, er war mit allen dreien einverstanden, mit Mehmet, dem Maultiertreiber und Rofos, dem Seebarsch. Rofos nannte man den Sohn des Schmieds, so nannte ihn sein Vater, die Mutter, so auch das ganze Dorf. Er war ungetauft, trotz aller Bemühungen des seligen Popen, und hatte, wie alle Kinder des Zigeuners, ebenfalls einen Fischnamen bekommen. Der Vater nannte ihn Rofos, denn schon im Säuglingsalter, erklärte er, hätten seine Augen ihn an die Augen des Seebarschs erinnert, der zudem sein Lieblingsfisch war. »Vielleicht gelingt es uns eines schönen Tages doch noch, ihn zu taufen«, sagte Fotis mit einer Spur Hoffnung.

Die Mannschaft war bereit, meine drei Männer aus Mitilini, Stelios, Stathis und Ajissilaos, Fotis, der Pope, Mehmet, der Maultiertreiber Reouf und Rofos. Nikolaos würde für das Finanzielle, die Bestellungen und für alles, was mit Papier und Bleistift zu tun hatte, verantwortlich sein und Fotis vertreten, wenn dieser aus beruflichen Gründen abwesend wäre. Am Montag morgen begannen die Hiesigen, die Männer aus Mitilini brauchten wir vorerst nicht. Wir wollten den Platz vorbereiten und nach und nach die Steine herschaffen, viele Steine, unermeßlich viele. Der Lehrer sandte Fotis eine Nachricht, er wolle uns am Sonntag zu sich nach Hause einladen und uns mit Speis und Trank bewirten. Er lud alle ein, die mit dem Werk beginnen würden, das er selber von Anfang an unterstützt hatte, und fand nebst Argumenten, Worten und einem gutgedeckten Tisch keinen andern Weg, uns seine Freude zu zeigen. Ich beauftragte Virgin, alle zu unterrichten, und in bester Stimmung spazierte ich anderntags durchs Dorf, sah mir die Gebäude, die Erker, die Brunnen, die Moscheen und die Kirchen an. Ich kannte noch andere Dorfbewohner, sie bewirteten mich mit Raki und Tintenfisch, dort mit Raki und gerösteten Kichererbsen und wieder anderswo mit Raki und Oliven. Gute Menschen. Am Samstag nachmittag nahm ich mir vor, in den Hamam zu gehen; ich wollte am nächsten Tag sauber in der Kirche und beim feierlichen Abendessen erscheinen.

Ich ging zum erstenmal in den Hamam von Molivos. Der Lehrer sagte mir, was ich wissen mußte, Virgin gab mir frische weiße Kleider, und ich zog mit einem riesigen Badetuch zum Hamam. Ich folgte gehorsam den Anweisungen des Lehrers, verbarg mich hinter einem Holzgitter, legte meine Kleider auf eine Bank, die ein alter Mann bewachte, wickelte das Tuch um mich, nahm Seife, Wasserkanne und Holzschuhe, stieß eine hohe, dicke Holztür auf und trat ein. Ich verlor mich in der Hitze und der Stille, beim sonderbaren Anblick der steinernen Halle, im wenigen Licht, das von oben in den geheimnisvollen Raum drang, der einzig für das Gespräch mit den Seelen der andern Welt geschaffen war. Es waren noch andere da mit ihren Wasserkannen, mit einem stillen Nicken oder einer Geste begrüßten sie mich und kehrten zurück in ihre Welt und zu ihren Gedanken. Im Hintergrund führte eine dicke Holztür in einen kleineren Raum, in dem es wärmer war als in dem, wo ich mich befand; der Lehrer hatte mir gesagt, hinter diesem wärmeren Raum befinde sich ein weiterer, noch kleinerer, ich dürfe ihn keinesfalls betreten, mit meinem Gewicht würde ich es nicht aushalten. Ich ging in den zweiten Raum, die Hitze verschlug mir den Atem, aber mich trieb die Neugierde, und ich öffnete die Tür zum dritten Raum einen Spalt weit, um einen Gesamteindruck vom Hamam zu bekommen. Es gelang mir nicht einmal, einen Blick hineinzuwerfen, da schlug mir die Gluthitze ins Gesicht, an die Brust, schnell machte ich die Tür zu und kehrte in den ersten Raum zurück. Ich setzte mich in eine Ecke und wusch mich. Ich spürte, wie ich mich in der Hitze auflöste, wie mein Körper sich öffnete und langsam alles, was sich an Bösem und Überflüssigem angesammelt hatte, herausfloß. Immer wieder dachte ich, ich würde zergehen. Ich füllte die Kanne mit kaltem Wasser und schüttete es über mich. Ich fühlte mich so herrlich, herrlich wie noch nie. Als ich endlich die Augen aufschlug, sah ich vor mir, etwas abseits, auf niedrigen Schemeln, nackt wie ich auch, Mehmet, Reouf und Rofos sitzen; sie schwiegen, sahen mich aber lächelnd an und warteten, bis ich sie bemerkte, um mich dann zu grüßen. Keiner sprach, und auch ich brachte keine Silbe heraus. Die Seife glitt von Hand zu Hand, Schweigen wie beim Abendmahl, die Kannen wurden gefüllt und ausgegossen, als würde das Wasser uns reinigen und läutern. Dann, als ginge ein langes Gespräch zu Ende, das nie stattgefunden hatte, als hätten wir uns alle mit einem Wink verständigt, erhoben wir uns, die drei gingen in ihre Ecke, nahmen ihre Holzschuhe, und gemächlich machten wir uns auf zum Vorraum. Wir trockneten uns sorgfältig ab, und ich verabschiedete mich von ihnen. Ich sagte nur: »Wir unterhalten uns morgen abend.« »Allah möge für dich sorgen und auch die Muttergottes«, sagte der alte Pförtner. Ich steckte ihm zwei Münzen zu, ging hinaus in die abendliche Brise, die von hoch oben in die Gasse wehte, und fühlte mich zehn Jahre jünger.

Am nächsten Abend trafen wir uns bei der Kirche. Papa-Fotis und Nikolas gingen voran, Jasmin und Virgin folgten, zuhinterst meine Wenigkeit. Die Meinen aus Epirus wohnten anderswo und würden allein kommen. Auch die Leute von gegenüber, die uns immer wieder bewirtet hatten, waren eingeladen. Sie hatten keine Kinder, keine Eltern, hatten niemanden auf der Welt, und so suchten sie an den Abenden unsere Gesellschaft. Es waren alle schon vor uns eingetroffen, und sie erwarteten uns in einem Hof voller Blumen, die bis in die Gasse dufteten. Der Lehrer empfing uns und bat um Verzeihung, weil seine Schwester noch etwas vorbereite, doch sie komme so schnell wie möglich. Rofos traf zusammen mit Reouf ein. Plötzlich ging die Tür einen Spalt weit auf. Wir spürten, daß uns jemand beobachtete und zögerte hereinzukommen. »Wer ist da?« rief der Lehrer. Die Tür ging noch zwei Fingerbreit auf, aber nichts. Der Lehrer stand auf und fragte, während er zur Tür ging, nochmals: »Wer ist da?« Er machte die Tür ganz auf, und da erblickten wir einen Fremden, er war sehr groß, hatte eine Uniform an, die glänzte und leuchtete, im Gürtel steckten zwei Messer mit goldenen Griffen, auf der Weste Flitter, Fransen und Gold; er war etwas mehr als ein Aga und etwas weniger als der Sultan. Der Lehrer stotterte: »Mehmet«, er beendete den Satz nicht, bat ihn herein. Ängstlich, mit verlegenen Schritten, trat er vor uns. Wir hießen ihn herzlich willkommen, Jasmin nahm ihn an der Hand und hieß ihn neben sich Platz nehmen. Keiner wagte es den ganzen Abend über, zu fragen oder Vermutungen darüber anzustellen, wo Mehmet dieses Kostüm wohl herhabe. So saßen wir längere Zeit beisammen, redeten über dies und das; der einzige, der nicht so recht dazu paßte, war Mehmet, einerseits wegen seiner Uniform, anderseits wegen seines Schweigens. Da erschien die Schwester des Lehrers in der Tür. Ich hatte von ihr reden hören, sie aber noch nie zu Gesicht bekommen. Sie war eine Frau über dreißig, aber schön, so schön wie Jasmin und Virgin zusammen und noch etwas schöner. Eine solche Schönheit hatte ich in unserer Heimat nie gesehen. Auch nicht in Siatista, in Ioannina und in Athen oder anderswo, weder in meiner Jugend noch jetzt, wo ich auf die Fünfzig zuging. Sie hieß Magdalini, und in meinen Gedanken versündigte ich mich schon im ersten Augenblick gegen meine Frau und meine Kinder. Doch ich vermag sie nicht zu beschreiben, es ist unmöglich, sosehr ich es auch möchte. Den ganzen Abend sah ich sie an, ohne ein Wort zu finden, das ich zu ihr hätte sagen können. Wir brachen spät auf, und ich torkelte beinahe vom Wein des Lehrers und dem süßen Honig seiner Schwester.

Am Montag in der Frühe stürzten wir uns kopfüber in die Arbeit, und nach zwei, drei Tagen hatte unser Leben einen andern Rhythmus, andere Gewohnheiten bekommen. Während wir den Ort veränderten, spürten wir, daß auch wir uns veränderten, uns in der Vergangenheit zurückließen und ein ganzes Leben neu planten. Für jedes Problem fand Fotis stets eine Lösung, er wußte, an wen er sich wenden mußte, wer helfen könnte. Jasmin und Virgin rieben sich auf, sie sorgten für die Kirche, für Fotis, für mich, kamen zum Feld hinunter, kochten für alle, teilten das Mittagessen aus und gaben, was fürs Abendessen bestimmt war, in einen Topf, damit es hinaufgetragen werden konnte. Mehmets Widerstandskraft und Hingabe waren einmalig, Reouf, ein Hauch von einem Mann, schleppte aus großer Entfernung die Steine her, und Rofos wußte immer einen Scherz oder einen Schabernack in der Stille der mühseligen und freudlosen Arbeit. Bei Sonnenuntergang Rückkehr, die Füße trugen uns kaum mehr den steilen Abhang hinauf, bis wir endlich am Hoftor waren.

Beim Abendessen war ein jeder besorgt und hoffte, er bekomme heimlich ein wenig Entgelt für das Warten eines ganzen Tages. Fotis – lassen wir den Papa-Fotis – schmolz vor Jasmins Augen, Virgin ließ Nikos nicht in Ruhe, und je mehr Zeit verging, desto öfter schickte ich Virgin zum Lehrer, er solle zu uns kommen und mit uns essen und seine Schwester mitbringen. Am Tag schmolzen wir in der Sonne und bei der Arbeit, am Abend wegen unserer Gedanken und Gefühle. Meistens aß noch Mehmet mit uns, Reouf und Rofos gingen heim zur Familie. Mehmet wurde bald ein lebendiger Teil unseres abendlichen Lebens und erzählte unablässig endlose Geschichten aus seiner Heimat, daß er der weitgereiste Sohn eines Aga sei und alles, was ihm die kranke Großmutter in dem Jahr, das er bei ihr gewesen war, beigebracht hatte. So vergingen beinahe zwei Monate.

Die Werke des Tages schritten voran, doch die Träume der Nacht stagnierten.

In unserer Welt fiel nur einer wegen seines Verhaltens auf. Er war nobel, voller Ehrgefühl, stolz, sehr gescheit, aber er war und blieb bei jeder Begebenheit weit entfernt: Nikos. Niemals sagte er nein, doch hie und da war er brüsk zu Virgin, wenn sie ihn belästigte. Es gab Zeiten, da schien er gar nicht bei uns zu sein, und nur Virgin brachte ihn uns nahe. Vielleicht weil sie ihm das Leben gerettet hatte, fühlte er sich verpflichtet und wollte sie nicht bekümmern. Ein-, zweimal fragte er mich, ob ich ihn für etwas brauche, ich erwiderte zerstreut »nein«, und er blieb den ganzen Tag verschwunden, kehrte erst spätabends wie ein Leichnam heim, als wäre er auf langer Wanderschaft gewesen. Dann wiederum erwischten wir ihn, wie er die Nacht über weg gewesen war und dann urplötzlich während der Arbeitszeit auftauchte, wir wußten nicht, woher er kam. Wir fragten in Skala und in den Kaffeehäusern, ob er dort verkehre, aber nichts. Niemand hatte ihn nachts gesehen. Wir dachten an eine Ölung, Fotis' Mutter wollte den Fluch von ihm nehmen, aber er lehnte ab. Eine alte Frau schleppte sich zu uns und brachte ihm Weihwasser aus der Kirche der Selbstlosen Ärzte Kosmas und Damianos. Er benetzte seine Lippen nicht damit. Er war störrisch. Er lächelte höflich, entschuldigte sich und stürzte sich in die Arbeit. In der Zelle, in der früher Fotis' Mutter gewohnt hatte, hing eine kleine Ikone der Muttergottes über dem Bett. Eines Tages, als wir im Hof saßen und ich das Meer betrachtete oder Magdalini, ich weiß es nicht, hörte ich Fotis zum erstenmal heftig mit Nikos streiten. Ich sah nach. Fotis drehte sich um und sagte fassungslos: »Nimm die Muttergottes ab, und häng die goldene Uhr auf.« Nikolas erwiderte nichts, senkte den Kopf, schritt zwischen uns hindurch und verließ den Raum. Als dann die Männer aus Langada kamen, machte er sich noch rarer. Er trat vor mich hin und sagte: »Meister, nimm es mir nicht übel, aber ich werde nicht mehr zur Ölmühle kommen. Wenn du willst, erledige ich wie bisher die Rechnungen und die Berechnungen, ich will auch keinen Lohn. Nur einen Teller Essen und die Zelle, und ist das zuviel, dann danke ich dir von Herzen, küsse dir die Hand und auf Wiedersehen irgendwann in Sagoria.« Ich bekam beinahe einen Schlag, es war, als würde mich mein eigener Sohn verlassen, das hatte ich nicht erwartet, das hielt ich nicht aus. Ich nahm alles hin.

An jenem Nachmittag saß ich mit Fotis zusammen, er war für mich wie der ältere Sohn; ich bat Virgin, uns zwei Raki zu bringen. Fotis rief sich mit Mühe ins Gedächtnis, daß er Pope war und keinen Raki in den Mund nahm. Ein Schlückchen Wein vielleicht, aber nur selten und nie in der Öffentlichkeit. So trank eben ich immer die beiden Raki. Von den Dardanellen her wechselte jäh das Wetter, es nahm mit sich, was es vorfand. Fensterflügel und Türen schlugen immer wieder auf und zu und zeigten einen Sturm an, ein paar Krüge fielen zu Boden und zerbrachen. Die Hufeisen der Tiere klapperten übers Kopfsteinpflaster, hinauf, hinab, die Hausfrauen verließen die Außentreppen und gingen ins Haus. Der Lärm der Holzschuhe zeugte von hastigen Schritten in den Höfen, mal von dort, mal von hier, Stimmen riefen wegen des Unwetters nach jemandem, eine Frau rief wimmernd nach einem gewissen Ignatios, doch der war nirgendwo, dann begannen sogar die Glocken im starken Wind hin und her zu schwingen. Wir rannten, schlossen und sicherten die Kirche und die Zellen, schickten Virgin zu Jasmin, damit sie nicht allein im Haus war, Mehmet kam schnell vorbei und fragte nach unseren Wünschen, wir trugen ihm auf, nach den Tieren zu schauen, und als wir alle Türen verriegelt hatten, merkten wir, daß Nikos nicht da war. War er noch nicht gekommen, oder war er gekommen und wieder gegangen? Wir wußten es nicht mit Bestimmtheit. Da setzte ich mich zu Fotis und erzählte ihm klar und deutlich, was seiner Aufmerksamkeit entgangen war; ich erzählte ihm von meiner tiefen Unruhe wegen dieses Burschen, für den ich Vatergefühle hegte. Fotis hörte zu, sagte nichts, in seinen Augen lag Verständnis, obwohl die beiden sich vor zwei Tagen wegen jener Uhr in den Haaren gelegen hatten. Er nahm ihn in Schutz und beendete das Gespräch mit einer Frage, die in der Luft hängenblieb. »Wer weiß, was ihn quält? Wer weiß, was einen jeden von uns quält?« Vielleicht hatte er recht, alle schleppten wir etwas mit, aber das war auch kein Unglück. Mein Magen war leer, der Raki setzte mir zu. Bald darauf fielen bei Baba Kale im offenen Meer die Blitze, Richtung Dardanellen war es taghell. Der Himmel öffnete seine Schleusen, es regnete in Strömen, die Zunge löste sich mir, das Gespräch nahm einen andern Verlauf, und ich sagte zu ihm, mehr um zu reden, als ihn um Hilfe anzugehen: »Fotis, ich betrachte dich als Mann und spreche zu dir als einem Mann und nicht als einem Popen. Du weißt, wie sehr ich die Ölmühle will, du sollst aber auch wissen, wie sehr ich Magdalini will.« Er sah mir tief in die Augen, leerte in einem Zug den Raki, der vor ihm stand, und sagte so schnell, daß er es sich nicht noch anders überlegen konnte: »Und ich will Jasmin.« Wir saßen und tranken die ganze Nacht, versuchten herauszufinden, wohin das Unwetter zog, wo die Blitze zu sehen wären. Und wir malten uns aus, was Jasmin und Magdalini wohl in diesen Stunden taten. Waren sie wach, worüber dachten sie nach, was wünschten sie sich, was hofften sie? Waren ihre Füße wohl warm? Draußen wüteten Sturm und Regen und versuchten mit Getöse die Häuser auszureißen. Die Öllampen waren alle verloschen, und man hörte nur das Wasser, ein Sturzbach auf dem Kopfsteinpflaster, unerwartet auch hie und da die kleineren Kirchenglocken, die einen leblosen Ton von sich gaben. Wir beide waren reglos in unseren eigenen Welten versunken, und immer wieder sprach der eine von seinem Schmerz und seinem Kummer und bemaß seine Sünde als schwerer denn die des andern.

Am nächsten Morgen fand uns Nikos schnarchend. Ich lag breit ausgestreckt auf dem Fußboden, den Kopf an einen kleinen, runden Eßtisch gelehnt; Fotis lag rücklings auf dem Kanapee, seine Priesterkutte war mit Erbrochenem beschmiert. Ich schämte mich über die Verwahrlosung, in der er uns antraf, und fragte mutig: »Und wo bist du die ganze Nacht gewesen?« »Dort, wo auch du gewesen bist.« Er schleppte mich zum Wasserbecken und leerte eine ganze Kanne kaltes Wasser über meinem Kopf, damit ich wieder klar wurde. In diesem Augenblick kam Jasmin herein und sah Fotis in seinem Elend. Mir fiel ein, was er über sie gesagt hatte, und er tat mir in der Seele leid; hoffentlich würde er nie erfahren, daß Jasmin ihn plötzlich weg vom Pfaffenthron sah, ein Schwein, Arm in Arm mit seiner Kotze. Und das Unglück geschah. Fotis wachte auf, er wollte sterben vor Scham; es war seine höchste Demütigung, die Strafe Gottes, Strafgericht des Himmels. Jasmin begriff nicht, was sich zugetragen hatte. Sie lief ein und aus, räumte auf, wußte nicht, wem sie zuerst beistehen sollte, Fotis wies sie ab, und ich sagte: »Es geht mir gut, sieh nach Fotis.« Sie sammelte die Gläser vom Boden auf, die Scherben des Krugs, der heruntergefallen war, wandte sich an Nikos und fragte ihn, was da geschehen sei, ob es Streit gegeben habe. Nikos sagte: »Ja, sie haben gestritten, sie haben mit ihren Träumen gestritten.« »Auf, vorwärts, aufs Feld, bald kommt der große Regen, was wir getan haben, haben wir eben getan«, sagte Fotis plötzlich, im Versuch, sich seiner Verantwortung zu stellen. »Wann kommt der Regen?« wandte er sich an Nikos. »Es heißt, wir hätten noch Zeit, eine Woche.« Da verloren wir Nikos endgültig. Wir sahen ihn jedesmal, wenn das Dorf schon auf dem Sprung war, in die Felder auszuströmen, in der bangen Erwartung, ihn tot oder sterbend zu finden. Er kam in elender Verfassung daher, aufgelöst, sein Anblick hatte sich verändert, die Hände waren voller Schwielen, die Nägel verdreckt, als hätte er den ganzen Tag an der Ölmühle gearbeitet. Und immer sagte er, er sei einzig und allein zurückgekommen, damit wir uns keine Sorgen machten. Nur für Jasmin hatte er ein paar Silben übrig, ihr verdankte er sein Leben. Er suche etwas, forsche nach etwas, und das sei keine Person, kein Ding, doch auch sie wurde nicht klug daraus.

Je weiter der Bau der Ölmühle fortschritt, desto mehr zankten sich die Teilhaber. Anfangs schenkte ich dem keine Beachtung. Ich wollte mich nicht einmischen, das wäre nicht richtig gewesen. Sie hatten mich nicht nach meiner Meinung gefragt, und ich fuhr im normalen Rhythmus fort, zu bauen, was wir vereinbart hatten. Fotis erstattete mir immer wieder Bericht über die Vorgänge, fragte mich nach meiner Meinung, glaubte jedesmal fest, daß sich auch der letzte Rest des Zanks endgültig gelegt hätte. Doch nun beunruhigte mich diese Zwietracht mehr als das, was der Kaimakam jedesmal verlangte.

Zwei Wochen später begann der Regen. Besonders für Mehmet, Rofos und Reouf war es unmöglich, mit uns weiterzuarbeiten. Ohne die Steine, die sie herausbrachen, behauten und brachten, gab es keine Ölmühle. Wir machten eine Pause für die Dauer der Regentage. Ich hatte keine Gewissensbisse, bis dahin war alles nach Plan gelaufen. Beim ersten Regenschauer kam auch Nikos nach Hause. Wir gingen zusammen in den Hamam, ich lud alle ein. Und wieder spürte ich, wie die ganze Gunst Gottes in meinen Körper drang und mich verjüngte. Etwas Ähnliches wird auch Mehmet gedacht haben, er flüsterte zu Allah. Ich bat Nikos, Wasser über mich zu gießen, ein Vorwand, um ein ernsthaftes Gespräch mit ihm zu führen. Er saß neben mir auf den heißen Platten und schüttete Wasser über uns, mal über sich, mal über mich, wenn uns die Hitze zuviel wurde. Weiter unten fühlten sich Mehmet und Reouf, ohne Wasserkanne, in ihrer eigenen Welt wohl und behaglich. Rofos ging auf und ab, zog allein seine Kreise, schritt durch die drei Räume wie ein Dämon, der in den Gefilden der Hölle einen Spaziergang machte. Dann beugte ich mich zu Nikos hinüber und fragte, ob es ihm gutgehe, er habe sich in letzter Zeit verändert, wir alle liebten ihn, doch alle machten sich Gedanken, was mit ihm geschehen sei. Und ob sein Herz für ein anderes Herz entflammt sei, er solle es mir sagen, wir seien Männer, wir würden eine Lösung finden.

Nikos sah mich lange an und schwieg, er gab keine Antwort, dann winkte er Mehmet zu sich, der verklärt dasaß und in die Kuppel starrte. Mehmet kam gleich her, groß, dürr, und setzte sich mit gekreuzten Beinen vor uns. Nikos beugte sich hinunter und sagte zu ihm: »Mehmet, warum gefällt dir der Hamam?« »Weil er mich an meine Heimat erinnert, an das, was meine Großväter und die Großväter meiner Großväter geschaffen haben. Wer weiß, vielleicht haben die gleichen Hände das hier erbaut.« »Wenn die Erde bebte, ein mächtiges Beben, Mehmet, wenn das Unterste zuoberst kommt, was soll stehenbleiben, dieser Hamam oder die Ölmühle?« Mehmet war verwirrt, er erinnerte sich an die Erdbeben, die vor Jahren Mitilini in Trümmer geworfen hatten, er dachte nach, drehte sich zu mir, sein Gesicht war erfüllt mit aller Ehrfurcht, die er aufbieten konnte, sah mich an und gab mir die Antwort: »Efendi, verzeih mir, doch ich würde sagen, daß dieser Hamam gerettet werden müßte.« Bevor ich den Mund auftun konnte, gab Nikos dem Zigeuner einen Wink. Rofos trat heran, und Nikos stellte ihm dieselbe Frage. Der Zigeuner dachte lange nach, es bereitete ihm Mühe zu antworten, und schließlich sagte er: »Was soll ich sagen? Ich weiß nicht. Aber wenn du meinen Vater fragst, der ist ein Handwerksmann, der würde dir sagen, wir müßten unbedingt den Hamam retten.« Und als Nikos fragte: »Warum den Hamam und nicht die Ölmühle?«, erwiderte er: »Weil er mit einer Meisterhaftigkeit gebaut ist, wie es keine zweite gibt, aber Ölmühlen können wir zwei-, dreimal und immer wieder aufbauen.« Schließlich und endlich rief er Reouf, stellte ihm dieselbe Frage, und der Maultiertreiber gab zur Antwort, auch er würde den Hamam retten, und auf die Frage, warum, sagte er, der Hamam sei etwas, das ihm gehöre, auch wenn das natürlich nicht so sei, hingegen für die Ölmühle, für die könnte er niemals ein solches Gefühl empfinden, selbst wenn sie jemals fertig werden würde.

Ich begriff noch nichts von dem, was Nikos zu den dreien gesagt hatte, die Hitze war unerträglich und erstickte mich, und ich machte den Vorschlag, langsam hinauszugehen. Die Kirche war nicht weit weg, wir wickelten uns gut ein. Der Himmel hatte seine Schleusen geöffnet, wir rannten, so schnell wir konnten, und flüchteten in die Kirche. Am Abend trafen wir uns alle in Fotis' Zelle, sie war die geräumigste, und wir benutzten sie auch als Eßzimmer. Ich war schlecht gelaunt wegen des Gesprächs, das merkwürdige Fragen aufgeworfen, jedoch nirgendwohin geführt hatte, wegen des Wetters, das nicht so aussah, als wolle es sich bessern, wegen des Zanks der Teilhaber, die immer weiterhaderten, und zuletzt wegen meiner Geschichte mit Magdalini, die keine Fortschritte machte. Fotis, der von allem wußte, schickte trotzdem Virgin hinaus in den Regen, sie solle den Lehrer und seine Schwester einladen, falls sie Lust und Appetit hätten, mit uns zu essen. An jenem Abend kam nur Magdalini herunter, der Lehrer hatte zu tun. An jenem Abend, warum und wieso, kann ich nicht sagen, verließ uns Virgin plötzlich mit den Worten, sie habe noch eine

Arbeit zu erledigen, und Nikos ging hinaus, um nachzusehen, ob es noch regne, er kam zurück zur offenen Tür und wünschte uns eine gute Nacht, er hatte nichts gegessen, sagte, er sei müde und gehe schlafen. Tatsächlich sah ich, wie er zu seiner Zelle ging.

So waren wir an jenem Abend vier, Jasmin, Magdalini, Fotis und ich. Ein Krug Rotwein, Mandi, ein armenischer Auflauf und Fotis' Lieblingsessen, das Jasmin am Morgen gekocht hatte, Rahmjoghurt von den Leuten gegenüber und große grüne Pfefferschoten, die ich im Sommer schon in einem kleinen tönernen Topf in Essig und Öl eingelegt hatte, wie man es in meiner Heimat macht, ein Vorrat für den Winter. Durch das Fenster drang ein Liebeslied, Magdalini summte, als gäbe sie Antwort, Jasmin fiel auf Armenisch ein, das Lied wurde eins mit dem Duft des Regens, der von den Dardanellen kam. Das Meer war in Aufruhr, es schwappte an Land, trug unaufhörlich Kiesel heran und polierte sie. Wir zündeten die Öllampen mit besonderer Aufmerksamkeit und Sorgfalt an, vielleicht würde uns das helfen, aus der Verlegenheit herauszufinden, die uns alle befallen hatte. Jasmin füllte die Teller, füllte die Gläser, wir schlugen das Kreuz, sprachen Gott unseren Dank aus, doch in unseren Ohren klang noch immer das Liebeslied, trotz unseres Gebets. Wir beugten uns über den Tisch, aber keiner aß einen Bissen.

Wir saßen da und hielten die Weinbecher fest. Fotis neben mir, gegenüber von Jasmin, der er tief in die Augen sah, und ich gegenüber von meiner Magdalini, mit meinen Beinen hatte ich unter dem Tisch schon die ihren umarmt, und ich fühlte, daß ich sie bei jeder zufälligen Bewegung wieder berühren würde. Wir stützten uns auf die Ellbogen und studierten die Linien des Wassers auf dem Holz, buchstabierten alte Initialen, die mit einem Messer eingeritzt waren, entdeckten Muster, die uns noch nie aufgefallen waren: ein altes Brettspiel, eine Meerjungfrau, eine Waage. Doch insgeheim studierten wir unsere Widerstandskräfte, unsere Grenzen für jenen Abend, die Risiken, die wir bereit waren einzugehen, die Gefahr, vielleicht all das zu verlieren, was wir bis dahin in Einklang gebracht hatten. Zwischen uns eine Öllampe auf dem Tisch, es war, als sollte das Licht auf unseren Gesichtern die Botschaften beleuchten, die wir ans andere Ufer senden wollten. Unsere Schatten an den beiden gegenüberliegenden Wänden, wie Berggipfel, die sich bewegten und einander maßen, die den Ort änderten, die Gestalt, die Masse, und wuchsen, wenn sich unsere Körper der Lampe näherten. Ich wollte von Fotis Mut schöpfen und es ihm doppelt und dreifach vergelten. Und immer wieder ein ungewolltes Schubsen des einen an der Schulter des andern, wie Ziegenböcke, die brünstig mit den Hörnern stoßen, aber in Tat und Wahrheit sagten: »Mach weiter.« Die Hände fuhren langsam über den Tisch, die Arme streckten sich, der Wein schien sie plötzlich schwer zu machen, die Finger streichelten das Holz, die Hände zeigten die Flächen, dann den Rücken, folgten den Worten des Liebeslieds, zeigten, wohin sie wollten, was sie zu geben hatten, was sie empfangen wollten. Und das Licht zitterte bei der kleinsten Bewegung, von unserem Atemhauch, beleuchtete weit offene Augen und Lippen, beleuchtete Finger der Arbeit und Finger der Zärtlichkeit, die Wege des Schicksals, des Glücks, des Lebens auf den Handflächen, den Flaum an den Knöcheln, den Schweiß, der nun nach und nach auf den Stirnen zu glänzen begann, in den Kuhlen des Halses, auf der Wölbung der Brust, ein Kinn zitterte, für einen Augenblick ein flüchtiges Lächeln, das wieder verlegen verschwindet, und in Wellen kommt das Rot ins Gesicht der einen und der andern. Sogar das Pulsieren des Blutes unter der Haut war zu sehen, die Eingeweide dampften, die Gesichter wurden durchsichtig und die Zeichen Bilder.

Bald wußte keiner mehr, wen er neben sich hatte, ob überhaupt ein anderer da war, ob in der Zelle eine andere Seele existierte, die die Worte der Liebe hören könnte, die der eine zum andern sagte, es war für keinen von Bedeutung. Festgenagelt über dem Holztisch – das einzige, das unseren Übergang von einer Welt in die andere behinderte –, redeten wir vier, ohne Anfang und ohne Ende. Je leiser, je langsamer, mit desto stärkerer Anspannung, mit desto größerer Leidenschaft. Wörter, Silben, Laute, Stimmen kamen aus immer tieferen Tiefen, und die Liebeslieder brachten unseren Verstand und unsere Wünsche in Aufruhr, einerseits kostete es größte Anstrengung, bis ein Wort gesagt war, der Atem stockte, anderseits glitt es heraus wie Wein, der in den Becher floß. Es war nicht mehr wichtig, wer was sagte und aus wessen Mund die Antwort kam. Ein jeder sprach, und eine jede hörte, und alles schien aus dem Mund des Geliebten zu kommen. Wir waren nicht mehr wir selber, und so schämte sich keiner seiner Worte. Mit einemmal packten Finger und Hände einander, der Schweiß tropfte, sie preßten unsere Begierden aus wie Mühlsteine die Oliven. Es gab keine Ölmühle mehr, keine Kirche, keine Familie, keine Sünde. Es kümmerte keinen mehr, was er war oder gewesen war. Es kümmerte keinen, ob er von dieser Welt oder von der andern war, ob es einen Morgen gäbe oder ob die Nacht niemals mehr endete. Der Wein ging zur Neige, und wir tranken Wasser. Es kam auf das gleiche heraus. Das Öl in der letzten Lampe verbrannte, und die gekalkten Wände sammelten weiter Licht und strahlten es ins Dunkel zurück; wir sahen klar und deutlich das Gesicht des andern, die Augen glänzten feucht. Obwohl es immer kälter wurde in der Zelle, war uns heiß, wir schürten mit unserem Atem das Feuer in uns. Erschöpft von der anstrengenden Nacht, wagten wir doch nicht, auch nur für einen Augenblick das Gesicht des andern aus den Augen zu verlieren, aus Angst, es breche in Scherben in einem Augenblick, in jenem Augenblick, dem einen.

Beim ersten Schein des anbrechenden Tages hinter der Bergkette hielt ich es nicht mehr aus, ich hob Magdalini hoch und nahm sie wortlos mit in meine Zelle. Ich umarmte sie, ich nahm sie in mich auf, und sie führte mich in die andere Welt. Sie führte mich durch ein weit offenes Fenster, hinter dem jeden Morgen der Pelagos sich in den Himmel schwang und der Himmel sich in seinen tiefen Wassern verlor. Und mochte alles trüb und grau sein, für mich war es dunkles Blau. Sie beugte sich über mich, seufzte, dann weinte sie leise. Sie schlief seit Jahren, sie hatte es aufgegeben, sie zu zählen, wieder mit einem Mann. Es war, als täte sie es zum erstenmal. Sie flüsterte mir etwas ins Ohr, als mein letzter Versuch, wach zu bleiben, scheiterte.

Ich schlug die Augen auf und sah Nikos über mir, er lächelte mich an. Draußen hatte es wieder zu nieseln angefangen. Es ging gegen Mittag, ich erinnerte mich an die andere Welt, aus der ich zurückgekehrt war, und fragte Nikos, ob Papa-Fotis schon wach sei. »Nein«, sagte er, »alles ist verschlossen. Verrammelt, wie ihr es gestern abend verlassen habt.« Ich stand auf, trat barfuß hinaus in den Regen und rannte zu Fotis' Zelle. Ich rüttelte am Riegel, stieß die Tür auf und trat ein. Er schlief auf dem Bauch, splitternackt, seine langen Haare waren aufgelöst, und mit ausgestreckten Armen hielt er das Bett umklammert. Die Leintücher voller Blut. Ich schloß die Tür hinter mir und schlich auf Zehenspitzen in meine Zelle zurück. »Niemand ist gekommen heute«, sagte Nikos, »soll ich dir etwas zu trinken bringen?« »Ja, mein Sohn, ich danke dir«, und ich wühlte mich wieder unter die Decken, die nach Bittermandel und Schweiß rochen, die nach Magdalini und wieder nach Magdalini dufteten. Bald darauf brachte mir Nikos Kräutertee und zwei Stück Zwieback. Er fand auch ein Kohlenbecken, trieb irgendwo sogar alte Holzkohle auf, die er fachgerecht aufschichtete, er zündete sie an und verscheuchte Kälte und Feuchtigkeit, die von überall her in meine Zelle drangen. Draußen Herbst und in unseren Betten später Frühling. Dann plötzlich, wir tranken unseren Tee, es war, als stoße Gott die Tür polternd auf, kam Fotis herein, völlig verwirrt. »Was ist geschehen, was ist nur geschehen?« Ich machte ihm ein Zeichen, sagte, er solle sich beruhigen, und bat Nikos, einen Becher Tee und Zwieback für Papa-Fotis zu bringen. Als Nikos weg war, wandte ich mich an Fotis: »Beruhige dich, es ist alles gut, Gott hat es so gewollt.« Und er schlug die Hände vors Gesicht und murmelte: »Mein Gott, was für eine Sünde!« Und da war ich sicher, daß alles gutgegangen war, und meine Seele jubelte.

Es regnete den ganzen Tag. Manchmal wußte man nicht, ob es dämmerte oder Wolken heranzogen, die schwer drückten und das ganze Universum verfinsterten. Ich verbrachte den ganzen Tag mit Magdalini, ohne daß sie bei mir war. Gegen Abend erschien Virgin, ein zweites Anzeichen, daß alles in bester Ordnung war; wäre etwas schiefgelaufen, so wäre sie früher gekommen. Sie fragte, ob sie etwas kochen solle. »Was gibt's, meine Tochter?« fragte ich sie. »Mandi von gestern, Joghurt von gestern und Pfefferschoten von gestern«, sagte sie spöttisch. »Sehr gut«, sagte ich, »deck den Tisch, wir kommen. Es gibt kein feineres Essen als Mandi von gestern, Joghurt von gestern und Pfefferschoten von gestern, Virgin, merk dir das.«

Und wieder saßen wir alle miteinander am Tisch, nur in anderer Zusammensetzung. Jasmin und Magdalini fehlten. Niemand fragte, wo sie seien. Doch Virgin und Nikos waren da. Und ich begriff, daß auch die beiden es wußten. Wer von ihnen zuerst, wer als zweiter … Jedenfalls wußten sie es. Ich sprach zum erstenmal das Gebet und pries zum erstenmal allein Gott. Fotis wagte es nicht, den Mund aufzumachen. Ich wandte mich an Virgin und fragte, ob sie für Jasmin etwas zu essen gemacht habe, und Fotis hob zum erstenmal den Blick und sah Virgin in die Augen, und als diese antwortete: »Ich habe für sie gesorgt, es geht ihr bestens«, stürzten wir uns aufs Essen. Wein trank an jenem Abend nur Nikos, und nach dem dritten, vierten Glas drehte er sich plötzlich zu Virgin, beugte sich zu ihr und sagte: »Und du, Virgin, was hast du für einen Traum?« Virgin dachte nach und erwiderte: »Ich weiß nicht. Und du?« Nikos leerte ein weiteres Glas Wein und antwortete fast spöttisch: »Der vierte Tag Regen. Wenn nur das Feld nicht überschwemmt ist.« Dann fragte er, ob ein solcher Regen das Erdreich wegschwemmen könnte. Ich sagte: »Das Erdreich ja«, aber für die Ölmühle bestehe keine Gefahr. Ich spürte, daß er sich weiterhin Sorgen machte.

Am folgenden Abend versammelte sich die ganze Familie wieder um den Tisch. Alle. Fotis, Jasmin, Virgin, der Lehrer mit Magdalini, Nikos und Mehmet. Auch Fotis' Eltern waren vom Feld heraufgekommen sowie die drei Bauhandwerker unserer Truppe, die bei den alten Leuten wohnten. Die beiden Kohlenbecken brannten, Jasmin kehrte und wendete und trocknete in einem fort die kleinen Teigfladen für den ersten Trachanas dieses Winters. Der Lehrer hatte wiederum einen Krug von seinem eigenen guten Wein gebracht, wir hatten Sardinen, dick und feist, mit nicht allzuviel Salz, die gerade bis Weihnachten halten würden. Der Lehrer schnitt in Öl eingelegten Käse und briet die Scheiben auf einer Platte über dem Kohlenbecken; dann hatten wir zwei Sorten frischen Ziegenkäse, Oliven und Anisbrot für alle, die wollten. An jenem Abend war Nikos in besserer Laune als wir andern. Fotis irgendwie steif vor Jasmin, ich dem Lehrer gegenüber irgendwie taub, und so überließen wir Nikos die Gestaltung des Abends. Worüber wir auch sprachen, es gelang ihm, das Gespräch auf das zurückzubringen, was wir im Hamam besprochen hatten. Falls es ein Erdbeben gäbe, welches das Unterste zuoberst kehrte, was müßten wir retten, was hätte einen höheren Wert, der Hamam oder die Ölmühle? Ich begriff immer noch nicht, worauf Nikos hinauswollte. Ich begriff nicht, denn es konnte nur bedeuten, die Ölmühle herabzumindern, und dafür gab es doch keinen Grund. Oder wollte er etwas anderes sagen, und keiner durchschaute es? Das Gespräch führte zu den gleichen Schlüssen wie damals im Hamam. Fast alle stimmten überein, daß der Hamam gerettet werden müsse und nicht die Ölmühle. Nur Fotis widersprach. Ich selber hatte mich noch nicht geäußert. Fotis blieb vom ersten bis zum letzten Augenblick unerschütterlich. Ich wußte nicht, war es die Distanz, die er als Pope zum Hamam hatte, oder war es sein persönlicher Eifer, gemeinsam eine Ölmühle zu bauen. Vielleicht lag es an dem Geheimnis, das uns seit dem vergangenen Abend verband, vielleicht wollte er mich auch nicht betrüben, da ich, wie sollte es anders sein, viel mehr für die Ölmühle als für den Hamam übrig hatte. Ich prüfte nochmals alle Gründe, die für den Hamam sprachen, und legte mir anderseits alles zurecht, was man noch nicht zur Ölmühle gesagt hatte. Vor allem Fotis' Worte, der ja mit Inbrunst stets den Nutzen betonte. Für mich, den letzten, war es schwierig, meine eigene Schöpfung abzulehnen. Nikos, der mir bei meiner Entscheidung helfen wollte, sagte: »Sag, Meister, daß du beide gebaut hast. Das eine hast du zu einer andern Zeit fertiggestellt, die für immer vorbei ist, mit Plänen, die für immer verschwunden sind, mit Menschen und für Menschen, die für jene Zeit von großer Bedeutung waren, und das andere, das baust du jetzt.« So war es klarer und einfacher. Aber nicht wahrer. Ich hätte niemals einen solchen Hamam bauen können, diesen Hamam. Vielleicht einen anderen, sogar einen noch schöneren. Aber jedenfalls nicht so. »Ein Grund mehr also«, fügte Nikos hinzu. Ich atmete tief ein und stieß mit einem Ruck aus: »Der Hamam. Der muß gerettet werden.« Fotis sah mich sonderbar an, und Nikos lächelte zufrieden. Mich aber quälte etwas an diesem Gespräch. Ich spürte, das Problem war nicht die Ölmühle oder der Hamam. Er bemühte sich, uns vorzubereiten, uns auf etwas anderes hinzulenken, uns reif und bereit zu machen für eine schwierige Entscheidung, uns bereits jetzt, ehe die Entscheidung getroffen werden mußte, das Ja abzuluchsen. Der Abend ging zu Ende, alle gingen, und es gelang mir noch, mit Blicken zu Magdalini zu sprechen, sie antwortete mir. Als ich in den Hof ging, traf ich Nikos. Ich sprach ihn an und verlangte ohne Umschweife eine Erklärung, ich wollte wissen, worum es bei dieser Geschichte ging. »Ich werde dir die Antwort geben, Meister«, sagte Nikos, »sobald wir alle das Gespräch beendet haben.« »Welches Gespräch?« fragte ich, »und wie wird es enden?« »Ich will damit sagen, wenn die Gefahr besteht, daß der Hamam morgen oder übermorgen einstürzt und wir ja alle einer Meinung sind, er sei mehr wert als die Ölmühle, müßten wir dann nicht versuchen, ihn zu retten?« »Ist der Hamam denn in Gefahr? Er steht fest und sicher.« »Mag sein, aber etwas anderes, das vielleicht schöner und bedeutender ist als der Hamam, kann in Gefahr sein.« Ich dachte schnell nach und führte mir alles vor Augen. Unsere Kirchen, die Moscheen, die Burg. Die Kirchen standen gut, die Moscheen kümmerten mich nicht. Fürchtete er etwa um die Burg? »Komm schon, willst du vielleicht die Burg retten? Und womit und wie sollen wir sie retten?« »Die Frage, Meister, ist doch zuallererst, ob wir verpflichtet sind, etwas zu unternehmen, oder ob wir es dem Zufall überlassen wollen. Spüren wir in uns etwas, oder spüren wir in uns nichts, außer, was wir nehmen und was wir geben. Die Frage, Meister, ist, ob wir eine Ölmühle für die Leute hinterlassen oder etwas Zusätzliches für uns selber, wenn wir eines Tages von Molivos weggehen.« Er hatte natürlich recht, doch ich war nicht in der Lage, irgend etwas zur Rettung der Burg zu unternehmen oder an etwas noch Bedeutenderes zu denken.

Der Regen hatte schon vor längerem aufgehört, die Wolken waren weitergezogen und ließen den Mond ganz Molivos beleuchten, es war taghell droben auf der Burg, und die nassen Steine spiegelten das Mondlicht. Sei's aus Neugierde, sei's, weil ich die Unterhaltung beenden wollte, sagte ich: »Sag mir, was du willst, und ich verspreche dir, ich werde tun, was ich kann.« Er plagte mich weiter. »Meister, es geht nicht darum, was ich will, sondern was dein eigenes Ehrgefühl sagt.« Es war, als hätte er mir ins Gesicht geschlagen. Was war nun dies wieder für eine Anspielung? Seit vielen Jahren hatte es niemand gewagt, an mein Ehrgefühl zu rühren. »Nikos, mein Junge, ich bin dreimal so alt wie du, ich bin wie ein Vater zu dir, überleg dir deine Worte gut, wenn du mir gegenüber das Ehrgefühl in den Mund nimmst.« »Meister, verzeih, ich wollte dich nicht beleidigen«, sagte er, dann wünschte er mir eine gute Nacht. Wir trennten uns niedergeschlagen. Die ganze Nacht tat ich kein Auge zu. Magdalini, die Ölmühle, der Hamam, Magdalini, die Burg, Magdalini, das Ehrgefühl, Nikos, das Ehrgefühl, eine Generation nach mir und belehrt mich wegen des Ehrgefühls. Ich war zornig, stand auf und setzte mich an den Tisch, drehte mir eine Zigarette, ich drehte eine zweite, drehte eine dritte, verließ meine Zelle und ging zur Kirche. Ich trat ein, ließ meinen Blick schweifen und mußte sogleich zugeben, daß es eine große Katastrophe wäre, würde ihr etwas zustoßen, und wir ohne zu zögern alles tun müßten, um sie zu retten. Aber die Kirche stand fest, sie brauchte keinen von uns.

Beim Hinausgehen sah ich, daß in Fotis' Zelle eine Öllampe brannte. Ich ging näher, er saß über ein Buch gebeugt, auch er fand keinen Schlaf. »Ein jeder hat etwas, das ihn quält«, dachte ich und trat ein. Er hob den Kopf und fragte, was los sei. Ich setzte mich neben ihn und berichtete ihm die ganze Geschichte. Der Unterhaltung vom Vorabend war etwas vorausgegangen, sie hatte eine Fortsetzung, etwas fraß am Kleinen, das für ihn ernster als die Ölmühle zu sein schien, hartnäckig wie Liebeskummer, aber der Liebeskummer hatte nichts mit dem Ehrgefühl zu tun, dieses Etwas hatte sein Gehirn ganz durchdrungen. »Er hat recht«, erwiderte Fotis, »nur, ich wollte es vor dir nicht akzeptieren, ich wollte dich nicht allein lassen.« Fotis sann nach. Plötzlich begann er ein Selbstgespräch: »Vom Ehrgefühl zur Pflicht ist es ein kleiner Sprung.« Nichts weiter. Das Gespräch hatte die letzte Schläfrigkeit verscheucht. Ich war wie von Sinnen, die Schuld für all das lag beim Kleinen, ich zögerte nicht mehr und sagte zu Fotis: »Gehen wir.« Wir traten in Nikos' Zelle und weckten ihn. »Schütte dir Wasser ins Gesicht und rede endlich!«

»Wollt ihr die ganze Wahrheit? Wenn ihr die ganze Wahrheit wollt, dann zieht euch an, und wir gehen.« Wir gingen hinaus, ich weiß nicht, ob der Mond am Untergehen war und noch schien oder ob der anbrechende Tag sich schon ankündigte. Wir gingen hinauf zur Burg. »Sie war's also«, dachte ich, sagte aber kein Wort. Er ließ uns an der Pforte stehen und ging allein hinein. Gleich erschien er wieder mit dem schläfrigen Mehmet, der seine drei Maultiere hinter sich herzog. »Steigt auf«, befahl er, stieg auf die Kruppe von Mehmets Maultier, und wir brachen auf. »Seht euch jetzt das Dorf an und merkt euch dieses Haus vor uns. Auch das daneben. Weiter unten das Haus von Vrissakis, die Kirche, das Haus des Käsers und weitere drei Häuser weiter unten, die ihr von hier aus noch nicht seht. Den Friedhof draußen. Zählt sie, und merkt euch die Zahl.« Wir ritten rasch über die Straße, die nach Eftalous führte. Dann kamen wir zum

Strand, zu unserer Linken eine Kapelle, er deutete darauf und sagte: »Diese Kapelle.« Wir ritten weiter, trafen auf ein Turmhaus, es war wunderschön, reich, er streckte die Hand aus: »Dieses Turmhaus.« Wir setzten unseren Ritt fort, keiner sprach, nur die drei Maultiere waren zu hören, die durch die Morgendämmerung eilten. Weiter unten streckte er wieder die Hand aus und deutete auf ein Gebäude in einem bewaldeten Tal: »Auch dieses Turmhaus.« Die Küste wurde abschüssig. Wir bogen in einen Pfad ein und stiegen den Hang hinauf. Er beugte sich vor und zeigte auf ein kleines Gebäude am Strand: »Hier unten sind einige Bäder, ein Hamam, zählt auch die.« Wir ritten weiter. Von hoch oben sahen wir eine weitere Kapelle, sie war den Selbstlosen Ärzten Kosmas und Damianos geweiht, mit einigen Zellen im Hof. Wir zählten auch diese Kapelle hinzu. Und nachdem wir über noch zwei Hügel geritten waren, die Sonne war immer noch nicht aufgegangen, doch die Schöpfung strahlte bereits im Licht, protestierte Fotis als erster wegen dieser Geschichte, die kein Ende hatte. »Wir sind angekommen«, sagte Nikos, »wir sind bei der Wahrheit angekommen.« Und kaum waren wir beim Hügelgrat, sprang Nikos vom Maultier: »Wir sind da.«

Vor uns ein kleines Feld, das sich bis zum Meer ausdehnte, überall Olivenbäume, ein Beweis, daß dort unten Wasser floß, und am Hang das erste Sprießen nach all der Trockenheit auf den umliegenden Hügeln. In diesem Augenblick tauchte die Sonne aus den Tiefen Ioniens in Kupfer- und Goldfarben auf; Nikos drehte sich um und sagte: »Wenn ihr noch nichts sehen könnt, die Sonne wird es euch nun beleuchten.« Und tatsächlich, wir erblickten das Licht, es war, als könnten wir seine Bewegung greifen, wie es aus dem Osten aufstieg, kraftvoll ins Tal brach, und je höher die Sonne stieg, desto tiefer senkte sich die Schattenlinie am Hang, sie erreichte schließlich die verborgenen

Schenkel, und eine antike Stadt erstrahlte im Licht. Keiner sprach. Für lange Zeit sprach keiner, wir sahen zu, wie das Licht der Sonne, die langsam, langsam aufstieg, die Altertümer umhüllte und offenbarte. Ich stieg als erster behutsam den Hang hinunter, näherte mich Nikos' Wahrheit. Ich konnte erkennen, daß die Linien, die sich über den Hang zogen, keine Linien des Berges waren. Es waren von Hand gebaute Linien, bedeckt vom Erdreich der Zeiten. Die sichtbaren Steinbänke verwiesen auf etwas Großes, von dem man nicht wußte, wo es begann und wo es aufhörte. Es war das dritte Mal, daß ich antike Steine sah. Zum erstenmal in meiner Heimat, in Dodona, und hernach in Athen. Das war alles. Und das hier, was war es? Häuser, ein Dorf, vielleicht ein Stadtstaat. Und aus welcher Zeit? Drei aufrechte Säulen stützten etwas, das nicht mehr existierte. Vielleicht eine Kirche für einen andern Gott als den unsrigen, an jenen hatten die Großväter der Großväter der Großväter geglaubt, deren Nachfahren wir waren. Mochten sie sich auch geirrt haben. Wir zogen die Maultiere und kamen zu den Steinen. Auf und ab gingen wir und bestaunten die Überreste, ohne mehr zu begreifen. Ich fühlte, daß Baumeister vor vielen Jahren, wer weiß, vor wie vielen, mit Inbrunst etwas erbaut hatten, das widerstandsfähig genug war, um uns Vergangenes zu zeigen, das so heutzutage nicht mehr erstehen könnte. Etwas Schöneres und Bedeutenderes als die Ölmühle, der Hamam, die Kirchen und die Burg. Nikos strahlte, als hätte er endlich eine Heimat gefunden. Fotis murmelte, wie das nur möglich sein könne, jahrelang sei er Pope in Molivos, er habe nichts davon gewußt. Und ich fragte mich, wie Menschen aus meiner Heimat vor so vielen Jahren hierherkommen und eine derartige Stadt bauen konnten. Wie groß war der Fortschritt schon vor so vielen Jahren. Ich fragte Nikos, wie er es entdeckt habe, und er sagte, Mehmet habe davon gesprochen, habe ihn hergeführt und es ihm gezeigt, dann habe Mehmet gelächelt und sich stolz gereckt. Mehmet habe es von einer bettlägerigen Frau erfahren, die er vor vielen Jahren in Molivos gepflegt habe. Und was waren das für Häuser, die er uns von der Burg an bis hierher gezeigt hatte? Die Häuser und die Gebäude, auf die er uns unterwegs hingewiesen hatte, auch andere, von denen wir nichts wußten, hatten allesamt Steine von der Stadt hier. Marmorsteine, bearbeitet mit einer einzigartigen Kunstfertigkeit, waren beim einen und andern Haus als Ecksteine verwendet worden. Manche waren zwischen den gewöhnlichen Steinen verschwunden, andere sah man unter dem vielen Kalk nicht mehr. Sogar in den Gassen, da und dort, wo die Schritte und die tägliche Benutzung die Kopfsteine rascher zerstörten, hatte man Marmorstücke eingesetzt, die der Zeit länger trotzten.

Ich fragte Nikos, was er am Abend zuvor mit dem Ehrgefühl gemeint habe, gleichzeitig drehte ich mich zu Fotis und fragte den nach dem Sprung vom Ehrgefühl zur Pflicht. Nikos sagte ohne zu zögern: »Unser Ehrgefühl und unsere Pflicht sind eins. Wir müssen mit dem weitermachen, was ich so lange allein gemacht habe. Wir müssen einen Teil des Berges abtragen, die Erde herunterbringen und die Stadt zudecken. Wir müssen sie schützen, damit niemand sie anrühren kann und diejenigen, die sie vielleicht eines Tages finden, sich an ihr freuen können.« Nikos hatte oftmals etwas Schulmeisterliches an sich, das gar nicht zu seinem bartlosen Gesicht paßte, diesmal jedoch dachte ich, der Junge ist völlig verrückt geworden, vielleicht war er schon lange verrückt, und wir hatten es nicht gemerkt, auch fand ich, daß wir langsam nach Molivos zurückkehren sollten. Wir hatten so viele Tage verloren, es war Zeit, endlich wieder an die Arbeit zu gehen. Auf dem Heimweg kam mir die Ölmühle armselig vor, klein, bedeutungslos. Doch da war auch der Trotz, ich wollte sie fertigstellen, wie ich sie geplant hatte. Auf dem ganzen Weg redete Nikos, der hinter Fotis ritt, er redete und redete... Wir kamen nach Molivos und gingen schnurstracks zur Ölmühle. Dort trafen wir zwei Teilhaber, die heruntergekommen waren, um das Gebäude in Augenschein zu nehmen. Kaum sahen und grüßten sie uns, nahmen sie Fotis zur Seite. Ich stapfte durch den Schlamm und machte eine Runde, prüfte, ob der Regen Schaden angerichtet hatte, aber wie sollte ein Gebäude von meiner Hand selbst einem derartigen Regen, der vier Tage anhielt, nicht widerstehen? Fotis und die beiden andern redeten nun lauter. Ich wollte mich nicht einmischen, das Wort stand mir nicht zu, auch schien das Problem ein anderes zu sein. Die drei gingen ohne ein Wort, und ich organisierte die Arbeit dieses und des nächsten Tages nach Plan.

Am frühen Nachmittag kam die Nachricht. Fotis, der den ganzen Tag verschwunden gewesen war, brachte sie. Er nahm mich beiseite, seine Miene sah aus, als hätte man ihn begraben. »Meister«, sagte er, »ich muß mit dir reden.« Und allein an seinem finsteren Blick und seinem tonlosen »Meister« merkte ich, daß etwas nicht gut lief. Wir gingen bis zum Meeresufer, dorthin, wo wir zum erstenmal hineingesprungen waren, er setzte sich auf die Kiesel, ich setzte mich neben ihn, er nahm zwei Steine und schlug sie aneinander. »Sag, was ist los«, drängte ich ihn. Er hob den Blick, sah aufs Meer hinaus, dann warf er einen Stein, so weit er nur konnte. »Meister, das war's. Wir sind fertig. Sie haben sich gestritten, sind sich fast an den Hals gegangen, es gab böse Worte, die Ölmühle wird nicht gebaut. Aus lauter Scham und weil ich Pope bin, fordern sie von dir die Anzahlung nicht zurück, und sie sind der Ansicht, du seist mit deinen Leuten auf diese Art für die Mühe gut bezahlt, ihr schuldet ihnen nichts, und sie schulden euch nichts. Sie danken euch, und vielleicht geht's ein andermal besser.« Ich starrte ihn an, dann wieder starrte ich aufs Meer, ich sah die Ölmühle, die auf den Grund des Meeres sank. Er tat mir leid, auch ich war tief betrübt. Aber sie müßten die Mühle doch mehr wollen als ich, sie war doch für ihren Fortschritt und nicht für meinen! Ich redete nicht über etwas, das sie selber nicht sehen konnten. Ich redete nicht über etwas, von dem ich annahm, daß Fotis mit Zähnen und Klauen dafür gekämpft hatte. Ich redete nicht, weil wir Leute aus Epirus gelernt haben, niemals zu bitten.

Ich bat Fotis, mir zu zeigen, wie er es fertigbrachte, den Stein so zu werfen, daß er nicht sofort unterging, sondern fünf-, sechs-, sieben-, neunmal hüpfte, bis er schließlich Schwung und Kraft verlor und versank. »Der Stein muß flach sein, so flach wie möglich. Die schwarzen fliegen schneller, ich weiß nicht, warum, du mußt dich tief bücken, die rechte Hand berührt fast den Boden, und die Bewegung genau berechnen, so, parallel, wie du ein Seil über einen Stein spannst, gerade, mußt du den Stein werfen, dann vervielfältigt er sich, er bekommt sieben, ja neun Kinder.« Ich versuchte es, schaffte vier, einmal fünf. Wir gingen zu den andern zurück, sie arbeiteten, ich rief sie alle herüber zum Ziehbrunnen. Ohne Umschweife kam ich zum Thema, ich berichtete ihnen alles, dann sprach Fotis, er wiederholte es, antwortete auch auf sämtliche Einwürfe von Rofos, dann beendeten wir das Gespräch.

Am Nachmittag kamen fast alle im Kirchhof zusammen, ohne daß sie sich verständigt hätten, sie sagten ein schnelles Guten Abend, fühlten sich verloren, die Ölmühle schien das einzige zu sein, was uns verband. Jasmin und Virgin brachten dem einen Sauerkirschsirup, dem andern Mandelmilch, Mehmet saß schweigend abseits, er hielt nichts von vielen Worten. Ich ließ sie sein und machte mich auf zum Haus des Lehrers. Magdalini war fassungslos, als sie mich plötzlich vor sich sah. Ich nahm sie an der Hand und zog sie zum Tisch. Dann erzählte ich alles dem Lehrer. Die beiden wußten es schon. Sie wußten es seit dem Mittag. Das ganze Dorf redete von nichts anderem als davon, wie es hatte kommen können, daß Zwietracht, Neid und Mißgunst eine Hoffnung erstickten, die das Dorf nährte. In meinem Kummer wollte ich sie bei mir haben. Ich wollte Magdalini bei mir haben. Ich überredete sie; schnell schlossen wir die Tür und gingen zu den andern. Keiner redete davon, ein jeder war bemüht, mit einem Spaß oder ein paar Silben den andern zu trösten. Es war nicht nur die Ölmühle, die ein so unrühmliches Ende fand. Es war, vielleicht für die meisten viel bedeutender als für mich selber, daß eine Art des Lebens, die wir gemeinsam geschaffen hatten, zerstört wurde. Die große Familie, die für manche wichtiger war als die Ölmühle. Außer der Ölmühle hatten schon alle etwas erbaut, das stärker war als meine Steine.

Wir mußten aufhören. Es hatte keinen Sinn mehr, über unser Schicksal zu jammern, es gab keinen Grund, die Entscheidung aufzuschieben. Das erste Erdbeben von 1886 war vorbei, und man rief uns von überall her, es gab viel zu tun. Ich bat Nikos, alle Rechnungen zu begleichen, nichts unerledigt zu lassen. Dann fragte ich Fotis, ob er etwas benötige, denn in zwei, drei Tagen würden wir weggehen. Ich zog Magdalini in eine Ecke, von mir aus konnten alle zuschauen, und sagte leise zu ihr: »In zwei, drei Tagen brechen wir nach Mitilini auf, ich möchte, daß du kommst, ich warte auf dich. Du mußt kommen.« Dann setzte ich mich hin, drehte Zigaretten für alle, ob sie rauchen wollten oder nicht, bis ich allen Tabak aufgebraucht hatte.

Am Abend stürzten wir uns auf den Raki. Sogar Mehmet trank zum erstenmal, mit sechzig Jahren. Ich fragte ihn, ob er mit uns nach Kastro kommen wolle. Er gab keine Antwort. Ich fragte ihn, ob er jemals daran gedacht habe, nach Malta zurückzugehen. Er erwiderte, daß er in all den

Jahren einige Male darüber nachgedacht habe. »Am Anfang sagte ich mir, was werden sie denken, wenn sie mich so heimkommen sehen, alle, die mich gekannt haben. Später dachte ich, was sie auch denken, die sich an mich erinnern, leben nicht mehr.« Nikos brachte die Rechnungen. Wir warfen zwischen Raki und Sardinen einen schnellen Blick darauf, ich fragte ihn, ob er aufgepaßt habe, daß niemand zu kurz komme, dann rief er einen um den andern hinaus und gab ihnen ihren Anteil. Als er alle ausbezahlt hatte, kam er herein, setzte sich neben mich und füllte die Becher wieder bis zum Rand mit Raki. Er hob seinen Becher, bewegte die Hand hin und her, verlangte von uns mehrere Male, es ihm gleichzutun. Er wartete auf den richtigen Augenblick, dann rief er: »Ex und hopp, auf das Ehrgefühl und auf die Pflicht«, und leerte den Becher in einem Zug. Wie auf ein Zeichen hin tranken wir alle zwei Finger vom unverdünnten Raki aus Plomari. Die einen kamen in Stimmung, den andern schwindelte, aber keiner sagte etwas. Ich bemerkte, wie mir Nikos und Fotis in die Augen sahen und mir eine Frage stellten. Als erwarteten sie von mir, daß ich ein Zeichen gäbe und das Kommando übernähme. Nikos, fast völlig betrunken, konnte sich nicht mehr halten, er lehnte sich über mich, drehte sich um und sagte: »Vater, die Frist läuft ab. Entweder heute abend oder nie.« Wieder fiel mir auf, daß alle Blicke hierhin und dorthin schweiften und zurück auf mich fielen. War es der Rausch, war es das Ehrgefühl, die Pflicht – auf einmal hieb Fotis den Becher auf den Tisch, blickte Jasmin tief in die Augen und sagte laut zu allen: »Heute abend.« Ich stand taumelnd auf, fühlte, wie ich ins Hintertreffen geriet, und war beschämt. Dann sagte ich: »Also gut, heute abend.« In Kürze waren wir alle vor dem Burgtor versammelt. Nikos, Fotis, der Lehrer, meine drei Männer aus Sagoria, Mehmet und Rofos. Reouf erwartete uns weiter unten an der Straßenbiegung, vor den Kiefern, zusammen mit all seinen Tieren. Die Frauen waren auch da, Jasmin, Virgin und Magdalini. Es war Vollmond, alles war in Licht getaucht. Alles in allem waren wir dreizehn. »Die zwölf Apostel«, rief Nikos in heller Begeisterung. Bei den Kiefern bestiegen wir die Tiere, wer ein Maultier hatte, nahm einen zweiten hinter sich, und wir brachen auf, in einer Reihe. Mehmet vor mir, ich hinter ihm, dann folgten die andern. »Eine richtige Karawane«, sagte Reouf. »Das ist keine Karawane, das ist eine Prozession«, erwiderte Magdalini, und weiter hinten war Nikos zu hören: »Nein, ein Kreuzzug«, oder etwas in der Art, ein Wort jedenfalls, das ich nicht genau verstand. Der Lehrer, ein wenig verschnupft, weil er nicht wußte, was ablief, fragte mich immer wieder. Ich befürchtete, daß ein Geständnis alles zerstören würde. So sagte ich, daß er es noch viel mehr als wir andern schätzen würde, daß es die Pflicht von uns allen sei, und er solle sich gedulden.

Bis wir ankamen, waren die Gespräche abgeflaut, die Heiterkeit vom Raki war verflogen. Bei der letzten Erhebung gab ich das Zeichen abzusitzen und sagte zu Nikos, er solle nun sagen, was er zu sagen habe. Der schwarze Schatten des gegenüberliegenden Abhangs bedeckte alles, man konnte gerade die drei Säulen erkennen. Er zeigte auf sie und fing an zu sprechen. Er sprach schön, sprach Worte, die uns ins Herz drangen, sprach auch von Dingen, die hinter unserem Herzen lagen. Von einer geraden Linie, die uns mit jenen antiken Steinen verbindet, über Dinge, die von Wert sind, auch wenn sie nicht in unserem Sack stecken und nicht mit Geld oder Gold aufzuwiegen sind. Das gleiche sagte auch Fotis, und die Worte, die aus der im Morgenwind flatternden Priesterkutte drangen, bekamen eine andere Bedeutung, wurden erfüllt von Wert und Würde, als hätten sie den Segen Jesu Christi und aller Heiligen. Alle hörten schweigend zu, nur der Lehrer, der neben mir stand, hatte einen starren Blick und brummte phantasierend vor sich hin. Ich glaubte, er sei noch verrückter als Nikos geworden. »Nikos hat recht«, rief er plötzlich. »Habt ihr nicht gesehen, was vor Jahren in Pergamon geschehen ist. Bis auf den Grund haben sie es ausgegraben. In Smyrna ist man immer noch entrüstet über den Raub der Statuen von Pergamon. Morgen sind vielleicht wir an der Reihe. Wenn wir nur etwas tun könnten. Aber was?«

Nikos wandte sich um und sagte schlicht und einfach: »Wir machen mit dem weiter, was ich nun seit zwei Monaten tue. Wir tragen den Berg ab, bedecken diese Stadt hier und schützen sie für andere.« »Wir müssen diese antiken Steine retten«, sagte auch ich, und da fühlte ich, daß es eine Pflicht war. Doch keiner hatte eine Ahnung, selbst ich nicht, wie wir den Berg abtragen und all diese antiken Steine zudecken sollten. Zu Fuß stiegen wir hinunter, zogen die Tiere hinter uns her und kamen zu den drei Säulen. Ich schlenderte zwischen den antiken Steinen hindurch, zwischen den Statuen, doch mir fiel keine Lösung ein. Die Ausdehnung war gewaltig; was Nikos wollte, war unmöglich. Die ganze Zeit über hatte er sich mit einer Schaufel abgemüht, die Steine zu bedecken, und der Regen hatte die Erde wieder weggespült. Fotis kam zu mir und sagte mir das gleiche. Aber einfach wieder zurückzugehen, das war für mich unmöglich. Ich rief Nikos und sagte ihm, was er tun wolle, sei unmöglich, wir müßten eine Lösung finden, erfindungsreich und praktisch müßten wir sein und nicht geistig angeschlagen. Er verstand, doch er hatte keine Lösung.

Da kam mir eine Idee. Ich rief nochmals Nikos und Fotis und sagte: »Wir werden einen Winkel finden, eine Höhlung, die tiefste und geheimste, und dorthin werden wir alle antiken Sachen bringen, die bedeutendsten werden wir vergraben.« Mehr konnten wir nicht tun, nur das war durchführbar. Wir sagten es den andern, die meisten waren einverstanden, es gab keinen andern vernünftigen Vorschlag. Ich machte zwei, drei Runden, bis ich eine geeignete Stelle gefunden hatte. Nikos und der Lehrer zeigten auf die einzelnen Steine, die wir mit Mühe und Gewalt und unsäglicher Anstrengung zur Grube brachten. Die Männer bildeten drei Gruppen, die Tiere ebenfalls. Wir legten die Steine beiseite, luden sie auf, zogen sie, schoben sie. Wir banden die Schaufeln mit Seilen aneinander, diese banden wir an die Tiere, wir schleppten die Steine auf die Schaufeln, und die Tiere schleppten sie zur Grube. Die Frauen schlenderten umher, wiesen uns auf Steine hin, die wir wegschaffen sollten; sie selber sammelten ein, was ihr Rücken aushielt, kleine Dinge, die der Lehrer als bedeutungsvoll bezeichnete. Als es tagte, waren wir alle völlig erschöpft, der Schweiß lief in Bächen herunter, Hände und Füße zitterten. Nikos hatte so viel Kraft aus sich herausgeholt, wie niemand sich hätte vorstellen können. Nicht ein einziger beklagte sich, nicht ein einziger verzagte auch nur für eine Sekunde. »Im Gedenken an Homer«, rief plötzlich der Lehrer, er spannte die Muskeln an, bezog Kraft von einem toten Dichter und bewegte einen tonnenschweren Stein. Bald darauf machte es Papa-Fotis nach: »Und im Gedenken an Aristoteles«, brüllte er und verschob einen andern Stein, sie riefen noch andere Namen, von denen mir damals keiner etwas sagte, aber ich war von der Pflicht überzeugt. Ich fragte Nikos, aus welchem Namen er Kraft schöpfe. »Aus keinem«, erwiderte er, »sondern aus dem, was mir mein Vater beigebracht hat.« Er schnaufte schwer, er war schweißgebadet.

Ich gab das Zeichen für eine Verschnaufpause. Wir hatten kein Wasser, die Kehlen waren ausgetrocknet. Mehmet stand auf, stieg hinab, wortlos, und verschwand in der Ebene. Nach einiger Zeit kam er zurück, er schleppte ganz vorsichtig einen riesigen Krug auf der Schulter. Wir löschten nacheinander den Durst, dann gab ich wieder das Zeichen. Nikos sagte: »Wir müssen auch die Säulen abbauen, ohne daß sie zerbrechen.« Keiner sagte ein Wort, als wäre es das Normalste auf der Welt. Wir gruben und lockerten die Erde vor jeder Säule, es war nicht schwierig, vom vielen Regen war alles feucht. Dann fingen wir von oben an, jede Säule bestand aus fünf Teilen, mit den Seilen, die wir in der Gegenrichtung spannten, hielten wir jeweils die untere Trommel fest, dann zogen wir an der oberen Trommel, bis sie sich von der unteren löste. Es war nicht besonders schwierig, sie fiel und klatschte in den Lehm. Wir luden sie auf, brachten sie weg, dann war die nächste an der Reihe. So zerlegten wir Stück um Stück die drei Säulen, und zusammen mit einem großen Marmordreieck, das allerdings zerbrochen war, brachten wir sie zur Grube. Nikos und der Lehrer benahmen sich wie die Verrückten, machten nochmals einen Rundgang, ob ihnen ja nichts entgangen sei, ob sie nichts vergessen hätten. Und als Nikos sagte: »In Ordnung, das war's, wenigstens diese Steine sind gerettet«, fingen wir alle an, mit Schaufeln und Spitzhacken die Erde vom Hang herunterzuholen und die antiken Steine zu bedekken. Die Frauen sorgten dafür, daß die Erde bis in die Tiefe jede Höhlung ausfüllte und jeder Stein für sich eingebettet war. Hungrig, ausgelaugt, Menschen wie Tiere, schafften wir es bis zum Abend; und hätte es vorher nicht so viele Tage geregnet, wäre das Erdreich nicht so weich und locker gewesen, wir hätten es unmöglich geschafft. Dann stampften wir den Boden fest, und Nikos, völlig selbstvergessen, machte weiter und grub, während wir bereits ausspannten, mit der Schaufel Büsche mitsamt den Wurzeln aus und pflanzte sie über die Steine, damit die Erde besseren Halt hatte.

Als wir den Heimweg antraten, schien der Mond noch hell, es war die zweite Vollmondnacht, und ein unerträglicher Hunger begleitete uns. Der Lehrer und Nikos ritten auf demselben Maultier voran und redeten ununterbrochen.

Was waren das für Leute gewesen, wie hatten sie gelebt, was hatte sie vereint, woran hatten sie geglaubt, was war für sie Recht und Unrecht, was ihr Glück? So fragten sich die beiden. Und warum war diese Gesellschaft untergegangen, was hatte sie heimgesucht, Krankheit, Krieg, Vertreibung, Arbeitslosigkeit, oder hatten sie nach etwas Besserem gesucht, drüben, an den reichen äolischen Küsten? Wie hatte sich doch alles verändert, nichts erinnerte mehr an jene Zeiten. Nikos wollte nicht akzeptieren, was Jasmin sagte und womit sie recht zu haben schien. Daß an allem nämlich gewiß die Türken schuld seien. Der Lehrer und Fotis ergriffen für ihn Partei, all die andern aber hielten selbstverständlich die Türken für schuldig. Die einen ergingen sich in Wortgefechten oder schwiegen, man sah ihnen trotz der Ermüdung die gute Stimmung an, es war, als hätten sie etwas sehr Bedeutsames getan. Vielleicht hatten wir tatsächlich etwas sehr Bedeutsames getan, das weder Ehrgefühl noch Pflichtbewußtsein von uns forderte, doch hätte Nikos nicht all das gesagt, hätte er uns nicht mit seinem Hamam oder mit der Ölmühle gereizt, es wäre sicher nicht so gekommen. An jenem Abend verspeisten wir alles, was wir vorfanden, ohne ein weiteres Wort verzog sich ein jeder in seine Zelle, in sein Haus, in sein Bett, in die Träume vom neuen Tag.

Am nächsten Tag machte ich einen Spaziergang durch die Gassen und Gäßchen von Molivos. Ich besuchte die Kaffeehäuser, trank zwei, drei Kaffees, blieb da und dort stehen, ein paar Frauen, die auf den Stufen saßen, sagten: »Mein Sohn, warum gehst du weg?« Ich gab keine Antwort, sagte ihnen jedoch Dank und setzte meinen vielleicht letzten Gang durch Molivos fort. Danach stieg ich nach Skala hinab, um zu erfahren, ob es ein Kaiki nach Kastro gab. »In zwei Tagen«, hieß es, ich ließ uns alle für die Fahrt einschreiben und kehrte zurück. Zuerst ging ich zum Haus von

Jasmin und Virgin. Ich traf Jasmin an, sie kochte mir Kaffee, fiel in meine Arme und weinte, weil wir weggingen und weil ich doch wie ein Vater zu ihr gewesen sei. Ich sagte, sie solle das Heulen lassen, sie könne mich ja in Kastro besuchen, wann immer sie wolle. Was auch geschehe, sie kenne ja meinen Namen und den Namen meines Dorfes am andern Ende der Welt, und schaue dieses Land auch auf ein anderes Meer hinaus. Zum Schluß sagte ich: »Hör zu, Jasmin, mein Kind, ich weiß alles, ich sehe alles, und ich verstehe alles. Der Pope liebt dich, nimm ihn.« Jasmin brach vor Rührung wieder in Tränen aus, oder aus Freude, ich weiß nicht, da rutschte es mir heraus: »Du hast meinen Segen«, obwohl ich mich weder weise noch alt genug fühlte, um ihr meinen Segen zu geben. Aufgewühlt verließ ich sie; unten an der Straßenbiegung traf ich Virgin, die schwerbeladen vom Feld zurückkehrte. »Sag deiner Schwester, ich hab es vergessen – ich möchte, daß wir morgen alle gemeinsam essen, feiern und voneinander Abschied nehmen.« Sie sah mich lange an, nickte und stieg weiter hinauf, zu ihrem Haus. Es wird Nachmittag gewesen sein, der erste Nachmittag, den ich in Molivos in meiner Zelle liegend verbrachte; ich zündete die Kohlen im Becken an, um die Feuchtigkeit zu vertreiben, die Kälte und auch eine Bitterkeit, die sich ausbreiteten. Ein Klopfen an der Tür riß mich aus meinen Gedanken. Es war Virgin, sie hielt einen zerknitterten Zettel, drückte ihn mir in die Hand und rannte wieder weg. Ich faltete ihn auseinander und las: »Ich erwarte dich, sobald die Straßenlaternen ausgehen.« Darunter ein Buchstabe: »M.« Ich dachte an den Lehrer, aber nur für eine Sekunde, dann ging mich das nichts mehr an. Sie beschloß, sie regelte. Ich suchte Fotis und fand ihn in der Kirche, er saß da und bestaunte deren Schönheit. »Mach dir keine Gedanken«, sagte ich, »auch sie ist schön, vielleicht noch schöner als die antiken Steine. Auch sie ist eine Schöpfung von Men-

schen, Bauhandwerker haben sie gefertigt.« Er nickte, dann
gingen wir hinaus. »Ich möchte mit dir sprechen«, sagte ich,
»ich bitte dich um einen letzten Gefallen. Ich möchte mit dir
sprechen, ruhig, friedlich, von Mann zu Mann, und möchte,
daß du mir einen letzten Gefallen tust. Komm heute abend
mit mir in den Hamam, sei es zum ersten und zum letzten
Mal, mir zuliebe.« Zuerst weigerte er sich, zögerte, maulte,
aber ich hatte ihn an der Angel, und schließlich überredete
ich ihn. Wir traten in den ersten Raum, er in einem Tuch,
das er von Anfang bis Ende nicht einen Augenblick von
sich nahm. Wir waren beinahe die einzigen, wir nahmen die
Wasserkannen und begossen einander. Als wir beide fühlten, wie wir uns langsam auflösten, drehte ich mich zu ihm
und sagte: »Ich werde weggehen, vielleicht siehst du mich
wieder, vielleicht nicht, aber Jasmin mußt du nehmen. Wenn
du dich entschließt, so komme ich von Kastro herauf und
bin Trauzeuge.« Ich redete und redete, aber bis zum Schluß
war mir nicht klar, was er hatte, was ihn quälte. Als sagte
er mir ein Ja, an das er selber nicht glaubte. Als sagte er mir
ein Nein, das zu denken er nicht ertrug. Er sagte, er wolle
vielleicht nach Limonas zurückkehren, es sei ein Gelübde,
daß er nicht heirate, so sei er nämlich als kleiner Junge dem
sicheren Pesttod entronnen, so habe es seine Mutter jedenfalls gesagt, die voller Furcht gewesen sei, daß die große
Seuche von 1836 wiederkomme, und ihn im Glauben an die
Rettung für ein eheloses Leben bestimmt habe. Sobald er
sich von der Krankheit erholt hatte, zehn Jahre alt mochte er
da gewesen sein, hatte die Mutter ihn zum Popen gebracht
und gesagt, er solle einen Popenjungen aus ihm machen. Er
solle jeden Sonntag mit dem Popen zur Liturgie gehen und
früh den richtigen Weg einschlagen. Man kleidete ihn schon
am ersten Sonntag ein, auch seine Mutter lief herbei, fiel vor
dem Popen auf die Knie und flehte ihn aus tiefster Seele an,
es möge ihrem Jungen vergönnt sein, statt die Prozessions-

fahne zu tragen, das Abendmahl im allerheiligsten Augenblick zu beweihräuchern. So geschah es auch, er aber, in seinem schneeweißen Priestergewand, zuvorderst, schritt verkehrtherum, nach hinten, schwenkte ein Rauchfaß, das größer war als er selber, und beweihräucherte die Hostie, die der Pope in die Höhe hielt. Und dort, wo die Prozession endete, bei der Schönen Tür, trat der unglückselige Junge auf den Saum, er stolperte und fiel auf den Rücken. Faß und Weihrauch und brennende Holzkohle flogen durch die Luft, brannten die Gläubigen und beschmutzten den Marmor der Tür. »Gott will ihn nicht«, murmelte die Küsterin. Seine Mutter verfluchte diese mitten in der Kirche, doch sie stand weiterhin zu ihrem Gelübde, ohne ihn jemals zu fragen, ob er damit einverstanden sei.

Es quälte ihn das Richtige, das Falsche und auch, daß Nikos, obwohl noch jung, so vieles wußte, was er noch nicht gelernt hatte. Daß seine Mutter ihn für eine Bürde bestimmt hatte, die er zu tragen hatte. Auch dies war eine Pflicht. Anderseits war es nicht sicher, ob Gott ihn tatsächlich als Mönch wollte. Immer wieder sagte er, ich könne ihn eben nicht verstehen, er war auf der Suche, doch er wußte nicht wonach. Dreißig Jahre war er alt, verloren zwischen der Welt der Menschen und der Welt der Engel. Ich sagte, die Dinge seien doch klar, er müsse sie nur in eine Ordnung bringen, sie mit dem Verstand abwägen, sie zusammenfügen wie Steine, ein Ding neben das andere, das dritte auf die beiden, und so die Last gleichmäßig verteilen. Wir trennten uns, und ich hatte noch immer keine Worte gefunden für das, was ich fühlte, was ich glaubte und was ich dachte.

Am Abend, als die Straßenlaternen ausgingen, sagte ich, ich ginge schlafen, und marschierte zu Magdalinis Haus. Sie sagte, ihr Bruder sei nicht da, doch sie sprach so leise, als wäre er im angrenzenden Raum. Wir verbrachten die ganze

Nacht zusammen, als wäre es die letzte. Jeder Kuß von mir begann mit »ich liebe dich«, jeder Kuß von ihr endete mit »o mein Gott, ich werde dich verlieren«, obwohl ich sie zwei-, dreimal beschwor, zu mir nach Kastro zu kommen. Sie versprach, sie schwor es mir schluchzend. Als der Morgen zu leuchten begann, stand ich auf und stahl mich aus dem Haus. Während ich sorgsam das Hoftor schloß, sah ich aus dem Augenwinkel, daß mich der Lehrer am Fenster offenbar diskret, bewußt unauffällig, verfolgte. Am folgenden Nachmittag gab es ein Riesenfest vor dem Kirchenportal. In der Kälte der ersten Wintertage brachte man von überall her Kohlenbecken, stellte Bänke auf, Schemel und andere Sitzgelegenheiten, die Leute aus der Nachbarschaft brachten so viele Petroleumlampen, wie aufzutreiben waren. Wir tranken und riefen einander Spötteleien und Segenswünsche zu. Und dazu all die kleinen Speisen, die Jasmin, Virgin und Magdalini den ganzen Tag über zubereitet hatten. Es kamen alle Bekannten und noch einmal so viele aus dem oberen Viertel, um uns zu verabschieden. Selbst zwei Teilhaber, die sich schämten, weil aus der Ölmühle nichts geworden war, schauten vorbei und wünschten uns Glück, sie wollten uns sogar auf dem Weg begleiten. Man hatte auch für Musikanten aus Petra und Skoutaros gesorgt. Wir versperrten die Gasse, niemand kam durch, ohne stehenzubleiben, einen Raki zu trinken, Glück zu wünschen und den Segen zu bekommen. Sogar der Aga kam vorbei. Zufällig? Aus eigenem Antrieb? Er saß ab, wandte sich an Fotis und redete mit ihm. Fotis nickte zustimmend und sagte: »Die Zwietracht, Aga, die Zwietracht.« Der Aga grüßte mich von weitem, nahm ein Stück heiße Käsepastete, sagte herzlich »aferim« und ritt weiter.

Dann kam Virgin; in einem Tuch trug sie etwas für Nikos. Sie setzte sich neben mich auf die Bank, überreichte es ihm, er schlug das Tuch zurück, und ein wunderschön gearbeitetes Tablett aus Kupfer kam zum Vorschein, es war herrlich poliert und gleißte, als wäre es aus Gold. »Nimm es, damit du dich an mich erinnerst, damit du weißt, daß auch wir etwas vom Ziselieren verstehen und schöne Dinge herstellen und nicht nur deine Bauhandwerker mit den antiken Steinen.« Nikos nahm es, betrachtete es lange, er schien gerührt zu sein; er beugte sich hinunter und gab ihr einen Kuß auf die Wange. Stolz sahen wir alle die beiden an, ich flüsterte ihm ins Ohr: »Bring ihr die Uhr, die du drinnen hast.« Jäh wandte er sich um und sagte: »Nein, das geht nicht.« Sonderbarer Junge. Ich sagte nichts mehr.

Bevor es von Ayvalik her tagte, verabschiedeten wir uns von allen, von jedem einzelnen, von jedem ein- und zweimal, und in jedem Wort lagen ein Versprechen, zwei Tränen, ein guter Ratschlag. Bei Mehmet konnte ich nicht mehr an mich halten, als er mir weinend seinen über alles geliebten Dolch in die Hand drückte. Ich habe Abschiede nie ausgehalten, obwohl ich schon so viele erlebt habe. Darum höre ich hier auf. Alle wußten, wo sie uns finden würden, und wir wußten, wo wir sie finden würden. Wir konnten kein Auge zutun. Vor der Zeit gingen wir hinunter nach Skala. Ich hatte es nicht ertragen und darauf bestanden, daß wir uns vor der Kirche verabschiedeten. Unter Tränen fast hatten sie mir diesen letzten Gefallen getan. Im Morgengrauen bestiegen wir das Schiff und ließen Molivos hinter uns. Bis wir bei den letzten Felsen um die Mole bogen, schaute ich hinüber zum Strand und sah überdeutlich, in jeder Einzelheit eine wunderschöne Ölmühle, inmitten der Olivenbäume, und der hohe Schornstein grüßte uns zum Abschied. Das Kaiki fuhr nicht übers offene Meer, man konnte immer noch deutlich das Ufer und weit hinein ins Land sehen. Nikos trat zu mir und sagte: »Hier ist Eftalou, weiter unten sind die Bäder mit dem heißen Wasser, die aus den Felsen fließen, weiter drüben die Heiligen Selbstlosen Ärzte«, und nachdem wir ums Kap gebogen waren, schwiegen wir, suchten mit den Augen die Stelle. Nikos sah sie zuerst, er streckte den Arm aus und deutete aufs Land: »Dort ist es.« In der Tat, dort war es, und nichts war zu sehen, keine Stadt, kein Dorf, keine Säulen, keine Steinbank, die wir hatten stehenlassen. »Nichts«, sagte Nikos, doch er meinte: »Dort ist alles beisammen.« Und ich sagte: »Solange es Bauleute gibt, ist alles möglich.« »Bauleute und Träume«, gab er mir zur Antwort.

Hier endet die Erzählung des Meisters aus Epirus über seine Erlebnisse in Molivos. Er errichtete noch Gebäude in Mitilini und Ajiasos, vor allem nach den großen Erdbeben von 1889. Ihm gefielen die Geschichten, und im Alter erzählte er oft mal die eine, mal die andere. Jedesmal erlebte er sie von Anfang an neu, mit Begeisterung und Leidenschaft, trotz weißer Haare, trotz Arthritis.

Solange er in Mitilini lebte, kam Magdalini, wann immer sie eine Gelegenheit fand, zu ihm, nur daß er sie die wenigen Male, die sie öffentlich in Erscheinung trat, als Rallou und nicht als Magdalini vorstellte. Als er nach Jahren seine Arbeiten beendete und weiterzog, folgte Magdalini ihm nicht. Doch auch einige Leute aus Mitilini, die sie kannten und sie mochten, verloren sie für immer aus den Augen.

Mit Nikos arbeitete er in Mitilini nicht mehr zusammen. Nikos ging seiner Wege. Sie pflegten erst eine freundschaftliche Beziehung, die mit der Zeit immer lockerer wurde; schließlich hörten sie nichts mehr voneinander.

Mehmet kehrte nicht nach Malta zurück. In hohem Alter, nach dem Krieg – dem Großen –, hauchte er oben auf der Burg in Virgins Armen sein Leben aus. Man verweigerte ihm ein Grab im Dorf, und die beiden Armenierinnen bekleideten ihn mit seinem Kostüm und begruben ihn heimlich in der Burg.

Jasmin und Virgin heirateten nie. Sie starben in hohem Alter, nachdem sie ihr Leben so weitergelebt hatten wie seit Kindesbeinen. Nur irgendwann hörten sie auf, unter dem Druck der Nachbarschaft, mit der Barke zum Fischen zu fahren. In ihren letzten Lebensjahren vermieteten sie ihr Haus an Athener. Sie lebten in Ruhe und in Geduld und sahen jeden Frühling und jeden Winter die Blumen sich öffnen und schließen. Jasmin starb Ende der fünfziger, Virgin ein wenig später, Anfang der sechziger Jahre.

Was aus Papa-Fotis wurde, darüber konnte ich nichts Sicheres in Erfahrung bringen. Weder Jasmin noch Virgin wollte je reden. Von denen, die sich erinnerten, sagten die einen, er sei kurz darauf verrückt geworden, die andern, er sei von der Burg gestürzt, wieder andere, er sei ins Kloster nach Kalloni zurückgegangen und dort verrückt geworden.

Jahre später wurde die Ölmühle auf einem andern Grundstück gebaut, von andern Herren und von andern Männern. Eine große Ölmühle, die bis heute den Strand von Molivos beherrscht. Nur daß aus jener Generation viele die Gelegenheit verpaßten, sich aus dem Elend zu befreien und Fortschritte zu machen.

Und die antiken Steine, die antiken Steine blieben unberührt. Bis zum Sommer 1966 waren sie jedenfalls dort.

Das kupferne Tablett, das Virgin Nikos vor einhundertelf Jahren geschenkt hat, gibt es heute noch.

Die Erzählung von Vaios

ICH LERNTE IHN 1888 KENNEN. Ich ging zum erstenmal nach Mitilini. Mein Vater hatte mich gebeten, ihn zu begleiten, denn ich sollte Erfahrungen sammeln, damit ich dann, wenn es soweit wäre, gut ausgerüstet wäre, seine Nachfolge anzutreten.

Wir hatten Grundstücke und Weinberge, wir bauten Sesam, Feigen und Rosinen an. Wir hatten auch eine eigene Sesammühle. Mit all dem handelten wir, in jedem Winkel des Schwarzen Meers und im Mittelmeer bis nach Marseille. Unsere Rosinen gelangten nach London, Amsterdam und Antwerpen. Das Sesamöl bevorzugten die Russen vor dem Olivenöl, von Aleppo bis Tanger nahm man es uns ab und stellte daraus Essenzen her. Der Vater hatte gut dreißig Leute, Männer, Frauen, die nur für ihn arbeiteten, und die Zahl stieg im August, im September und im Oktober bis auf zweihundert. Sie kamen dann aus allen Dörfern zu uns, um den Bedarf an Arbeitskräften zu decken, der Ende Sommer, Anfang Herbst am größten war. Mein Vater hatte alles: Familie, Haus, Vermögen, Perspektiven. Es fehlten ihm nur zwei Dinge: ein guter Bräutigam für meine Schwester und mein Diplom. Er wollte, daß ich Händler würde, Ingenieur, er ließ mich Chemie studieren. Meine Mutter wollte, daß ich besser würde als mein Vater, ohne je zu erklären, was genau sie damit meinte, und in seiner Anwesenheit stimmte sie seinen Plänen für mich immer zu. Ich hatte schon drei Jahre in Leipzig verbracht, doch nichts von alldem packte mich, weder die Unternehmen meines Vaters, schon gar nicht die Chemie. Nur selten war ich in meinen Seminaren, viel lieber besuchte ich die philosophischen Vorlesungen, und all meine Gefährten waren Studenten der juristischen und der philosophischen Fakultät. Ich hatte mich mit meinen Kommilitonen im Laboratorium ablichten lassen und die Photographie nach Hause geschickt als Beweis, daß alles in bester Ordnung war, daß sie sich keine Sorgen machen mußten. Mit solchen Tricks hielt ich sie auf Abstand und rettete mich vor ihrem Gejammer.

So erlebte ich unbehelligt den Übergang vom Osmanischen Reich der Unbeweglichkeit und der Ohnmacht zum Deutschen Reich der Kraft und der gesellschaftlichen Konflikte um mehr Freiheit und mehr Demokratie. Hinter dem Antlitz des strengen täglichen Lebens, das sich nicht zu ändern schien, waren die neuen Maschinen überall hingelangt, hatten alles über den Haufen geworfen, die Eisenbahnen überquerten Grenzen, verringerten die Distanzen; Kohle, Stahl, Textilwebereien gaben Arbeit und machten aus Kleinen und Großen die neuen Machthaber von Deutschland. Der Nationalstaat entstand. Für viele war dieser Nationalstaat die Reaktion selbst, und das Erblühen der neuen Ordnung konnte weder die schleichende Krise verschleiern noch die Verelendung derjenigen, denen kein Glück unter der Sonne beschieden war. Einmal verfolgte Bismarck die Katholiken, dann wieder die Liberalen und ohne Unterlaß die, die an die Prinzipien des Sozialismus glaubten, und häufte mit Eigensinn, Despotismus und Unterdrückung Macht und Wohlergehen für die Bourgeoisie an, Selbstbewußtsein für das neue Deutsche Reich. Wir glaubten fest, daß Bismarck über kurz oder lang straucheln und stürzen würde, denn die Dinge liefen schon schneller als er. Sein sozialer Wohlfahrtsstaat war in unseren Kreisen ein Thema, das immer wieder zu Meinungsverschiedenheiten führte; wir stritten, ob es sich dabei um politisches oder soziales Empfinden gegenüber der Arbeiterklasse handelte. Dennoch lebten wir in einer andern Welt, mit einem Bein standen wir in der Realität, mit dem andern im Reich unserer Ideen und unserer Träume. Egal, was wir glaubten oder oberflächlich wiederholten – Wiederkäuer von Ideen, Meinungen, Zitaten der großen Intellektuellen, die Europa auskehrten –, was uns faszinierte, was uns lebendig hielt, was uns vereinte, war die Tatsache, daß all diese Ideen, wie sehr sie auch im Widerstreit zueinander standen, in sich einen tiefen Glauben an den Fortschritt und die Fähigkeiten der Menschen bargen. Sie gaben uns Vertrauen, Überzeugung und Entschlossenheit in unseren Bemühungen, sie ließen nicht zu, daß sich Furcht einnistete oder Enttäuschung uns lähmte. Das Leben war schwierig, aber es war schön, das Leben war ungerecht, doch es konnte gerecht werden. Die Hoffnung auf das Morgen war unser täglich Brot.

Unvergeßliche Jahre. Zahllose literarische Abende, unendliche Diskussionen über philosophische Themen, die uns beschäftigten. Wir suchten nach Antworten auf die unterschiedlichsten Fragen, die das Erlebte und Gehörte betrafen, die uns selbst betrafen und unsere Beziehungen und alles, was damals unsere geistige und emotionale Welt bildete.

Uns quälten unsere eigenen inneren Konflikte, aber auch die Bedeutung von Freiheit und Gerechtigkeit, Verantwortung und Verpflichtung; die Gesellschaft als Zusammenschluß aller freiheitlichen Kräfte, die Gesellschaft als Macht gegenüber dem Staat und allen reaktionären Traditionen. Der Geist der Solidarität, wenn wir beisammen waren, die reine Freundschaft, das Akzeptieren der andern Meinung oder zumindest das Bemühen um ein Verständnis veränderten nach und nach unser Denken. Meine Ankunft in Leipzig war zusammengefallen mit dem erstmaligen Erscheinen der Zeitschrift »Die Gesellschaft« in München«, die Conrad herausgab und die von da an unser Evangelium war, das wir in nächtelangen Diskussionen auslegten. Zweimal spaltete sich unsere Runde, und wir sprachen nicht miteinander, bis die neue Nummer erschien. Außer unserer deutschen Welt hatten wir noch Zola und Ibsen. Sie bewegten uns und ließen uns reifen. Und als ich sie viele Jahre später alle aus den Augen verloren hatte, als Hauptmann mit seinen Werken in Erscheinung trat, sandten sie mir Veröffentlichungen und Kritiken, sofern es noch eine offene Diskussion gab. Für mich war es der Beweis, daß die Freundschaft der Zeit trotzte, und ich war der Überzeugung, daß die Verbindung noch lebendig und stark war, welchen Weg ein jeder von uns auch eingeschlagen haben mochte. Die neue Realität der Dampfmaschinen im wirtschaftlichen Leben und die Arbeitsverhältnisse berührten uns kaum, vielleicht weil wir nicht zu den Menschen gehörten, die sich ihr Brot auf diese Weise verdienen mußten. Die Ideen von Marx und Engels hörten sich an wie aus einer andern Welt, so gerecht sie auch tönten. Unsere Gruppe glaubte mehr an die Vorstellungen Lassalles, mochten uns deswegen einige auch als Reaktionäre hinstellen, gerade uns, die wir in unserem ganzen Denken gegen die Reaktion eingestellt waren.

Wir waren sogar in Berlin und Wien mit einem unserer Professoren, den man trotz seiner weißen Haare irgendwann von der Universität jagte – warum, weiß niemand. In Berlin besuchten wir die Universität, wir sahen uns die Hauptstadt an, er ging mit uns auch ins Lessing-Theater. Irgendwann setzte er uns den Floh ins Ohr, wir sollten nach Wien reisen und Jehring hören. Wir ließen kein Konzert aus, und wenn es der Zufall wollte und einer von uns zu einer musikalischen Soiree in ein privates Haus geladen war, mußte er dafür sorgen, daß wenigstens zwei weitere ihn begleiten konnten. Besuche allerorten und ausgedehnte Spaziergänge und Ausflüge in die Wälder. Wir hatten auch Lieder über die Freundschaft, über die Natur und den Wald und über die Liebe gelernt. Fremdartige Gepflogenheiten angesichts unserer eigenen mönchischen Liebesgesänge, Verslein ohne Tiefgang, doch von Bedeutung war, daß all dies uns wiederum verband, auch wenn vieles unverständlich war. Einmal hatten wir die »Symphonie fantastique« von Berlioz gehört und waren begeistert gewesen. Mit Freunden des Professors in Berlin und Wien warteten wir gespannt, wann sie wieder aufgeführt würde, und dann würden wir alle aus den andern Städten einladen. Unsere Zeitgenossen billigte man nicht so recht. Nur unter Schwierigkeiten vernahmen wir von ihren Konzerten, nur unter Schwierigkeiten bewegten wir uns von einer Stadt zur andern. Für ein Konzert außerhalb unserer Stadt organisierten wir einen Ausflug von zwei, drei Tagen mit Laufereien, Bitten und einer Sammlung bei den wohlhabenden Musikliebhabern der Stadt. In einem Sommer reisten wir nach Bayreuth, um endlich den göttlichen Wagner zu hören, doch man ließ uns nicht hinein. So zogen wir von einer Kirchweih zur andern und amüsierten uns bei Schnaps und Bier, doch viel mehr berauschten wir uns an unseren Ideen oder an den Blicken der Mädchen. Vielleicht weil beide frei und nicht zu greifen waren.

Unter Druck und Drohungen meiner Eltern, sie würden die Geldsendungen einstellen, hatte ich ihnen versprochen, in jenem Jahr Weihnachten bei ihnen zu verbringen. Es war kein leichter Entschluß, mitten im Winter von Leipzig nach Wien, von Wien nach Saloniki und von dort mit dem Schiff nach Smyrna zu reisen. Von Smyrna nach Manisa, wo mein Elternhaus stand, war es nur ein Sprung. Kaum war ich richtig angekommen, wollte mein Vater schon nach zwei

Tagen mit mir nach Kastro auf Samos gehen. Er hatte zu tun, wollte mich in seiner Nähe haben, ich sollte mich umschauen, lernen. Doch mich interessierte nicht, was ich mir ansehen sollte, mich berührte nicht, was ich lernen sollte. Ich hatte keine Lust auf Streit und Geschrei und war folgsam; mich tröstete, daß ich bald wieder wegfahren würde. Die ganze Reise über redete er unaufhörlich über seine Geschäfte, über die gute Gesellschaft von Smyrna und die gute Gesellschaft von Mitilini. Geschäfte und Märkte öffneten sich, der Handel zwischen Smyrna, Konstantinopel, Kairo und Mitilini blühte, wir gehörten zu den ersten Familien in Manisa, wenn wir nicht gar die erste seien.

Am Abend erreichten wir Kastro. Er zeigte mir den neuen Kai, der fast fertig war und den er bewunderte wie sein eigenes Werk. Telegraphisch hatte er ein Zimmer im Hotel »Grande Bretagne« reserviert. Da merkte ich erstmals, daß sich tatsächlich etwas veränderte, sogar hier. Da reserviert man von Smyrna aus per Telegramm ein Zimmer in Kastro. Am nächsten Tag wollten wir unseren Rundgang zu den Ölmühlen machen, die seinen Freunden und Bekannten gehörten, sogar zu denen von Bekannten seiner Bekannten gingen wir. Was wollte er, wonach suchte er? Ich verstand es nicht, ich hatte nicht die geringste Lust, ihn nochmals zu fragen. Zwei Abende würden wir bleiben und uns am Morgen des 23. wieder nach Smyrna einschiffen.

Nikos traf ich zum erstenmal in einer Fabrik, die ich mit meinem Vater auf dem morgendlichen Rundgang besuchte. Der Freund meines Vaters zeigte uns hocherfreut seine neuen Anlagen, ganz stolz auf seine jüngsten Errungenschaften, die Dampfmaschinen. Während wir herumgingen und mein Vater mit seinem Freund wetteiferte, wer mehr sprach, wer sich mehr aufplusterte und sich zur Schau stellte, wer dem andern mehr um den Bart ging, folgte Nikos uns wie ein Gespenst, ausdruckslos, aber auf der Hut, ob sein Herr etwas frage oder ihm etwas auftrage. Ich empfand ihn als Mitstreiter gegen die Drohung der Welt meines Vaters und seines Herrn. Ich verlangsamte meinen Gang, bis er mich eingeholt hatte, und fragte ihn, ob er Ingenieur sei. Er sagte nein, ich fragte, was er studiert habe, und er gab zur Antwort: »Nichts.« Er sagte es in einer Art und Weise, als hätte ihn allein schon die Frage beleidigt. Ich war verlegen, ich sagte: »Mach dir nichts draus, ich studiere, aber das heißt nichts.« Ich lächelte ihn an, doch ich sah kein Zeichen der Zustimmung. Kurz darauf fragte er, ernst und mit ausdrucksloser Miene: »Was studieren Sie?«, und als ich sagte: »Chemie, aber ich lerne nichts dabei«, da musterte er mich lange, und in seinen Augen zeichnete sich etwas zwischen Erstaunen und Ablehnung ab.

Als wir die Ölmühle verließen, lud uns der Freund meines Vaters, Kir-Manolis, für den Abend in sein Haus ein. Seit Tagen war seine Frau damit beschäftigt, einen geselligen Abend vorzubereiten. Mein Vater nahm den Vorschlag erfreut an, und als wir weggingen, sah ich im Hintergrund Nikos; er erwiderte mit einem fahlen Lächeln den Gruß und hob diskret die Hand, als wolle er uns nicht belästigen. Der Tag war anstrengend. Genauso, wenn nicht noch schlimmer, war der gesellige Abend. Man amüsierte sich, war bester Laune, da gab es nichts zu sagen, junge Burschen und schöne Mädchen waren ebenfalls da. Es gab alles, der Reichtum Europas gleißte in den Kristall- und Silberservices, Speisen aus Orient und Okzident, Tabletts und Schalen aus Messing voller Genüsse, von Zuckerfrüchten in Sirup bis zu Schokoladen aus Marseille. Auch ein funkelnagelneuer offener Flügel stand da, doch keiner wagte es oder war in der Lage zu spielen. Man sah allen an, daß es ihnen gutging, daß sie sich amüsierten, doch was sie auch sagten, wer auch sprach, immer hatte ich den Eindruck, daß sie dasselbe und nochmals dasselbe von sich gaben und Phrasen wiederholten, die ihnen das Gefühl gaben, etwas Besseres zu sein. Dieselben und nochmals dieselben Späße und Sticheleien, dieselben und nochmals dieselben dummen Fragen. Aus den leisen Gesprächen vernahm man Worte über Geschäfte, über Ehevermittlungen und Mitgiften, irgendwelchen gehässigen Klatsch, und was in Konstantinopel gekauft war und was in Smyrna. Mag sein, daß manch ein Jüngerer genau wie ich grenzenlose Langeweile empfand. Mag sein, doch keiner zeigte es. Ich dachte, vielleicht würde ich Nikos antreffen. Aber als ich nach ihm fragte, sagte das gnädige Fräulein Tochter fassungslos: »Also bitte!« Und überhaupt, er sei nicht eingeladen. Am selben Abend noch fragte mich die Mutter aus, wie es mit dem Studium gehe, wann ich abschließen würde, ob ich nach Smyrna zurückkehren würde und ob mir Mitilini gefalle, ob ich irgendwann einmal dort leben könnte. Es fehlte nur noch, daß ich mit der Tochter Verlobungsringe tauschte.

Am nächsten Tag waren wir vom Morgen an unterwegs, wir besuchten den Markt, zogen von Werkstatt zu Werkstatt, von Büro zu Büro, und immer wieder Kaffee mit irgendwem in irgendeinem Kafenion. Der Markt war voller Leben und Waren, alles für Weihnachten und Neujahr, das Bunteste und Schreiendste aus Europa. Als dann mein Vater sagte, wir würden heute abend wieder mit der Familie von Kir-Manolis ausgehen, war es mir doppelt zuviel, denn wir hatten ja auch andere Herzensfreunde und Bekannte unserer Familie getroffen. Wir würden auf eine Soiree gehen; jemand, den man aus Konstantinopel geholt hatte, würde Klavier spielen. Ich fragte mich, wie mein erschöpfter Vater ein Konzert besuchen konnte – er, der keine Ahnung von Musik hatte, und dann noch mit seinem Freund aus Mitilini, der aus demselben Holz geschnitzt war. Als ich erfuhr, daß auch das Fräulein Tochter mitkäme – was er besonders betonte, zudem gebot er mir, ich solle mich gemäß den Gepflogenheiten des Landes, in dem ich studierte, benehmen –, da war mir klar, daß hinter der abendlichen Verabredung eine Ehevermittlung steckte, die bis ins letzte Detail geplant war. Ich genoß den ersten Teil des Konzerts, genoß ihn doppelt, denn ich erfreute mich an vertrauten Klängen aus meinem Studentenleben in Leipzig und spürte gleichzeitig neben mir, wie die Intriganten ihre Intrige sehr, sehr teuer bezahlen mußten. Und das Fräulein Tochter – wahrscheinlich interessierte ich sie nicht, und ganz sicher interessierte sie mich nicht.

Zwischen dem ersten und dem zweiten Teil des Konzerts schlug die Mutter des gnädigen Fräuleins vor, wir sollten doch hinausgehen und eine Mandelmilch zu uns nehmen. Wir folgten ihr gehorsam. Im Foyer des Clubs war plötzlich eine Diskussion über die Sprachenfrage entbrannt, ich blieb stehen und lauschte. Zum erstenmal sah ich, daß dieses Thema die Leute leidenschaftlich beschäftigte. Und als ich meinen Blick über jene schweifen ließ, die die Diskussion entfacht hatten, sah ich im Hintergrund Nikos, seine Miene war grimmig.

Spontan grüßte ich ihn, und ich zog ihn, als würden wir uns seit vielen Jahren kennen, in eine Ecke, damit wir nicht mit den Meinen zusammenstießen. Doch als sie bemerkten, daß ich mit ihm sprach, ließen sie uns in Ruhe. Ich sagte ihm, wie sehr ich mich freute, ihn an einem solchen Ort zu sehen, er schien sich ebenfalls über das zufällige Treffen zu freuen, er kannte hier niemanden. Er sprach wenig, ich plapperte drauflos und machte mich lustig über das, was ich in den vergangenen zwei Tagen gesehen, gehört oder erlebt hatte. Nikos hörte zu, sagte nichts, doch er zeigte mir, daß er mich verstand. In der Sprachenfrage waren wir einer Meinung, es war selbstverständlich für uns, jede weitere Diskussion erübrigte sich. Er stellte mir zwei, drei Fragen zur

Musik, die wir gehört hatten. Noch war er sich nicht sicher, ob sie ihm gefallen würde, doch er wollte sie unbedingt hören, dem Neuen näherkommen, das Fremde kennenlernen. Ich fragte ihn, was er tue in Mitilini, wie das Leben sei, wie es ihm gehe. Er arbeitete bei Kir-Manolis und war fast für alles zuständig, hauptsächlich für Rechnungen, ständig schob er Geld von hier nach dort, und wenn er nichts zu tun hatte, ging er durch die Fabrik, nahm den Mechaniker beiseite und fragte ihn merkwürdige Dinge, oder er sah ihm dabei zu, wie er in Öl, Dampf und Dreck arbeitete. Er war allein, er hatte keine Freunde, nur ein paar Bekannte. Wenn er geschäftehalber nach Kastro ging, besuchte er einen Popen; da war er vielleicht gesprächiger. Sein einziges Vergnügen war, wenn er Zeit fand, im Kafenion zu sitzen und den hitzigen politischen Diskussionen zu lauschen, über die nationale Frage, den grenzüberschreitenden Handel, den Dampf, der alle in Begeisterung versetzte, die Perspektiven, die die erste Bank von Mitilini eröffnen würde. Manchmal ging er auch mit ein paar Bauhandwerkern aus seiner Heimat auf eine Kirchweih, das war alles. Ein Nachtleben gab es in Kastro nicht, und falls es eines gab, so kannte er es nicht. Wenn Fragen auftauchten, und Fragen kamen ihm oft in den Sinn, suchte er am Sonntagnachmittag die Bibliothek des Gymnasiums auf – das einzige, wie er zu sagen pflegte, dessen Kastro sich rühmen könne. Er hatte seinen Weg gefunden, der Pope sowie Kirios Chadsidaniil, der Bibliothekar, der ihn mochte, hatten ihn auf diesen Weg gebracht. Am Sonntagnachmittag suchte er die absolute Einsamkeit des Lesesaals, blätterte und forschte in den Büchern. Er fand Geschichtsbücher und antike Autoren, die er lesen wollte, manche fand er nicht interessant, wenn er sie im Regal stehen sah, doch Kirios Chadsidaniil suchte sie ihm dann heraus. Die größte Überraschung hatte er für den Schluß aufbewahrt. Das Ersparte gab er größtenteils für Französischunterricht aus. Spätabends traf er sich heimlich mit einer Französin aus dem Haus des Vizekonsuls. Da merkten wir plötzlich, daß der zweite Teil des Konzerts begonnen hatte. Wir sprachen uns gegenseitig Mut zu und beschlossen, nicht wieder hineinzugehen. Wir setzten uns auf die Stufen, und ich erzählte von mir. Er war der erste Grieche, von dem ich das Gefühl hatte, er könne mich verstehen, auch wenn wir nicht einer Meinung wären. Ich erzählte ihm von Deutschland und Leipzig, davon, wie wir dort lebten, von den Büchern, die wir lasen. Ich glaube, er wunderte sich, als ich erwähnte, ich läse gern Gedichte, doch er sagte nichts, und ich sah keine Notwendigkeit, mich zu rechtfertigen. Ich fragte ihn, wie er von Sagoria in diese Welt hier gelangt sei, und er sagte nur: »Auf der Suche.« Dem wollte er nichts hinzufügen, er lachte und wechselte das Thema. Er fragte, ob es in Leipzig jemanden gebe, zu dem ich eine besondere Beziehung hätte, ich sagte nein und fragte ihn das gleiche, auch er verneinte. Am Schluß sprachen wir wie zwei Freunde, die sich für kurze Zeit getrennt hatten und nun wieder zusammen waren. Dann gab es noch eins, ich fragte ihn nach seinem Namen. »Ich heiße Vaios«, antwortete ich, es war, als besiegelten wir mit einer feierlichen Handlung den Beginn einer neuen Freundschaft.

Dann war das Konzert zu Ende, und die Leute strömten heraus. Wir saßen immer noch auf der Treppe, nicht eine Sekunde hatten wir die schneidende Kälte gespürt, die jedem draußen durch Mark und Bein ging. Die Leute hatten sich eingemummelt und verloren sich in den Straßen. Auch die Meinen kamen, sie sahen uns und näherten sich. Allesamt mit säuerlicher Miene, am finstersten war mein Vater. Ich stand verlegen auf, lächelte höflich, als wäre nichts geschehen, da hob mein Vater die Rechte mit dem großen Ring und schlug mir so hart mit dem Handrücken ins Gesicht, daß ich taumelte. Die Nase platzte, das Blut floß. Ich fühlte mich gedemütigt wie noch nie. Gedemütigt nicht vor der Familie aus Mitilini, sondern vor Nikos. Was ich in jenem Moment meinem Vater gegenüber empfand, hätte ich mir nie ausmalen können. Ich war wutentbrannt, nun war die Reihe an mir, ihn von mir zu weisen. Aber ich war auch hilflos, konnte nichts denken, nichts tun oder sagen, konnte es nicht wagen, ihm zu zeigen, daß ich mich dieser Demütigung widersetzte. Ich senkte den Kopf und folgte seinem Befehl »gehen wir«, ich brachte es nicht über mich, den ersten Griechen, den ich zum Freund wollte, auch nur mit einem Nicken oder einem Blick zu grüßen. Es kam mir vor, als bröckelte mit einemmal alles, woran ich glaubte, alles, was Nikos und ich in einer Stunde geschaffen hatten.

Es war unser erstes Zusammentreffen. Ich kehrte nach Leipzig zurück, blieb dort weitere drei Jahre und vergaß jene Begebenheit fast vollständig. In Augenblicken heftiger Ergriffenheit dachte ich manchmal an Nikos. Im Amphitheater oder im Konzert, bei ideologischen Konflikten und Nöten oder in Momenten, in denen man spürte, wie die Kraft der Naturgewalten einen mit sich riß. Wäre er bei mir gewesen, hätte er sich wohl widersetzt, und in manchem Augenblick war es schade, daß er nicht da war und mit mir die Einzigartigkeit der Erfahrung oder der Schönheit teilte. Ich lebte so weiter, wie ich wollte, besonders nach meiner Rückkehr war es mir völlig gleichgültig, ob ich jemals ein Diplom bekommen würde. Vor langem schon hatte ich begriffen, daß ich die falsche Wahl getroffen hatte. Ich war für andere Dinge geschaffen als für jene, die mein Vater bestimmt hatte. Anderseits kümmerte es mich nicht besonders, daß es angeblich mit seinem Geld bergab ging. Ich las, lernte, wurde der Mensch, der ich sein wollte, und nicht der, den die Geschäfte meines Vaters erforderten. Ich konnte mir jedenfalls nur schwer vorstellen, mit all meinen erlesenen Kenntnissen auf irgendeine Art und Weise mein täglich Brot zu verdienen. Selbst in Leipzig.

Plötzlich ging alles drunter und drüber. Es war Anfang 1891. Ich bekam ein Telegramm, daß es meinem Vater nicht gutgehe, ich solle meine Siebensachen packen und sogleich heimkehren. Schon im ersten Augenblick spürte ich, daß mein Leben in Leipzig zu Ende war, obwohl im Telegramm nicht stand, daß es besonders ernst stehe um meinen Vater, und mir der Gedanke kam, es handle sich vielleicht nur um einen Vorwand, mich nach Hause zu locken. Ich spürte, daß ich für immer weggehen würde, daß keine Aussicht bestand, mein Leben so weiterzuführen. Ich packte meine Sachen, manches verschenkte ich, manches hinterließ ich meiner Zimmerwirtin; alle versicherten mir, einige schwuren sogar, sie würden mich in Manisa besuchen, und nach einer langen Nacht bei Bier und Schnaps luden sie mich im Morgengrauen in Leipzig in die Postkutsche, ich war halb ohnmächtig vom Rausch, und sie hofften, bis Wien würde ich wieder nüchtern werden.

Von Wien bis Saloniki dachte ich ausschließlich darüber nach, wie mein neues Leben wohl aussehen und wie ich es aushalten würde. Ich malte mir jedoch nicht aus, daß meinen Vater das Schlimmste ereilen könnte, vielleicht weil ich die Vorstellung nicht ertrug, daß ich die Verantwortung für sein gesamtes Unternehmen übernehmen müßte. Auf dem Schiff von Saloniki nach Smyrna befiel mich bereits ein sonderbares Heimweh nach Leipzig. Ich konnte das Hellblau des Himmels und das Dunkelblau des Meeres nicht sehen. Mitten in der Ägäis überschwemmten mich Bilder von Leipzig, von seinen Straßen, von unserer Studentenecke im Wirtshaus, von den zwei, drei Orten, wo man uns stets fand, von den Gesichtern der Freunde, von den Stunden, wenn wir Kaffee oder Bier tranken und die Neuigkeiten in der Zeitung kommentierten, von den endlosen Abenden, an denen wir Gedichte lasen oder uns wegen irgendwelcher radikaler Ideen in die Haare gerieten. Personen, Bilder, Augenblicke, Ausdrücke. Wie sollte all dies unbeschädigt und rein in meiner Erinnerung bleiben, um weiterhin jene Ergriffenheit zu erzeugen, die sie uns ins Gedächtnis eingeprägt hatte? Oder blieb manches auch ohne Ergriffenheit, reichte es, daß es sich ins Hirn eingeprägt hatte? Mich befiel Panik, ich könnte in meiner Hast nicht alle meine geliebten Sachen zusammengesucht, ich könnte eines meiner geliebten Bücher vergessen haben.

Aufgeregt ging ich hinunter in die Kabine, und weil zu dieser Stunde keiner meiner Mitreisenden zugegen war, öffnete ich die beiden langen Truhen, die ich mit mir schleppte, und legte alle meine Sachen auf die Pritsche. Ich betastete sie, setzte mich dann auf die Kante der Pritsche gegenüber, betrachtete sie und fühlte mich wie ein Schiffbrüchiger, den das Meer an Land gespült hat und dem nur diese Dinge geblieben sind. Ich begann die Verluste zu registrieren, alles, was meine nichts entschuldigende Erinnerung zurückgelassen hatte. Und da entdeckte ich inmitten der bekannten und vertrauten Sachen einen Umschlag; er war besonders sorgfältig mit einer roten Schnur zugebunden, Empfänger und Absender waren in schönsten Buchstaben geschrieben. Empfänger ich, Absender meine Zimmerwirtin. Sie war eine sehr schöne Frau über dreißig, verheiratet mit einem alten, wohlhabenden Mann, der beinahe ihr Vater sein konnte. Ich hatte den Eindruck, daß sie jedesmal, wenn sie mich zufällig heimkehren sah, zum Klavier eilte und spielte, was gerade an Noten vor ihr lag. Für den Alten war sie eher Krankenschwester denn Frau, eher Wäscherin und Sklavin für die Küche und die Hausarbeit. Aber auch ich, der ich sie als Frau sah, konnte mich ihr gegenüber nicht anders verhalten. So lebte Gertrud mit zwei Männern, von denen der eine nicht konnte, auch wenn er wollte, und der andere nicht wollte, auch wenn er konnte. Sie lebte einen Alltag zwischen einem Grobian und einem Hasenfuß. Nur ihr Klavier schien diese Schaukel einigermaßen im Gleichgewicht zu halten. Sie brachte mir das Hören bei, sie führte mich ein in die Welt der Musik. Sie lehrte mich, selbst die Stille zu hören.

Vorsichtig öffnete ich das kleine Päckchen, ich wickelte die rote Schnur ab und zog ein Notenheft heraus. Kein Titel, kein Name des Komponisten, auf der ersten Seite begannen die fünf Notenlinien, die Noten waren sauber von Hand eingetragen, und so ging es bis zum Schluß. Unter den Noten stand in ihrer schönen Schrift der Text der Komposition, der mit dem Satz begann: »Wir setzen uns mit Tränen nieder.« Ich konnte mich nicht erinnern, was es war. Ich hatte das Gefühl, ich hielte einen Brief von ihr in Händen, auch wenn ich keine einzige Note lesen konnte. Mein Blick eilte über die Linien, folgte den Noten, den Pausen, ich blätterte um, stotterte, es war, als würde ich in jeder Einzelheit die Tonart, die Musik, die Melodie erkennen. Ich las die Verse fast laut, blätterte das Heft zweimal, dreimal durch, wieder und wieder, hielt an gewissen Stellen inne, als verstünde ich genau dort den Sinn, der hinter den Versen verborgen war. Ich verstand nicht oder hatte Schwierigkeiten, die gewünschten Assoziationen zu finden, und doch hatte ich alles. Ich räumte rasch meine Sachen zusammen, schloß die beiden Truhen, steckte die Noten unter mein Hemd und ging an Deck, um Luft zu schnappen. Zwischen dem Hellblau des Himmels und dem Dunkelblau des Meeres versprach ich, ihr zu schreiben, und vielleicht würde ich sogar irgendwann zurückkehren.

Kurz vor Smyrna hielten wir bei Ai-Jannis, das zur Quarantänestation geworden war. Alle Schiffe, die nach Smyrna fuhren, wurden dort kontrolliert; die Angst vor der Cholera war groß. In der Ferne erblickte ich Smyrna – wie eine andere Quarantänestation, die mich erwartete.

Als wir angelegt hatten und ich wieder festen Boden betrat, sah ich, daß sich der Kai von Smyrna in den drei Jahren meiner Abwesenheit zum Besseren verändert hatte, abgesehen von den Schikanen, die ich am Zoll wegen meiner Truhen erleiden mußte. Schließlich behielt man sie, bis man den Zolldirektor gefunden hätte, der entscheiden sollte, ob die Bücher illegal seien oder nicht. Ich bezog Logis im Hotel »Kraemer« oben am Kai, trank ein Pilsener in der Brasserie der Wandelhalle. Ich kam wieder zu Kräften und machte mich auf den Weg zum Kontor des besten Freundes meines Vaters, wo man mir sicher bei den Zollproblemen behilflich sein und auch die Meinen benachrichtigen könnte, damit sie mich abholten. Kirios Ignatios hatte eine Schiffsagentur und war meinem Vater nicht nur beim Export von Handelswaren behilflich, sondern auch bei jeder andern Transaktion und Angelegenheit in Smyrna, bei der mein Vater nicht selbst anwesend sein mußte. Ein Vertrauensmann. Sein Kontor war oben am Kai, verschiedenste Leute hasteten ein und aus mit Reisepapieren, Versicherungspolicen, Frachtbriefen, Umschlägen und Aktenmappen, Material, das von selber eine neue Epoche einleitete. Entweder hatte Kirios Ignatios zuviel zu tun, oder ich hatte mich in den drei Jahren so verändert, jedenfalls starrte er mich lange an, als ich ihn begrüßte, und erkannte mich nicht. »Ich bin Vaios, der Sohn von Anton-Efendi, aus Manisa«, sagte ich. Er sprang auf in all seiner Beleibtheit, der Fes fiel ihm vom Kopf, er schüttete Kaffee über die Papiere. Er umarmte mich, bestellte Kaffee und Lukumia aus Syros, bot mir Platz neben sich an und sagte, wie sehr ich mich verändert hätte, ich sei ein richtiger Mann geworden, nicht zu erkennen in meinen französischen Kleidern. Doch gleich darauf wurde er ernst und sagte, meinem Vater gehe es nicht gut, Gott möge ihm helfen, auf daß er wieder so werde wie früher. Wie auch immer, es sei nun der Zeitpunkt gekommen, daß auch ich einen Teil der Verantwortung meines Vaters übernähme, denn sein Mund sei so entstellt, daß er kaum sprechen könne. Er lag im Bett, Ärzte und Mönche gingen ein und aus, man hatte sämtliche Fürbitten, Pflaster, Latwergen und Arzneien an ihm ausprobiert. Und der Grund? »Er hatte einen Schlaganfall wegen der großen Anstrengung und vor Kummer.« Das ganze vergangene Jahr über waren seine Geschäfte nicht gut gegangen, es hatte Widrigkeiten gegeben, eine nach der andern, schlechte Ernte, fortgesetzte Nichteinhaltung von Abmachungen über bedeutende Frachten, in wenigen Monaten hatte er Kunden und Märkte am Schwarzen Meer verloren. Leute, denen er in gutem Glauben Frachten um Frachten anvertraut hatte, waren falliert. »Und schließlich diese Anna, deine Schwester, die Ehe stand kurz vor dem Abschluß, Bräutigam erster Güte, verrückt nach ihr, mit Vermögen und Einkünften, die deinen Vater in einer einzigen Nacht aus dem Schlamassel gerettet hätten; alles war in bester Ordnung und Übereinkunft gewesen, doch Anna brachte alles zum Platzen. Als der Bräutigam ins Haus kam, sollte Anna auf dem Silbertablett die Mandelmilch bringen, sollte ihn bewirten, mit ihm trinken und alles offiziell machen, da bockte sie. Sie schloß sich ein und weigerte sich herauszukommen. Weder das Weinen deiner Mutter noch das Drohen von Antonis konnten sie umstimmen. Sie blamierte den Mann, machte ihn zum Gespött, und ganz Manisa, ja auch ganz Smyrna tratscht über das enttäuschende Verhalten von Anna; zum dritten- oder viertenmal macht sie das mit einem rechtschaffenen Mann und beschämt ihn zutiefst. Vom Mittag, als der Bräutigam ging, bis zum Abend lief dein Vater mit hochrotem Kopf und wie ein Raubtier herum. Nach dem Abendessen wollte er aufstehen, da fühlte er eine Taubheit im linken Arm und im linken Fuß. Er machte zwei Schritte, und da lag er. Mit verdrehten Augen. Zum Glück war die Ehevermittlerin da.

Sie war am Abend nochmals gekommen, um über die morgendliche Katastrophe zu reden und zu schauen, ob sie die Wogen glätten könne; man hatte sie dann noch zum Essen eingeladen. Gott erleuchtete sie, aber wie es scheint, wußte sie bereits selber, was zu tun war. Zwei Sprünge, und sie war beim Waschtisch, packte das Rasiermesser deines Vaters und machte zwei Schnitte in die Adern. Das Weiß seiner Augen wurde rot, so hat sie ihn gerettet, das versicherten auch die Ärzte, die danach kamen und ihn reglos im Bett fanden, nur sein Atem ging noch. Auch der Mutasarrif von Saruhanli und der Kaimakam von Manisa kamen, sogar sein Freund, der Grundbuchführer, kam aus Smyrna. Ein jeder schickte den besten türkischen Arzt. Nichts. Als habe man ihn zweigeteilt, von Kopf bis Fuß. Mit der rechten Hälfte fühlt er wie vorher, die andere Hälfte zeigt keine Reaktion. Jeden Morgen sticht deine Mutter mit einer Sacknadel in seine linke Ferse, um zu prüfen, ob er wieder etwas spürt, ob er wegen des Schmerzes aufspringt wie ein normaler Mensch. Gestern habe ich gehört, daß es nicht das geringste Anzeichen von Besserung gibt. Sie lassen ihn immer wieder zur Ader, damit er keinen zweiten Schlaganfall bekommt, und dann... lassen wir das.«

Stumm hörte ich zu, konnte kaum atmen oder den Speichel hinunterschlucken. Der Kummer, der aus seiner Erzählung strömte, schmetterte mich nieder. Ich sah, wie sich vor mir eine Wirklichkeit erhob, die ich mir vor wenigen Tagen nicht einmal in meinen Alpträumen hätte vorstellen können. Ich nickte verwirrt und bat ihn, wenn es ihm möglich sei, eine Nachricht nach Manisa zu schicken, sie sollten mich abholen. In diesem Augenblick spürte er, daß mich alles, was er mir erzählt hatte, irgendwie verärgert hatte, vielleicht hatte es an der Art und Weise gelegen. Er lud mich für den Abend zum Essen in seinem Haus ein, doch ich dankte ihm, entschuldigte mich und sagte, es sei mir nicht nach Besuchen zumute. Er wollte mich mit Frau und Tochter im Hotel abholen, mit mir einen Spaziergang machen, die frische Luft würde mir guttun, wir könnten irgendwo eine Süßigkeit essen, ich müsse ausspannen, doch ich lehnte wieder höflich ab, mir sei nicht nach einem Spaziergang zumute. Ich bat ihn nochmals, die Meinen zu benachrichtigen. Aus purer Gewohnheit fragte ich, ob es den Seinen gutgehe, er sagte, seine Tochter sei groß geworden, sie sei bereits mannbar, dann verließ ich ihn und nahm seine guten Wünsche mit auf den Weg.

Am nächsten Morgen trat ich auf den Kai hinaus und spazierte auf und ab. Ich ging ins Frankenviertel, um mir die Zeit zu vertreiben, und versuchte, immer weniger nachzudenken, und wenn ich schon nachdachte, dann über nichts, was mich an das Unternehmen erinnerte mit all der Verantwortung und den Pflichten, die mich niederdrückten. Ich blieb bei jedem Kafenion stehen und lauschte den Gesprächen, vergaß mich für ein paar Augenblicke, doch beim kleinsten Anlaß drückte der Alptraum wieder und tötete mir jeden Nerv. Ich kam vom Weg ab und verließ die Christenviertel, plötzlich war ich auf dem jüdischen Markt und in den abgelegenen Armenvierteln, die in die Türkenviertel übergingen; angesichts der großen Armut wußte man nicht, an welchen Gott sie glaubten. Man bot mir Mädchen und Jungen für zwei Heller an, und wenn ich ablehnte, gingen sie auf einen Heller herunter. Mütter verkauften ihre Töchter, ältere Geschwister verkauften die jüngeren. Auf einmal stand ich vor dem Hamam in der Nähe des Bahnhofs von Kassaba, neben den alten Mauern. Ohne zu zögern, trat ich ein, um all den Schmutz und Gestank abzuwaschen, der hinter meinem Rücken quoll, und um die Angst und Ungewißheit der letzten Tage abzuspülen.

Seit vielen Jahren, seit meiner Kindheit, war ich nicht mehr im Hamam gewesen. Meine Mutter hatte mich ein paarmal mitgenommen, aber ich hatte mich im Dunkeln geängstigt, inmitten so vieler alter Frauen mit weißen Haaren, die offen und so lang waren, daß sie ihnen auf die Knie fielen; die einen waren spindeldürr, bucklig und hatten hängende Brüste, andere waren dick, gierig, mich zu verschlingen. Damals sah ich zum erstenmal nackte Frauen. Frauen, nicht eine oder zwei. Unaufhörlich fuhren Schwämme auf und nieder, Wasserkannen, Seifen und Arme, die aussahen, als wären sie von der Schulter abgetrennt und würden von alleine tanzen. Die Frauen besprengten einander mit Wasser, die jungen die alten, die dürren die dicken, mit gesenktem Kopf betrachteten sie ihre Nacktheit und maßen ihr Leben. Immer wieder fiel die Seife aus einer Hand, rutschte und schlitterte über die nassen Platten, und drang das Seifenstück in die Zone einer andern, schickte diese es über die Platten zurück, es war, als spielten sie stumm ein Gesellschaftsspiel. Gemurmel, noch leiser als die schlitternden Seifen, die wie Wasserschlangen über die Platten huschten; von Zeit zu Zeit ein tiefer Seufzer, der unter den Platten hervorzukommen und dem auf uns lastenden Gewölbe zu trotzen schien. Ging eine Frau zur andern, ging sie niemals auf direktem Weg; sie schlug Bögen, als wäre es eine Schande, die Sonnenstrahlen zu berühren, die durch die runden Luken hoch oben in der Kuppel drangen und Lichtsäulen bildeten. Sie trippelten in Holzschuhen mit doppeltem Absatz, an den Zehenspitzen waren sie eine Spanne lang. Die ältesten Frauen waren gebeugt, ihr Buckel wirkte so noch größer, und ihre Brüste waren ungleich, sie baumelten, als wäre jedes Leben aus ihnen gewichen. Manche glitten ins Wasserbecken und zitterten, als gingen sie in die andere Welt, stiegen aus dem Bassin, und das Wasser tropfte auf die dampfenden Platten. In der Stille war nur das Wasser zu hören, da rann es über Körper, dort tropfte es auf Platten, da von hoch oben, dort aus geringster Distanz. Und immer wieder der Klang einer Wasserkanne wie ein kupfernes Schallbecken, das sagt: »Deine Stunde ist gekommen.« Und alle Frauen nackt, aber so häßlich, daß man Angst bekam; sie streichelten mich, und ich ekelte mich, sie lächelten mir zu und zeigten mir ihre Zahnlücken. Abstoßende Bilder, die mich erschreckten wie in den Märchen die Hexen und Stiefmütter, die Kinder in Kellern voller Rauchschwaden und Dämpfe verschlangen, die aus riesigen Kesseln aufstiegen.

Der Anblick der splitternackten Männer war jetzt auch keine Augenweide. Einige erinnerten mich unweigerlich an Affen, doch ich fühlte mich nicht bedroht. Ich dachte nur, daß auch ich einmal so aussehen würde, wer weiß, spindeldürr oder dickbäuchig, und ich hatte Mitleid mit ihnen. Solange ich jung wäre, dürfte ich die Freuden des Körpers genießen. Schluß mit der Einseitigkeit des Geistes und der Ideologien.

Ich setzte mich in eine Ecke und betrachtete einen nach dem andern; ich überlegte, wie oft jeder wohl mit einer Frau geschlafen hatte. Die Jüngeren schätzte ich nach ihrem Körperbau und taxierte sie, bei den Alten konnte ich mir nicht vorstellen, wie sie in ihrer Jugend gewesen waren und wie sie gelebt hatten. Ich fragte mich, wie viele wohl Christen waren, Orthodoxe, Katholiken und wie viele Muslime und Juden. Wer war Grieche, wer Türke, Armenier, Ägypter, Tatar oder Perser? Mancher konnte auch Holländer oder Österreicher sein, Smyrna war voll von Auswärtigen. Vielleicht waren sogar Nomaden, Zeybek oder marodierende Soldaten darunter – wie viele Menschen hatten sie wohl schon abgeschlachtet? Wer war reich und wer arm, wer falsch und wer rechtschaffen, wer vom Unglück verfolgt und wer vom Glück gesegnet? Ich sah keinen Unterschied. Wir waren alle eins, nackt, ohne Scham, einer neben dem andern, wir wuschen uns alle mit dem Wasser eines Gottes, und einzig die Zeit hatte den einen so gezeichnet und den andern anders. Auch das war ein Märchen, anders als die Märchen meiner Kinderjahre, aber ein Märchen. Mit einemmal begann mein Nachbar trotz der Hitze leise ein Lied aus meiner Kindheit zu singen, es handelte von einem König aus dem Frankenland, der hatte drei Töchter – halb griechisch, halb jüdisch. Und den leisen Gesang nahmen die Wasser auf, die Dämpfe und die Kreise der großen Kuppel, es klang mal wie ein Gebet von uns allen zu Gott, mal wie ein Wort des Trostes in der Seele eines jeden von uns, dann wie das Eingeständnis der Liebe zur Einen und Einzigen. Ich fragte mich, wie die Frauen wohl aussahen hinter der Wand, an der ich lehnte und die uns vom Frauenbad trennte. Gewiß anders als in meiner Kindheit, wenn ich an die Erzählungen meiner Großmutter vom Hamam in Bursa denke, an die Teppiche auf den Marmorplatten, an das große Bassin direkt unter der Kuppel, an die jungen Schönheiten und die arabischen Sklavinnen, die nebeneinander am Beckenrand warteten, bis ihre jeweilige Herrin das Bad beendet hatte, um sie trockenzureiben, mit duftenden Essenzen zu salben, zu umsorgen. Wie herrlich wäre Gertrud nackt anzuschauen gewesen, eine weizenblonde Frau in einem Hamam! An mir gingen die Mädchen vorbei, es waren nicht eben viele, die meine Gedanken in Aufruhr versetzt hatten. Es war so leicht für mich, sie dort zu sehen, nackt und keusch vor den marmornen Brunnen, viel leichter, als sie mir an den Orten vorzustellen, wo ich sie verlassen hatte. Ich wurde locker und schlaff in der Hitze, und nach einer Weile verließ ich erfrischt den Hamam.

Spätabends kam der Portier zu mir und sagte, jemand verlange nach mir. Ich ging hinunter und sah voller Freude den Sohn des Mannes, der am längsten in unseren Diensten stand, Emin; er hatte meine Truhen bei sich. Ein Tatar, wie der Vater zu sagen pflegte, in meinem Alter, aber einen

Kopf größer als ich. Er hatte Kirios Ignatios aufgesucht, und der hatte mit einem Bakschisch meine Sachen am Zoll ausgelöst. Ich führte ihn nach oben, er berichtete in groben Zügen das, was ich bereits wußte, ich kontrollierte, ob etwas aus meinen Truhen fehlte, und schon schliefen wir ein, ich in meinem Bett, Emin auf dem Fußboden. Früh am Morgen fuhren wir mit einem Landauer zum Bahnhof von Kassaba und dann mit dem Zug in meine Heimat. Zu Hause waren alle im Hof versammelt und warteten auf die Heimkehr des verlorenen Sohnes. Die Mutter, meine Schwester Anna, der Mühlenaufseher Ismail, der Oberaufseher des Gutes, Annas Lehrerin, das Dienstpersonal – Sklavinnen oder Ziehtöchter wurden sie genannt, je nach der Stimmung des Vaters. Daneben die Großmutter und die Amme, die uns aufgezogen, aber auch gesäugt hatte, denn es hieß, meine Mutter habe keine Milch gehabt. Rufe, Freudenschreie, Weinen, Lachen und Umarmungen, und ich mit gemischten Gefühlen, Spielball des Begrüßungsrituals, bis es dann endlich ein Ende hatte und die Mutter sowie Anna mich an der Hand nahmen und mich zum Vater brachten.

Wir stiegen hinauf zum Wandelgang und gingen zur Schlafkammer meiner Eltern. Ihr Ehebett war verhüllt mit einem riesigen Moskitonetz, fein wie Spinngewebe, die Falten kunstvoll über den Fußboden gebreitet. Ein zusätzlicher Überwurf aus Musselin war auf dem Oberteil ausgebreitet wie ein Schleier mit Spitzen, Fransen und Seidenkordeln, die herabhingen und in Quasten endeten. Schneeweiß alles, man wußte in der Stille nicht, ob darunter der Körper eines lebenden oder toten Satrapen versteckt lag. Hatte er vielleicht gerade seine Seele ausgehaucht? Die Mutter ging langsam näher und hob ganz vorsichtig den Schleier, auch sie wußte nicht, ob sie ihn so sehen würde, wie sie ihn verlassen hatte. Ein abscheulicher Anblick. Er lag auf dem Rükken, kreideweiß, die Haare schweißverklebt und wirr über das Kissen gebreitet, der Mund war auf der linken Seite entstellt, als hätte man ihn mit einem Haken heruntergezogen. Gurkenschalen, die sie ihm zur Erfrischung auflegten, waren vertrocknet und links und rechts wie Schalen des Lebens von seinem Gesicht gefallen. Sein schwerer Atem war zu hören, immer wieder fuhr er sich mit vor Anstrengung zitternder Zunge über die trockenen Lippen. Die Lider halb offen, halb geschlossen, er schaut dich an, aber du weißt nicht, ob er dich sieht. Sein lahmer linker Arm liegt ausgestreckt über einer Schüssel, der Ärmel des Nachthemds hinaufgekrempelt, eine Handvoll Egel saugen ihm langsam das Blut aus, vielleicht sogar sein Leben. »Er versteht nichts«, sagte die Mutter. »Alles verstehe ich«, stöhnte der Vater, und die Mutter verbarg aus Scham oder aus Furcht das Gesicht in den Händen. Der Vater streckte die rechte, die gute Hand aus, ein wenig über die Decken. Sein Ring, der mir vor Jahren die Nase aufgerissen hatte, leuchtete. Halb in dieser, halb in der andern Welt, forderte er immer noch Gehorsam. Ich beugte mich hinunter, küßte den Ring, dann küßte ich den Vater auf die Stirn. »Zum erstenmal macht er das«, sagte Anna. Die Mutter verhehlte ihre Freude und Rührung nicht. »Du hast ihn auferweckt«, war hinter uns die Stimme der Großmutter zu hören, die in die Kammer schlurfte, in der Rechten den Stock, an der Linken die Amme.

An jenem Abend speisten wir im Zimmer des Vaters. Wir entfernten alles, was an die Umstände seiner Krankheit und Pflege erinnerte. Wir zogen das Moskitonetz weg, riefen ein Mädchen, es solle sich neben ihn setzen und die Fliegen verscheuchen, wir lösten auch die Blutegel ab. Wir nutzten den ganzen Abend aus, mal fragte der, dann jener, wir gaben Antworten auf die mutmaßlichen Fragen des Vaters und sagten, was er unserer Ansicht nach hören wollte. Ich würde nicht wieder weggehen, das Diplom würde mir mit der Post zukommen, ich würde in seine Fußstapfen treten, würde selbstverständlich diejenige heiraten, die er für mich als die Richtige betrachtete. Am Abend kam auch der Arzt, er diagnostizierte voller Freude »eine leichte Besserung«, gratulierte mir zu meinem Diplom, gab bekannt, daß sich seine Tochter außerordentlich freuen würde, wenn sie von meiner Heimkehr erführe; ich wußte nicht einmal, daß er eine Tochter hatte. Sobald er gegangen war, wollten auch wir zu Bett gehen, wollten den Vater ausruhen lassen, die Rührung hatte ihm zugesetzt. Ich küßte ihm wieder Hand und Stirn, und als ich aus der Kammer trat, sah ich ein Hausmädchen die Treppe hinaufkommen, in der Hand eine Schüssel mit frischen, mordshungrigen, ekelhaften Egeln.

Ich ging in mein Zimmer, rieb Gesicht und Hals mit Kölnischwasser ein und ließ mich so, wie ich war, rücklings aufs Bett fallen, das eben erst frisch bezogen worden war. Ich betrachtete die Zimmerdecke und sagte laut: »Das ist das Ende.« Dann dachte ich eine Weile nach und murmelte: »Das ist ein neuer Anfang.« Bevor ich einschlief, huschten alle Frauen des Hauses vorbei, schenkten mir ein Wort und wünschten mir eine gute Nacht. Zuerst kam die Großmutter, schlug über mir das Kreuz und enthexte mich, so gut es ging, denn einen derart hübschen Burschen hätten sicherlich die Mädchen verhext, die ihn im Hof getroffen hatten. Sie gab mir ihren Segen und ging. Dann kam die Mutter, fragte, ob mir noch etwas fehle, und sagte mir auf diese Weise, daß sie an alles denken werde, was mich erfreuen, und alles lindern oder abweisen werde, was mir schon als Gedanke Kummer bereiten könnte. Danach kam Anna. Sie erzählte mir Klatsch- und Tratschgeschichten von hier und anderswo und sagte, es sei ein Glück, daß ich gekommen sei, denn sie wolle eine Reise nach Konstantinopel machen, sie brauche eine Luftveränderung. Sie war noch schlimmer als ich. Dann kam ein Hausmädchen und fragte, ob »der Efendi etwas benötige«, sie habe für mich die gute

Lampe gereinigt, die nicht qualme, sie stehe von nun an zu meiner Verfügung, wenn ich etwas Besonderes zum Frühstück wünsche, solle ich es ihr sagen, mein Wunsch sei ihr Befehl. Schließlich kam die Amme. »Nona« hatten wir sie seit je genannt, denn die andere Großmutter war vor langer Zeit gestorben. Für mich hatte sie stets eine besondere Schwäche, sie zeigte es deutlich und machte Anna eifersüchtig. Sie sagte nichts, als würde sie alles verstehen, als hätten wir uns schon im ersten Augenblick verstanden, sie umarmte mich, küßte mich und sagte nur: »Mein Sohn, was du auch willst, ich bin da.« Ohne eine Antwort abzuwarten, wünschte sie mir eine gute Nacht und ging.

Die Nona war mir in meiner Kindheit einer der liebsten Menschen gewesen, ebenso in der Jugend, und wie es schien, behielt sie diese Stellung auch in meinem neuen Leben. Immer wieder brachte sie, mit ihrer Anwesenheit, ihren Worten, ihren Taten, ihrem Schweigen, Licht in die Dinge, die wir von einer andern Warte aus erlebten. Sie hatte mir einst auf ihre eigene, einfache Art geholfen zu verstehen, daß das, was wir erleben, nicht immer die einzige Realität ist. Daß die Dinge so sein konnten, wie wir sie sahen, erlebten, wie der Vater sie bestimmt und beschlossen hatte, vielleicht waren sie aber auch ganz anders.

Wir waren aufgewachsen mit dem Namen des älteren Vaterbruders, Konstantis-Efendi. Wie ehrten ihn und gedachten seiner, zuallererst und am meisten mein Vater, der ihn bewunderte und ihn pries als »den Feschesten, den Klügsten, den Schönsten, den Manisa und Smyrna je hervorgebracht haben«. Und er wiederholte immer wieder, daß er eines Tages nach Konstantinopel gegangen sei, studienhalber, geschäftehalber, mal sagte er es so, mal so, eines schönen Tages wäre er jedenfalls wieder heimgekommen, und wir hätten allesamt auf ihn gewartet und ihn mit offenen Armen willkommen geheißen. Diese Geschichte erzählten alle im Hause auf die gleiche Weise, nichts wurde abgeändert, kein Jota. Und einmal wagte ich zu fragen: »Aber der Onkel Konstantis hat seitdem nicht mal einen Brief geschickt.« Da fiel bei Vaters Wutausbruch fast das Kohlenbecken zu Boden und hätte mich beinahe versengt. Wie konnte ich es nur wagen, an seinem großen Bruder zu zweifeln!

Die Nona saß und schwieg. Kaum hatten wir zu Abend gegessen, rief sie mich in die Küche, bat mich an den Marmortisch und sagte:

»Mein Sohn, die Dinge sind so, vielleicht aber auch anders. Je nachdem, welche Wahrheit du kennst oder welche Wahrheit du sehen willst. Ich will dir eine Geschichte erzählen. Du bist schon groß, hast Verstand, du wirst selbst urteilen. Dein Onkel Konstantis war in der Tat so, wie dein Vater sagt, der Schönste, der Fescheste, der Umschwärmteste in unserer Gegend. In allem war er der Beste und Erste – nur nicht bei der Arbeit. Man durfte keinesfalls zu ihm sagen, er solle mal was tun und sich um die Grundstücke deines Großvaters kümmern oder sich wenigstens Gedanken darüber machen. Den lieben langen Tag streunte er umher, auf seinem Pferd, und jeden Tag zog er sich zweimal um. Jagd, Tavli, Raki und ein paar Huren in Smyrna. Nacht um Nacht brachte sein Pferd ihn zurück. Es hatte mehr im Kopf als er. Der fesche, verwegene Konstantis, Konstantis-Efendi, von dem es hieß, seine Hände hätten noch nie seine Stiefel berührt, Konstantis hatte einen Herzensfreund, den Sohn des Aga. Das gleiche Hirn, die gleiche Erscheinung, der gleiche Charakterzug. Ein Herz und eine Seele. Sie streunten miteinander umher, zwei Brüder, wo der eine war, da war auch der andere, was der eine wollte, brachte der andere ihm. Unser Konstantis hatte als einziger Christ vom Aga das Privileg bekommen, auf der Straße einem Türken Antwort zu geben und dabei nicht vom Pferd steigen zu müssen. Er durfte hoch zu Roß in ein fremdes Haus, wie es auch den Türken durch Gewohnheit und Fermane erlaubt war, durfte hoch zu Roß ins Kafenion, wenn der Raki ihn wild gemacht hatte. Wohin sie auch gingen, sie hatten stets Kredit, und ständig kamen Rechnungen, mal zu deinem Großvater, mal zum Aga, und die beiden warfen sich in die Brust und bezahlten, als wären beide ihre eigenen Kinder. Wir waren stolz auf sie, und immer wieder drückten wir ein Auge zu bei Dingen, die wir andern vielleicht nicht verziehen hätten.

Irgendwann fand dein Großvater, es sei an der Zeit, ihn zu verheiraten, ihn zum Hausherrn zu machen und an die Ländereien zu binden. Er fand für ihn zwei Bräute mit enormer Mitgift, eine besser als die andere. Die eine aus Smyrna, die andere aus Menemen. Schön war die aus Smyrna, noch schöner als Anna. Doch Konstantis fand bei beiden etwas auszusetzen und sagte nein. Sein Vater drang in ihn, und er gab zu, daß er eine andere wollte. Er hatte sie bei einer Kirchweih gesehen, hatte mit ihr geredet, und sie hatte mit ihm geredet. Diese wollte er und nur diese. Sagte er das nur, um zu entkommen? Denn sie war von niedrigem Stand, und sein Vater hätte sie mit Sicherheit abgelehnt. Liebte er sie, und keiner von uns wußte etwas davon? Wir haben es nie erfahren. Sein Vater also, starrköpfig, wie er war, wollte ihn zügeln, er dachte nach, dachte noch mal und noch mal nach und sagte entschlossen: ›Nun denn, gut.‹ Er schickte eine Ehevermittlerin zu Irini, der Tochter des Popen, in ein Dorf oben bei Gediz. Tage später kam die Antwort. ›Nein.‹ Was da passiert war, kann niemand sagen. Wer hat Gott gesehen und sich nicht vor ihm gefürchtet? Er hob sogar die Hand gegen die unglückselige Vermittlerin, sie habe alles kaputtgemacht mit ihrer Häßlichkeit und ihrem zahnlosen Maul. War es Leidenschaft oder bloß verletzter Stolz? Niemand weiß es. Konstantis schäumte vor Wut, raste, drohte, stampfte auf den Boden: ›Und wenn ich sie nicht liebe – ich will sie.‹ Er machte sich auf zu Irini und warf sich ihr bittend zu Füßen, er kniete vor dem Popen hin und bat um seinen Segen. Das Nein war ein Nein, und man wußte nicht, kam es vom Popen oder von Irini. Drei Tage dauerte der Aufruhr, danach herrschte Stille, niemand sollte es erfahren, wir wollten nicht wieder beschämt dastehen. Und wirklich, das Geheimnis wurde von den wenigen Leuten, die es kannten, gehütet. Ständig schickten sie mich auf den Dorfplatz oder auf die Kirchweih, ich sollte die Ohren spitzen, ob man darüber hechelte, ob der Pope oder Irini etwas hatten durchsickern lassen.

Die Tage vergingen. Eines Morgens standen auf dem Tisch die ersten Feigen, ein ganzer Berg. Der Großvater sah sie und rief mich: ›Such die schönsten aus, tu sie in einen Korb, dann lauf zum Aga, er soll sie sich schmecken lassen, er leidet ja unter Verstopfung.‹ Sein Freund, der Aga, war auch Kaimakam des Bezirks Manisa. Ich brachte die Feigen als Geschenk zum Aga, er gab mir frischen Käse, damit ich keinen leeren Korb zurücktragen müßte, und als ich gehen wollte, sagte er: ›He, komm her.‹ Und was sagte er zu mir? Daß sein geliebter einziger Sohn krank sei vor Liebe zu einer Christin. Und wenn ich herausfinden könnte, wie sie sei und wie groß ihre Mitgift, bekäme ich einen Groschen für meine Mühe, wenn ich den Mund hielte. Ich fragte ihn: ›Wer ist sie, Efendi?‹, und er sagte, sie heiße Irini, sie sei die Tochter eines Popen aus einem unserer Dörfer am Fluß. Ich bekam einen Schreck und sagte ihm, unser Herr lasse uns nicht aus dem Haus, bat ihn um Verzeihung, küßte seine Hand und ging. Tage, vielleicht auch Wochen sah ich ihn nicht wieder. Deine Taufe kam, sie kam spät, zusammen mit Annas Taufe, und dein Vater richtete ein großes Fest aus. Auch der Aga kam, es heißt, er habe sogar Wein getrunken. Von Anfang an war auch dein Onkel Konstantis da, Arm in Arm mit dem Sohn des Aga, sie scherzten und tranken, mal auf dich, mal auf Anna, auf Christus und auf Mohammed. Gott behüte uns vor Schlimmerem! Plötzlich sah ich sie auf dem Ziehbrunnen sitzen und hin und her schwanken in ihrem Rausch. Ich ging hin, um zu verhindern, daß sie fielen, und da hörte ich die beiden jammern wegen Irini. Sie saßen Arm in Arm da, ganz aufgelöst stöhnten sie über das Übel, das sie ereilt hatte, das Schicksal, das die beiden wegen Irini auseinanderbringen wollte, vielleicht wollte sie auch einen andern oder war gar eine Hure. Ich ging, ließ sie mit ihren Zoten allein. Kurz darauf sah ich, wie sie zusammen den Hof verließen, dann hörte ich die Hufe ihrer Pferde. Was dann geschah, ich kann es nicht beschwören. Am nächsten Tag fand man Irini ermordet. Das ganze Blut war aus dem Hals und aus einem tiefen Messerstich im Herzen gelaufen. Drei Tage sang man Klagelieder, vierzig Tage lang sprach man Flüche. Die Nachricht von dem Unglück gelangte bis nach Smyrna, und noch bevor man Irini begrub, erschien der Alaibei mit zwei Bewaffneten und verhörte die Leute. Man kam zum Schluß, daß es Räuber waren, die die Kirche ausrauben wollten. Und der Aga, der zugleich Kaimakam war, schickte mit dem Alaibei ein paar Verdächtige zum Divan Reïssi. Er sollte urteilen und beschließen. Und da ging plötzlich und ganz unerwartet, ohne eine Diskussion, Konstantis weg, um zu studieren. Zwei Tage darauf ging auch der Sohn des Aga. Auch er nach Konstantinopel. Niemand sah die beiden wieder, niemand erfuhr, was aus ihnen wurde, erzählt man sich auch dies und das, ich sage dir, das sind alles Märchen. Darum, mein Sohn, die Dinge können so sein, sie können auch anders sein, je nachdem, wie du sie liest.«

Dieser Satz war mir im Gedächtnis geblieben, er hatte viele Inhalte bekommen, sich mit andern Ideen verbunden. Vielleicht hatte mich auch die Geschichte selber geprägt. Sie verfolgte mich immer in Gedanken. Sogar in Leipzig führten wir unendliche Gespräche über die Frage nach der Wahrheit, nach unserem Selbst. Und nun versuchte ich erneut, die Situation zu würdigen und sie mal so, mal anders zu sehen, wie es mich die Nona auf einfache Art und Weise gelehrt hatte. Bis ich Manisa verließ, brachte sie mir viel mehr bei, als ich je vom Vater, von der Mutter und aus all den guten Ratschlägen unserer Freunde und Bekannten gelernt hatte. Sie stand mir mit ihren Worten bei in schwierigen Momenten und in schwierigen Entscheidungen.

Die Geschichte der Nona über den Onkel Konstantis vergaß ich nie. Ich erwähnte sie oft, fragte die Nona mal dies, mal jenes, doch sie wußte nichts Weiteres zu sagen. Es blieb unser Geheimnis, diese andere Auffassung, vielleicht sogar der Verdacht, was sich an jenem Abend meiner Taufe zugetragen hatte. Meinen Vater wagte ich nie zu fragen, und als ich einmal bei meiner Mutter ganz vorsichtig die Rede auf Konstantis brachte und sie fragte, was aus ihm geworden sei, warum er weggegangen sei und kein Lebenszeichen hinterlassen habe, da fuhr sie mich an, holte schnell die Öllämpchen und begann Weihrauch zu fächeln. An jenem Abend schlief ich mit der Geschichte von Konstantis-Efendi ein, ich suchte nach den Spuren, die andere Gründe für seinen Weggang aus Manisa ans Licht brächten. Nicht aus Sympathie für ihn, sondern wegen des Zaubers, der den Gedanken an Flucht in meinem Kopf umgab.

Die folgenden Tage und Wochen verrannen unglaublich rasch in meinem Bemühen, zu verstehen, was da ablief, in meinem Bemühen, mich anzupassen, die Aufträge, die unter Anstrengung aus dem Mund meines Vaters kamen, wohl oder übel zu erledigen. Und Smyrna kennenzulernen. Manisa vertrieb mich, Smyrna offenbarte mir eine Welt, die mir bis zu meinem Weggang vor sechs Jahren ganz fern und unbekannt gewesen war. Bei jeder sich bietenden Gelegenheit, unter jedem Vorwand nahm ich den Zug nach Smyrna. Mit dem Geld, das ich verwaltete, mietete ich heimlich ein Zimmer hinter der Evangeliumsschule, im Haus einer verwitweten Armenierin, die als Verwalterin in der Bibliothek von Smyrna arbeitete. Ich gab einen falschen Beruf und einen falschen Herkunftsort an. Sie akzeptierte alles, vielleicht hegte sie ein gewisses Mißtrauen, doch als ich im voraus bezahlte und sie breit anlächelte, sagte sie, ich sei ein ehrenhafter junger Mann. Erst spät wurde mir bewußt, in welch verheerende Lage unsere Geschäfte gerieten, Tag für Tag wurde es schlimmer; überall mußte ich zahlen, nirgendwoher kamen Einkünfte. Mein Vater wurde informiert, mal von mir, mal vom Sekretär, mal vom Aufseher, spärliche Worte, wenn es nicht mehr anders ging und nur der Vater die Verantwortung für eine Entscheidung übernehmen konnte. Und der Vater wurde immer launischer, despotischer, verbohrter. Die Dinge wandten sich immer mehr zum Schlechten. Sogar unser Freund Kirios Ignatios kam aus Smyrna, um zu erfahren, was los war, und schließlich entpuppte sich eine Entscheidung um die andere als Fehler. Bekümmert sah ich, wie meine Mutter ihn diskret beiseite nahm und ihn in ihrer Zerknirschung um ein Darlehen bat. Kirios Ignatios beruhigte sie, und ich war zutiefst beschämt, weil ich nicht begriffen hatte, in welche Mißstände wir geraten waren.

Ich durchforstete die Papiere, fragte diskret den Vater, den Aufseher, den Sekretär, die Mutter und die Nona, wem wir wieviel schuldeten. Es war unmöglich zu durchschauen. Ich nahm den Wagen und fuhr mit Emin nach Smyrna, geradewegs zu Kirios Ignatios. Ich bat ihn, mir zu sagen, was er wisse, und er erläuterte mir, was er von den Schulden des Vaters wußte. In Smyrna gewährte ihm niemand mehr Kredit, überall hatte er Schulden, die Geier kreisten in bestem Einverständnis in Erwartung des Augenblicks, da sie ihm Grundstücke, Maschinen und Anlagen wegschnappen könnten. Ich müsse auch auf der Bank nicht um einen Kredit nachsuchen, das sei vergebens, und daß ich ja nicht daran dächte, zu einem Geldverleiher zu gehen, allesamt seien sie elende Wucherer. Das Gespräch hatte mich zutiefst bestürzt. Da sagte er: »Warum gehst du nicht nach Mitilini zu eurem Freund Kir-Manolis? Ihm wird sicher etwas einfallen.« Mir fiel ein, was vor drei Jahren geschehen war. »Von einer Schande zur nächsten«, dachte ich. Ich atmete tief durch, ließ meine Schamgefühle fahren und machte mich am nächsten Morgen, ohne Hoffnung, auf nach Mitilini.

Kaum ging ich in Kastro an Land, lief ich schnurstracks zu Kir-Manolis' Fabrik. Er freute sich, mich zu sehen, breitete die Arme aus und zeigte mir keinen Augenblick, daß er mir mein Verhalten von damals nachtrug. Ich berichtete ihm alles, er selber wußte noch mehr. Schnell gelangten wir zur Frage: »Was jetzt?« Es gab nur eine Lösung: Wir brauchten Geld, einen langfristigen Kredit zu günstigen Bedingungen, Bürgschaften; jemand mußte offiziell als Bürge auftreten, ein weiterer, der sich mit der Arbeit auskannte, mußte von morgens bis abends bei mir sein, zusammen sollten wir versuchen, die Dinge in Ordnung zu bringen. Doch wir müßten uns beeilen, die Ernte stehe bevor, auch gehe es um die Bestellungen und die Kontrakte für die kommende Handelsperiode. Hoffnung stieg in mir auf, ich atmete ein wenig freier, wußte aber nicht, wie der Kredit aussah, wer als Bürge auftreten und, vor allem, wer der Mann sein würde, der es auf sich nähme, uns aus der Klemme zu helfen. Ratlos saß ich da, wußte keine Antwort, wie es weitergehen sollte. Manolis dachte nach und sagte schließlich: »Versuchen wir, von der Bank von Mitilini einen Kredit zu bekommen. Sie hat vor kurzem ihre Tätigkeit aufgenommen und ist daran interessiert, ihre Geschäfte auch auf Smyrna auszudehnen. Ich werde Bürge sein, aber unter einer Bedingung: Nikos wird mit dir kommen. Du erinnerst dich doch an ihn? Du

wirst auf ihn hören, und wenn du Differenzen hast mit ihm
oder mit deinem Vater, so telegraphiert ihr mir und fragt
mich. Ihr werdet auch Rat bei Ignatios in Smyrna einholen.
Und daß ihr mir ja keine schlechte Nachricht schickt!« Sie
schienen es von Anfang an besprochen zu haben. Es kam
mir alles so unglaublich vor. Doch wie unglaublich es sich
auch anhörte, so gern akzeptierte ich es, ohne zu zögern.

Am nächsten Morgen, ich schlummerte noch, hörte
ich ein Klopfen an der Tür. Anfangs diskret, dann immer
eindringlicher, bis ich wach war. Ich stand auf, stolperte zur
Tür und öffnete. Es war Nikos, er lächelte, war ganz anders
als beim letzten Mal vor drei Jahren. Vor Überraschung
und Freude vergaß ich sogleich den Alptraum der vergangenen Wochen, wortlos umarmte ich ihn und zog ihn ins
Zimmer. Wir sahen einander in die Augen und nickten uns
zu, was bedeutete: »Du weißt alles, ich weiß alles, wir sind
uns einig.«

Wir machten uns auf den Weg, Manolis' Plan in die Tat
umzusetzen. Nikos ging vorn, ich hinter ihm. Drei Tage
nacheinander; ich weiß nicht, wie oft wir die Bank von Mitilini besucht haben. Sie hatte erst im Februar eröffnet, und
man wußte dort selber noch nicht, wonach man strebte. Mit
wie vielen sprach Nikos, wie viele mußten wir aufsuchen
und drängen, einmal waren wir gezwungen, Kirios Manolis
einfach so aus der Fabrik zu holen. Mit den einen besprach
Nikos spezielle Dinge unter vier Augen, andern erklärte er
schwer begreifliche Dinge in meiner Anwesenheit. Überall
stellte er mich vor, er beurteilte, wen wir als ersten, wen
als nächsten sehen sollten, und wenn einer nein sagte, zu
wem wir dann gehen würden. Pausenlos durchmaß er den
Raum zwischen der Bank, den Advokaten, Notaren, Buch-
haltern und Versicherungsagenten. Er ruhte keine Minute,
und zwischen zwei Treffen trank er einen Kaffee im erstbesten Kafenion. Ich weiß nicht mehr, wie viele er mit mir

bekannt machte, mit wie vielen er mich bekannt machte. Mit jedem »Guten Tag«, das er sagte und das wie eine Glocke klang, ernteten wir zwei, drei weitere »Guten Tag«. Alle kannten ihn, alle grüßten ihn, wo er auch hinkam. Das war ein anderer Nikos als der vom ersten Treffen, derselbe, aber anders. Jeden Abend waren wir völlig ausgelaugt, wir speisten notgedrungen im Haus von Kirios Manolis und legten Rechenschaft ab. Die Tochter war noch nicht verheiratet, die Eltern machten sich verrückt, ob sie wohl verhext wäre. Doch es war offensichtlich, daß sie Nikos nicht wollten, nach mir hatten sie die Angel ausgeworfen. So erklärte sich ihr Bemühen, uns zu unterstützen, uns zu helfen; damit das Vermögen meines Vaters nicht dem Ruin anheimfalle, damit ich in Manisa so schnell wie möglich die Zügel in die Hand nähme und der Besitz der beiden Familien zusammenwüchse. Eine Hochzeit würde alles ein für allemal besiegeln. Ich benahm mich, so gut es ging, tat und sagte nichts, das sie zu der Behauptung veranlassen konnte, ich hätte sie vorsätzlich beschwindelt oder unsere Vereinbarung nicht eingehalten. Eines Mittags verließen wir zum allerletzten Mal die Bank; ich hatte das gleiche starre, dämliche Lächeln auf dem Gesicht wie am ersten Tag, weil ich das meiste, was wir erbaten und taten, nicht begriff. Nikos drehte sich um und sagte: »Das war's, wir sind fertig, morgen unterschreiben wir.« Er strahlte noch mehr als die Mittagssonne, und ich traute meinen Ohren nicht. Er ging weiter, wieder vor mir, ich schlich hinter ihm her. Mir kam es plötzlich so vor, als hätte er mich um Jahre überholt, obwohl ich vier Jahre älter war als er. Mit einemmal sah ich, daß sein Leben, seine Anstrengungen erfolgreich waren und nun Früchte trugen, die anders waren als die, die ich erstrebte. Ich war nicht neidisch, ich bewunderte ihn. Ich freute mich für mich, aber auch für ihn, der seine Fähigkeiten unter Beweis gestellt hatte.

An jenem Abend entkamen wir. Er sagte zu Kirios Manolis, alles sei abgeschlossen, alles sei bereit, und er wolle sich nun mit mir zusammensetzen und mir alles erklären, eins ums andere, damit ich verstände, was wir erreicht und mit wem wir welche Verbindlichkeiten hätten. Dieses Gespräch brauche Zeit, und es wäre besser, wenn wir am Abend nicht zu ihm kämen. Kirios Manolis war einverstanden, und so tauchte Nikos kurz vor Einbruch der Dunkelheit auf, er hatte sich herausgeputzt, als wollten wir an jenem Abend ganz Kastro erobern.

Zuerst gingen wir auf einen Kaffee in ein Kafenion, das er ausgesucht hatte; es gefiel ihm hauptsächlich wegen der vielen Leute, die ein und aus gingen, wegen der Gespräche, die man belauschen konnte, wegen der Atmosphäre, der Marmortischchen und der zwei Uhren über den beiden gegenüberliegenden Eingangstüren. Wir setzten uns, da sagte Nikos zu mir: »Vaios-Efendi...« Ich unterbrach ihn: »Wir werden eine Abmachung treffen, ob du willst oder nicht. Ich bin der Herr.« Er schwieg verblüfft, sah mich an mit jenem Blick, daß ich mir vorkam, als wäre ich auf den Grund eines Brunnens gesunken. Ich fuhr fort: »Erstens, du wirst mich niemals wieder Efendi nennen. Ich heiße Vaios, und du heißt Nikos. Zweitens, wenn du willst, daß wir heute einen schönen Abend verbringen, dann sag kein Wort über die letzten Tage. Gut gemacht, ich vertraue dir, morgen werde ich alles unterschreiben. Drittens, im Leben gibt es nicht nur Arbeit und Geschäft. Es gibt auch noch andere Dinge, die genauso wichtig sind. Ich habe nicht vor, sie hinter mir zu lassen, wenn ich nach Manisa gehe. Und nun erzähl mir, was du in den drei Jahren gemacht hast.«

Wieder Stille. Er sah mich lange an und schlürfte zweimal von seinem Kaffee; nachdenklich starrte er auf das Marmortischchen. Er sagte nichts. Hob nur den Blick, sah mir ins Gesicht, wollte sehen, ob ich mich über ihn lustig machte oder Regeln aufstellte für ein neues Leben an einem andern Ort. Auch ich betrachtete ihn schweigend und wartete auf eine Antwort. Er richtete sich auf, lehnte den Rücken an und sagte: »Ich habe Französisch gelernt, ich habe Buchhaltung gelernt, ich kenne alle Versicherungsgeschäfte, ich kenne den Handel, und ich verstehe etwas von Preisen. Ich kenne die Olive von der Frucht bis zum Öl, das in Fässer gefüllt und verschifft wird. Ich habe sparen gelernt. Nicht nur Geld, sondern auch Zeit und Mühen; ich spare mit mir selber. Wo gebe ich und wieviel gebe ich. Ich habe Dinge gelernt, die wir früher nicht begriffen haben, sosehr sich unser Lehrer auch abmühte. Ich habe gelernt, daß Reichtum nicht nur Grund und Gut ist, Geld, Mitgift oder Erbe, sondern das, was wir im Kopf und im Herzen haben, unsere Fähigkeiten, die Pflicht, die wir uns selber auferlegen. Ich habe gelernt, meine Ehre zu wahren, bevor ich sie verteidigen muß. Ich habe gelernt, selber für mich zu sorgen; wenn ich krank werde, kann ich mich selbst heilen, das sollte jeder können. Ich habe zudem Türkisch gelernt und viele Türken kennengelernt, Armenier und Juden, sie sind nicht besser und nicht schlechter als unsere Leute. Nur was jeder im Kopf hat, das allein zählt. Ich achte die Mühe, die Ehrbarkeit, die Aufrichtigkeit eines Menschen. Ich ehre die Gerechten und die Anständigen und all jene, deren Welt nicht schon eine Elle hinter ihrem Arsch und eine Spanne hinter ihrem Hof zu Ende ist. Ich habe mit Französinnen und mit Griechinnen geschlafen. Ich vertraue mich weder der einen noch der andern an. Genauso wird es auch mit einer Türkin oder einer Armenierin sein, mal ist der Honig sehr klebrig, mal weniger. Doch ich frage mich: Was ist, wenn ich heirate? Wird es dann auch so sein? Ich möchte jedenfalls einen Freund haben. Ich sehe, wie die Welt sich verändert, ich erinnere mich an die Worte meines Vaters und sehe auch hier, daß es mit jenen aufwärts geht, die schnell begreifen und die Augen offen haben. Je mehr ich lerne und erfahre, desto mehr Fragen gibt es, auf die man nur schwer eine Antwort findet. Ich habe nicht gelernt, zu trinken, ich habe nicht gelernt, Karten zu spielen. Ich weiß nichts über meinen Vater, obwohl alle sich nach ihm umhören in Brăila, Konstanza oder Odessa.« Das alles sagte er in einem Zug, ohne Unterbrechung, es purzelte aus seinem Mund wie ein Haufen Wäsche, die man gewaschen, aber ungebügelt in den Schrank gestopft hat.

Er bestellte zwei Mastix und fragte, ob ich mein Diplom gemacht, mein Studium beendet hätte, ich sagte die Wahrheit, ich hätte es nicht beendet und hätte es auch nicht vor. Doch das solle vorerst niemand erfahren. Er fragte, ob ich Dame spiele, und bald darauf stürzten wir uns ins Spiel. In meinem Kopf drehte sich alles, was er mir erzählt hatte, ich versuchte es in eine Ordnung zu bringen, mir ein Bild von Nikos zu machen, wobei mir sein Bericht sehr nützlich war. Trotzdem gewann ich zweimal beim Spiel. Rasch verließen wir das Kafenion, weil wir in der Garküche auf dem Markt noch etwas zu essen bekommen wollten.

Die Garküche war fast leer, an einem Tisch saß ein Türke mit zwei Frauen, die schweigend aßen, den Kopf über den Teller gebeugt. Er rauchte wie ein Schlot, sah ins Leere, als zählte er die Fliegen, die in Wolken über den Tischen schwebten. Ich blickte mich um, der Zustand des Lokals verleitete einen bestimmt nicht zum Essen. Da bemerkte ich, wie der Türke Nikos zunickte, und Nikos grüßte lächelnd zurück. Ich hatte den Eindruck, er würde noch mehr stinken als die Garküche. »Kennst du den etwa?« zischte ich und brachte so meine Verblüffung über einen solchen Umgang zum Ausdruck. »Den kennen alle«, erwiderte Nikos bedeutungsvoll. »Zumindest alle Männer von Mitilini. Das ist Hassan, der Zuhälter, und die beiden Frauen, die eine Französin, die andere Griechin, stehen ganz Kastro zur Verfügung. Such dir eine aus. Ich lade dich ein.« Mir stockte der Atem. Ich wußte nicht, wohin mit meinen Augen, was ich anschauen sollte, meinen Teller, das Essen, den Türken, die Frauen, Nikos oder die Fliegen. Mir verschlug es den Appetit, ich brachte keinen Bissen herunter. Ich wußte nicht, ob ich wollte oder ob ich nicht wollte. Und falls ja, ob ich mit einer von den beiden wollte und mit keiner andern. Vor allem aber wußte ich nicht, wie Nikos ein Nein aufnehmen würde. Er rief die Köchin, flüsterte ihr etwas ins Ohr, und kurz darauf erschien sie mit einem Tablett und drei Raki, die sie zum Tisch des Türken brachte. Ganz selbstverständlich hoben sie das Glas auf uns, wir erwiderten den Wunsch. Es war abgemacht. Ich schob den Teller weg und drehte mich zu Nikos: »Willst du im Ernst mit denen gehen?« »Warum denn nicht?« sagte er. »Sieh sie nicht so an, sie sind sauber.« »Aber wie kannst du mit einer Frau schlafen, wenn du denken mußt, daß dort, wo du sie küßt, schon der Speichel eines andern war?« »Mein lieber Vaios, man kommt gar nicht zum Denken. Und selbst wenn, weiß man, daß sie den Speichel wieder abgewischt hat«, erwiderte er teilnahmslos, aber auch ein wenig erstaunt über meine Frage. Dann drehte er sich jäh um und fragte: »Hast du es schon einmal gemacht?« Die Frage war mir unangenehmer als die Erfahrung selbst. Ich traute mich nicht, die ganze Wahrheit zu gestehen, und sagte: »Mit einer Frau ja, mit einer Hure nicht.« »Bei mir ist es gerade umgekehrt. Nur mit Schlampen. Aber auch das sind Frauen.« »Gehst du oft?« fragte ich. »Nein«, erwiderte er, »dieses Jahr ist es das erste Mal. Alles in allem zwei-, dreimal. Ein alter Bekannter meines Vaters hat mich gedrängt, mit ihm zu gehen, ein Meister, der seit ein paar Jahren hier in Mitilini lebt. Aber überzeugt hat er mich nicht. Überzeugt hat mich meine Französischlehrerin, die Schwester des Vizekonsuls, die mir nach einigen Lektionen erklärt hat, was man in einem gewissen Augenblick tun muß und daß dieses Muß keinen Aufschub duldet. Na ja, in einem gewissen Augenblick traf ich dann die Entscheidung, ich nahm all meinen Mut zusammen und sagte mir: die halbe Schande für mich, die halbe Schande für sie. Und machte den ersten Schritt.« »Mit der Schwester des Vizekonsuls?« fragte ich. »Nein, mit der Französin, die da drüben sitzt.« »Dummkopf! Deine Lehrerin hat dich selbst gewollt, sie wollte dich sicher nicht zu denen schicken.« Er sah mich betreten an und rief aus: »Bist du sicher?« Ich fühlte mich eine Sekunde lang erfahrener als er und brachte das Boot wieder ins Gleichgewicht. »Egal«, fuhr er fort, »ich gehe mit der Französin, sie ist die Jüngere, ich werde meinen Spaß haben. Ich sage dir klipp und klar: Zögere nicht, du wirst schon sehen.« »Und wie ist sie hierhergekommen?« lenkte ich ab. »Aus Smyrna! Es ist voller Franzosen. Frag sie.«

Die Jüngere war in der Tat bezaubernder. Ich weiß nicht, ob sie wirklich Französin war, man sah es ihr nicht an. Doch nach dem tagelangen Gerenne fühlte ich mich immer noch ausgelaugt, vielleicht war ich auch einfach nicht vorbereitet. Sollte ich gehen, nur um es zu tun? Und wenn ich versagte? Nicht daß es mich groß kümmerte, ob ich mich vor ihr blamierte, aber wenn sie es Nikos verriet, würde ich zum zweiten Mal in seinen Augen sinken. »Morgen«, sagte ich. »Mach es ab, morgen gehen wir zusammen, ich bezahle, denn ich bin der Herr.« Ich rief nach der Rechnung, und Nikos ging zum Tisch hinüber und sprach türkisch mit ihnen, die zwei Frauen sahen ihn lächelnd an, immer wieder war laut zu hören: »Morgen, morgen.« Als wir gingen, blieben wir an der Tür stehen und sagten »morgen« statt »gute Nacht«; vom Tisch hinten kam es wie ein Echo zurück: »Morgen.« Französin aus Smyrna. Und ich war noch nicht einmal mit einer Leipzigerin aus Leipzig gegangen. Das Morgen bekam plötzlich eine neue Bedeutung und eine neue Dimension – es war eine neue Prüfung.

Wir traten aus dem Lokal und schlenderten durch die Marktstraße. Zum erstenmal fiel mir auf, wie sehr sich seit damals alles verändert hatte. Nicht mehr wiederzuerkennen – neue Läden, Werkstätten, frische Aufschriften, Anzeigen, die bewiesen, daß die Stadt zu dieser Stunde zwar noch schlief, aber daß sie lebte, wuchs, zunahm, aufblühte. Auch Nikos half mit seinen Erzählungen und Erklärungen über die einen, die sich vergrößerten, die andern, die eine Gesellschaft gründeten, die dritten, die soeben angekommen waren. Während eines einzigen Spaziergangs die Straße hinauf und wieder hinunter konnte er mich davon überzeugen, daß sich Mitilini unaufhaltsam auf dem Weg zum Gipfel befand.

Er begleitete mich zum Hotel, und kurz bevor mich der Schlaf überkam, fühlte ich mich erleichtert, denn nun nahm alles den Gang, den ich mir wünschte, und Nikos war das Kostbarste, was mir hatte zufallen können in jener unerwarteten Wende, die mir die Dinge aufzwangen. Ich sandte meine Gedanken nach Leipzig und zu den schönen Zeiten dort und hoffte zuversichtlich, irgendwann zurückzukehren, hoffte, daß nichts verloren wäre und daß ich Leipzig wiederfinden würde, wenn ich in Manisa alles auf den richtigen Weg brachte. Wenn manche Leute noch erwarteten, wir könnten irgendwann Konstantinopel zurückerobern, so war für mich Europa bereits viel näher.

Am nächsten Morgen weckte mich Nikos in aller Frühe. Als erstes sagte er mir, ich müsse meine Unterschrift üben. Von nun an sei meine Unterschrift für gewisse Leute viel wichtiger als für mich selber. Deshalb müsse sie gestochen scharf sein, ich müsse sie gut beherrschen und sie jedesmal auf gleiche Weise unter ein Schriftstück setzen, damit sie deutlich als die meine erkennbar sei, und zwar auch für jene Leute, die mich nie persönlich kennengelernt hätten, es müsse ersichtlich sein, daß ich selber die Unterschrift geleistet und nicht ein anderer sie nachgeahmt hätte. Sie müsse schwierig, aber deutlich sein, und ich solle eine Kleinigkeit hinzufügen, die nur ich kennen würde, damit ich mich auch noch nach Jahren ihrer Echtheit versichern könnte, das sei um so wichtiger, wenn ich in der Zwischenzeit viele ähnliche Dokumente unterschrieben hätte. Beispielsweise ein Punkt an einer Stelle, wo man ihn für einen winzigen Fleck halte, ein Punkt, der niemandem auffalle, doch ich würde daran meine Unterschrift erkennen, die ich irgendwann einmal hingesetzt hätte. Ich verbrachte beinahe zwei Stunden mit Übungen und Versuchen, ich schrieb meinen Namen in verschiedenen Varianten, mit aufrechten, kursiven, länglichen oder Buchstaben voller Schweife, Buckel, Anhängsel, mit langgezogenen, mit kurzen Linien, elliptischen oder halbrunden Enden, die einen wiesen nach Westen, die andern nach Osten, unterstrichen oder umarmten den Namen. Da floß die Tinte breiter, dort war sie dünn wie ein Faden, alles zusammen verlieh dem Namen eine neue Bedeutung. Auch Nikos versuchte sich, schließlich einigten wir uns auf eine Version, und ich setzte eine Unterschrift an die andere, bis meine Hand geübt war und immer wieder die gleiche Unterschrift zog.

Kurz bevor die Bank schloß, war alles fertig. Ich dankte Gott, dankte auch Nikos. Wir traten hinaus in die Sonnenglut und trugen alles Geld und alle Papiere in einer neuen Aktenmappe, die ich für diesen Tag gekauft hatte; ich umarmte Nikos und küßte ihn aus tiefstem Herzen vor allen Passanten und vor einer alten Frau, die sich bekreuzigte beim Anblick zweier langer Gestalten in französischen Kleidern, mitten auf der Straße, in der Hitze, und schallend lachten und sich küßten. Wir gingen bei der Agentur vorbei und reservierten zwei Plätze auf dem Dampfschiff nach Smyrna. Es hieß »Arkadia«. Ich wunderte mich, warum ein Dampfer, der das Schwarze Meer, die Ägäis und das Mittelmeer durchpflügte, ausgerechnet »Arkadia« hieß. »Alles ist möglich«, sagte Nikos. »Das nächste oder das übernächste Schiff heißt vielleicht ›Sagorochoria‹. Wer weiß?«

Wir kamen zum Hotel; er wollte sich verabschieden und einige Leute aus dem Gymnasium treffen, auch Kirios Chadsidaniil, mit dem er etwas zu bereinigen hatte. Bevor wir uns trennten, drehte er sich um und sagte: »Und vergiß nicht – heute abend –, das Morgen ist gekommen.« Er zog eine goldene Uhr mit goldener Kette heraus und sagte stolz: »Ich hole dich gegen acht ab.« Ich murmelte »ja«, dankte ihm noch einmal von Herzen und ließ ihn ziehen.

Kaum war er um die Ecke gebogen, lief ich wie irr zum Kontor von Kirios Manolis. Er sah, wie durcheinander ich war, und fragte beunruhigt: »Was ist denn los?« Ich sagte ihm, alles sei in bester Ordnung, wie wir es abgemacht hätten, und ich danke ihm für alles, was er für uns getan habe. Ich fühlte mich in seiner Schuld, fühlte mich ihm verpflichtet, sagte, wenn er nichts dagegen habe, würde ich gerne am Abend zu ihm kommen und mit ihnen speisen, ich würde auch Konfekt mitbringen, und wir könnten uns unterhalten und es uns wohl sein lassen, denn in all den Tagen sei ich immer sehr angespannt und beklommen gewesen. Und ich bäte ihn höflich, wenn es ihm nichts ausmache, auch Nikos einzuladen; wenn er einverstanden sei, solle er gleich einen Burschen mit einer Nachricht schicken, nicht daß Nikos etwas anderes für den Abend abmache. Kirios Manolis freute sich doppelt und dreifach. Er verheimlichte mir nicht, daß er all die Tage das Gefühl gehabt hatte, es sei mir lästig, immer wieder zum Abendessen eingeladen zu werden. Er verstand es, er nahm es mir nicht übel und schätzte es um so mehr, nun, wo alles nach Wunsch gegangen war. Er werde sogleich den Lehrling mit der Einladung für den Abend zu Nikos schicken. Ich erklärte ihm, wir würden am nächsten Tag frühmorgens nach Smyrna abfahren, und bat

ihn, wenn möglich die Meinen zu benachrichtigen, sie sollten aus Manisa kommen und uns abholen. Bevor wir uns
trennten, fragte ich ihn zum letztenmal nach seiner Meinung über Nikos. Er sagte mir, Nikos sei ein guter Junge, ein
sehr guter Junge, natürlich nicht so wie ich und gewiß nicht
mit meinem Diplom und meinem Namen, aber er sei auf-
geweckt, fähig, arbeitsam und vor allem ehrenhaft. »Ehrenhafter als ich«, vervollständigte er lachend, »einzig…«, da
stockte er. »Einzig was?« »Nun«, sagt er, »er ist auf eine Art
sonderbar, er ist nicht wie wir. Natürlich stammt er nicht aus
unserer Schicht, vielleicht ist er deswegen manchmal brüsk,
sein Mund sagt ja, aber seine Augen meinen nein. Mit meiner
Tochter und ihrer Mutter spricht er überhaupt nicht. Nicht
daß sie ihn besonders mögen, aber, nun, wenn er sie einmal
anlächeln würde, dann würden sie sicher auch weicher werden. Ich habe ihn schon darauf angesprochen, er hat genickt
und gesagt: ›Ja, Efendi.‹ Du hast gesehen, daß er sich verändert hat, auch ich und die beiden Frauen haben es gesehen. In gewissen Dingen ist er starrköpfig. Aber er ist
wirklich ehrenhaft, du brauchst dir keine Sorgen zu machen,
du kannst so ruhig schlafen wie ich, der ich so viel Geld in
diese Angelegenheit gesteckt habe. Und noch etwas, daß
ich's nicht vergesse: Solltest du zufällig etwas über seinen
Vater erfahren, darfst du ihm nichts sagen. Dann hast du
ihn schon am nächsten Tag verloren. Solltest du also etwas
erfahren, halt den Mund, bis du ihn ausbezahlt hast, sonst
verlierst du ihn, und wir beide sind mit ihm verloren.«

Am Abend kam Nikos. Er war übellaunig, weil er den
ganzen Nachmittag seine Sachen zusammengesucht hatte
und nicht fertig geworden war, und zu allem Überfluß hatte
Kirios Manolis uns zu einer Abschiedsfeier eingeladen. Er
hatte sich den letzten Abend in Kastro anders vorgestellt.
Ich tröstete ihn, das mache doch nichts, es werde sich
anderswo Gelegenheit bieten, wenn nicht in Manisa, dann

auf jeden Fall in Smyrna. »Smyrna ist nicht Kastro«, sagte er, »du kannst das nicht verstehen.« Wir zogen los, kauften zwei Schachteln Petits fours aus Marseille, Baisers und einen Cointreau und gingen zu Kirios Manolis.

Alles wurde schrecklich aufgeblasen, als wäre an jenem Tag etwas anderes geschehen, als feiere man etwas viel Bedeutenderes als meinen Kredit. Nach dem Essen, kurz vor Kaffee und Gebäck, gab es plötzlich eine winzige Pause. Nikos stand abrupt auf und sagte: »Manolis-Efendi, entschuldigen Sie mich bitte, ich muß noch packen, ich habe noch viel zu tun. Ich möchte Ihnen für alles danken. Und wenn ich auch weit weg bin, bin ich stets bei Ihnen. Ich halte Sie über jeden Schritt von uns auf dem laufenden. Bei der ersten Gelegenheit komme ich zurück und erstatte Ihnen persönlich Bericht.« Er verbeugte sich, küßte ihm die Hand, machte vor allen einen linkischen Diener, drehte sich um, ohne ein Wort zu sagen oder eine Antwort abzuwarten, und eilte durch die Halle. Bis ich endlich draußen war und ihm noch etwas nachrufen konnte, war der Wagen bereits durchs Hoftor verschwunden und auf dem Weg nach Kastro. »Undankbar und ungehobelt«, hörte ich die Frau von Kirios Manolis zetern, als ich in die Halle zurückkam. Als sie mich sahen, hörten sie mit ihren Kritteleien auf und sagten: Wenn am Ende alles gut ausginge, solle ich daran denken, eine Familie zu gründen, es gebe nicht viele Bräute meines Niveaus und meines Standes, und von denen, die es gebe, seien die meisten bereits versprochen. Ich machte mein Herz hart, nahm all meine Geduld, Toleranz und Höflichkeit zusammen und sagte mir, wenn Kirios Manolis nicht gewesen wäre, hätten die Dinge nicht diese Wendung genommen. Ich sprach auch mit der tauben Großmutter, sagte ihr etwas ins eine Ohr, und sie befahl: »Komm an mein anderes Ohr.« Ich sprach ins andere, wieder dasselbe: »Komm an mein anderes Ohr.« Ich fragte Adriani, welche

Bücher sie lese, sie nannte mir die »Chrestomathie« sowie Namen und Titel von Büchern, die sie in meinen Augen alles andere als wachsen ließen. Sogar für ihre Mutter zeigte ich besonderes Interesse, ich glaube, ich nahm sie noch mehr für mich ein, als ich ihr sagte, wie schön ihre Geschmeide seien; sie fing an, mir eins ums andere zu erläutern, wie viele Karat Gold, welche Edelsteine, welche aus Alexandria stammten und welche aus Konstantinopel, und sie habe noch weitere, genauso schöne, doch es gehöre sich nicht, alle miteinander zu tragen. Der Abend endete mit meiner völligen Vernichtung.

Den ganzen Heimweg über dachte ich an Nikos in den Armen der Französin. Wenn es sich gelohnt hätte, die zwei zu suchen, dann wo? Wen hätte ich fragen sollen zu dieser vorgerückten Stunde? Und wäre Nikos noch dort gewesen? Wie lange blieb man an solchen Orten? Ich war sicher, daß der Versuch den Aufwand nicht wert gewesen wäre, und kehrte in mein Zimmer zurück mit flüchtigen Bildern von Nikos im Bordell, Arm in Arm mit der Französin. Wellen überschwemmten mich, das Blut stieg mir in den Kopf und brannte. Ich versuchte mir vorzustellen, wie sie wohl aussah unter der Weste mit den Vögeln und den seidenen Pumphosen, daß Nikos ganz Kastro auf den Kopf stellte. Ich schlief ein, doch ich kam nicht weg von diesen Bildern. Und im Schlaf, in den Träumen sah ich in einem fort den splitternackten Nikos, der die Französin nahm, ich konnte ihre Körper nicht unterscheiden, nicht erkennen, wo der eine anfing und der andere aufhörte, mal dunkelrot, mal strahlend wie Bernstein, und ich verheddere mich in ihren schweißnassen Laken, war eins geworden mit ihnen, gebunden mit seidenen Schnüren, die mich erstickten, und auf mir lagen die beiden und rangen, bis ich aus dem Schlaf fuhr, der Schweiß floß in Strömen, ich war aus einem Alptraum erwacht.

Unruhig trat ich in den reifkalten Morgen hinaus. Würde Nikos rechtzeitig kommen, oder würden wir das Schiff verpassen und erst in zwei Tagen mit dem nächsten abfahren können? Ich kam zum Kai, und dort war er schon. Ich sah, wie er das Aufladen seiner Truhen besorgte, vier an der Zahl, Gott allein wußte, was alles darin steckte. Ich wünschte ihm einen guten Tag, er hatte kein Auge zugetan, er grüßte lachend zurück, obwohl er aussah, als hätten ihn zehn Leute die ganze Nacht geschunden. Als wir an Deck gingen, legte die »Arkadia« ab, und wir lehnten uns über die Reling, um Abschied von Mitilini zu nehmen. Unter den Lastträgern, die stumm am Kai standen und dem Schiff nachschauten, entdeckte ich im Hintergrund die Französin mit Schal, sie hob die Hand und winkte zum Abschied. Nikos winkte zurück. Die Frau lief bis zum Ende der Landungsbrücke und rief ihm etwas auf Französisch zu. Nikos verharrte einen Augenblick und überlegte, was er antworten sollte, er schwankte zwischen freudigem Versprechen und dem, was er im Grunde seines Herzens wußte. Er tat so, als höre er nicht, hob nochmals die Hand und grüßte sie herzlich, wobei er murmelte: »Jamais plus.«

Dann wandte er sich jählings um und zeigte mir die Stadtviertel von Mitilini und die Gebäude, die im Licht der aufgehenden Sonne zu erkennen waren. Makri Jalos und Aklidiou, Lasareto, die beiden Werften und draußen im Meer der Burdsiturm und Petroskala auf der einen Seite, auf der andern Seite die große Ölmühle des Ismail Pascha Kulakzisante, die Panajia Kambadena und die Heilige Irini, das Gymnasium und das Hospital, der Heilige Therapon, der Stolz des Christentums, das Hotel »Pittakos«, die Abdulmoschee, die Bischofskirche des heiligen Athanassios von Mitilini mit ihrem separaten Glockenturm, die Simeonkirche, die Theodorikirche und dahinter die Genimoschee, gegenüber der Carsihamam, die Evanthiaherberge und dahinter die Jalimoschee, weiter unten lägen die Werften des unteren Hafens. Am Hang zuvorderst Ai-Jorgis, etwas höher Ai-Simeon. Die Medrese zur Ausbildung islamischer Geistlicher und Richter inmitten des Kastells zusammen mit einer weiteren Moschee, darunter zwei Klöster, das vordere vom Orden der Mewlewijen. Am gegenüberliegenden Hang hoch oben das antike Theater, am Fuß des Hügels noch ein Kloster und weiter unten die Çinarmoschee und noch vieles andere, das er benannte, ohne es selber zu sehen. Er führte ein Selbstgespräch, es kümmerte ihn nicht, ob ich ihm folgen und alles sehen konnte. Er nannte zum Abschied jedes Gebäude beim Namen, und ich begriff, daß er in all den Jahren überall zumindest einen Blick und einen Gedanken hinterlassen hatte.

Während Mitilini im Dunkel eines Meeres versank, das an jenem Morgen ein Bild bot, als wäre alles Öl ringsum hineingeflossen, und sich in den Dämpfen trübte, spürte ich, daß mein Leben endgültig die große Wende nahm, ohne daß ich wußte, wie alles werden würde, was ich in Manisa, in Smyrna und sonstwo machen würde.

Eine solche Wende nahm auch Nikos' Leben. Wie leicht akzeptierte er es wohl? Mich hatte man am Strick von Leipzig weggerissen, ich hatte keine Wahl. Er jedoch konnte ablehnen, er sagte aber ja, er wurde zum zweiten Mal in sechs Jahren entwurzelt, mußte an einem fremden Ort nochmals neu anfangen und große Verantwortung übernehmen. Ich fragte ihn, wie er sich zu dieser zweiten Wende in seinem Leben entschlossen habe. Er musterte mich und sagte: »Das ist nicht die zweite Wende, es gab sicher noch weitere große Veränderungen. Jedesmal, wenn du eine Wahrheit entdeckst und versuchst, dich ihren Erfordernissen anzupassen, machst du eine Wende, oft eine schwierige, große. Dann wieder hast du das Gefühl, du hättest der Welt alles gegeben, was du anbieten konntest, und hättest genommen, was diese dir geben kann; dann ist die Wende einfacher, sie kommt von allein, du darfst nur keine Angst haben.« Nach kurzem Nachdenken fügte er hinzu: »Es ist selten, aber es kommt auch vor, daß du dich verweigerst – als würde dir jemand eine neue Welt, ein neues Leben eröffnen, und du trittst es mit Füßen. Wie oft ergeben sich solche Gelegenheiten im Leben…?«

Bevor Mitilini endgültig aus unserem Blick verschwand, tauchte vor uns die Öffnung der Bucht von Smyrna auf. Wir fuhren auf dem bekannten Kurs, und immer wieder zeigte ich Nikos das wenige, das ich wußte. Wir legten an Ai-Jannis an, der Quarantänestation, und eine Stunde später waren wir an der Mole von Smyrna. Wieder die gleichen Scherereien am Zoll, obwohl wir diesmal nicht aus dem Ausland kamen. Sie behielten Nikos' Bücher. Wir gingen direkt zum Hotel »Kraemer«; es paßte ihm nicht, und er sagte, dieses Hotel sei nichts für unsere finanziellen Verhältnisse. Ich fuhr ihn an und drängte ihn zu einem Spaziergang den Kai hinauf und hinunter. Er war zum erstenmal in Smyrna und war beeindruckt. Geradenwegs liefen wir zum Kontor von Kirios Ignatios, vor ihm lag offen das Telegramm von Kirios Manolis, eine ganze Seite mit allen Einzelheiten der Übereinkunft. Ich mußte sie nicht miteinander bekannt machen, Kirios Ignatios kannte Nikos besser als ich. Wir setzten uns, Kaffee und Lukumia kamen, und es begann das ernste Gespräch, in dessen Verlauf ich immer mehr außen vor gelassen wurde, doch in Wahrheit wollte ich mich zurückziehen, Nikos sollte sprechen, er sollte einen guten Draht zu Kirios Ignatios finden, nicht ich. Als wir wieder auf den Kai traten, brannte die Sonne auf die Steine, und die erstickende Windstille ließ uns sogleich das Hotel aufsuchen. In den Salons kreisten hoch oben an der Decke ein halbes Dutzend Ventilatoren und vermittelten das trügerische Gefühl von Kühle. Das Hotel war eine Oase des Westens, vielleicht

die letzte an der Pforte zum Orient. Es beherbergte feine
Leute aus aller Herren Länder, Frauen in den verschiedensten Gewändern, denen man ansah, daß sie die teuersten in
ihrem Herkunftsland waren. Die Herren waren alle in helles
europäisches Leinen gekleidet, sogar die Türken waren vornehm oder herausgeputzt, hie und da sah man sogar einen
Fes. Ich zog Nikos am Ärmel in die Brasserie. Als wir später hinaufstiegen – ich hatte zwei zusammenhängende Zimmer gemietet –, begehrte er auf, warum wir zwei Zimmer
genommen hätten anstatt eines mit zwei Betten, es sei nur
für eine Nacht, er könne gut leben ohne diesen ganzen
Luxus. Ich stellte mich taub, zum einen Ohr ging's hinein,
zum andern hinaus. Wir platzten fast in der Nachmittags-
hitze. Was wir auch berührten, alles klebte an uns. Hemden, Bettücher aus Leinen und aus Baumwolle, Handtücher,
Kissenbezüge. Als die Sonne endlich tiefer stand, suchten
wir die Schneiderwerkstatt vom Freund meines Vaters auf,
einem Österreicher; sie lag im Frankenviertel und war eine
der besten in ganz Smyrna. Er nahm Maß, holte die Stoff-
ballen herunter, ich wählte die Stoffe aus, dann war Nikos
an der Reihe. Was für ein Auftritt! Er schämte sich vor dem
Schneider, setzte sich gehorsam, hatte keine Ahnung von
den Stoffen, schließlich wählte ich aus und gab zwei Anzüge
für Nikos in Auftrag. Er schäumte vor Wut. Die Schuh-
macherei unten an der Straßenbiegung wollte er schon gar
nicht mehr betreten. Er setzte sich draußen hin und wartete. Ich kaufte zwei Paar für mich, nahm ein Paar für ihn,
dazu ein Paar Stiefel für die Arbeit auf dem Landgut. Ich
sagte zu ihm, er solle sie anziehen, falls sie ihm nicht paßten, könne er sie umtauschen, und er solle es ja nicht wagen,
sie zurückzubringen, sie seien bezahlt, und man würde uns
auslachen. Er nahm sie unter den Arm und sagte keinen
Ton. Er folgte mir maulend; was ich auch sagte, er gab keine
Antwort. Er nahm mir allen Mut, er wollte nichts sehen,

nicht einmal das, was ich ihm zeigte, auch nicht das, was sonst seine Aufmerksamkeit gehabt hätte. Was sollte ich ihm erzählen vom Armenierviertel? Warum sollte ich mit ihm über den jüdischen Markt gehen? So trotzig, wie er war, konnte ich ihm auch nichts von meinem geheimen Zimmer bei der Armenierin hinter der Evangeliumsschule sagen. Wir aßen früh im Hotel, und erst als wir über dieses und jenes Fräulein an den Tischen ringsum sprachen, schien es ihm wieder besserzugehen. Am späten Abend meldete uns der Portier, es frage jemand nach uns; wieder war es Emin. Er war bei Ignatios vorbeigegangen, der diesmal die Truhen von Nikos ausgelöst hatte, er hatte sie auf einen Pferdewagen gepackt und zum Hotel gebracht. Wir verstauten die Truhen und nahmen auch Emin zum Schlafen mit aufs Zimmer. Er hatte die Wahl zwischen dem Fußboden in Nikos' Zimmer und dem Fußboden in meinem Zimmer, den er schließlich wählte.

Früh am nächsten Morgen durchquerten wir beinahe die ganze Stadt, vom Hotel bis zum Bahnhof von Kassaba, sogen die Gerüche der Nacht ein, die verflog, und die Düfte des nahenden Tages. Das erwachende Smyrna hatte den gleichen Zauber, das gleiche Geheimnis wie das Smyrna, das sich schlafen legte. Immer wieder erschien aus einer dunklen Tür ein Paar Hände mit einer Schüssel und leerte Wasser auf das Kopfsteinpflaster vor den Stufen. Man wußte nicht, war es kaltes Wasser, das die schlafenden Steine wecken sollte, oder war es Wasser, das die Sünden der vergangenen Nacht abgewaschen hatte. An einer Kreuzung bedienten Salepverkäufer ihre ersten Kunden, und von überall her vernahm man den Lärm der Pferdewagen, die einen fuhren langsam, die andern wild übers Pflaster. Der Bahnhof und die Eisenbahn selber zogen Nikos an; hingerissen betrachtete er alles von oben bis unten, ohne sich zu äußern. Die Dampflokomotive schien ihn zu bezaubern, er stieg als letzter ein, als der Bahnhofsvorsteher bereits das Signal zur Abfahrt gegeben hatte. Die ganze Fahrt über sprach ich über die Orte, an denen wir vorbeifuhren. Ich erzählte ihm von Menemen, vom Fluß Gediz, der früher Hermos geheißen hatte und hoch oben am Gygessee vorbeiströmte, den die Türken nun Marmarasee nannten, und der, nachdem er mit gurgelnden Wassern das antike Sardes getränkt hatte, dem ganzen Tal von Manisa bis Menemen Segen brachte und bei Foça ins Meer mündete. Solange ich redete, verfolgte Nikos stumm und aufmerksam, was vor unseren Augen vorbeiflog, und Emin beobachtete Nikos, schätzte ihn ein und wog ihn ab. In Manisa wartete niemand auf uns. Emin hatte ihnen gesagt, sie sollten uns nicht vor dem Mittag erwarten. Und Ignatios hatte keine Ahnung gehabt und keine Nachricht geschickt. So nahmen wir am Bahnhof einen Wagen und fuhren zum Haus.

Für Nikos hatte ich den Gästeraum vorgesehen, den wir rechts vom kleinen Zimmer, das man zuerst durch die »schöne Tür« betrat, ausgebaut hatten. Das Haus zeugte vom Lebensweg meines Vaters. Es war erbaut nach den Maßen und den Bedürfnissen einer andern Epoche und gemäß dem Vermögen meines Vaters und unserer Familie; im Lauf der Zeit bekam es Anbauten, die fast alle bunt gemischt waren und Anna immer wieder schimpfen ließen, das sei kein Haus, sondern eine Herberge. Dem Vater, der nie über architektonische Wahrnehmung oder gestalterisches Empfinden verfügte, war das völlig gleichgültig. Er lachte immer nur und sagte: »Wenn du heiratest, stelle ich dir einen Palast hin.« Es waren zwei Etagen. Die erste aus Stein, die zweite aus Holz mit einem Balkon, der ringsum führte und die Grundfläche vergrößerte. Sobald man ins Haus trat, war da ein kleiner Wohnraum mit zwei kleinen Zimmern, die auf die Straße sahen, im Hintergrund die Küche, die Lager und die Keller. An der Biegung der Treppe, die nach oben zum Wandelgang führte, hatte man in die hintere Wand eine Tür eingesetzt und dann ein Zimmer aus Holz angefügt, das auf vier dicken Balken in der Luft stand. Dorthin zogen die Großmutter und die Nona, als Anna und ich auf die Welt kamen, wir bezogen eines ihrer beiden Zimmer hinter dem Wandelgang. Das hintere Zimmer war der Schlafraum meiner Eltern, während der ganze vordere Teil der oberen Etage, der auf die Straße sah, den Wandelgang bildete. Draußen war ein großer rechteckiger Hof, an dessen hinterer Mauer sich über die gesamte Länge ein Dach zog, wo die Tiere Schutz fanden. Dieses Dach war offen, wurde im Lauf der Jahre aber zu einem Schuppen, in dem ein Zimmer neben dem andern eingebaut wurde mit Türen, die alle zum Hof führten. Dorthin wurden nach und nach all die Zimmer um den Wohnraum verlegt, außer der Küche, als Anna beschloß, wir müßten auch einen Gästeraum haben. So wurden die beiden vorderen, vergitterten Zimmer, deren Läden aus Sicherheitsgründen stets verschlossen waren, einer andern Bestimmung zugeführt. Das eine wurde ein Gästeraum, im andern wohnten drei Putzfrauen. Die hinteren waren wohnlicher, wir konnten ohne Angst die Fenster aufmachen; ich bezog das eine, Miltiadena das andere gleich neben ihrer Küche; es war winzig, gehörte aber ihr ganz allein. In den Anbau im Hof kam der Lagerraum für unsere eigenen Vorräte, daneben die Waschküche und die Lager für die Exportgüter. In den noch nicht ausgebauten Teil brachten wir die Karren, die großen Tiere, das Heu und das Feuerholz. Am andern Ende war ein großer zweistöckiger Hühnerstall entstanden. Vor dem Schuppen lag ein gewaltiger Hof, den man auch mit aller Mühe nie vollständig mit Wäsche füllen konnte. Jedesmal sagte die Großmutter: »Was, nur so wenig haben wir gewaschen?« Emin hatte eine Ecke im Lager für die Produkte, so war er auch in der Nähe der Tiere. Miß Julia, Annas Lehrerin, schlief, wenn sie kam und bei uns wohnte, nicht im Gästeraum, sondern in meinem alten Bett in Annas Zimmer. Unter dem hölzernen Zimmer der Nona und der Großmutter, das aus dem Rücken des Hauses wuchs, entstanden ein niedriger Waschraum und ein Abort mit blitzendem Marmor, Waschtisch und Schüsseln aus Marseiller Porzellan. Einmal waren wir gezwungen, das Dach zu flicken. Es war ein schweres Dach aus schimmerndem Schiefer, jede Platte war von Meisterhand zugeschnitten; wenn es regnete und das Wasser in Strömen floß, leuchtete es und reflektierte Licht und Sonne, und das Haus schien einen Heiligenschein zu haben. Bei der ersten Gelegenheit rissen wir das ganze Dach ab und ersetzten es, wie die Mutter beharrlich wünschte, mit Ziegeln, die ebenfalls aus Marseille kamen. Wir deckten sogar den Schuppen und die Einfriedungsmauer. Wo auch immer es Platz gab für Ziegel aus Marseille, kamen Ziegel aus Marseille hin. Die Mauer zur Straße hin war himmelhoch und hatte in der Mitte ein zweites zweiflügeliges Tor, das wir hauptsächlich an Werktagen passierten, um den Haupteingang nicht zu beschmutzen. Über die ganze Außenseite dieser Mauer zog sich eine Bougainvillea, der Stolz meiner Nona, ebenso wie all die andern Blumen im Hof, über die sie unangefochten herrschte. Im Haus und ums Haus, überall, wo kein Holz war, gab es Platten von ausgewähltem Stein, die viel später gelegt worden waren. Noch jetzt erinnere ich mich an die Freude, die Anna und ich empfanden, als man uns eröffnete, wir würden an einem Morgen den ganzen Hof mit Platten belegen. Diese Befestigung des Bodens war für mich ein kultureller Schritt aus der Welt des Schmutzes in die Welt der Sauberkeit. Seitdem ging die Nona jeden Nachmittag, wenn die Hitze uns erstickte und zufällig der Vater zu Hause war, hinaus und begoß die durstigen Platten, der Vater kam in einem feinen schneeweißen Hausmantel, der ihm bis zu den Füßen reichte, und setzte sich in einen Strohsessel, und die Nona bereitete ihm ein Sorbet aus Sauerkirschen in Sirup und Mastix, das war seine nachmittägliche kleine Freude. In jedem Zimmer hatten wir ein, zwei bronzene Kohlenbecken, in der Küche einen großen deutschen Kochherd und natürlich einen Backofen; befeuerte man beide, so wurde fast das ganze Haus warm. Während in den letzten Jahren dank der Beharrlichkeit der Mutter und des geduldigen Beitrags aus Vaters Geldsäckel Silbersachen, Kristall und Porzellan aus Westeuropa hereinströmten, dazu noch Möbel aus Wien via Konstantinopel, vervollständigte sich ein Gemisch von Orient und Okzident, von Landadel und großbürgerlicher Prahlsucht, dem ich in seiner Großartigkeit, aber auch in seiner Lächerlichkeit zum erstenmal begegnete, als ich aus Leipzig zu Besuch kam.

Zuerst sah uns die Mutter, die am Fenster stand. Bis wir ausgestiegen waren, hatte sie bereits alle aufgescheucht. Türen, Fenster gingen auf, Rufe von überall her, Füße schlurften in Hausschuhen. »Vaios ist gekommen, Vaios-Efendi ist zurück.« Sie drängten und schubsten einander durch die Haupttür; die nicht durchkamen, strömten aus dem Hoftor. Freude, Küsse, Umarmungen, Willkommenswünsche – und alle redeten mit mir und sahen dabei Nikos an. Als hätte er einen Magneten, der ganz Manisa anzog. Dabei saß er diskret abseits, tat so, als kümmere er sich ums Abladen seiner Truhen, aber er hielt sich verlegen fern von den Rufen und den Begrüßungen. Wir saßen im Hof, man brachte uns Süßigkeiten, bewirtete uns, und nachdem wir kühles Wasser getrunken und einige Worte gewechselt hatten, schickte ich alle weg außer der Mutter, der Nona, der Großmutter und Anna. Ich berichtete ihnen in allen Einzelheiten, was sich seit meinem Weggang zugetragen hatte. Bei meiner Erzählung durchlebten auch sie Momente der Verzweiflung, aber so war es ja wirklich gewesen. Ich berichtete ihnen vom Vertrag mit Kirios Manolis und Nikos und wie viel Kirios Ignatios beigetragen habe und weiterhin beitragen werde. Ich schloß: »Und das, wie euch klar sein wird, ist Nikos.« »Gott sei's gedankt«, rief meine Mutter und bekreuzigte sich. »Willkommen in unserem Haus«, fuhr sie in aufrichtiger Freude fort. Und die Großmutter fiel ein: »Hos geldin«, wobei sie mit dem Stock auf die Platten klopfte, um ihren Wunsch zu besiegeln. Die Nona, viel praktischer veranlagt, fragte ihn, ob er einen Kaffee wolle und wie er ihn trinke, doch Nikos erwiderte höflich, es sei noch nicht an der Zeit. »Seid willkommen«, sagte schließlich auch Anna mit koketter, vielleicht auch spöttischer Miene, und ohne eine Antwort abzuwarten, behauptete sie, sie habe etwas zu erledigen, kehrte uns den Rücken und ging. Ein wenig aus Höflichkeit, ein wenig aus Neugier fand mal die Mutter, dann wieder die Großmutter einen Grund, Nikos auszufragen, über sein Leben, was er bis dahin getan habe, was er gelernt habe. Was auch immer er antwortete, mochte es ihnen nun gefallen oder nicht, in einem fort sagten sie »bravo« und »bravo«, und aus Nikos war in kürzester Zeit Nikolis geworden. So fühlten sie sich ihm näher.

Da verschwanden plötzlich das Lächeln und die Heiterkeit aus dem Gesicht der Mutter, ihre Farbe und ihre Stimme veränderten sich; sie beugte sich zu mir und fragte mich, als flehe sie mich an, ihr nichts anderes als ein klares Ja zur Antwort zu geben: »Mein Sohn, all diese Verträge, und alles, was wir jetzt bereden – weiß dein Vater davon?« In der Stille hörte man die Platten des Hofes schnaufen. »Er weiß es nicht, jetzt aber wird er es erfahren«, erwiderte ich, dann stand ich auf und ging nach oben. Hinter mir die Mutter, dann die Großmutter mit der Nona. »Ich warte schon lange, bis du endlich die Güte hast, heraufzukommen und zu schauen, wie es deinem Vater geht.« Mit diesen Worten empfing er mich. Er reichte mir die Hand zum Kuß. Ich küßte ihn auf Hand und Stirn, sagte ihm, er sehe viel besser aus, obwohl ich ihn nur ein paar Tage, kaum zwei Wochen, nicht gesehen hatte. »Was ist geschehen? Setz dich und erzähl.« Ich setzte mich und wiederholte ganz langsam die ganze Geschichte von Anfang an. Wie unsere Lage sei, was Kirios Ignatios gesagt habe, was Kirios Manolis gesagt habe, die beiden einzigen, die übriggeblieben seien und denen tatsächlich an ihm und seiner Familie gelegen sei, ich erzählte ihm von der Ausweglosigkeit, in der wir uns befunden hätten, von der einzigen Lösung, die Hoffnung verspreche, vom Vertrag, dem Kredit, den Bürgschaften, von Nikos' Eintritt in unser Leben und in die Verwaltung des Vermögens und der Angelegenheiten von Anton-Efendi. Solange ich redete, starrte mein Vater auf die große Porzellanlampe hoch oben an der Decke. Er sprach nicht, bewegte sich nicht, hörte nur reglos zu, ohne mich anzublicken. Doch ich sah oder spürte vielleicht auch nur, wie unter seinen großen, weit offenen feuchten Augen etwas zitterte. Als ich schloß, fuhr er sich mit der Zunge langsam über die Lippen, richtete sich mit unerwarteter Lebendigkeit in den Kissen auf, stützte sich auf seinen starken Ellbogen und fragte: »Und wo ist nun dieser Nikos?« »Im Hof, Vater«, antwortete ich, »er wartet, daß du ihn empfängst, er möchte dir seinen Respekt erweisen und deine ersten Anweisungen entgegennehmen.« Es verging ein weiterer stummer Augenblick, der alles sagte, dann hörte man im ganzen Stadtviertel, vom einen Ende bis zum andern, die Stimme von Anton-Efendi: »Verflucht seien all die Nikos von Manisa, Smyrna und Mitilini!« Im selben Moment packte er mit seiner kräftigen Hand den Wecker auf der Kommode, warf ihn zur Lampe hinauf und zertrümmerte sie. Was dann kam, spottet jeder Beschreibung. Was da gesagt wurde, es ist kaum zu verstehen. Mit seinem Stock schlug er alles zusammen, was in seiner Reichweite war. Das Moskitonetz, den Porzellankrug, die Gläser, die Schröpfköpfe auf dem Tablett und das Fläschchen mit dem Alkohol, die Medikamente und die Latwergen, das Körbchen mit den Kirschen, die Schale mit dem Joghurt, das Blumenregal, die zwei Blumenvasen aus Wien, die meine Mutter so mochte, die funkelnagelneue Petroleumlampe auf der andern Kommode, die Schüssel mit den Blutegeln, schlug alles kurz und klein, in Hudeln und Fetzen auf den sauberen Leintüchern und den teuren Teppichen. Was er in all den Monaten nicht gesagt hatte, nun brach es aus ihm heraus. Was man all die Monate nicht vernommen hatte, nun brüllte er alles auf einmal heraus wie ein Tier. Jeden Fluch und jede Obszönität, die all die Jahre, die ich ihn kannte, nicht über seine Lippen gekommen waren, schrie er heraus, schwelend in der Last seiner Krankheit, die ihn in dieses Elend gestürzt hatte. Meine Mutter umarmte mich und weinte, sie drückte mich an sich und bat: »Vaios, nicht, mein Sohn, sag nichts, laß ihn, er wird sich beruhigen.« Die Nona hielt die Großmutter, die in ihrem ganzen Leben nichts Derartiges gesehen hatte, und wollte etwas sagen, doch kein Hauch kam aus ihrem Mund; sie hielt sich an ihrem Stock aufrecht, man wußte nicht, wollte sie sich stützen oder ihm den Stock ins Gesicht schleudern. Irgendwann beruhigte er sich, die Lästerungen und die Flüche versiegten, seine Kräfte schwanden, erschöpft sank er in die Kissen zurück. Da hob die Großmutter mit dem Mut derer, die ihn geboren hatte, den Stock mit zitternder Hand wie damals unsere Lehrerin, wenn sie uns drohte, sie riß ihren Mund mit den wenigen verbliebenen Zähnen weit auf und schrie: »Du undankbarer Kerl!« Sie senkte den Stock, stützte sich auf die Nona, kehrte ihm den Rücken und schlurfte wortlos hinaus. Die Mutter kam wieder zu mir, mit Tränen in den Augen flüsterte sie: »Mein Sohn, sei nicht wütend, und hilf mir.« Dann bückte sie sich wortlos und sammelte auf, was von dieser Katastrophe übriggeblieben war. Anna kam erschrocken herein, fragte, was passiert sei, lief zu seinem Kopfkissen, die Mutter winkte ihr, und zu dritt begannen wir, Ordnung zu machen, während der Vater wieder auf die Deckenlampe starrte, die nicht mehr da war. Er war wieder ganz ruhig geworden, als hätte nicht er das alles angerichtet, als hätte er mit all dem nichts zu tun. Plötzlich sagte er: »Unter dem Tisch liegt noch eine Tasse«, und die Mutter bekreuzigte sich und hob sie auf. Sie schickte Anna nach dem Arzt, der sowieso am Abend gekommen wäre. Die Mutter ging ein und aus, wechselte dem Vater die Kleider und bezog das Bett mit frischen Leintüchern. Sie murmelte vor sich hin: »Es wird alles gut, es kommt alles in Ordnung.« Mal zu ihm: »Mach dir keine Sorgen, mein Herr«, mal zu mir: »Gräm dich nicht, mein Herz.« Wir wechselten ihm die Kleider, da kam schon der Arzt, er war erschöpft, schweißgebadet, und untersuchte ihn sorgfältig, dann sagte er mit einem halb unterdrückten Seufzer der Erleichterung: »Ein Stier, der Anton-Efendi, aber macht ihm keinen Kummer, regt ihn nicht auf. Er soll liegen und sich beruhigen und am Abend etwas möglichst Leichtes zu sich nehmen.« Auch wir atmeten auf; ich ging hinaus und drehte mir eine Zigarette. Nachher begleiteten meine Mutter und ich den Arzt hinaus, da sehe ich am andern Ende des Hofes, im Tor, die Nona, sie steht halb im Hof, halb auf der Straße, schaut die Straße hinauf und hinunter; da sieht sie uns und schlägt die Hände an die Wangen, völlig verzweifelt ruft sie uns von weitem zu: »O weh, o weh, Nikos ist weg!«

Ich schwang mich aufs Pferd und ritt schnell zum Bahnhof. Zu dieser Zeit gab es keinen Zug, der Bahnhof war verlassen. Ich fand Nikos, er saß auf einer Bank, die Truhen standen daneben, er rauchte und blickte ins Leere. Ich muß in einem schlimmen Zustand gewesen sein, denn als er mich sah, lächelte er, als wolle er mir beistehen und nicht ich ihm, und sagte: »Beruhige dich, alles wird gut, es wird sich eine andere Lösung finden, wir haben nicht richtig nachgedacht, vielleicht bin auch ich schuld, jedenfalls danke ich dir für dein Vertrauen.« Was kramte ich nicht alles hervor, um ihn zu überzeugen! Mein Vater sei schwer krank, er habe den Verstand verloren. Er habe nichts mehr zu bestimmen, wir alle täten nur so, als wäre er wie früher der unumschränkte Herrscher. Daß sogar er selber wohl wisse, daß es keine andere Lösung gebe; daß Nikos' Abreise die endgültige Katastrophe wäre. Daß er, Nikos, den Vertrag mit Kirios Manolis gemacht habe, den wirklich keine Schuld treffe und der auf keinen Fall sein Geld verlieren dürfe. Daß er selber so vieles mit Kirios Ignatios abgemacht habe, das auch für diesen Mühe und Anstrengungen bedeute, da er sich zu seinen Geschäften eine zusätzliche Verantwortung aufgeladen habe. Daß er sehr wohl merke, daß man ihn willkommen heiße, schließlich hätten alle im Haus noch einen Funken Verstand. Schließlich, wenn er schon mir gegenüber keine Verpflichtung oder Verantwortung empfinde, so sähe zumindest ich ihn als Freund, als den einzigen, denn einen andern hätte ich weder in Smyrna noch in Manisa, und ich bäte ihn als Freund, ich flehte ihn an, er solle nicht wütend sein und mich nicht verlassen.

Er hörte mir bis zum Schluß zu und erwiderte dann: »All das ist richtig, jedes Wort, aber ich kann nicht an einem Ort bleiben, wo ich unerwünscht bin.« Ich sprang auf: »Du? Unerwünscht?« Und von neuem hob ich mit Gründen an, von vorn, von hinten, durcheinander, zusammen mit Hoffnungen, Perspektiven und allem, was wir gemeinsam machen und schaffen könnten, wir könnten uns das Leben schön gestalten. Was ich auch vorbrachte, er sagte nur ein Wort: »Unerwünscht.« Alles wischte er damit beiseite, und ich fing von neuem an. Woher ich die Kraft und die Beharrlichkeit nahm, die immer gleichen Argumente vorzubringen, mal so, mal anders, immer und immer wieder, um ihn endlich zu überzeugen – ich weiß es nicht. Vielleicht weil ich glaubte, daß es auf uns alle ankäme. Er aber drehte sich wie ein Irrer um dieses »Unerwünscht«. Es war etwas jenseits der Verletztheit, jenseits des Stolzes, jenseits seines Egoismus. Es tat sich eine Falte in seinem Wesen auf, die mir unbekannt, unverständlich und undurchschaubar war. Er wollte nicht unerwünscht sein. Er, der in all seinen Erzählungen von seinem Leben in den sechs Jahren in Mitilini gezeigt hatte, daß es ihm nichts ausmachte, wenn die Leute ihn nicht wollten. Er hatte keine Verwandten, keine Freunde. Vielleicht hatte er deshalb eines Tages für sich die Grenze zum Rückzug gezogen. Wenigstens »unerwünscht« wollte er nicht sein. Was ich auch tat, sosehr ich auch auf ihn einredete, ich spürte, daß es mir nicht gelang, ihn umzustimmen. Mich tröstete nur, daß der Zug aus Kassaba erst in Stunden kommen würde. Nachmittag, Hitze und Windstille, nichts bewegte sich außer ein paar Schmeißfliegen, die um uns herumschwirrten und uns verrückt machten. Ich holte im Bahnhof zwei Tassen Tee. Er bedankte sich, wir tranken, als wären wir ganz woanders, als hätte es keine Debatte gegeben, als wäre nichts vorgefallen, als hätte sich jene Katastrophe nicht ereignet. Er fragte mich dies und jenes, über den Bahnhof, die Gegend, ich gab ihm Antwort und schöpfte wieder Hoffnung. Doch schnell begriff ich, daß diese Fragen kein Mensch stellte, der an einen Ort kam und ihn kennenlernen wollte, sondern es waren die Fragen eines Menschen, der endgültig einen Ort, den er nicht hatte kennenlernen können, verlassen würde. Erneut brauste ich auf und ging zum Angriff über. Ich nannte ihn einen Egoisten, einen Angeber, einen aufgeblasenen Schnösel, einen störrischen Esel, ich schimpfte ihn gefühllos, ungesellig und feige. Je lauter ich wurde, desto weniger berührten ihn meine Worte, er lächelte, schließlich versuchte er mich zu beruhigen. Ich fühlte mich ausgelaugt, die Hoffnung verließ mich. Ich lehnte mich auf der Bank zurück und suchte im Schweigen, was ich noch alles sagen oder tun könnte, bis der Zug kam. Gelassen holte Nikos den Tabak aus der Tasche, drehte zwei Zigaretten, wir nahmen zwei tiefe Züge und starrten wieder schweigend und verloren hierhin und dorthin, auf den einsamen Bahnhof, auf die Schienen, die kamen, die Schienen, die gingen.

Inmitten der Nachmittagsstille, nur das Summen der Fliegen erinnerte von Zeit zu Zeit daran, daß es noch Leben gab, tauchte eine gegen die Sonne schwer zu erkennende Erscheinung mit unsicheren Schritten, vorwärts, zurück, am andern Ende des Bahnsteigs auf. Als ich sie erkannte, gesellten sich von hinten zwei andere dicht nebeneinander hinzu. Am Gang der zweiten Frau am Stock, der dritten Frau, die ihr die Hand gab, erkannte ich meine Mutter, die Großmutter und die Nona. Sie sahen uns und kamen, so schnell es mit der Großmutter möglich war, auf uns zu wie eine Abordnung, die im Namen des ganzes Dorfes ihr Anliegen unterbreiten wollte. Es schien eine Ewigkeit zu dauern, bis sie den Bahnsteig durchmessen hatten. Als ich auf sie zuging, schleuderte ich ihm noch hin: »Sieh dir an, was du angerichtet hast.« Ich nahm meine Mutter am Arm, und alle zusammen näherten wir uns Nikos auf der Bank. Er stand verlegen auf, zupfte seine Jacke zurecht, man sah ihm an, daß er sich nicht wohl fühlte und nicht wußte, wie er sich verhalten sollte. Er selber brach das Schweigen, vielleicht weil er sich im ersten Augenblick den drei Frauen gegenüber schuldig fühlte. »Ihr hättet nicht herkommen sollen in dieser Hitze«, sagte er leise und mit einem fahlen Lächeln. Sie sahen ihm in die Augen, und eine jede versuchte herauszufinden, wo er zu packen war und was sie sagen mußte, damit die Sache nicht noch schlimmer würde. Ich sagte zu ihnen: »Nikos ist gekommen, er hat die Dinge gesehen, hat die Gründe für ein Bleiben mit den Gründen für einen Weggang gegeneinander abgewogen, er hat das zweite vorgezogen und geht.« Ich sah aus dem Augenwinkel Nikos' Blick, der wie eine scharfe Klinge war, aber ich tat so, als merkte ich nichts. »Und was hat ihn dazu bewogen, das zweite vorzuziehen?« fragte die Großmutter. »Er sagt, er sei unerwünscht«, erklärte ich ihr. Meine Mutter nahm das sofort auf und ergriff das Wort. »Nikolis? Unerwünscht?« Und sie fing mit Dingen an, ich weiß bei meiner Treu nicht, wo sie die hernahm, wo sie die gesehen hatte und wann sie sich zugetragen hatten. Wie ein Fluß, ein Sturzbach, ein Wasserfall fiel ihm alles wie aus einem Füllhorn vor die Füße, um ihm das Gegenteil zu beweisen. Ich bewunderte sie. Zum erstenmal sah ich, wie sie jemanden mit solcher Geschicklichkeit und Schmeichelei einlullte, ich war drauf und dran, selber zu glauben, daß alles, was sie sagte, aus tiefstem Herzen kam. Nikos aber dankte ihr verlegen und höflich für ihre guten Worte und schlug auf sanfte Art die alte Leier an: Trotz alledem sei es besser, wenn er ginge. Mit dieser Antwort hatten die Frauen nicht gerechnet. Sie kam unerwartet, denn sie hatten auf die Fähigkeiten meiner Mutter und auf ihr gutes Wort vertraut, das jede Wunde heilen konnte. Die Nona hatte bis dahin schweigend die Diskussion verfolgt, die wieder lauter wurde – und wer weiß, wie sie erfahren hatte, daß Nikos schon seit den Kinderjahren Waise war –, jedenfalls wandte sie den Blick von ihm ab und sagte wie zu sich: »Was du bestimmst, Nikolis-Efendi, auch wenn es gerecht ist, so wird es doch dein Vater beurteilen, der dich aus der Höhe sieht.« Diese Worte fielen wie ein Schwerthieb, sein Gesicht veränderte sich völlig. Er senkte den Kopf und gab keine Antwort. Niemand wußte noch etwas zu sagen, die Worte verharrten in der Luft und wurden schwerer und schwerer und drückten ihn nieder.

»Vaios-Efendi, schnell, kommt, Anton-Efendi …« Emins Stimme war plötzlich vom andern Ende des Bahnsteigs zu vernehmen, sie schien aus einer andern Welt zu kommen. Schnell eilten wir nach Hause. Anna hatte den Arzt erneut gerufen. Annas Lehrerin, die zufällig da war, saß am Bett des Vaters und zerknüllte panisch ein Tüchlein in ihren Händen, mein Vater auf dem Rücken, die Augen glänzten, er bewegte sich nicht und gab kein Lebenszeichen von sich, an der Brust sah man, daß er noch atmete. Der Arzt traf ein, Anna war tränenüberströmt, halb ohnmächtig vor Schmerz, und wir wußten nicht, wem von beiden wir zuerst zu Hilfe eilen, was wir anbieten, was sagen sollten. »Zweiter Schlaganfall, vielleicht noch schlimmer als der erste, kann sein, daß er es diesmal nicht überlebt. Wir müssen kühlen Kopf bewahren und für alles gewappnet sein, du, Vaios, bist jetzt der Herr im Haus, holt sofort wieder Blutegel, Emin soll zu den Nachbarn laufen und nach Eis fragen, sie sollen es sammeln. Morgen in der Frühe geben wir ihm eine doppelte Dosis Eis.« Das sagte der Arzt, vielleicht noch anderes, zwei-, dreimal, durcheinander, immer wieder fragte meine Mutter etwas, und er antwortete unsicher, unbestimmt, mit Vorbehalten. Plötzlich will Anna vom Kanapee aufstehen, die Sinne schwinden ihr, sie fällt zu Boden. Äther, Schläge ins Gesicht, um sie zu sich zu bringen, einen Schemel unter die Füße, damit das Blut schneller ins Gesicht zurückfließt. Vater und Tochter auf dem Rücken zwischen zwei Welten. Es war offensichtlich, daß so oder so für meinen Vater, für den »Anton-Efendi«, schon alles zu Ende war. »In zwei, drei Tagen werden wir sehen, ob wir Anton-Efendi behalten werden oder ob Gott es anders beschließt«, sagte der Arzt, doch er beendete seinen Satz nicht. Anna, die soeben wieder zu sich gekommen war, stürzte sich auf ihn – wo nahm sie nur die Kraft her? –, packte ihn am Hemd und kratzte ihn und kreischte und schlug auf ihn ein, alles Lügen und er ein unbrauchbarer Quacksalber. Ich zog sie weg, hob dem armen Kerl die Brille auf, die zu Boden gefallen war, er packte hastig seine Tasche, grüßte und verschwand. In der Tür blieb er nochmals stehen und sagte zu mir: »Nur Mut, mein Junge, und viel Kraft«, dann bat er Emin, ihn nach Hause zu fahren. Es dämmerte, und tief im Tal des Gediz war der Zug von Kassaba über Manisa nach Smyrna zu hören. So laut ich noch konnte, rief ich: »Nona«, ich war im ganzen Haus zu hören, »nimm den Landauer zum Bahnhof, damit Nikos nicht wegfährt.« Nach einer Weile kam sie aufgewühlt zurück. Den Landauer hatte Emin genommen, um den Arzt heimzubringen, und sie hatte zu Fuß zum Bahnhof gehen müssen. Der Zug war bereits wieder abgefahren. Aus dem Bahnhof kamen die letzten Passagiere, auf dem Bahnsteig keine Menschenseele, zwei Lastträger, die sie fragte, wußten von nichts, und dem Bahnhofsvorsteher hatte niemand den Fahrschein zurückgegeben. Nikos war weg. Todmüde und erschöpft saßen wir alle im Wohnraum, um die Scherben und Trümmer dieses Nachmittags zusammenzukehren. Meine Mutter und Anna beschlossen, die Nacht über am Bett meines Vaters zu wachen, falls er zu sich käme. Wohl oder übel mußte jemand die ganze Nacht bei ihm sein, die beiden Pflegetöchter würden ihnen Gesellschaft leisten. Wir brachten die Großmutter zu Bett, damit nicht auch ihr noch etwas zustieß, bei all dem, was sie den Tag über erlebt hatte. Annas Lehrerin lief ohne ein Wort unentwegt hin und her, erledigte dies und jenes und kam den Wünschen Annas und der Mutter nach. Emin saß mit gekreuzten Beinen da, sprang immer wieder auf, um Anna einen Gefallen zu tun, die nur Befehle geben konnte. Wir schickten die Ziehtöchter an die Arbeit zurück, und alle, die aus dem Viertel gekommen waren, schickten wir heim; nur noch die Nona und ich waren da. Ich sah sie lange an und sagte: »Nona, so ist es. Konnte es denn anders kommen?« »Laß es uns überschlafen, mein Sohn«, erwiderte sie. »Geh, leg dich hin.« Kaum fiel ich aufs Bett, überwältigte mich schon der Schlaf.

Am Morgen weckte mich die Nona und gab mir ein Stück Papier in die Hand. Halb noch im Schlaf, mit verklebten Augen, las ich mühsam: »Ich bin in der Herberge gegenüber dem Bahnhof. Ich warte auf dich, wir müssen reden. Dein Freund Nikos.« Ich hatte noch das halbe Frühstück im Mund, da sattelte ich schon das Pferd und ritt hinunter zum Bahnhof. Ich drückte ihn an mich und erzählte ihm alles, was geschehen war, seit wir ihn verlassen hatten und heimgegangen waren. Ich wagte nicht zu fragen, ob er seine Meinung geändert oder seinen Aufenthalt um einen Tag verlängert habe und alles noch einmal überdenken wolle. Ich sagte nichts und überließ es ihm, ein Gespräch anzufangen. Wir gingen hinaus und spazierten um den Bahnhof. Im ersten Milchlokal, das offen war, bestellten wir Kaffee. Nachdem er seinen ersten Schluck geschlürft hatte, drehte er sich zu mir und sagte: »In der Herberge haben mich die Wanzen gefressen. Groß wie Haselnüsse. In der nächsten Nacht lasse ich wahrscheinlich noch meine Knochen dort.« Ich strahlte. »Nur keine Eile«, sagte er, »ich werde bleiben, aber in euer Haus komme ich nicht.« Ich wollte etwas entgegnen, doch er unterbrach mich wieder. »Entweder nach meinen Bedingungen, oder ich gehe noch in dieser Sekunde.« Er versetzte mich in Angst und Schrecken, und ich sagte: »Wie du willst.« Wir machten einen Rundgang und suchten eine Unterkunft für ihn. Wir nahmen das Maultier des Wirts, ich ritt auf meinem Pferd voran, er hinter mir, so begannen wir unseren Zug durch Manisa. Er staunte, man sah, daß es ihm gefiel. Schließlich vergaßen wir den Zweck unseres Ritts und hielten an jedem Brunnen, jeder Kreuzung und jedem schönen Winkel, von dem aus man das große Feld unten sah. »Sind die Ländereien weit weg?« fragte er mich, und schon waren wir auf dem Weg zum Landgut.

Sie hatten uns nicht erwartet, wir trafen sie allesamt in einem solchen Zustand an, daß ich mich schämte, der Herr zu sein. Schon früh am Morgen hatten sie es sich gemütlich gemacht, einige spielten Tavli, andere Karten, die Frauen hatten ihre schmutzige Wäsche gebracht und wuschen ausgiebig, das Gehöft glich einer Zigeunerwirtschaft, der Oberaufseher war nicht da, keiner wußte, wo er war. Einzig Ismail trafen wir, als wir zur Mühle gingen; er war am Arbeiten und steckte in Öl und Dreck, eine mächtige Schweinerei. Er wollte jedes Teil, jedes Zahnrad des hölzernen Mahlwerks reinigen, es bereit machen für die neue Ernte, so gut es jedenfalls ging. Einige hölzerne Zahnräder waren halb verrottet, und er bemühte sich, alles zusammenzuhalten. Als er uns sah, hielt er inne und verfluchte die Maschine; »fahr zur Hölle, du zahnlose Alte«, kam er uns begrüßen. Wir machten mit Nikos einen Rundgang durch die Mühle, danach gingen wir zu den Lagerräumen nebenan, besuchten auch die Hütte, in der Ismail wohnte. Nikos fragte ihn aus, ein regelrechtes Verhör. Was bei der Ernte Schritt für Schritt geschehe, wie man sie reinige, wie man sie trenne in den Teil für das Öl und den Teil für die Kerne, wo man sie lagere, wie man die Kerne mahle und Öl presse, auf wie viele Kandari – vierundvierzig Oka – Kerne man wie viele Oka Öl produziere, wo man es deponiere und wie man es nach Manisa und von dort nach Smyrna verschicke. Ismail kannte sich in der Arbeit aus, aber einen Grund zur Beschwerde hatte er. Die Maschine machte nicht mehr mit. Dieses Jahr wäre das letzte. Vielleicht würde sie sogar mittendrin den Geist aufgeben. »Wie heißt du?« fragte Nikos, und Ismail antwortete: »Ismail, Nikolis-Efendi.« Wir sahen einander sprachlos an. »Und woher weißt du meinen Namen?« fragte

Nikos verwundert. »Seit gestern abend wissen ihn alle, Nikolis-Efendi.«

Nikos sagte nichts mehr, wir verließen die Mühle und kehrten zum Gehöft zurück. Dort wurden Feigen und Trauben gedörrt. Dort befanden sich ja auch die Feigenbäume und die Weinreben. Wir setzten uns unter die Platane, man brachte uns kühles Wasser, man kochte uns Kaffee, aber keiner traute sich näher zu uns. Der Oberaufseher war immer noch verschwunden. Wohin man auch schaute, überall sah man Körbe, die einen liederlich, die andern halb kaputt, schmutzig, hingeworfen, als wären sie einfach vom Himmel heruntergeregnet. Zum erstenmal fiel mir der üble Zustand hier auf. Wir gingen in den großen Raum, auf den Bänken eine fingerdicke Staubschicht. Nikos fragte mich, wo man die Feigen mache und wo die Rosinen, was zuerst und was danach komme, wie man die beiden Produktionen aufeinander abstimme – und ich wußte nicht, was ich antworten sollte. Am schlimmsten aber war, daß ich auch auf alles andere keine Antwort wußte, daß ich nie gedacht hatte, ich könnte jemals Schwierigkeiten haben. Schließlich dreht er sich um und sagt: »Aber kannst du mir wenigstens sagen, ob man in Leipzig Rosinen oder Feigen ißt?« Nicht einmal darauf hatte ich eine Antwort. Wir gingen aus dem Schuppen und sahen den Oberaufseher kommen, in der einen Hand einen Feldhasen, auf dem Rücken das Gewehr und am Gürtel zwei Vögel. Er sah uns und war völlig verwirrt, schnell kam er und sagte zu mir: »Efendi, schau, was ich dir gebracht habe, ich hab gewußt, daß du kommst, und bin etwas jagen gegangen für dich.« Befremdet fragte mich Nikos, ob ich Wild gern hätte, und als ich meinte, ich nähme es nicht in den Mund, drehte er sich zum Aufseher und sagte: »Sag mal, hast du Kinder?« »Ja, Efendi, zwei Söhne, Prachtkerle wie du.« »Schön«, sagte da Nikos, »dann geh und teil ihnen mit, sie seien von nun an verpflichtet, für dich zu sorgen, denn von jetzt an und für alle Zeiten brauchen wir dich nicht mehr. Und am Abend steig hinunter zum Haus von Vaios-Efendi und hol deinen Lohn ab und geh mit dem Segen Gottes oder Allahs oder an wen du eben glaubst.« Von den Umstehenden, die das Geschehen, das sie sich noch vor kurzem niemals hatten vorstellen können, stumm verfolgten, blinzelte nicht einer. Nur das Rauschen der Platane und von irgendwoher die ersten Silben eines Säuglings in den Armen seiner Mutter waren zu hören. Nikos bestieg das Maultier und ritt zurück zur Mühle. Ich folgte ihm, und bevor wir um die Kurve bogen, hörte ich den Aufseher rufen: »Vaios-Efendi...« Ich wandte mich nicht einmal um.

Ismail hatte den Kopf im Trichter, nur seine Beine waren zu sehen. Nikos rief, fragte ihn, ob er Familie habe, Ismail antwortete, er sei allein, und ohne mich zu fragen, wandte sich Nikos wieder an ihn: »Ismail, wir werden deine Hütte teilen, halb für dich, halb für mich, du wirst mit mir wohnen, ob es dir paßt oder nicht.« Ismail strahlte vor Freude über die Ehre, die ihm Nikolis-Efendi erwies. Ich zog Nikos auf die Seite und versuchte ihn umzustimmen. Er hörte mir nicht einmal zu, erinnerte mich nur daran, daß von Stund an er die Bedingungen stelle, wie abgemacht, er gab mir das Maultier, das ich zurückbringen sollte, und bat mich, ihm wenn möglich noch am selben Tag seine Sachen aus der Herberge zu schicken. Dann schwieg er, und ich fügte mich drein, wütend wegen seines Starrsinns. Wir einigten uns noch, daß wir uns wahrscheinlich drei Tage, falls nötig auch länger, nicht sehen würden; wenn ich etwas wollte, würde er es durch Emin erfahren, wenn er etwas wollte, würde er schon einen Weg finden, mich zu unterrichten. Dann bat er mich, jede Rechnung zu bezahlen, die mit einer Notiz von ihm komme, einzig und allein die Rechnungen zu bezahlen, auf denen eine Notiz von ihm stehe. Er küßte mich auf die

Wangen, klopfte mir auf den Rücken, hob mich mit Gewalt auf mein Pferd, band das Maultier an und gab dem Pferd einen Klaps. Bevor ich mich's versah, war ich schon auf dem Weg zurück nach Manisa.

Seitdem verfolgte ich die Geschehnisse mit einer Verzögerung von zwei oder drei Tagen und erfuhr immer erst im nachhinein von seinen Entscheidungen. Dem Oberaufseher folgten bald noch einmal ein Dutzend Männer, ein jeder brachte mir eine Notiz mitsamt Nikos' Bitte, ihm auszubezahlen, was ihm noch zustand, noch etwas draufzulegen und ihn mit Gottes Segen fortzuschicken. Er sandte mir auch eine Schwangere, der Bauch reichte ihr bis zum Hals, ich möge sie im Hof behalten, sie bezahlen, bis das Kind auf der Welt wäre, und dann, was ich guten Herzens vermöge, in einen Säckel zu stecken und sie mit Gottes Segen fortzuschicken. In der zweiten Woche unterhielten sich bereits alle auf dem Platz über Nikolis, Nikolis-Efendi, es gab keinen Nikolas mehr, auch keinen Nikos. Eines Morgens erreichte mich eine Nachricht von Nikos: »Komm zum Bahnhof, wenn der Zug aus Smyrna einfährt.« Früh schon ging ich hinunter, setzte mich mitten am Nachmittag in ein Kafenion, wo auch andere auf den Zug aus Smyrna warteten. Alle grüßten mich freundlich, die einen fragten nach meinem Vater, andere nach Nikolis-Efendi. Und als der Zug einfuhr, bogen Nikos und Ismail um die Ecke, sie ritten auf Eseln, die in der Eile ins Schnaufen gekommen waren. Er war nicht zu erkennen in den Kleidern meines Vaters und den Stiefeln, die ich ihm gekauft hatte. Er umarmte mich, küßte mich und sagte: »Komm, sieh dir an, was ich für dich habe.« Er zog mich zum Bahnsteig; nachdem die Passagiere ausgestiegen waren, sah es nicht so aus, als würde der Zug weiterfahren. Nikos rannte umher. Bis ich ihn an der einen Ecke eingeholt hatte, rannte er zur andern zurück, Ismail war auch da, er trommelte so viele Lastträger zusammen, wie er nur finden konnte, die einen machten sich auf die Suche nach Stricken, die andern nach Rundhölzern. Wir gelangten zum letzten Waggon, und der Bahnhofsvorsteher gab den Befehl, ihn zu öffnen. Die Tür glitt auf, und man sah eine riesige Kiste, die den halben Waggon einnahm, darauf ein mächtiger Schriftzug:»Issigonis«. In zwei Tagen war in der Mühle eine neue Dampfmahlmaschine aufgestellt, sie gleißte und funkelte und glänzte. Ismail umarmte sie, ein-, zweimal berechnete er die Menge und die Geschwindigkeit, mit der wir in jenem Jahr das beste Sesamöl in ganz Manisa, vielleicht sogar im ganzen Bezirk herstellen würden.

Unser Bezirk, der Bezirk von Saruhanli mit der Hauptstadt Manisa, umfaßte die Verwaltungsgebiete von Bergama, Kirkağac, Akhisar, Gördes, Adala, Kula, Eşme und Alaşehir. Ernsthafte Konkurrenten hatten wir weder im Bezirk Smyrna noch im Bezirk Menteşe. Hingegen baute man im Bezirk Aydın, im Menderestal, in Torbalı und in Agiassoluk sowie südlich im Bezirk Mersin Sesamkerne von sehr hoher Qualität an, die in großen Mengen nach Marseille exportiert wurden. Der unbearbeitete Sesam lief durch die Mühlen in Marseille und ergab dort das auf den Märkten des Westens bekannte gepreßte Sesamöl; es war das in ganz Europa am teuersten bezahlte ätherische Öl und wurde in unserer Zeit an alle Manufakturen und Fabriken für Körperpflegemittel geliefert. Die berühmten ätherischen Öle von Rabat erreichten nie die hohen Preise des gepreßten Sesamöls, das aus unserer Gegend kam. Unser Sekretär verfolgte die Preise auf allen internationalen Märkten, er kannte sie auswendig, auch die Preise etwa fürs Verpacken in Säcke im Hafen von Smyrna, sei's in Piastern, in Schilling, in englischen Pfund, in Francs oder in Gulden. Doch mein Vater hatte niemals daran gedacht, all diese Kenntnisse zu verwerten. Der größte Teil der Produktion wurde als Samen verkauft; jeder, den mein Vater traf und der ihn danach fragte, bekam etwas, mein Vater suchte sie nicht aus, um seinen Gewinn und seine Chancen zu vermehren. Unsere Mühle, technisch schon lange überholt, preßte ein winziges Quantum Samen zu ätherischem Öl, das in die Häfen am Schwarzen Meer ging, allerdings nicht nach Aleppo, weil das nahe Mersin und Tarsus fast im ganzen östlichen Mittelmeerraum das Monopol auf Sesamöl hatten. Auf Ägypten hingegen waren wir geradezu begierig. Wer zuerst kam, schloß auch die besten Verträge ab. Nikos' Plan war, das Verhältnis von bearbeitetem zu unbearbeitetem Samen umzukehren, der größere Teil sollte zu ätherischem Öl gepreßt und so nach Marseille verschifft werden. Kein einziges Körnchen mehr in Marseille, so hieß seine Losung; ein weiterer Teil der Produktion sollte nur für Lebensmittel und Konfiserien in Smyrna, Konstantinopel und für die Märkte an der Donau herausgegeben werden. Die Dampfmaschine von Issigonis war die Grundvoraussetzung, damit Nikos seinen Plan in die Tat umsetzen konnte.

Am nächsten Tag ging ich zum Gehöft, wo wir Feigen und Trauben dörrten, alles glänzte und war so ordentlich, daß es nicht mehr wiederzuerkennen war. Auf einem Flickenteppich unter der Platane spielten fünf, sechs Bälger, in der Fabrik war keine Menschenseele. Irgendwann kam eine Frau, die nach Küche roch und mir sagte, Nikolis-Efendi habe alle auf die Ländereien geschickt, vom Morgen bei Sonnenaufgang bis zum Abend, wo sie untergehe, und sie selber koche das Essen, das sie ihnen für die Mittagsrast bringe. Ich fand ihn im Weinberg zusammen mit einem Agronomen aus Smyrna, ich wußte nicht, wo und wann er ihn aufgetrieben hatte, sie sahen sich einen Rebstock nach dem andern an, ihnen folgten einige Arbeiter, denen der Agronom immer wieder etwas zeigte und erklärte; er gab ihnen Unterricht. Den Aufseher hatte Nikos durch einen andern ersetzt, einen von denen, die bereits auf dem Landgut arbeiteten, er war jung, ehrgeizig und fleißig. Er hieß Miltiadis, seine Mutter war die rechte Hand meiner Mutter. Ich kam mir überflüssig vor und hatte auch kein besonderes Interesse an der Sache, so kehrte ich erleichtert zurück, in der Überzeugung, daß die Dinge nun nach und nach wieder ins Lot kamen.

Tage danach schickte er mir schon am Morgen eine Nachricht, er sei bereit, er wolle am Abend mit mir reden, alle sollten wissen, wo wir ständen und wohin wir gingen. Meine Mutter war hoch erfreut und richtete den ganzen Tag über das Haus und die Tafel für den Abend her. Sie beschloß, daß wir im unteren Raum speisen würden, um den Vater nicht zu belästigen, der aber wahrscheinlich so oder so nichts mitbekam. Nikos kam, frisch gebadet, sauber, und er erinnerte mich wieder an den Nikos, den ich vor drei Wochen verlassen hatte. Die Nona brachte ihm Sauerkirschen in Sirup, er wünschte uns allen gute Gesundheit und begann zu sprechen, wobei er unablässig kühles Wasser trank. Er sprach zu uns allen und gleichzeitig zu jedem einzelnen. Er blickte uns in die Augen, um zu prüfen, ob er sich verständlich ausdrücke, versuchte unsere Meinung zu ergründen, bevor wir etwas sagten. Doch wir hörten ihm eher zu und freuten uns an seinen schönen Worten, als daß wir deren Bedeutung oder das, was er uns sagen wollte, verstanden. Eines war sicher: Alles war in eine gewisse Ordnung gekommen, unser Vater hatte Fehler gemacht aus schwerster Nachlässigkeit und aufgrund vorgestriger Ansichten, nichts war nach einem Plan gelaufen, doch nun gab es für alles einen Plan, dem wir zu folgen hatten. Bis zur nächsten Woche konnten wir die Ernte berechnen, und dann sollten wir auf die Märkte stürmen und mit den Vorverkäufen beginnen. Meine Mutter war wahrscheinlich noch erfreuter als ich. Sie strahlte wie am Abend meiner Rückkehr aus Leipzig und redete unablässig, bis die Großmutter sich aufregte, mit dem Stock auf den Boden klopfte und sie unterbrach: »Alles in bester Ordnung. Zeit fürs Essen.« Wir gingen zu Tisch, die Großmutter sprach wie üblich das Gebet. Und da sahen wir, daß Annas Stuhl leer war. Sie kam mal herein, grüßte, und bevor wir's uns versahen, war sie wortlos wieder verschwunden. Das Gebet war zu Ende, die Nona stand auf und rief nach ihr. Anna wirkte hitzig, sagte, sie sei beim Vater, habe keinen Hunger und ziehe es vor, an seinem Bett zu wachen, damit er nicht allein sei. Wir taten, als akzeptierten wir das und fänden es nur richtig und natürlich. Auch Nikos. Doch von diesem Moment an war das Gesicht der Nona finster, ihre Stimmung besserte sich nicht, bis wir mit dem Essen fertig waren. Bevor Nikos aufbrach, nahm er mich beiseite und sagte: »Du mußt morgen zur Mühle und auf die Güter kommen, sie müssen dich endlich einmal sehen, du bist der Herr, sonst ist alles vergebens. Was ich mache und sage – ich mache und sage es in deinem Namen. Ich kann nicht länger für dich einstehen. Du schuldest es mir, schließlich habe ich beim Essen nichts gesagt, ich wollte die Frauen nicht betrüben, als sie endlich wieder lächeln konnten.«

In all dem Trubel der ersten Wochen fand Nikos den richtigen Augenblick und die richtige Stimmung, meiner Mutter und meiner Großmutter zu zeigen, daß er Verstand genug hatte, sich auch um sie zu sorgen. Die Mutter von Miltiadis war auf die Güter gegangen, meine Mutter hatte sie mit irgendeinem Auftrag geschickt; Nikos hörte zufällig, wie die Mutter dem Sohn von der Klage ihrer Herrin erzählte, daß man sich bei all den Laufereien und den Sorgen nicht um die Sauerkirschen gekümmert habe, und ach, das Jahr gehe zu Ende, und man habe keine Sauerkirschen. Die Arbeit auf den Gütern war noch nicht erledigt, doch Nikos ging am selben Tag auf den Markt und kaufte bei den Obsthändlern alles auf, was von der Ernte übriggeblieben war. Alle, Männer, Frauen und Kinder, mußten Tag und Nacht Früchte entsteinen. Die Miltiadena erzählte es brühwarm weiter, und die Großmutter freute sich. Sie mußte ebenfalls Schweigen über das Geheimnis bewahren, aber uns die genaue Menge von Sauerkirschen und Zucker angeben, wie sie und meine Mutter es wollten. Zwei Töpfe wurden aufgesetzt, und die Miltiadena probierte immer wieder mit dem Löffel. In der Nacht holte man auf Nikos' Geheiß heimlich sämtliche Gefäße aus unserem Haus, füllte sie, und die beiden Töpfe waren immer noch halb voll. Wir wußten nicht, was tun. Er schickte Miltiadis zum Glaswarenhändler, bei dem er zwei ganze Regale neuer Gefäße kaufen sollte. Wir füllten auch die, und eines Nachmittags erschien Miltiadis mit dem großen Pferdewagen, der vollbeladen war mit Sauerkirschen in Sirup, ein riesiger Berg, von denen man in ganz Manisa je ein Glas in die Häuser von Freunden und Bekannten schicken sollte, auch nach Smyrna, mit der Notiz: »Mit den besten Wünschen von Vaios-Efendi.« Meine Mutter geriet ganz aus dem Häuschen vor Freude und Staunen über diese prächtige Idee und stellte zusammen mit Annas Lehrerin und der Miltiadena den ganzen Nachmittag über eine Liste der Empfänger auf. Die Geschichte mit den Sauerkirschen wurde unter den Frauen heftig beredet, sie nannten Nikos sogar einen modernen Kavalier, obwohl auf der Notiz »Vaios-Efendi« stand. Meine Mutter erzählte aller Welt, all das sei Nikos' Idee gewesen. Nur Anna fand kein gutes Wort.

An jenem Abend, ich hatte Nikos gerade hinausbegleitet und ging ins Haus zurück, sagte meine Mutter zu mir, es sei eine Schande, daß dieser Mann nun schon fast einen Monat zusammen mit Ismail im Mühlschuppen schlafe. Wir müßten etwas tun, und das sei ausschließlich meine Angelegenheit. Ich war einverstanden und ging am Morgen in aller Frühe zum Meister in Manisa, legte ihm alles dar, und ohne große Umstände unternahmen wir ein paar Tage später mit Pferdewagen, Karren, sechs Arbeitern und Baumaterial einen Sturmangriff auf die Mühle. Nikos war schon weg. »Noch besser«, sagte ich, »fangt an.« Und sie fingen an, neben Ismails Schuppen ein kleines Steinhaus mit einem Erker zu errichten. Doch auch dieses betrachtete ich nicht als endgültiges Quartier für Nikos, ich fand alles provisorisch, ich wollte, daß Nikos bei uns im Haus wohnte – das war seiner würdig und nicht diese Wüstenei. Ich schärfte Ismail ein: »Wenn Nikolis-Efendi kommt, dann sag ihm, ich hätte beschlossen, dieses Steinhaus für mich zu bauen und dort zu wohnen, wenn ich bei den Arbeiten dabeisein möchte.« So geschah es auch, und für ein paar Monate entkamen wir dem Geschrei und dem Streit. Als das Haus aber fertig war, sagte ich ihm die Wahrheit: daß es für ihn bestimmt sei. Er schäumte vor Wut, doch diesmal ging es nach meinem Willen.

Schon in den ersten Tagen sagte ihm Ismail, er müsse ein Messer bei sich tragen, denn die Räuber scherzten nicht. Auch wenn er nicht wisse, wie er ein Messer benutzen müßte, so müsse es doch sichtbar sein und Eindruck machen. Er nahm das erstbeste, das er fand, und gürtete es um. Für jeden, der ihn kannte, sah er fast lächerlich aus. Als ich ihn fragte, wozu er es benutze, sagte er, er schneide damit jeden Abend seinen Tabak ganz fein für den nächsten Tag, und jedesmal, wenn er über den Markt ging, ließ er es bei einem Zigeuner schleifen. Die Nona hatte ihm Vaters beste Hemden gegeben. »Wenn es Anton-Efendi bessergeht, kaufen wir ihm neue«, hatte sie gesagt und damit gemeint, daß er nicht einmal die alten jemals wieder tragen würde. Anna hatte ihrem Vater aus England zwei Paar schöne Reithosen mitgebracht. Anton-Efendi hatte sich nicht ein einziges Mal herabgelassen, sie anzuziehen. »In meinem Alter werde ich nicht noch weibisch!« hatte er gesagt, und sie waren in der Truhe geblieben. Auch die gab sie Nikos, und als Anna davon erfuhr, sprach sie einen Monat nicht mehr mit der Nona. Nikos rasierte sich jeden Morgen sorgfältig. Er hatte einen dünnen, koketten Schnurrbart und einen länglichen Kinnbart stehenlassen, der gerade das Grübchen am Kinn verbarg. Er pflegte seine Stiefel mit einer speziellen Wachspolitur, auch die hatte Anna ihrem Vater aus London mitgebracht, der sie nie angerührt hatte.

Die Dinge nahmen rasch ihren Lauf. Innerhalb von zwei Monaten änderte Nikos alles, was er ändern wollte, die einen gingen, die andern kamen, ein jeder hatte seine Rolle, ein jeder legte Nikos Rechenschaft ab, und alles geschah im Namen von Vaios-Efendi. Ich bestand darauf, er solle »im Namen von Anton-Efendi« sagen, er nickte, sagte ja, aber es ging ihm zum einen Ohr hinein und zum andern hinaus, und jedesmal hieß es wieder »Vaios-Efendi«. Ins Haus kam er nicht oft, obwohl ihn meine Mutter unter allen möglichen Vorwänden einlud. Immer wieder schickte er Nachrichten und bestellte mich aufs Gut, behauptete, ich müsse mich sehen lassen, und auch uns beide müsse man zusammen sehen. Jedesmal wenn ich mich über das Leben beklagte, das wir in Manisa führten, sagte er: »Geduld, wir werden die Klippe umschiffen, und alles wird gut.«

Mit Verspätung begannen wir nach Käufern für die gesamte Ernte zu suchen, um die Früchte jener Mühen zu ernten, die wir von Anfang an aufgewendet hatten und in die wir so viele Hoffnungen setzten. Wir fuhren nach Smyrna und bezogen im Hotel »Kraemer« Logis. Diesmal protestierte er merkwürdigerweise nicht. Am selben Abend noch trafen wir uns mit Kirios Ignatios. Nikos legte ihm alles dar, was wir unternommen hatten, und dann setzten wir ein langes Telegramm auf, das wir alle drei unterschrieben. Alles, was wir wußten, kam auf den Tisch, Namen, alte Käufer, neue Gelegenheiten, neue Namen, die in Smyrna

aufgetaucht waren, Handelshäuser, Berichte über die gestei-
gerte Nachfrage in Marseille, Konstantinopel und Odessa,
und nachdem wir alles auf einem Blatt aufgelistet hatten,
begannen wir am Tag darauf, Smyrna abzugrasen und der
Reihe nach an jede wichtige Tür zu klopfen. Gekleidet wie
Gentlemen, die Anzüge von der Hand des österreichischen
Schneiders hatten den gleichen Schnitt, sahen wir aus wie
Brüder, die die neue Generation von Unternehmern reprä-
sentierten, die in Smyrna aufstieg. Einige Male verfinsterte
sich das Gesicht meiner Gesprächspartner, wenn sie den
Namen meines Vaters hörten; wir taten so, als merkten wir
es nicht, und gingen rasch wieder, um unsere Zeit nicht
sinnlos zu vergeuden. Am Abend erstatteten wir Kirios
Ignatios Bericht, fragten ihn um Rat, er sagte uns seine
Meinung, traf selber Verabredungen für uns, bei denen
wir gut zur Hälfte bedeutende Bestellungen erhielten, bei
den andern Käufern hatten wir einen Fuß in der Tür und
eine nicht zu unterschätzende Hoffnung. In einer Ecke von
Kirios Ignatios' Kontor stellten wir einen Tisch hin; über
diesen Tisch lief unsere gesamte Geschäftskorrespondenz.
Nikos mußte immer wieder nach Manisa zurück, um präsent zu sein und nach dem Rechten zu sehen, damit die
Dinge dort nicht ins Stocken gerieten. Ich wollte in Smyrna
die Beziehungen pflegen und uns von Anfang an einen
Namen machen. Nach drei Wochen hatten wir eine erste
Tranche von Geschäften erledigt. Wir hatten alle Vereinba-
rungen getroffen, die machbar waren, und ich hatte einige
fällige Schulden des Vaters beglichen, zur großen Verwunderung derer, die bereits die Hände rangen und den Bank-
rott von »Anton-Efendi« erwartet hatten. Kirios Ignatios
riet uns zurückzukehren, nach der Ernte und dem Ertrag zu
schauen, uns um gute Qualität und Verpackung der Rosinen und Feigen zu kümmern und im September, wenn die
Dinge in und um Smyrna in Fluß gekommen wären, die

Übersicht zu behalten und dann eine zweite Bestellungs-
tour zu unternehmen.

Nikos war einverstanden. Doch ich war von Smyrna so
verzaubert und konnte die Stadt unmöglich verlassen, als
ich sah, welch guten Verlauf die Dinge nahmen. Den ganzen
Monat über liefen Nikos und ich von morgens bis abends
hierhin und dorthin, ich fühlte mich entzweigeschnitten –
mit dem einen Auge, dem einen Ohr und der einen Hälfte
des Hirns sah, hörte und verfolgte ich den Kampf, den
Nikos ausfocht, mit der andern Hälfte sah ich es, nahm es
auf, erlebte es bei jedem Schritt und dachte nur daran. Ich
zog vom einen Ende zum andern, vom »Kraemer« zu Kirios
Ignatios und vom Sporting Club zu den Kaffeehäusern der
kleinen Leute. Ich wollte unbedingt noch zwei Tage bleiben, mit meinem eigenen Rhythmus durch Smyrna flanie-
ren und es mit allen Sinnen genießen. Ich fühlte eine Schuld
gegenüber dem kleinen Zimmer, das ich bei der Armenierin
gemietet und so lange vor Nikos verheimlicht hatte, anderseits wagte ich es nicht ein einziges Mal, es aufzusuchen,
allein, wie es mir gefiel, durch die Viertel zu spazieren,
inmitten der Griechen, Armenier und Juden. Nebst dem
Charme jener Welt entdeckte ich einen neuen Charme, den
Charme der Welt am Kai, in der europäischen Straße, den
Charme des Lebens in der Odos Rodon, der Odos Char-
not, der Punta und der Aliotti, im Sporting Club und in
den Hallen des »Kraemer« und des »Houk«. Ich ließ Nikos
allein heimreisen, obwohl er jammerte und aufbegehrte,
und versprach ihm, ich würde in zwei, höchstens drei Tagen
wieder bei ihm sein, und dann würden wir die Dinge
in Manisa wieder in Ordnung bringen. Er notierte mir
eine Reihe von unerledigten Aufgaben, die aber nicht dringend waren, doch da ich ja bleiben würde, wäre es eine
gute Gelegenheit, sie zu erledigen. Wir eröffneten auf der
Bank zwei getrennte Konten, damit wir uns freier bewegen

konnten, ich behielt etwas Geld und gab ihm den Rest, als ich ihn zum Bahnhof begleitete; so konnte er es nicht ablehnen, wenn er wegfuhr. Ich blieb also noch einige Tage in Smyrna. Ziellos flanierte ich auf und ab und sah alles wieder, was in meinem Gedächtnis geblieben war; ich sah mich in den dunklen Geschäftspassagen um und erblickte in Buden aller Art Waren aus dem Orient, teilweise sogar aus Persien. Zwei lange Abende verbrachte ich im »Kraemer«. Ich hatte die Bekanntschaft von Österreichern und Franzosen gemacht – Bräutigame der allerersten Wahl für Anna. Am dritten Abend lernte ich die Leute im Griechischen Club kennen, wo sich die griechischen Wissenschaftler trafen. An den Nachmittagen ging ich in mein Zimmer bei der Armenierin und dachte noch einmal über alles nach; ich vermischte die Träume von zwei Welten, von Smyrna und von Manisa, bis durchs offene Fenster das Schlaflied einer Italienerin drang, die gegenüber wohnte, und schlief jedesmal vor dem Säugling ein.

Die Städte Smyrna und Manisa unterschieden sich nicht nur dadurch, daß erstere groß und letztere klein war. Die Menschen, die Sitten und Gebräuche, die Meeresluft der einen und die Bergluft der andern schufen zwei getrennte Welten, die nur dreißig Kilometer voneinander entfernt waren. Smyrna hatte damals gemäß einer Meldung rund 155 000 Einwohner, davon 75 000 Griechen, 15 000 Juden, 10 000 Katholiken, 6000 Armenier und 4000 von da und dort – zusammen ungefähr 110 000, die restlichen 45 000 waren Türken, sie waren in der Minderzahl. In Manisa hingegen mit seinen 60 000 Einwohnern machten Griechen, Armenier und Juden gerade 20 000 aus, die restlichen 40 000 waren Türken. Die Beziehung zwischen Smyrna und den Menschen außerhalb schuf andere Bedingungen, schuf Lebhaftigkeit und Perspektiven. Handel und Ämter waren in griechischer Hand. In Manisa aber hatten das größte

Vermögen die Großgrundbesitzer, es war auf Griechen wie Türken gleichermaßen verteilt. Das reiche geistige und kulturelle Leben in Smyrna lag in den Händen von Christen jeglicher Provenienz. Das katholische Erzbistum von Smyrna war imposant, überall präsent, es unterstand dem Erzbischof Andreas Polikarpos Timoni. Unter seiner Ägide standen auch die Franziskaner der Jungfrau Maria in der Pfarrgemeinde Burnova, die sogar bei uns in Manisa ein Kloster unterhielten, die Kapuziner des heiligen Polikarpos, die Mission des Heiligen Herzens, die Mission der Dominikaner, die aus Persien gekommen waren, sowie die Mission von Aydın, die von armenischen Mönchen vom Orden der Mechitharisten gegründet worden war, die ihren Sitz in Wien hatten. Diesem katholischen Erzbistum waren ein Kollegium unterstellt, das die Brüder vom Pariser Orden an der Rue Saint-Lazare leiteten, fünf Schulen der Frères vom Christlichen Dogma, das Internat des Ordens von Sion, die Waisenhäuser und die Volksschulen der Schwestern der Barmherzigkeit, das Italienische Institut des Ordens der Unbefleckten Empfängnis von Ivrea und die Anstalt der Klarissinnen von Rhodos. Selbst wenn man das Finanzielle einmal beiseite läßt, verlieh die gesellschaftliche Präsenz dieser Einrichtungen Smyrna im Alltag ein anderes Gesicht. Der Zauber von Smyrna lag nicht nur darin, daß wir überall die Oberhand hatten und es uns gelungen war, innerhalb und außerhalb des Osmanischen Reiches die Meinung zu erwecken, Smyrna sei griechisch. Der Zauber lag im Zusammenleben und in der Vielzahl der Kulturen an einem Ort des Wohlstands und des Wetteifers, in dem sich Lehren, Ideologien und Auffassungen ohne dogmatischen Starrsinn miteinander verwoben. Wie es hieß, waren zuerst die Holländer gekommen, kurz darauf die Engländer. Gleich danach die Dänen und die Schweden. Und hie und da Griechen von den Inseln der Ägäis, Lesbos, Rhodos, Samos, Naxos, und aus dem übrigen Griechenland. Manisa zog die Leute vom Peloponnes an, Bergama die Griechen aus Rumelien und Thessalien, Smyrna Griechen aus ganz Griechenland. Es folgten Österreicher, Deutsche, Franzosen, Engländer und Italiener, Ägypter und Russen. Wenn ich mir das klarmache, denke ich manchmal, Hermes muß aus Smyrna stammen. Die Türken machten alle Zugeständnisse, um den Fremden die Niederlassung zu erleichtern und den Handel zum Blühen zu bringen; der ganzen Gegend rund um Smyrna, von Ayvalik bis nach Aydın, ging es gut. Der Kai und das Frankenviertel bargen märchenhafte Reichtümer hinter Türen und Fensterläden. Die meisten gehörten den Griechen. Bald gab es in Smyrna mehr Versicherungsagenturen als Kirchen und Moscheen. Neun englische, zwei deutsche, drei österreichische, eine französische und drei griechische, zwei von ihnen mit Sitz in Athen und auf Syros. Auch wenn die Gemeinde der Armenier, auch sie Christen, viel kleiner war, unterschieden sie sich in ihrem eifrigen Streben nach Fortschritt und Bildung kaum von uns. Die große Ausbreitung und hohe Präsenz der Juden in Smyrna und Manisa, wie auch an jedem Ort von Kleinasien, wo der Handel blühte, war nicht von der gleichen Berufung und Neigung gegenüber den Wissenschaften begleitet wie bei Griechen und Armeniern. Trotz der Bemühungen des Israelitischen Bundes konnte sie nichts aus ihrer geistigen Apathie reißen; die Türken schienen sie angesteckt zu haben. Die Österreicher und die Deutschen behaupteten, ich erinnere mich gut, sie seien schon Jahrzehnte früher in Smyrna seßhaft geworden und hätten, wo sie nur konnten, Schulen oder Einrichtungen mit gesellschaftlichem Auftrag gegründet. Ebenso lebendig war die französische Gemeinde, mit Institutionen unter der Aufsicht der Lazaristen, der Frères Ignorantins, und schließlich die englische Gemeinde mit ihren Schulen und Colleges, wie dem Burnabat College, dem Bri-

tish College und der English Commercial School. Der Stolz
unserer Gemeinde war zweifellos die Evangeliumsschule,
wenn auch einige den Sporting Club, den Griechischen Club
oder den Jagdclub, die Theater Concordia und Alhambra
wichtiger fanden. Dazu unser immenser Eifer, wo immer
möglich Schulen zu bauen. Das gleiche auf den Inseln gegenüber. Auf Samos, Chios, Lesbos, aber auch an der hiesigen
Küste, in Ayvalik, wurde die Forderung nach einem besseren Unterrichtswesen laut. Vielleicht setzten manche Leute
diese Forderung deshalb mit der Verwirklichung der Großen Idee gleich. Alle diese Schulen, Einrichtungen, Kolle-
gien bildeten nicht nur eine neue, dynamische Realität für
die Jungen von Smyrna, die dort studierten, sie zogen auch
alle Lehrer an, und diese Welt bildete eine kleine Gemeinde
von Unruhigen, Sensiblen, Visionären, von hochgebildeten
Menschen aus ganz Europa, mit denen zu verkehren eine
helle Freude war. So etwas gab es in Manisa noch nicht.
Dort waren nur unsere Interessen konzentriert; nur deren
Wahrung hielt mich noch in jener Gegend. Schweren Herzens kehrte ich nach Manisa zurück, nachdem ich aus den
drei Tagen sechs gemacht und Nikos Emin geschickt hatte,
mich zu holen.

Manisa war ein bedeutender Handelsknotenpunkt an der
Westküste, wo schon die erste Eisenbahnlinie von Smyrna
aus verlief. An diesem Knotenpunkt traf man Karawanen,
die von überall her- und überall hinzogen. Aus Ayvalik,
Smyrna, Aydın, Muğla. Anderseits führte eine Straße nach
Akhisar und Kırkağac und weiter nach Konstantinopel
und auch eine nach Kassaba, Alaşehir, Kula, Uşak, Afyon,
Akşehir, Konya und weiter bis nach Kayseri. Es gab keinen
Tag, an dem nicht zwei oder drei Karawanen vorbeizogen,
und keine Nacht, in der nicht wenigstens eine blieb. Manches Mal erkannte man bei der Menge der Kamele die Stadt
nicht mehr wieder. Postkutschen, Karren, Pferdefuhrwerke

und Lastwagen vervollständigten das Kommen und Gehen der Karawanen, die mitten durch die Stadt zogen.

Im ganzen Bezirk von Smyrna gab es das milde Klima und die fruchtbaren Böden, die von den Wassern des Gediz und des Menderes getränkt wurden; auf endlosen Feldern kultivierte man Wein, Oliven, Tabak und Feigen. Von dort stammten die Gerste, der Sesam und die Baumwolle, die rings um Smyrna die produktivsten Textilfabriken und Spinnereien entstehen ließ. Auch Hülsenfrüchte, Mais und Schlafmohn wuchsen hier. In der Gegend von Manisa wurde alles angebaut, weniger jedoch Oliven. Zuallererst kamen die hervorragenden Rosinen und die Sultaninen, gleich danach Getreide und Sesam. Wir belieferten den Markt von Smyrna auch mit Birnen, Pflaumen, Granatäpfeln, Kastanien, Quitten und natürlich mit Feigen. Wie Anton-Efendi zu sagen pflegte: »Nichts fehlt uns auf dem Karren, alles haben wir im Überfluß.« Und doch sprang in einer Kurve das Rad des Karrens ab, und wir lagen am Boden.

Vor seinem zweiten Schlagfluß gab der Vater in all den Monaten, da ich allein mit dem Sekretär und dem Aufseher den Rosinen- und Feigenhandel organisierte, unablässig Anweisungen, um die verlorenen Märkte am Schwarzen Meer zurückzugewinnen. Nikos kümmerte sich um die Früchte, suchte die beste Qualität und die geeignetste Verpackung für die Rosinen und die getrockneten Feigen aus. Eigene Maschinen für die Reinigung und das Sortieren der Sultaninen hatten wir nicht. Mal machten wir es selbst von Hand, einen großen Ertrag schickten wir mit der Eisenbahn nach Smyrna oder anderswohin in eine Fabrik, die ihn verarbeitete und abpackte. Aber nichts war geplant, alles geschah im letzten Augenblick, entsprechend dem Stand der Arbeit, die wir von Hand begonnen hatten. Wie viele Partien auch weggingen in der Hast und unter dem Druck des

Vaters, jede war voller Stiele und Steine. Die einen Partien wurden von Manisa verschickt, andere von Smyrna, zwei-, dreimal ging es daneben, der eine erhielt zwei Partien, der andere gar keine. Eine Katastrophe folgte der andern. Zum zweitenmal nach dem Kauf der Mühle ging uns das Geld aus. Nikos überlegte und wog ab, dann entschloß er sich, die ganze Ernte nach Smyrna zu schicken. Er fand eine neue Fabrik mit einem vertrauenswürdigen Namen, die sich über Jahre bewährt hatte, und schloß einen Vertrag über die Verarbeitung ab. Priorität für unsere Ernte, gute Bedingungen für ihn, aber auch schriftliche Garantien und drakonische Bestimmungen über Qualität, rechtzeitige Lieferung und vereinbarte Verpackung. So mußten nur noch Arbeiter die Feigen bereitstellen, es gab keine großen Probleme, Arbeiter für eine Saison fand man rasch. Wir mußten nur noch das unablässige Tratschen jedes mit jedem während der Arbeit unterbinden. Und das Wichtigste: Sie durften sich neben den Feigen nicht schneuzen. Nikos stellte das alles mit einem Schlag ab. Ich muß sagen, die Stille, die bei der Arbeit herrschte, schlug einem aufs Gemüt. Gleichzeitig befanden wir uns in einem Dilemma: »Wiedererlangung der verlorenen Märkte am Schwarzen Meer oder Vergrößerung unseres Stücks vom Kuchen in London, Amsterdam und Antwerpen?« Der Vater wollte natürlich ersteres. Es war für ihn eine Frage der Ehre. Nikos entschied sich für letzteres; Kirios Ignatios und ich waren der gleichen Ansicht. Nicht daß wir es besser wußten, aber wir vertrauten Nikos' Gespür. Wir hatten bereits die ersten Vorauszahlungen verpaßt, die im Mai begannen. Da wir vertraglich festlegen konnten, was machbar war, behielten wir einen Teil der Ernte und schrieben neue Briefe an all jene, die nicht geantwortet oder höflich abgelehnt hatten. Nikos setzte alles auf die Levantiner mit ihrer Vorliebe für Rosinenkuchen und nicht auf die Russen und die Walachen am Schwarzen

Meer, mochten die auch des öfteren eine Handvoll Rosinen anstelle einer Mahlzeit essen. Wir verbrachten zwei Monate mit zermürbender Arbeit, mit Warten und Bangen, bis wir den ersten Schub Rosinen und Feigen auf die Bestellungen hin verschicken könnten; wir waren auch auf unerwartete Bestellungen gefaßt, hauptsächlich aus dem Westen, wegen der Festtage, die sich von Nikolaus bis Weihnachten und Neujahr hinzogen, Feste mit allen Arten von Plumpudding, Kuchen und Stollen, für die man Rosinen verwendete, oder mit Körben voller Trockenfrüchte und eben Feigen, die man aufschnitt und mit Wal- oder Haselnüssen füllte. Bis wir endlich erfuhren, daß alles rechtzeitig angekommen war, machte uns Nikos fast verrückt. Nachdem die ersten vertraglich vereinbarten Partien weg waren, herrschte Stille, es kam keine Antwort von den neuen Leuten in Amsterdam und in London, bei denen wir angeklopft hatten. Alle waren überzeugt, daß Nikos einen riesigen Fehler gemacht hatte. Emin schaute zweimal am Tag beim Telegraphenamt vorbei und fragte, ob eine Nachricht eingetroffen sei. Der Sekretär stand jeden Nachmittag, wenn die Post mit dem Zug aus Smyrna kam, auf dem Postamt herum, in der Hoffnung, Kirios Ignatios habe etwas geschickt. Und meine Mutter lebte in der Angst, der Vater könnte fragen, was wir dieses Jahr vom Schwarzen Meer hereingeholt, an welche Türen wir geklopft und wem wir unsere Offerten zugestellt hätten. Die erste Nachricht brachte Kirios Ignatios höchstpersönlich, gleich nachdem er sie bekommen hatte. Der Mittagszug würde in einer Stunde vom Bahnhof Kassaba abfahren, er wäre also schneller bei uns als ein Telegramm. Er hätte Zeit, auch den Vater zu sehen. So ließ er die Schlüssel beim Ziehsohn und erreichte den Zug gerade noch. Wir feierten die gute Nachricht als erste Bestätigung für Nikos. Am Abend aber sah es bereits wieder böse aus. Das erste Zusammentreffen von Nikos und meinem Vater erschien mir unausweichlich, und wir wußten nicht, wie er reagieren würde. Es wurde noch schlimmer, als meine Mutter mir gestand, der Vater wisse gar nicht, daß Nikos geblieben war. Wir taten Nikos gegenüber so, als kenne der Vater die ganze Wahrheit, es habe aber aufgrund der Beleidigungen damals wirklich keine Veranlassung für Nikos bestanden, ihn zu besuchen und ihm Rechenschaft abzulegen. Es war auch sehr zweifelhaft, ob der Vater überhaupt verstünde, was Nikos ihm erzählte, oder ob er es nüchtern beurteilen könnte. Trotz der anfänglichen Aphasie gelang es ihm nach und nach, Gesichter zu erkennen, mit einer Geste zu zeigen, was er wollte und was nicht, und alles hatte eine gewisse Logik in der Welt seiner Marotten und seines Despotismus. Nur seiner Anna lächelte er zu, dann lief ihm der Speichel.

Wir verbrachten einen Abend mit Lachen und Bangen, die halbe Wahrheit verbargen wir vor dem Vater, der im übernächsten Zimmer das Gelächter und die Trinksprüche hörte, ohne zu wissen, was sich da zutrug, die andere Hälfte der Wahrheit verschwiegen wir Nikos und beteten zu Gott, er möge nicht auf die Idee kommen, von allein zum Vater zu gehen und sich, wenn auch verspätet, zu rechtfertigen. Der Abend ging zu Ende, und kein Unheil geschah. Doch am nächsten Morgen gestand mir die Nona, daß sie vor dem Abendessen zu meinem Vater gegangen war. »Anton-Efendi«, hatte sie gesagt, »am Nachmittag besucht uns ein junger Arzt, wenn du ihn nicht sehen willst, dann stell dich schlafend, damit wir ihn gleich wieder wegschicken können.« Sie war sicher gewesen, daß der Vater zustimmte, denn in den letzten Wochen wollte er weder einen Arzt noch einen Kurpfuscher sehen. Und mein Vater hatte zugestimmt, er hatte keine Silbe gesagt und sich schlafend gestellt, sogar als Anna zweimal in seine Kammer gegangen war. Sie hatte einem Unglück vorgebeugt und zu Nikos gesagt: »Wenn du Anton-Efendi von den erfreulichen Nachrichten erzählst, könnte er vor lauter Rührung einen Rückfall erleiden. Erbarm dich also und üb dich in Geduld, diese Freude soll unter uns bleiben.« Nikos hatte gehorcht und den ganzen Abend keinen Wunsch verspürt, sich dem Bett meines Vaters zu nähern. Der ersten Bestellung folgten eine zweite und eine dritte. Der Plan meines Freundes nahm die Form einer gutgelegten Patience an.

Anders lief es mit dem Sesam. Ismail befand sich in einem Dauerdelirium und tat die ganze Nacht kein Auge zu, doch nach einigen Versuchen mit der Maschine von Issigonis strömte gepreßtes Sesamöl, ätherisches Öl allererster Güte. Im Frankenviertel besorgten wir die schönsten Fläschchen, die wir fanden, wir füllten sie, versiegelten sie, und zu jedem Fläschchen gaben wir einen Brief in schönster Schrift und erklärten, was es sei, daß man es für Körperpflegemittel verwenden könne, wie teuer es sei und daß dieses Fläschchen ein Geschenk mit den allerbesten Wünschen sei. Ignatios kannte alle Preise. Zudem war das Sesamöl auf den fremden Märkten niemals besonderen Schwankungen unterworfen, und wir boten das Produkt zu einem Preis an, den die andern nur schwer unterbieten konnten. Und wir würden sogar noch Gewinn machen. Die französischen Briefe schrieb Nikos, die deutschen schrieb ich, und Anna schrieb mit Müh und Not die englischen. Die griechische Korrespondenz oblag dem Sekretär, Kirios Lefteris. Er war ein ehrenhafter und arbeitsamer Mann aus Kayseri, niemand wußte, wie er in die Dienste von Anton-Efendi gekommen war. Wir verpackten die Fläschchen sorgfältig und schickten sie nach Europa. Aus Neapel, Paris, Wien, Sankt Petersburg, Berlin, Antwerpen kamen nach und nach die Bestellungen. Aus Marseille erreichte uns ein Brief nach dem andern mit der Frage nach Samen, und wir antworteten höflich, wir hätten keine. In jenem Winter ging die gesamte Produktion weg. Damals äußerte Nikos zum erstenmal jenes unbeschreibliche »aferim aux femmes du monde« und stürzte einen Raki hinunter.

Schnell traten die Unterschiede zwischen Nikos' Geschäftsführung und der meines Vaters zutage. Anton-Efendi hatte eine Reitgerte in der Hand, Nikos nicht, doch das war noch schlimmer. Ich weiß nicht, ob es ihm bewußt war, jedenfalls schaffte er es, daß sich jeder für seine Arbeit verantwortlich fühlte und wußte, daß ein Fehler eine Katastrophe für alle bedeuten konnte. Anton-Efendi schrie herum. Alle fürchteten ihn, und niemand hörte ihm zu. Ich glaube, sie verspotteten ihn sogar, wenn er ihnen den Rükken kehrte. Nikos schrie selten, und er schrie niemanden persönlich an. Er stauchte einen mit dem Blick zusammen, und wenn er wollte, richtete er einen mit einem Lächeln kurz danach wieder auf. In den ersten Monaten muß er viel durchgemacht haben. Ismail sagte mir, Nikos mache in der Nacht kein Auge zu. Lag oben in seiner Kammer wach, mit Papier und Bleistift, wägte ab und berechnete, und wenn er fertig war, zog er sein Messer heraus und schnitt bis zum Morgen seinen Tabak für den nächsten Tag. Oft hörte Ismail, wie er am Abend mit sich selber redete, doch er verstand nie etwas und wagte auch nicht, ihn zu fragen. Nikos redete immer mit Ismail, ohne eine Antwort abzuwarten, er stellte ihm schwierige Fragen, und wenn Ismail sagte: »Was soll ich dazu sagen, Efendi?« oder: »Wie soll ich davon etwas verstehen?«, antwortete Nikos selbst: »Früher oder später, Ismail, werden wir auch darauf eine Antwort wissen.« Die ganze Zeit über pendelte ich zwischen Smyrna und Manisa, stahl mir immer die Zeit, blieb einen weiteren Tag in der Ruhe und im Bewußtsein, daß ich alles erledigt hatte, und benachrichtigte Nikos, er solle sich keine Sorgen machen, ich käme später. Dann lief ich zum geheimen Zimmer bei der Armenierin, als wäre dort ein merkwürdiger Magnet, eine mystische Welt. In Kleidern legte ich mich aufs Bett, blickte zur Decke und träumte. Reale Augenblicke, die ich nur flüchtig erlebt hatte, dehnte ich, malte ich aus, spann sie zu einer Geschichte und trat in unbekannte Welten ein auf der Suche nach einer neuen Erfahrung, nach der Entdekkung einer verborgenen kleinen Realität. Mal auf dem jüdischen Markt, in den Geschäftspassagen und in den engen Gassen, mal in der Welt der Frauen, die ich in den Salons traf oder die ich mir auf dem Sklavenmarkt und in den Harems vorstellte. Am Morgen stahl ich mich wie ein Dieb davon, hungrig auf ein Leben, das ich kostete und von dem ich noch nicht satt geworden war. Dieser neue Zustand der Dinge, der voller Hoffnung und Perspektiven war und mir wieder einmal zeigte, daß ich nicht für so etwas geschaffen war, sondern nur dafür, Nikos' Aufträge zu erfüllen, dieser Zustand war mir zwar widerlich, doch aus Verantwortungsgefühl ihm und dieser neuen Situation gegenüber leistete ich Gehorsam und half ihm nach.

Als das neue Steinhaus, das ich unter dem Vorwand baute, es sei für mich, fertig war, blieb ihm bei all den Pflichten gar keine Zeit, wütend zu sein oder trotzig. Ich wollte, daß er seine Sachen ausbreiten könnte, um sie wenigstens zu sehen, wenn er sie schon nicht benutzte, ich dachte vor allem an seine Bücher, half, daß er bereits am dritten Tag sein Quartier beziehen konnte, und die Nona legte ebenfalls Hand an. Sie hatte als einzige den Mut und die Erlaubnis, in Nikos' Hütte, die er mit Ismail bewohnte, ein und aus zu gehen und die schmutzige Wäsche zu holen, ihm frische, gebügelte, saubere Wäsche zu bringen und sich ein wenig um ihn zu kümmern. Sie hatte viel Gutes an sich, aber vor allem wegen ihrer Zwiebelpastete küßte er ihr die Hand. Und sie beschwerte sich jedesmal, daß sie so vieles besser, schmackhafter, raffinierter mache, aber er schwor auf ihre Zwiebelpastete. Eine andere Frau kam ihm nicht ins Haus, weder eine Arbeiterin noch eine von den Frauen der Dörfler, die auf dem Gut arbeiteten. Nur die Nona. Und hatte sie eine andere bei sich, die ihr helfen sollte – an der Schwelle war ihr Weg zu Ende. Nach Nikolis' erstem Zorn angesichts dessen, was ich ihm geschenkt hatte, und nachdem ich ihn baff mit seiner Wut allein gelassen hatte, ging die Nona regelmäßig zu ihm. Sie schleppte Dinge an, die meine Mutter ihr gegeben hatte, damit das Haus nicht so leer wäre, darunter auch einen ellenhohen Spiegel, den sie über einem kleinen Tisch für sein Rasierzeug und all das, was ein Mann brauchte, aufhängen sollte. Die Nona ging also mit Emin und einer Putzfrau und richtete das Haus her; Nikos war wie erwartet abwesend. Die gute Frau wühlte auch ein wenig in seiner Habe und fand ein kupfernes Tablett mit schönen Mustern, das sie über dem Spiegel an die Wand hängte. Dann warteten sie auf ihn; kaum kam er, lief sie zu ihm, nahm ihn an der Hand und sagte: »Mein Sohn, ich habe etwas Schlimmes getan, vielleicht mache ich dir Kummer, aber verzeih mir bitte schon jetzt.« Nikolis, der eine Schwäche für sie hatte, lächelte in sich hinein und gab sich alle Mühe, ihre Worte nicht ernst zu nehmen. Sobald er jedoch ins Haus trat und sah, wie es hergerichtet war, stockte sein Lächeln, und das Blut stieg ihm in den Kopf. Die Nona tat, als merke sie nichts. Selber schuld, wenn er wegen ein paar alten Möbeln, die sie gebracht hatte, wütend war. Etwas viel Ernsteres beunruhigte und ängstigte ihn; wegen der Möbel zu streiten bestand jedenfalls kein Grund. Sie zog ihn ins hintere Zimmer, und er sah den Spiegel und darüber jenes kupferne Tablett. »Jeden Morgen und jeden Abend, wenn du dich im Spiegel betrachtest, sollst du auch dieses schöne Tablett sehen.« Sie blickte ihn voller Freude über ihre Leistung an. Nikos war sprachlos, seine Wut verrauchte, er vergaß die Möbel, das Haus. Nikolis-Efendi wurde von einer Sekunde zur andern ein braves Lämmchen. Seine Bücher lagen noch eine Zeitlang unberührt in den

Truhen. Sie waren noch nicht an der Reihe. Die Hütte entwickelte sich zu einem kleinen Turmhaus. Kurz vor Nikolaus zogen wir zum erstenmal Bilanz. Kirios Lefteris traute seinen Augen nicht. Er rechnete alles wieder und wieder durch und lallte vor lauter Freude. Als Nikos die Zahlen hörte, glaubte er es nicht und verlangte Einsicht in die Rechnungen. Die Dinge waren unverhofft gut gelaufen, und dabei waren wir erst auf halbem Weg, vor allem die Verschickung des Sesamöls hatte noch kaum begonnen. Um es klar zu sagen: Kirios Ignatios erwies uns unschätzbare Hilfe. Er unterstützte uns mit seinen Kenntnissen, mit wichtigen Informationen, die er uns zukommen ließ, mit seinem praktischen Verstand im plötzlichen Durcheinander in der Verwaltung von Smyrna.

Der Tag des heiligen Nikolaus nahte, ich wollte feiern. Eine doppelte Feier. Für die Früchte unserer ganzen Arbeit und um den Efendi Nikolis, meinen Freund Nikos, zu ehren. Ich sagte ihm nichts, er mußte mir nur versprechen, mit uns zu Abend zu essen. Die Vorbereitungen begannen drei Tage vorher. Zweimal putzten sie das Haus von oben bis unten, ein Wunder, daß sie es nicht auch noch weißten. Die Nona öffnete alle Truhen, zog heraus, was sich an Mitgift und Stickereien angesammelt hatte, suchte die besten Stücke aus und legte sie beiseite, um am letzten Tag die Tafel damit zu schmücken. Das gute Geschirr, das wir seit dem Tag des heiligen Antonios nicht mehr benutzt hatten, wie meine Mutter sagte, »seit zwei Jahren«, ein Hutschenreuther mit tiefgrüner Weinblattgirlande am Rand, kam hervor und wurde von Miltiadis' Mutter gespült, ein Teller nach dem andern, und dabei durfte sie auf keinen Fall gestört werden. Das gleiche geschah mit den Weinkaraffen und den Kristallgläsern, auch eine berühmte Marke, doch der Name fällt mir nicht mehr ein. Einen geschlagenen Tag lang rieben zwei Frauen mit Soda und Zitronensaft Tafelsilber und

Tafelschmuck. Das Besteck hatte Anna von einer Reise aus England mitgebracht. Die beiden guten Kohlenbügeleisen polierte man ebenso, man fuhr sorgfältig über die Platte und bügelte dann das Tischtuch, das meine Mutter so liebte, es war aus Leinen mit üppiger Brüsseler Spitze, doch die Großmutter hatte hinsichtlich der Schönheit trotzdem ihre Vorbehalte. Kanapees, Sessel, Sitzkissen, Stühle, alles, was Samt hatte oder nicht, kam ins Freie und wurde ewig geschüttelt und gelüftet. Kristallblumenvasen aus Wien und Opalvasen und alles, was man sich überhaupt vorstellen kann, wurden mit spezieller Seifenlauge gereinigt. Plötzlich begann die Mutter zu grummeln, das Bad sei nicht mehr nach ihrem Geschmack, doch ich überzeugte sie leicht, daß wir es in drei Tagen nicht renovieren könnten. Jedenfalls versprach ich ihr, daß wir bis zu Epiphanias ein neues Bad hätten, dann könnten wir das Wasser segnen. Sie fuhr mich an, es sei eine Schande, das eine mit dem andern in Verbindung zu bringen. Darauf schickte sie Miltiades' Mutter nach Smyrna zu Kiria Mirsini, der Frau von Kirios Ignatios, um in Erfahrung zu bringen, welche Liköre und alkoholischen Getränke man momentan in Smyrna zu sich nehme, und das Entsprechende zu besorgen. Doppelt und dreifach. Und Kiria Mirsini solle ein schönes Geschenk für Nikolis-Efendi aussuchen, man käme dann selbigen Tags gegen Abend vorbei. Was auch immer, es müsse einfach das Beste sein. Sie gab ihr noch eine Einkaufsliste mit, eine ganze Seite von Dingen, von denen sie glaubte, in Smyrna seien sie besser oder frischer. Zur Begleitung bekam sie eine Ziehtochter, dann wurden die beiden zum Bahnhof geschickt. Der hohe Rat hatte entschieden, was wir essen würden. Consommé, getrüffelte Schnepfen vom Spieß, mit Kastanien gefüllte Gans, einfachen Pilaw und zum Schluß Bergamottesorbet, Torte mit Sauerkirschen in Sirup, Baba au rhoum sowie Kataïfi mit Sahne. »An solchen Tagen schadet ein zusätzliches Dessert

213

nichts«, sagte meine Mutter, als ich sie erstaunt ansah. Dann kam ihnen alles zuwenig vor, Panik brach aus, und am Abend wurden die Beilagen erweitert. Die Miltiadena sagte, ohne ein wenig Rauke und ein wenig Blumenkohl sei das Essen einfach nicht vollständig, die Großmutter bemerkte, das sei alles gut und schön, aber sie habe noch kein einziges Wort über eine Pastete gehört, und die Nona erinnerte sich, daß zur Zeit der Markt von Smyrna voll von Krabben sei, man müsse unbedingt ein Blech voll machen, Krabben mit in der Sonne getrockneten Tomaten, wer davon nicht probieren wolle, dem sei nicht mehr zu helfen. Die Mutter quengelte, man bringe ihr die Speisenfolge durcheinander, was zuerst komme, was danach, wie und wann all diese Sachen serviert werden sollten, die Großmutter blieb beharrlich und behauptete, so, wie meine Mutter es geplant habe, würde die Hälfte der Leute hungrig vom Tisch aufstehen. »Dann machen wir noch eine zweite Gans«, sagte meine Mutter zu ihr, und zu guter Letzt erging der Ratschluß, alles zu kochen, so viel, daß es Gott erbarm'. Mit Sicherheit war meine Mutter trotzdem nicht zufrieden.

Seit wir beschlossen hatten, mit Nikos zu feiern, quälte mich der Gedanke, was ich ihm schenken sollte. Ich überlegte und überlegte, das allermeiste verwarf ich, ich wußte, es würde ihm nicht gefallen oder nicht zu ihm passen. Doch plötzlich sah ich ein Bild, er auf dem Maultier, dann auf einem Esel, wieder auf einem Maultier, er bewegte sich wie ein richtiger Reiter. Das war's. Ich ging hinunter zum Platz, zum Bahnhof, fragte in zwei Herbergen, durchforstete den Markt, graste den Donnerstagsmarkt in Cami Panayir ab, doch es gab nur Pferde zweiter Wahl, angejahrt oder geschwächt. Emin sah mich in meiner Verzweiflung und sagte: »Vaios-Efendi, ich weiß. Gib mir nur einen Tag, und ich finde eines.« »Geh, aber ich warne dich, bring mir etwas Anständiges«, sagte ich; an etwas anderes konnte ich nicht mehr denken. Ich ging wieder zum Markt und leistete beim Sattler eine Anzahlung für fünf, sechs Sättel, die besten, aus denen wir den geeignetsten aussuchen konnten, wenn dann das Pferd für Nikos kam. Emin heuerte sofort einen Ausrufer an, der verkünden sollte, was wir suchten und daß Anton-Efendi bezahlen werde. Am nächsten Tag kam er mit einem Hengst, wie ich noch keinen über die Felder und Plätze von Manisa hatte traben sehen. Schwarz, pech-schwarz und glänzend, als hätte man ihn ganz mit Öl gestriegelt. Noch am selben Abend suchten Emin und ich den Sattel aus, einen schönen Zügel mit drei Achaten über den Gebißschnallen und ein englisches Zaumzeug. Als wir am Gehen waren, steckte Emin die Hand in die Hosen-tasche, fingerte darin herum, zog ein paar Münzen heraus und begann mit dem Ladeninhaber zu feilschen. Auch er wollte etwas für Nikos kaufen. Er hatte ein Auge auf eine Kalebasse geworfen, doch das Geld reichte nicht. Ich zahlte die Differenz, und mit leuchtenden Augen trug Emin alles miteinander weg, breitete es aus, drückte und band es, wie kein anderer es konnte; in der Nacht brachte er es zu Nikolis-Efendi.

Am Tag des heiligen Nikolaus begann die große Schlacht. Im Hof vor der Küche war Platz für die Vorbereitung gemacht worden. Eine Ziehtochter mußte im Zimmer für den Vater sorgen. Emin wartete mit dem Karren am Bahn-hof auf die Miltiadena, die mit allem, was ihr aufgetragen worden war, aus Smyrna kommen würde. Die Großmutter maß mit ihrem Stock ab, ob das Holz, das man seit dem frühen Morgen heranbrachte, für das Kochfeuer reichen würde. Die Nona kletterte im Keller auf einen Schemel und suchte die kleinen Tomaten aus, in denen die Krabben schmoren sollten. In der Küche gingen meiner Mutter zwei Mädchen zur Hand. Und ich armer Kerl hockte mit einer Küchenschürze in einer Ecke und tat die einzige Arbeit, die ich übernommen hatte, ich rupfte die beiden Gänse. Immer wieder fragte mich die Großmutter, ob Nikos zur Kirche gehen und die Kommunion empfangen würde. Ich hatte keine Ahnung und tat so, als hörte ich nicht, es wäre mir sonderbar vorgekommen, wenn er so etwas im Sinn gehabt hätte. Ich fragte meine Mutter, während ich rupfte, wen sie für den Abend eingeladen habe. »Den Freund deines Vaters, den Kaimakam, mit zwei weiteren Freunden deines Vaters, du kennst sie nicht. Den Lehrer und den Popen. Ignatios und seine Frau. Sie werden die Nacht hier verbringen, ich habe ihnen das Gästezimmer vorbereitet. Ismail, Miltiadis und Kirios Lefteris. Nikos wollte es so, was soll ich tun? Und wir, die Nona, die Großmutter und Anna.« Bevor sie den Satz beendet hatte, war Annas Stimme zu hören: »Ich bin am Abend nicht da. Wir haben seit langem mit den Klosterfrauen eine Sammlung für Neujahr in Smyrna abgemacht. Die machen sich lustig, wenn ich nicht komme. Und dann sagen sie wieder, ich hätte den Kopf nur bei meinem Vergnügen. Morgen haben wir unseren üblichen Basar der Katholiken von Smyrna. Ich will gehen und mein Versprechen halten.« Meine Mutter, bleich, wie sie bereits war, wurde noch bleicher. Was Anna gesagt hatte, stimmte. Sie wußte nur nicht, wie sie es Nikos erklären sollte, und bedeutete mir, ich solle auch etwas sagen, es noch einmal versuchen, und als ich meinte, sie möge doch ein wenig Gefühl zeigen und Rücksicht auf den Tag des heiligen Nikolaus nehmen, fuhr sie mir über den Mund: »Wie ihr es getan habt am Tag der heiligen Anna!« Die Katastrophe war perfekt. »Meine Tochter, in drei Tagen feiern wir auch deinen Namenstag, wie es sich ziemt.« Meine Mutter sprang auf, doch es war zu spät, nichts konnte Anna mehr umstimmen. Weder hinsichtlich ihres Festtags noch hinsichtlich ihrer Pläne für Smyrna. Am Nachmittag kam die Überraschung. Kirios Ignatios hatte Kirios Manolis benachrichtigt, und der bestieg, ohne zu zögern, das erste Schiff und kam mit zwei Kanistern Öl und einer Kiste voller Seifen, um Glück zu wünschen, aber auch, um aus erster Hand zu erfahren, ob die Dinge wirklich so liefen, wie ihm Kirios Ignatios gesagt hatte. Als erster traf Nikos ein, er war geschniegelt und saß auf dem Hengst. Man lehnte sich aus dem Fenster, bewunderte ihn, als gemächliche Hufschläge auf den Platten zu hören waren. Als entfalteten sich langsam klappernd seine Erwartung und sein Zögern, bevor er sein Ziel erreichte. Er umarmte mich und dankte mir für das unerwartete Geschenk, er hatte große Freude daran und sagte, er habe dem Pferd bereits einen Namen gegeben: Lengo. »Aber es ist ein Hengst«, sagte ich. »Macht nichts«, erwiderte er, »wir werden ihn Lengo nennen.« Der Abend verlief in heiterer Stimmung, ohne daß sich eine Befürchtung der letzten Tage bestätigte. Er freute sich über die Geschenke, hauptsächlich über das Rasierzeug aus England, das meine Mutter ihm überreichte. Ich konnte mir gar nicht vorstellen, daß es so etwas auf dem Markt in Smyrna gab. Silber und Elfenbein leuchteten wie Geschmeide in einem kleinen Lederetui, das wie ein Köfferchen aussah. Alle gingen zu meinem Vater und begrüßten ihn. Er schien sich zu freuen, doch er begriff an jenem Abend bestimmt gar nichts. Nikos begrüßte er wortlos; als er mich grüßte, fragte er mich: »Wessen Sohn bist du?« Als wir bei Tisch saßen, wandte sich Nikolis plötzlich an meine Mutter: »Warten wir auf Anna.« Mutter war bestürzt, und da sagte die Nona: »Laß sie, die ist bei den Nonnen. Sie hat ein Gelübde abgelegt, um ihre Seele zu retten.« Nikolis sagte nichts, akzeptierte es und wandte sich einem andern zu. Anna erschien nicht am folgenden Tag und auch nicht am Tag der heiligen Anna. Sie ließ durch ihre Lehrerin ausrichten, daß sie noch zwei Tage bei den Nonnen bleibe, um ihre Pflichten zu erfüllen, und es sei nicht nötig, daß wir ihren Namenstag feierten.

Mein Vater hatte eine große Schwäche für Anna, und sie liebte ihn abgöttisch. Nach dem Abschluß der Evangeliumsschule in Smyrna hatte er sie bis nach London geschickt, wo sie ihre Englischkenntnisse vervollkommnen sollte, wie er selber zu sagen pflegte, sie sollte ihr gesellschaftliches Rüstzeug bereichern, wie die Mutter zu sagen pflegte, vielleicht fände sie auch einen Bräutigam, wie wir alle miteinander hofften. Ein wenig wegen ihrer Anlagen und der Einflüsse aus dem näheren familiären Umfeld, hauptsächlich wegen ihrer Bewunderung, die sie für den Vater hegte, und auch wegen der Ausbildung, die sie erhielt, nicht so sehr in der Evangeliumsschule, sondern in ihrem Umgang in England und mit den Kreisen, in denen sie vor allem in den letzten Jahren verkehrte, entwickelte sich Anna im Nu zum konservativsten, reaktionärsten Geschöpf in der Familie, mit einem ausgeprägten Klassenbewußtsein, das noch schlimmer war als bei meinem Vater. Der Vater machte dennoch keinen Unterschied zwischen Armen und Reichen, Landsleuten und Fremden, obwohl er Herr und Großgrundbesitzer war und immer wollte, daß es nach seinem Kopf ging, und obwohl er mit den Machthabern gut stand. Er hatte nur die Interessen der Familie im Auge, und darüber hinaus waren alle gleich. Emotional und getrieben, wie er war, war für ihn alles eins. Anna hingegen halbierte die Welt, je nachdem, wer aus unserer Schicht stammte und wer nicht, was zu ihr gehörte und was nicht zu ihr paßte, was erlaubt war und was nicht aufgrund dieser Trennung unserer Schicht von denen da unten. Weder die Leidenschaft noch der Drang waren stark genug, nicht einmal in jenem Alter, die Ordnung der Dinge zu kippen, die uns unsere Klassenzugehörigkeit ihrer Meinung nach auferlegte. Was sie an Bildung erhalten hatte – zusammen mit den andern Mädchen unserer Generation, die die gleichen Erfahrungen gemacht hatten in ihrer Schulzeit, beim Besuch französischer und englischer Institute, die zu jener Zeit die bestmögliche Bildung für die höheren Töchter gewährleisteten –, war der Grundstein für Annas einmaligen Dünkel und für ihr Eingebildetsein. Nur ihre Person, ihr Wohlergehen waren wichtig, sie hatte keinerlei Bedenken, Gefühle, Rechte oder Meinungen anderer zählten nicht. Nur beim Vater machte sie eine Ausnahme. Nur ihm unterwarf sie sich freiwillig, aber er war auch die einzige allmächtige Quelle, die all ihren andern Charakterzügen Garantie und Sicherheit versprach. All das geschickt verborgen unter dem Mäntelchen ihres europäischen Benehmens und letzten Endes, wie alle sagten, hinter dem Zauber, den ihre natürliche Schönheit ausübte und die sie zur einzigartigen Anna machte. Sie war die Anna von Manisa. Bei den Freiern, die kamen und gingen, lautete die Antwort immer »nein«, trotzig, eindeutig, oft sogar beleidigend. In ihrem gesellschaftlichen Umgang in Smyrna – mit den Leuten von Manisa zu verkehren ließ sie sich gar nicht erst herab – gestattete sie den Herren, mit ihr zu flirten, doch sie hielt dabei immer die Zügel fest in der Hand und nährte ihre Eitelkeit. Jeder bekam früher oder später auf die eine oder andere Art eine Abfuhr, und immer hatte sie dabei ein Lächeln auf den Lippen. Nicht daß sie nicht heiraten wollte, aber wie die Nona sagte: »Mein Sohn, sie will den ganz großen Fisch an Land ziehen. Nur weiß ich nicht, ob solche Fische in unseren Wassern schwimmen.« Als Vertraute hatte sie nur Miß Julia. Wir nannten sie »ihre Lehrerin«, aber eigentlich war sie eine Gefährtin, eine Begleiterin, mit der Anna englisch sprechen konnte. Bekannte aus Smyrna hatten sie meiner Mutter vorgestellt; anfangs war sie, wie abgemacht, dreimal die Woche gekommen, hatte den Tag mit Anna verbracht und war am Abend nach Smyrna zurückgekehrt. Lehrerin und Schülerin wurden rasch Freundinnen, Vertraute und Verschworene. Miß Julia, hingebungsvolle Tochter eines Mitglieds der englischen archäologischen Abordnung, die an der Westküste von Kleinasien Grabungen durchführte, war nach dem plötzlichen Tod ihres Vaters in Smyrna geblieben. Die englische Gemeinde schloß sie in die Arme, und alle sicherten ihr dank der Englischstunden, die sie den Kindern gab, einen würdigen Lebensstandard. Ein echtes Kind des viktorianischen Zeitalters – als der Vater starb, blieb ihr Viktoria. Nie habe ich verstanden, ob Julia all jene negativen Seiten von Annas Charakter kultivierte und wuchern ließ oder ob sie mit ihrem nüchternen Verstand als einzige Anna von hochmütigen Entscheidungen und anmaßendem Betragen abhielt. Vielleicht beides. Nach und nach richtete sich Miß Julias Aufenthalt in unserem Haus nicht mehr nach einem strengen Stundenplan, sondern paßte sich immer mehr unserem Leben an, von Zeit zu Zeit blieb sie am Abend, oder Anna ging für zwei Tage zu ihr nach Smyrna. Besonders wenn eine Veranstaltung lange dauerte und Anna spätabends nicht sicher nach Manisa zurückkehren konnte. Egal wo, sie tranken immer Tee, und meistens beschwerten sie sich, das Service sei ungeeignet, oder der Tee sei schlecht. Als sie mich jedoch eines Tages zum Tee einluden, präsentierte Julia ein Wedgwood-Service von seltener Schönheit, in einer ledernen Schatulle, die speziell für ihren Vater angefertigt worden war, damit er sie zu seinen Grabungen mitnehmen konnte. Ich wurde nie schlau daraus, ob sie mich hinter ihrer sanften, hageren Maske und ihrem höflichen Benehmen sympathisch fand. Wenigstens machte sie diesen Anschein, jedenfalls mehr als meine Schwester.

Schließlich und endlich kamen die Festtage, der Winter fiel ein, und die Geschäfte liefen gut, vor allem das Sesamöl. Mein Vater war immer noch bettlägerig, halb hier, halb in der andern Welt, im Haus hatte jeder seine Rolle, einzig Anna weigerte sich mit ihren Launen und ihrer Widerborstigkeit, Nikos anzuerkennen und zu akzeptieren. Die

nächste Handelsperiode begann, für den Mai 1892. Die
Dinge wurden einfacher, die Arbeit jedoch war aufreibend.
Der November kam.

Mitte November, kurz vor dem Tag des heiligen Nikolaus, kommt Nikos eines Abends zu uns und sagt, er habe
gedacht, wir sollten dieses Jahr das Fest auf andere Art
feiern. Wir sollten in Smyrna feiern. Er habe im Hotel
»Kraemer« bereits für alle Zimmer reserviert, an jenem
Abend würde Anton-Efendi allein sein, aber eine bessere
Garantie als die Miltiadena, die bei ihm bliebe, gebe es gar
nicht. Wir freuten uns alle, waren einverstanden, am Vormittag nach der Kirche würden wir losfahren und am folgenden Morgen früh zurück sein. Die Großmutter, die nach so
vielen Jahren wieder einmal Smyrna besuchen sollte, lobte
und pries Nikos bei jeder Gelegenheit. Alles war bestens.
Aber Anna weigerte sich, mit uns zu kommen. Sie würde
beim Vater bleiben und ihn beschützen. Da passierte etwas,
was das rüpelhafte Benehmen meiner Schwester vergessen
machte, und soviel wir auch fragten, wir erfuhren nie, was
genau sich vorher zugetragen hatte. An jenem Morgen des
heiligen Nikolaus wünschte Anton-Efendi, man solle Nikolis-Efendi zu ihm schicken. Emin war außer sich, er rannte
im Haus umher und sagte, Anton-Efendi habe von Nikolis
erfahren und wünsche, ihn zu sehen. Die Messe war zu
Ende, und meine Mutter, die Nona und die Großmutter,
in schönstem Sonntagsstaat, waren bereit, den Landauer zu
besteigen und zum Bahnhof zu fahren; sie wußten nicht,
was sie tun oder sagen sollten. Ich schaute zum Erker hinauf und sah, wie er herabstürzte und uns unter sich begrub.
Nikolis kam als letzter vom Kirchgang zurück, er fragte,
was los sei, wir sagten es ihm, es gab keine andere Lösung
mehr. Kühlen Kopfes stieg er die Treppe hinauf und trat
ins Schlafzimmer des Vaters. Hinter ihm folgten ich und
die drei Frauen, die Großmutter preßte leise Worte durch

ihre Zahnlücken, und wir bereiteten uns seelisch darauf vor, Zeugen einer weiteren Familientragödie zu werden. Die Miltiadena war gerade dabei, ihm die Kissen aufzuschütteln und sie so zu richten, daß er sich aufsetzen konnte. Kühl ging Nikos zu ihm, küßte seine Hand, grüßte höflich und fragte, worum es gehe. Und er wandte sich wortlos an ihn und sagte:»Sag mal, Nikolis, wenn du schon nach Smyrna gehst, ich habe dieses Sorbet mit Sauerkirschen vermißt. Machen die das im Winter nicht?« Wir starrten einander an. Meiner Mutter liefen die Tränen herunter, die Groß- mutter näherte sich dem Vater und klopfte mit dem Stock ans Bettgestell. »Bist du aufgewacht, du Teufel? Ich warte nur darauf, daß du noch ein paar hübsche Mädchen ver- langst.« Diese Idee gefiel meinem Vater, und er lächelte. Wir erklärten ihm, daß wir geschäftehalber nach Smyrna gin- gen, und verabschiedeten uns mit dem Versprechen, ihm am nächsten Tag Sauerkirschsorbet mitzubringen, wie er es wünsche. Nikos vergaß es nicht; am selben Abend such- ten im »Kraemer« zwei Konditoren nach Sauerkirschen, die vielleicht noch von der letzten Ernte übriggeblieben waren. Als wir am Morgen nach Manisa heimkehrten, hatten wir zwei Fäßchen bei uns, das eine steckte im andern. Im einen, dem kleinen, war das Sauerkirschsorbet, der Raum zwi- schen ihm und dem größeren Fäßchen war bis obenhin mit Eis gefüllt. Von da an waren wir die einzigen in Manisa, die im tiefsten Winter noch Eis kauften. Jeden Tag eine Stange, und Emin war verantwortlich für den Nachschub und die Aufbewahrung des Eises zwischen zwei Fässern. Später erfuhren wir von Nikolis selber einen Teil der Wahr- heit, aber nicht die ganze. Irgendwann einmal hatte Anton- Efendi ihn zu sich gerufen, jemand hatte ihm geflüstert, was vorgefallen war, er schien alles zu wissen, er zog ihn mit seinem Stock ans Bett und sagte: »Aha, du bist also Niko- lis-Efendi?« Nikos küßte seine Hand und nickte, und mein

Vater fuhr fort: »Man hat mir gesagt, du wolltest weggehen, aber die Frauen haben dich auf Knien angefleht, und du hast deine Meinung geändert. Ist dem so?« »Nein, Efendi«, erwiderte er, »ich bin geblieben, weil ich es so wollte.« »Man sagte mir, du erteilst die Befehle, wie ich es tun würde, wenn ich auf meinen Beinen stehen könnte wie früher. Ist dem so?« »Es ist nicht so, Anton-Efendi, denn ich weiß nicht, wie du Befehle erteilt hast.« »Man hat mir gesagt, es geht uns gut, und du sorgst für die Familie, als wäre es deine eigene. Ist dem so?« »Es ist so, Anton-Efendi.« »Sorg für sie und kümmer dich um sie, als wären sie die Deinen, du hast meinen Segen, aber sag niemandem, daß wir uns getroffen haben, sonst zerfetze ich dich mit meinen eigenen Händen.« Nikos hielt sein Versprechen, er sagte kein Sterbenswörtchen, nicht einmal zu mir, seinem besten Freund. Und die ganze Zeit über hatte uns fast die Angst aufgefressen vor dem, was passieren würde, wenn Anton-Efendi eines Tages wieder gesund wäre und die ganze Wahrheit erführe.

Den Tag der heiligen Anna, drei Tage nach Nikolaus, feierten wir in Manisa. Die einen luden wir ein, die andern benachrichtigten wir, wieder andere kamen von allein, unser Haus war mitten im Winter offen. Für einige war kein Platz mehr, sie saßen auf dem Treppenabsatz bei der Tür, die auf den Hof ging. Wir hatten ihnen draußen ein Kohlenbecken aufgestellt, damit sie es einigermaßen warm hätten. Ich tat, was in meiner Macht stand, damit Anna spürte, daß sie die Hauptperson war. Im hoffnungslosen Unterfangen, sie bei diesen Menschen und in dieser Welt zu behalten, während ihre Beziehung zu ihnen offensichtlich immer tiefere Risse bekam. Nicht daß meine Beziehung zu diesen Leuten besser gewesen wäre. Ich löste mich nach und nach mit ganz andern Gefühlen von ihnen, Anna wiederum befreite sich mit Ablehnung und Abwendung, die sie manchmal zeigte, die wir manchmal aber nur ahnten. An jenem Abend war ganz Manisa bei uns zu Gast. Dem Vater ging es so gut wie nie. Der Kaimakam saß den ganzen Abend neben ihm, sie plauderten und brachen immer wieder in Gelächter aus. Es kamen auch einige Engländer und Deutsche aus Smyrna, sogar eine Schwester aus irgendeiner Mission traf mit einer Violine ein und spielte vor den verblüfften Zuhörern eine Sonate. Auch all die Eheanwärter kamen, die im Lauf der Zeit eine Abfuhr erhalten hatten, und auch ein paar andere, die bis dahin davongekommen waren. Nur Nikos kam nicht.

In den ersten zwei Jahren zahlte Nikos alle unsere Schulden zurück, außer den Kredit, doch das drängte nicht. Er löste sämtliche durch Bürgschaft gebundenen Immobilien aus, so konnten die verschiedenen Gläubiger des Vaters sie uns nicht mehr wegnehmen. Er faßte auf den Märkten, die ihn interessierten, so gut Fuß wie möglich, ersetzte in den Weinbergen nach und nach die alten Rebstöcke durch bessere und robustere Amerikanerreben. Er machte sich einen Namen, den alle achteten, Türken und Armenier, Franzosen, Griechen und Engländer. Er expandierte und vergrößerte unsere Einkünfte. Anna wurde wieder offener, ganz ohne Berechnung.

Ich erlebte sie aus der Nähe, diese ganze Anstrengung, wieder auf die Füße zu kommen, Hindernisse zu überwinden, Fortschritte zu erzielen, etwas Neues zu schaffen. Es ging ins dritte Jahr, kurz nach dem Herbst, alles lief, wie Nikos es geplant hatte, da spürte ich, wie ich das Leben in Manisa einfach nicht mehr aushielt. Meine Geduld war erschöpft, die schwierige Zeit war vorüber. Die zweieinhalb Jahre, die verflossen waren, ich hatte Monat um Monat gezählt, waren so erdrückend, daß ich keine Gelegenheit ausließ, nach Smyrna zu fahren, um irgendeinen Auftrag von Nikos oder jemand anderem zu erledigen und unter dem erstbesten Vorwand meinen Aufenthalt in die Länge

zu ziehen, so gut es ging. Obwohl ich sogar dort das bißchen Zeit auf zwei Orte aufteilen mußte, aufs »Kraemer«
und auf mein Zimmer bei der Armenierin, auch wenn es
mir nicht gelang, zu entscheiden, welche Art des Lebens
mir mehr zusagte. Das Leben bei der Armenierin war wie
die Fortsetzung meines Studentenlebens in Leipzig, wo das
Wenige und das Bescheidene ausreichend waren in jener
Welt der Freiheit und in einem Leben ohne die Regeln, in
denen mich die Gesellschaft erstickte. Mit den Freiheiten
und den Dingen, die die Anonymität uns gewährte. Meine
Suche war nicht nur eine Privatangelegenheit, sondern sie
war auch geschützt vor den Augen Dritter, vor dem man-
gelnden Verständnis, vor der Unfähigkeit der meisten, das
Andersartige zu akzeptieren. Geschützt vor dem Neid, weil
man es wagte, sich ein neues Stück Freiheit zu erobern,
was die andern nicht wagten. Vor ihrer Furcht, unsere Haltung und unser Benehmen würden dazu führen, daß ihre
Deckung auffliegen und ihre eigene Armseligkeit bloß-
legen könnte. Und das andere Leben, die andere Welt, die
öffentliche, die nicht anonyme, mit all ihren alten und ver-
heerenden Lasten, gleichzeitig aber auch die Welt der Kommunikation, des Dialogs, des Austauschs von Ideen, die
Welt der Chancen und Herausforderungen, der Tat und der
Kreativität. Die eine Welt mit all ihrem Zauber, den der
Betrachter genießt, wenn sich jedesmal ein neues Märchen
abspielt. Die zweite Welt mit dem Zauber, den die Initiative
und deren Früchte schaffen, die Würdigung in den Augen
jener, die man schätzt, der Zauber, den die Tat auf den Täter
und die Kommunikation auf den Teilnehmer ausübt. Weder
das eine noch das andere Leben gab es in Manisa. Nicht die
Anonymität des Betrachters, nicht das Leben des Aktiven,
des Schöpferischen, der etwas für sich und für die andern
schafft. Nikos, zweimal entwurzelt, blühte auf und leistete
Großes an einem fremden Ort, und ich, in meiner Heimat,

in meinem Haus, inmitten meiner Familie und ihrer Reichtümer, ich welkte dahin.

Es war im Spätherbst 1893, wir unternahmen wieder eine unserer Fahrten nach Smyrna, da erzählte ich Nikos am Abend nach dem Essen von meinen Entschlüssen. Ich hielte es in Manisa nicht mehr aus, es gebe nichts, was mich anziehe und erfülle, auch sei meine Anwesenheit nicht mehr zwingend nötig, ich dächte daran, mein Leben langsam nach Smyrna zu verlagern und ihm von dort aus bei allem behilflich zu sein, auch würde ich regelmäßig kommen, Manisa sei ja nur eine Stunde entfernt. Ich sagte ihm alles, wir hatten genügend Zeit, um zu reden, und ich konnte offen zu ihm sein. Wortlos hörte er mir zu. Ich drängte ihn, mir seine Meinung zu sagen. Er fragte, ob ich alles gut überlegt hätte, ob ich sicher sei, daß ich die Dinge richtig sähe, vielleicht seien sie ja anders, wie die Nona zu sagen pflege. Ob ich mir wirklich Gedanken darüber gemacht hätte, wie ich mein Leben in Manisa hätte gestalten können. Vielleicht sei gar nicht Manisa schuld, obwohl es natürlich keinesfalls das biete, wonach ich suchte. Er hörte mir zu, doch ich konnte ihn nicht davon überzeugen, daß meine Entschlüsse wohldurchdacht und endgültig waren. Schweigend und mit finsterem Gesicht dachte er nach. Da brach ich das Schweigen: »Du hast gefunden, was du gesucht hast, ich habe noch nichts.« »Was suchst du?« fragte er. Darauf wußte ich keine Antwort.

Nach längerem Schweigen fragte er, ob hinter alldem eine Frau stecke. Bekümmert, fast schmerzerfüllt sagte ich nein. Er bestellte noch zwei Bier, und wir saßen gedankenverloren da, bis die Stammgäste das »Kraemer« verließen. Bevor wir zu unserem Zimmer hinaufstiegen, blieb er auf dem Treppenabsatz stehen und sagte: »Ich glaube, heute abend müssen wir uns erholen.« Eine sonderbare Bemerkung. Wo sollten wir uns erholen und wie? Auch in Smyrna würden die drei Hotels, wo die Nachtschwärmer verkehrten, schon geschlossen sein, ebenso der Sporting Club. Ich war verblüfft, als ich begriff, daß er etwas anderes meinte, daß er alle Wege und Stege kannte und es nicht das erste Mal war. Wenn ich für eine weitere Nacht in Smyrna geblieben und er vermeintlich nach Manisa zurückgekehrt war, da war er gar nicht weggegangen. Er war die ganze Nacht umhergeirrt und am Morgen mit dem ersten Zug gefahren. Niemandem war der leiseste Verdacht gekommen, mir nicht, weil ich immer nach ihm zurückkehrte, den andern zu Hause nicht, weil er immer vor mir zurückkam. Ich war verblüfft, wie er das vor mir, seinem besten Freund, hatte verbergen können. Ich wurde wütend und fuhr ihn an, ich hätte absolut keine Lust auf Spaziergänge. Er lachte mich besänftigend an, und als ich die Treppe hinaufstieg und gerade den ersten Absatz erreichte, spielte er seinen letzten Trumpf aus: »Und du, mein Freund, hast mir gar nichts von der Armenierin und ihrem Zimmer erzählt.« Als versetze er mir einen Hieb! Ich konnte mich nicht umdrehen und ihm in die Augen schauen. Doch mit einemmal mußte ich lachen, ich konnte mich nicht mehr beherrschen und fragte ihn, wo und wie er das erfahren habe. Spöttisch erwiderte er, es sei seine Aufgabe, alles zu wissen. Als Gutenachtgruß sagte ich nur: »Fahr zur Hölle« und ging auf mein Zimmer.

Am nächsten Tag erledigten wir früh, was noch vom Vortag unerledigt war. Ein schwerer, trüber Nachmittag füllte die Straßen mit Nebelschwaden und trieb die Menschen in die Nähe der Kohlenbecken. Im Salon hatte man alle Lichter angezündet, um die Melancholie dieser Stunden zu verjagen. Wir saßen beisammen und tranken Kaffee, vor uns lagen Zeitungen, gewöhnlich blätterten wir in der »Amaltheia«, ich las zudem die »Tagespresse« aus Berlin, wenn eine aufzutreiben war, und Nikos eine Börsenzeitung. So verbrachten wir gewöhnlich den Nachmittag, schickten die Hotelpagen mit Nachrichten oder kleinen Aufträgen los; was möglich war, erledigten wir vom Salon im »Kraemer« aus, wir tranken Kaffee, kommentierten die Zeitungsartikel und die Leute, die ein und aus gingen, vor allem die Frauen. Ich las auch meine Korrespondenz. Als Adresse hatten wir die Agentur von Kirios Ignatios angegeben, denn wir hatten den Eindruck, die Geschäftsbriefe wie auch die private Korrespondenz kämen dort schneller an. Private Korrespondenz führten nur Anna, mit Freundinnen in Athen, London und Konstantinopel, und ich mit all jenen, die sich in Leipzig an mich erinnerten. Mein Vater hatte niemals privat korrespondiert, und die Geschäftsbriefe waren immer seltener an ihn persönlich gerichtet, obwohl er offiziell noch alles in der Hand hatte.

Nikos lenkte das Gespräch wieder auf die Enthüllungen vom Vorabend. Als wollte er sich wegen seines Geheimnisses verteidigen, beschwor er mich zuerst bei unserer Freundschaft, ich solle kein Sterbenswörtchen weitererzählen, dann verriet er mir, daß er ein Verhältnis mit einer verheirateten Französin habe, der Gattin eines betagten und angesehenen Mitglieds der französischen Gemeinde. Er hatte sie im vergangenen Winter an einem der Tanzabende kennengelernt, die wir zwischen Weihnachten und Neujahr in Smyrna besucht hatten. Mir fiel ein, daß ich kurz gesehen hatte, wie er mit einer Ausländerin sprach. Sie selber hatte den ersten Schritt getan und ihm anvertraut, sie habe es satt, von Wohltätigkeitsveranstaltung zu Wohltätigkeitsveranstaltung zu traben, und wie angestrengt sie auch die Ausgrabungen der Deutschen und der Franzosen verfolge, so könne sie nichts finden, was sie wirklich interessiere. Sie trafen sich ein paarmal wieder, und ohne ihm viel zu verraten, regelte die Französin alles, und sie sahen sich in einem Etablissement. Es war ein gutes Haus, geheim, in der Nähe des armenischen Hospitals. Die Billetdoux wurden von einem Boten abgeholt und gebracht. Das Einvernehmen mit der Hausherrin traf sie, auch das Zimmer bezahlte sie. »Ich bin keine Kokotte, auch keine Mätresse, die du bezahlen mußt«, hatte sie gesagt, und es galt. Als wir im »Kraemer« auftauchten, wurde sie unverzüglich von jemandem verständigt, danach nahm alles seinen Lauf. Er verriet mir auch, daß er eines Abends fast eine Dummheit begangen hatte; erst hatte er geglaubt, ich verfolge ihn, doch dann war ihm klargeworden, daß ich durch meine eigenen Welten spazierte. Er hatte mich im selben Viertel durch ein paar Straßen verfolgt und gesehen, wie ich das Haus der Armenierin betrat. Er hatte sich gewundert, nachgedacht, nachgeforscht und alles herausgefunden. Er erzählte mir von seiner Französin, sie war seine erste richtige Beziehung, sie gefiel ihm, er schätzte sie, und beide störte es nicht weiter, daß sie sich in einem Bordell trafen. Zum erstenmal sprach er so erhitzt und so anders mit mir, fast voller Zärtlichkeit für die Frau, mit der er schlief, und diese Entdeckung war für mich beinahe noch beeindruckender als das, was er mir in all den Monaten verschwiegen hatte. Er sprach von Michelle, und was er mir sagte und wie er es mir sagte, bewies einmal mehr, daß er mich als seinen besten Freund betrachtete. Er gestand, daß er sich dem Gatten gegenüber ein wenig schuldig fühlte, er hatte ihn zufällig kennengelernt und ihm ein weiteres Mal, wieder zufällig, im Hoteleingang von Angesicht zu Angesicht gegenübergestanden und war nicht darum herumgekommen, ihn zu grüßen. Er fühlte sich immer noch unwohl, aber anderseits konnte er nichts dagegen tun. Mit Michelle redete er nicht darüber, ein einziges Mal, am Anfang ihrer Beziehung, war das Gespräch darauf gekommen, und sie hatte ihm geschworen, daß sie seit Jahren nicht mehr mit ihrem Mann geschlafen habe. Er glaubte ihr, akzeptierte es, hatte nie den geringsten Verdacht, daß die Wahrheit ganz anders aussehen könnte. Der Gatte schien sich mit der neuen Realität schnell abzufinden, entweder weil ihn so viele Jahre von Michelle trennten und seine Kräfte sich erschöpft hatten oder weil die Leidenschaft für andere Dinge sein Leben und dessen Freuden endgültig in andern Welten stattfinden ließen. Ich hielt es nicht mehr aus und fragte ihn, was er sich erhoffe und wohin das alles denn führen solle. Er dachte nach und erwiderte: »Nichts und nirgendwohin.« Ich redete auf ihn ein, reizte ihn, um ihn aus seiner Lethargie zu reißen, mit meinen eigenen Methoden und Tricks, mit Argumenten und Ermahnungen, doch irgendwann wurde ich müde, die Anstrengung hatte mich erschöpft. Er sah es, beugte sich so nah wie möglich zu mir über den Tisch und sagte leise, langsam, die Wörter fielen wie Tropfen, die Anspannung zeigte sich in seinem Gesicht: »Aber ich will nur Anna.«

Er lehnte sich im Sessel zurück und sah mich mit einem Blick an, der einem durch Mark und Bein fährt, er suchte in meinen Augen die Worte, die er hören wollte, und nicht die Antwort, die er von mir erwarten mußte. Ich lächelte unweigerlich, ich glaubte, er scherze und wolle nur meine Reaktion sehen. Doch sein Schweigen machte deutlich, daß es kein Scherz war und daß die Dinge um einiges ernster waren, als ich im ersten Moment geglaubt hatte. Meine Kehle war wie ausgedörrt, aber ich mußte doch etwas sagen. Ich versuchte, mir auf einmal alle Folgen dieser Äußerung auszumalen, die Wahrscheinlichkeit, daß es wirklich so ausgehen würde, die Veränderungen, die all das für die Leute in Manisa nach sich ziehen würde. Ich lächelte spontan und sagte: »Du hast meinen Segen, mein Sohn«, und dann – Gott schien mich zu erleuchten, mein sechster Sinn für Drohung und Gefahr schien mich zu warnen – stotterte ich, ohne noch lange zu überlegen: »Aber Anna sagt, solange der Vater am Leben sei, will sie nicht heiraten. Sie will

bei ihm sein und für ihn sorgen. Undenkbar, daß sie zu
Vaters Lebzeiten einen andern Mann ansehen könnte.« Der
arme Anton-Efendi hatte zwar schon in einem seiner seltenen lichten Momente gefragt, ob Anna vielleicht geheiratet habe, oder er hatte sich an einen uns völlig unbekannten
Namen erinnert und gefragt: »Und zu dem, was sagt Anna
zu dem?« Doch ich hielt es nicht für dienlich, Nikos zu verraten, was der Vater wollte. Er hörte mir aufmerksam zu,
sagte nichts, schien die Antwort zu akzeptieren, nickte, als
sagte er »ich verstehe«, und griff wieder nach der Zeitung,
die die ganze Zeit über gelitten hatte. Wir sprachen nicht
mehr über jenes Thema, und bald schon stand er auf, um
sich frisch zu machen für den Besuch bei der Französin.
Ich blieb allein im Salon des »Kraemer« zurück und trank
einen Kaffee nach dem andern, ich bestellte auch eine Wasserpfeife, denn die Dinge verwirrten sich so, wie ich es mir
nie vorgestellt hätte. Ich ließ es mir immer wieder durch den
Kopf gehen, und schließlich waren die Dinge klar und einfach. Diese Ehe wäre das beste für uns alle und für einen
jeden von uns, falls Anna jemals ja zu Nikos sagen würde.
Ich war mir ihres absoluten, spöttischen Neins so gewiß,
daß meine gute Stimmung gleich wieder verflog; ich ging
spazieren. Es war noch früh, und doch wurde es schon
dunkel, die Nebel waren vom Sipylos herübergezogen, der
Nordostwind brachte die erste Winterkälte, das Wasser in
der Bucht war ruhig, nur ein wenig gekräuselt. Ich ging
zum Kai, kam zur Hauptverwaltung, bog zum Ali-Pascha-
Platz ab und schlenderte durch die Gassen der Judenviertel,
durch jenes unsägliche Elend, kaufte einen billigen Kelim,
um mich von einem kleinen barfüßigen Jungen zu befreien,
der mir nachgelaufen war, und dann erinnerte ich mich,
daß ein paar Häuserblocks weiter unten die Freudenhäuser
waren. Unbewußt bog ich vor der Issarmoschee nach links
und gelangte durch die unteren Stadtmauern wieder in mein

Viertel zwischen der Evangeliumsschule und der armenischen Kirche des heiligen Stephanos.

Der Übergang von einem Viertel ins andere glich einem Übergang zwischen Nationen, Welten und Kulturen, die irgendwann gelernt hatten, friedlich zusammenzuleben. Nicht daß es keine erbitterten Streitigkeiten zwischen den Ethnien oder gar Haßgefühle gegeben hätte, nicht daß keine Morde vorgekommen wären oder niemand am Galgen geendet wäre. Doch in den allermeisten Fällen war diese Hitzigkeit, diese Diskriminierung, die Anrufung ethnischer oder religiöser Gründe nichts anderes als der Versuch, mit irgendeinem angeblich ehrwürdigen oder wenigstens verträglichen Vorwand ein eindeutiges Verbrechen zu vertuschen, dessen Motiv Geld oder dessen Ursache Neid war, der in der Misere wucherte, in der so viele hausten. Aber selbst diese Vorfälle waren nichts im Vergleich zum organisierten Verbrechen der Räuberbanden, die in den fruchtbaren Tälern des Menderes und des Gediz wüteten. Alle Anstrengungen der türkischen Verwaltung, sie in die Schranken zu weisen, fruchteten nichts. Man sprach immer noch von einem Abend, an dem es dem Kreisvorsteher, dem Wali von Smyrna, gelungen war, mit List und Tücke die Anführer all dieser Räuberbanden in einen Hof zu locken – die meisten waren vom Volk der Zeybek – und sie an einem einzigen Abend allesamt abzuschlachten; eine würdige Nachahmung der Bartholomäusnacht. Aber auch jener Kreisvorsteher konnte am Ende die Lage nicht verbessern. In solchen und andern Gedanken erreichte ich meine Zimmertür, und meine Armenierin lud mich zum Tee ein, den sie soeben gekocht hatte.

Das Haus bestand alles in allem aus zwei Zimmern oben, und unten waren ein kleiner Raum, die Küche und ein paar Lagerräume, die Diele war winzig klein. Innen und außen alles aus Holz, uralt, aber mit Sorgfalt und Häuslichkeit gepflegt. In ihrem Zimmer konnten gar nicht weniger Sachen sein. Ein großer Diwan, auf dem sie saß und schlief, ein niedriger runder Eßtisch, ein Kohlenbecken, zwei alte Truhen, die mit einem gestickten Tuch bedeckt waren, ein kleiner Tisch mit Spiegel. In der andern Ecke ein kleiner, vieleckiger Tisch ägyptischer Herkunft mit Elfenbeinintarsien, darauf zwei Ikonen. An der Wand mit dem Diwan hing ein Teppich, der dem Gemach die einzige Wärme verlieh, die einzige Gesellschaft für den Rücken, der sich anlehnte. Ich saß zum erstenmal mit ihr zusammen, hatte mich immer gescheut, weil ich nichts sagen wollte, was meine Identität verraten hätte. Wir saßen im Schneidersitz auf dem Diwan. Sie zog den niedrigen Eßtisch näher und servierte den Tee. Sie war um die Vierzig, eine ständige Melancholie überzog ihr Gesicht. Sie löste das Tuch, das ihre Haare verbarg, und bedeckte die Füße, die nackt waren, weil sie mit gekreuzten Beinen dasaß. »Das Wetter hat sich schlagartig geändert«, sagte sie, schlürfte Tee und befestigte eine Schmucknadel im Haar; sie wartete auf ein Wort von mir. In ihren schwarzen Haaren blitzten kleine schneeweiße Strähnen, als hätte sie zwei Finger in Kalk getaucht und zufällig da und dort mit diesen beiden Fingern die Haare an der Wurzel ergriffen und durch die weiße Farbe gezogen. Zwischen den weißen und den pechschwarzen Haaren hatte sie kein einziges graues. Kein einziges weiteres helles Härchen stach abseits der dichten weißen Strähnen hervor. Das einzige, was mir von Anfang an in Erinnerung geblieben war, das waren ihre tiefen blauen Augen. Groß, leuchtend und lebendig unter ihren pechschwarzen Wimpern, die bei jedem Lidschlag zu klingen schienen, was nicht zur Melancholie auf dem Gesicht unter dem Kopftuch und in den Mundwinkeln, die sich voll Bitterkeit nach unten neigten, passen wollte. Die Augen waren mir gegenüber, sie sahen mich an, vielleicht suchten sie mich. Ich hielt ihrem Blick nicht stand. Man konnte sich fragen, ob dieser Überrock aus Kaschmir über den grob geschnittenen Kleidern wirklich ihr eigener war. Nur die Hände waren vom Gelenk an zu sehen. Sie schenkten Tee ein, stellten das Geschirr auf das kleine runde Tablett, schürten in einem fort die Glut mit einer kurzen Feuerzange, schoben die am Rand liegende Holzkohle in die Mitte und arrangierten sorgfältig die glühende Kohle drum herum wie einen Kranz. Und immer wieder steckte sie ihre schlanken Finger in einen kleinen Sack voller Rosmarin, getrockneter Pfefferminze und Stiele und Stengel von unbekannten Kräutern und Pflanzen und warf sie ins Kohlenbecken; dabei suchte sie immer die Stelle aus, an der die Holzkohle ausgeglüht war. Vorzeitig gealterte Finger und Hände, über deren Rücken bereits Adern liefen, doch sie waren feingliedrig und lang, Gertrud kam mir in den Sinn, die immer Bemerkungen dazu machte und jeden Menschen mit solchen Fingern fragte, ob er etwa Klavier spiele. Und wenn sie sich über das Kohlenbecken beugte, rutschte das Tuch hoch, und ich sah ihren rechten Knöchel.

Ich stellte ihr Fragen. Sie war Tscherkessin aus dem Kaukasus und nicht Armenierin. Armenier war ihr seliger Mann gewesen. Einige nannten sie von Anbeginn an Armenierin, und sie gab sich alle Mühe, daß es auch nach dem Tod ihres Mannes dabei blieb. Nach einer alleinstehenden Frau und erst recht einer Tscherkessin krähte im Viertel kein Hahn. Sie war noch klein gewesen, vielleicht neun, zehn, da drangen eines Abends, als die Eltern fort waren, Nomaden ins Haus und entführten sie. Sie brachten sie nach Konya und verkauften sie. Der Käufer verkaufte sie weiter an einen Harem. Mit zwölf gebar sie ihr erstes Kind, man nahm es ihr sofort weg. Es war ein Junge. Mit fünfzehn gebar sie das zweite Kind. Es war ein Mädchen. Man ließ es ihr. Zwei Jahre später wurde sie wieder schwanger, man packte sie, band sie rücklings fest, stopfte Kräuter und irgendwelche

Latwergen in ihr Ding. Sie schrie und heulte bis zum Morgengrauen, der Harem und das ganze Viertel hörten sie, dann stieß sie die Frucht ab, und das Blut floß noch tagelang. Einige Jahre vergingen, und sie dachte schon, sie würde kein Kind mehr bekommen. Doch als sie eines Tages erneut schwanger wurde, sie war schon über zwanzig, da faßte sie ihren Entschluß. Zum Harem kam regelmäßig ein armenischer Händler, er hatte keinen Schnurrbart, war noch ein Junge. Immer wenn sie etwas kaufte, steckte er ihr etwas zu; wenn die andern nicht da waren, drückte er es ihr in die Hand, sonst verbarg er es in den Leinentüchern oder unter den Waren, die sie ausgelesen hatte. Sie unterhielten sich mit Blicken, doch über die Lippen kam kein Wort. Als er wiederkam, flüsterte sie ihm zwischen zwei Blicken zu: »Nimm mich mit.« Er hob nicht einmal den Blick, tat so, als müsse er in seinen Waren dringend etwas finden, und flüsterte zurück: »Bevor die Sonne aufgeht, warte ich auf dich am Stadttor, wo man den Sonnenuntergang sieht.« In der Dämmerung nahm sie ihre Tochter und floh mit dem Armenier aus jener Hölle, sie hatten nur das, was sie auf dem Leibe trugen. Sie waren eine Woche unterwegs, bis sie Smyrna erreichten. Haikos, ihre Tochter und sie, sein Esel und die beiden Kamele, die mit den Waren beladen waren. Nur die kamen davon, denn bevor sie nach Smyrna kamen, verlor sie ihr Kind, das sie unter dem Herzen trug; die Strapazen auf dem Eselsrücken waren zuviel gewesen. Ein Jahr später, kurz vor der Heirat mit Haikos, kam eines Tages der armenische Pope und brachte Haikos' Esel zurück. Er war vor Tagen weggegangen, mit einer großen Karawane nach Muğla. Außerhalb von Aydın wurden sie von Räubern überfallen; die einen wurden abgeschlachtet, die andern mit Prügeln totgeschlagen. Nur einer oder zwei konnten sich retten und kehrten mit zwei Eseln heim, die ebenfalls entkommen konnten. »Damals sagte ich mir, es gibt keinen

Gott, und wenn es ihn gibt, dann ist unser Gott nicht gerecht, und gab meine Tochter den Katholiken, die sie beschützen und aufziehen sollten. Sogar der armenische Metropolit kam, um mir zu sagen, was für eine Sünde ich begangen hätte, und ich müsse das Kind zurückholen. Ich gehorchte ihm nicht, und schon ein paar Tage später verweigerten mir alle Armenier den Gruß. Ich habe es nicht bereut. Meine Tochter ist groß geworden, man hat sie dort aufgezogen. Es ging und geht ihr bestens. Mir ist der Name ›Armenierin‹ geblieben, wenn sie mich sehen, denken sie wenigstens an Haikos.«

Sie sprach mit fester Stimme, langsam, mit langen Pausen, immer wieder holte sie tief Luft. Sie füllte die Teegläser wieder, schlürfte, sah mich mit ihren großen Augen an und forderte mich so auf, meinerseits zu erzählen. Die Zunge löste sich, ich berichtete ihr alles ohne Stocken, ohne Bedenken, ohne Zögern. Mein ganzes Leben von Anfang an. Sie traute ihren Ohren nicht. Ein-, zweimal fragte sie etwas, immer dasselbe, doch sie nahm es mir weder übel, als ich ihr die Lügen, die ich ihr erzählt hatte, eingestand, noch daß ich sie über meine Person irregeführt hatte. Der Fluß jener kleinen Beichte spülte auch meinen geheimen Kummer hervor, ohne daß ich es merkte. »Und glaub mir, es ist wirklich so, ich habe noch nie mit einer Frau geschlafen!« Sie sah mich weiterhin mit diesen blauen Augen an, die vor Überraschung wohl noch größer geworden waren. In jener absoluten Stille, die meinem letzten Satz folgte, beugte sie sich langsam herunter, faltete das Tuch ein wenig auseinander, das bis dahin um ihre Füße gewickelt gewesen war, und bedeckte auch meine Füße, die von ihren nur einen Zoll entfernt waren. Das Tuch verband plötzlich ihre Füße und meine. Es war, als bedecke es etwas Heiliges; bis es geboren wurde und seine Kraft entfalten konnte, mußte es verborgen bleiben, unberührt von unseren Blicken. So einfach, wie man ein Küchentuch über den frischen Teig breitet und wartet, bis er aufgeht. So schwierig wie die Hoffnung für zwei Menschen in dieser Welt, mit Worten und Blicken eine neue Welt zu erschaffen, die sie übertreffen wird. Wir stellten einander wieder banale Fragen, nur um unsere Verlegenheit zu kaschieren, die uns taub zu machen begann. Bei einer ungeschickten Bewegung berührte ich mit meiner Fußsohle die ihre. Sie war eiskalt, während meine brannte. »Deine Füße sind kalt«, sagte ich, und ohne eine Antwort abzuwarten, ließ ich meine Sohle die ihre suchen, sich an sie drükken und ihre Größe prüfen, sie berührten einander, und die eine schmiegte sich an die andere. Ich drückte, sie leistete Widerstand, die Füße kamen zusammen und blieben so. Ihre waren eiskalt, und ich versuchte, darauf meine Wärme aus den Poren zu übertragen. Nach einer Weile des Schweigens, sie schien nach Worten gesucht zu haben, sagte sie nach jenem endlosen Augenblick: »Ich kann mich nicht erinnern, daß es jemals anders war.« Ich steckte meine Hände unter das Tuch und umschloß ihre Zehen und rieb und wärmte ihre Sohlen. Sie wehrte sich nicht, sagte nichts, ließ es zu, daß meine Hände langsam hinauf zu ihren Knöcheln glitten, daß ich die Fersen mit der Hand umschloß und sie knetete, bis sie warm und weich wurden. Ich schloß die Finger um ihre Knöchel, umschlang sie, fesselte sie, als setzte ich ein Zeichen für mich: »Bis hierher.« Meine Hand preßte sich auf den Fußrücken, meine Finger glitten langsam weiter und trafen sich bei der Wölbung der Sohle, machten langsame, unendliche, beharrliche Kreise auf den Ballen, die unter den Fingern anschwollen, und rund um sie herum, ich fuhr mit den Fingerspitzen in die kleinen Spalten zwischen ihren Zehen. Dann verließen meine Hände ihre Zehen wieder und verfolgten erneut den Weg hinauf, ganz langsam, sie durchquerten Täler, glitten über Hügel und kleine Bergrücken und kamen weit oben bei den Knöcheln an. Und unter meinen Händen fühlte ich, wie das Blut kam, zuerst langsam, und pulsierte. Da entfuhr ihr plötzlich, es war etwas zwischen einem Seufzer und einem Flehen, ein »Michail-Efendi«. Sie streckte die Arme aus und fuhr mit ihren Fingern wie mit zwei Kämmen durch mein Haar, sie hielt meinen Kopf so an den Schläfen, daß ich ihr geradewegs in die Augen blickte, und flüsterte: »Laß mich dich ansehen.« Ich sah ihr tief in die Augen, und das Blau machte mich schwindeln. »Du bist eine Hexe«, sagte ich und lachte, und sie erwiderte: »Und du bist der Erzengel.« Ich hielt ihrem Blick nicht mehr stand, zog meinen Kopf zurück und beugte mich über ihren Schoß, versank in der Umarmung ihrer Schenkel, die weit offen waren, so, wie sie im Schneidersitz dasaß. Ich verharrte dort, sie streichelte meine Haare, ihre Finger glitten hindurch, fuhren an meinem Hals hinunter, drangen überall unter mein Hemd, umschlossen meine Schultern und glitten durch die Rinne zwischen meinen Schulterblättern, so weit ihr ausgestreckter Arm reichte. Und jedesmal wenn sie ihre Hand zurückzog und den umgekehrten Weg gehen ließ, kratzten mich die Nägel und machten mich verrückt. Derselbe Weg wieder und wieder, von der Stirn, den Schläfen und den Haaren bis hinab zum Kreuz, und jedesmal spürte ich, wie ihr Körper sich über meinen Rücken beugte, sich aufrichtete, sich wieder fallen ließ. Ich lauschte, wie ihre Hand unter mein Hemd glitt, hörte ihren Atem, spürte sie jedesmal, wenn sie sich auf meinen Rücken beugte und einen Augenblick regungslos verharrte, um sich dann wieder zu erheben. Ich spürte, daß sie mich knetete und mit dem Druck ihrer Hände den Schmerz, der in ihr wohnte, über meinen Körper fließen ließ, und sogleich kam das ganze Leben ihres Körpers aus diesen beiden Händen, aus den Handflächen und den Nägeln. Geborgen in ihrer Umarmung, roch ich nie gekannte Düfte, Düfte, die sich unterschieden von jenen, die den im Kohlenbecken glimmenden wohlriechenden Kräutern entströmten. Düfte, nach denen vielleicht ihre Pluderhose roch, obwohl sie sicherlich nicht parfümiert war. Düfte, die an Schweiß erinnerten, aber noch an mehr. Und mein Mund berührte ihre Füße, klebte an ihrer Hose, die mein Atem durchdrang, benetzte, dann schob sie ihre Hand unter mein Gesicht, und meine Zähne packten sie. Noch immer konnte ich meinen Blick nicht heben, um in ihre Augen zu sehen, ich wäre wohl verrückt geworden dabei. Meine Hände glitten zurück, umfaßten sie von hinten, umschlossen ihre Hüften, preßten ihr Kreuz. In diesem Augenblick fühlte ich in ihrer Umarmung, daß ich die ganze Welt festhielt. Ich fühlte in ihrer Umarmung, daß ich die Wärme und die Zärtlichkeit der ganzen Welt festhielt. Daß ich zum erstenmal eine Frau hielt, wie ich meine Mutter oder meine Schwester nie gehalten hatte. Und wie ich sie in meinen Armen hielt und den Flaum ihres Kreuzes betastete, den Kopf tief in ihrer Schürze verborgen, stieg es in mir auf, als würde ich verrückt, ich drückte sie noch stärker, und es war, als wollte ich mit meinem Kopf ihren Bauch durchstoßen und in sie dringen. Meine gekreuzten Beine wurden langsam taub, ich spürte sie nicht mehr, ich existierte nur von den Beinen an aufwärts. So blieben wir, sagten kein Wort und verloren uns ineinander, bis sie ihren langen Haarzopf löste, ihren Kopf an meinen legte, die Haare nach vorne breitete und mit den Spitzen die meinen bedeckte. Verborgen hinter ihren gelösten Haaren, die fielen wie ein Wasserfall, und mit meinem Gesicht tief in ihrer Schürze, mein Mund in ihrer Hand wie ein Schmetterling, begann sie sich langsam, behutsam auszuziehen. Sie schien jede Bewegung abzuwägen, damit nicht ganz Smyrna aufwachte und lauschte, und zählte jeden Schlag meines Herzens. Ich wußte schon nicht mehr, ob das Zimmer kleiner wurde und unsere Körper berührte oder ob unsere Körper größer wurden und das Zimmer zur Gänze ausfüllten. Ich schlief ein, meinen Kopf tief in ihrem Schoß, und als ich erwachte, kam ich mir vor wie ein Säugling, der aufwacht und mit seinem Mund hungrig nach Milch verlangt. Auf dem Weg zum Bahnhof von Kassaba fiel mir die Nona ein, die immer gesagt hatte, meine Mutter habe keine Milch gehabt, und es sei fraglich, ob sie uns überhaupt ein paarmal gesäugt habe.

Im Zug nach Manisa zog alles nochmals innerlich vorbei, es eilte vor meinen Augen vorüber, kam und verschwand, alles, was in diesen zwei Tagen geschehen war und was ich erfahren und gelernt hatte. Doch wie nah wir uns auch standen, das Problem von Nikos und Anna wurde immer größer, alles andere wurde unwichtig. Als ich ankam, rief ich nach meiner Mutter, nach der Großmutter und der Nona. Ich bat sie, für uns vier Kaffee zu kochen. Sie wunderten sich, aber sie taten es. Wir hatten die untere Hoftür zugemacht, damit niemand zufällig lauschen konnte, und als wir unseren ersten Schluck nahmen, sagte ich ohne Umschweife, daß ich Überbringer eines weiteren Ehebegehrens sei, und unterbreitete ihnen Nikos' Antrag. Sie wußten nicht, sollten sie sich bekreuzigen oder freuen oder das Schlimmste fürchten, was zuerst, was dann und alles durcheinander. Rasch kamen sie zum Schluß, Annas Antwort wäre »nein«, daß es ihr aber trotzdem jemand sagen müßte; wir überlegten, wie wir nun Nikos dieses »Nein« mitteilen sollten. Wir hielten es auch für vernünftig, die Nona zu Miß Julia zu schicken, sie sollte ihr ein paar Worte sagen, die Wahrheit nämlich, daß Anna langsam sitzenbleiben und mit ihrem Dickkopf als alte Jungfer enden werde. Die Mutter übernahm die eigentliche Aufgabe, sie würde einen sanften Weg finden. Das Wort der Großmutter zählte so oder so nicht mehr. Seit sie die Stimme gegen ihren Sohn und unseren Vater erhoben hatte, war sie bei Anna endgültig abgeschrieben. Es lief alles so wie vereinbart. Zwei Tage später fand meine Mutter eine Gelegenheit, sie ging sanft und einfühlsam mit Anna um, sprach vom Leben, von den Kindern, der Familie, den Jahren, die vergingen, und Anna hörte zu und war bereit zum Gespräch. Als dann der Augenblick kam und die Mutter Nikos' Namen nannte, verstand Anna erst nicht und fragte noch einmal, und meine Mutter sagte: »Unser Nikos, Nikolis-Efendi«, da hob Anna zum erstenmal meiner Mutter gegenüber in wüster Sprache an: »Wen? Diesen ungehobelten Klotz, diesen Bauern, diesen Analphabeten, den dein Liebling von einem Sohn aufgelesen hat, als hätte er sonst niemand in Smyrna gekannt? Hat man keinen aus meiner Schicht gefunden? Vielleicht sind wir ja verarmt, und ich weiß es nur noch nicht.« Sie redete und redete, war nicht zu bremsen, und als ihr endlich die Luft ausging, kam das Beste: »Ist er etwa scharf auf meine Mitgift, weil es wieder aufwärts geht? Diese habgierige Ratte heirate ich nie. Das könnt ihr ein für allemal vergessen. Sagt ihm das.« Eine Woche lang versuchten wir, sie zu überreden, um wenigstens das letztgenannte abzuwenden. Wir kamen überein, ihm Annas Worte nicht ins Gesicht zu sagen. Als hätte sie die ganze Zeit nur darauf gewartet, ihn mit ebendiesen Worten zu demütigen. Alle Mühe war vergebens, wir waren verzweifelt. Als wir uns ein weiteres Mal unterhielten, drehte sich die Nona plötzlich um, sie setzte alles auf eine Karte und sagte zu sich oder zu uns, aber so, daß Anna es hörte: »Ich meine, wie die Dinge jetzt liegen, müssen wir alles Anton-Efendi sagen.« Sie war keine Hexe, aber eine Hexe nannte ich sie. Im selben Moment sprang Anna auf, der Vater dürfe das nicht erfahren, er würde sich sorgen und einen neuen Anfall bekommen, und dann wäre es vorbei mit ihm. Wir waren einverstanden, machten es so ab, und ich müßte Nikos irgendwann mitteilen, daß »Anna, solange Anton-Efendi lebte, nicht an Heirat dachte«. Beim ersten, beim zweiten, beim dritten Mal, als ich Nikos traf, brach mir fast das Herz, und ich hoffte auf den geeigneten Moment, es ihm zu sagen. Doch ich fand ihn nicht. Jedesmal verschob ich es auf einen günstigeren Moment, so vergaß ich es mit der Zeit und sagte es ihm nie. Das Merkwürdigste aber war, daß auch er mich nie danach fragte.

Für die Zeit zwischen Weihnachten und Epiphanias stellte ich ein Programm mit Ausflügen, Zerstreuungen und Zechgelagen in Smyrna zusammen. Nur am Weihnachtstag und am Neujahrstag selber würden wir nach Manisa kommen und dort gemeinsam essen; am selben Nachmittag würden wir wieder abfahren. Ich hatte mich erkundigt, was die besten Lokalitäten in Smyrna auf die Beine gestellt hatten, man hatte Leute aus Konstantinopel und Athen engagiert, ich hatte gefragt, was auf dem Programm der Gemeinden der Franzosen, der Engländer, der Deutschen und der Österreicher stand, mit denen wir gesellschaftliche Beziehungen hatten und gelegentlich zusammensaßen; ich horchte sogar Miß Julia aus, was sie geplant hätten, und dann hatte ich alles in Erfahrung gebracht und so gut organisiert, daß es nach einem puren Zufall aussähe, wenn wir uns an zwei Abenden am selben Ort träfen. An einem Tanzabend, den das englische College organisierte, und auf einem Empfang, den der deutsche Konsul zu Ehren einer Delegation der Deutschen Archäologischen Gesellschaft ausrichtete, waren wir vier, Nikos und ich, Anna und Julia, zusammen, wir unterhielten uns freundlich, höflich, ich spürte, wie das Eis schmolz, sogar mit Nikos sprach sie zweimal. In einem bestimmten Stil allerdings, aber so redete sie eben, so benahm sie sich eben. Als wir uns am Ende des zweiten Abends trennten, warf mir Anna einen Satz hin: »Ein hochbegabter Redekünstler, dieser arme Schlucker von Bräutigam! Sowohl mit den Engländern vom College als auch mit den Deutschen heute abend.« »Aber er kann nur Französisch«, preßte ich wutentbrannt zwischen den Zähnen hervor. Wir brachten sie zu ihrer Unterkunft und kehrten ins »Kraemer« zurück. Trotz allem war Nikos guter Laune, er strahlte, fand alles schön, lächelte allen zu und gab jedem ein Bakschisch, der gerade da war. An jenem Abend sagte sogar er, er sei müde, schickte ein Billetdoux an Michelle und ging als erster aufs Zimmer.

Im Lauf der Zeit knüpfte ich Beziehungen und schloß fast mit der ganzen deutschen Gemeinde Bekanntschaft. Ohne zu stören, ohne eine Last zu sein, fand ich einen Platz in ihrer kleinen Gesellschaft, meine deutsche Bildung beeindruckte sie, und der Kontakt wurde enger. Im Frühjahr beteiligte ich mich schon am Ausgrabungsprogramm der Deutschen Archäologischen Gesellschaft, die zu jener Zeit parallel zur französischen und zur englischen Delegation arbeitete, ganz oben in Äolien bis hinunter nach Ionien. Ich lernte einen deutschen Ingenieur näher kennen, er gehörte zur Delegation von Carl Humann, der seit Jahren für das deutsche Kulturministerium und das Archäologische Museum in Berlin arbeitete. Er hatte in Pergamon gegraben und dort sein Lebenswerk geschaffen, indem er den Pergamonaltar und noch vieles mehr vor den Kalkbrennereien gerettet hatte, die gleich neben den Altertümern standen und in der Nacht jedes Stück Marmor, ob es nun ein Kapitell war oder eine Statue, brannten, um Kalk von bester Qualität zu gewinnen. Nun versuchte er in Magnesia, nicht in Manisa, in Magnesia unten am Menderes, genauso eifrig und verzweifelt, den Tempel der Artemis vor den Antiquitätenschmugglern und den Kalkbrennern zu bewahren. Andere arbeiteten in Ephesos, andere in Milet und in Priene, wieder andere in Didyma, weitere in Halikarnassos. Einige stießen tiefer ins Innere vor und entdeckten einen Hellenismus, begraben unter der Erde, den Hügeln, den Ablagerungen der Flüsse, den Orkanen der Geschichte. Sardes, Hierapolis, Aphrodisias. Manches wurde gerettet und befand sich nun in den Museen von Konstantinopel und der Metropolen des Westens, anderes, meist Unbekanntes, wurde an Privatsammlungen verscherbelt, damit vier bis sechzehn Augen einmal pro Generation es betrachten könnten, einiges wurde auch zu Kalkstaub. Ich half mit meinen spärlichen Kräften und Kenntnissen, aber mit einer Leidenschaft, wie ich sie bis zur Entdeckung jener einzigartigen antiken Schönheit noch nie gespürt hatte, diese Schönheit vor den türkischen Öfen zu retten. Es war das erste, das letzte und das einzige Mal, daß ich mit Nikos Streit hatte. Er war mit dieser Entwurzelung nicht einverstanden, hatte Argumente bereit, obwohl er vielleicht gar nicht hoffte, daß diese Regionen ins freie Griechenland eingegliedert würden. Das gleiche sagte auch Osman Hamdi-Bei, der Generaldirektor der osmanischen Museen, mochte er auch das Gegenteil befürchten, zumindest für gewisse Gegenden. Nikos schätzte ihn, sie verständigten sich auf französisch, er verehrte das antike Griechenland. Als Nikos einmal nach Magnesia kam und die Kalköfen rauchen sah, verlor er kein Wort mehr über dieses Thema. Nicht daß er seine Meinung geändert hätte, aber er hatte keine Gegenargumente mehr.

Im Sommer hatte ich meine Entscheidung getroffen. Die Deutschen machten mir den Vorschlag, im Herbst mit der Delegation nach Berlin zurückzukehren. Ich verriet es zuallererst Nikos, er hörte mir aufmerksam zu und sagte: »Wenn du dort das findest, was du suchst, so geh. Wenn du nicht suchst, dann finde zuerst heraus, warum du nicht suchst.«

Zu Hause fürchteten sie gleich, sie würden mich noch einmal verlieren. Um sie zu beruhigen, sagte ich ihnen, daß ich nur ein paar Monate wegbleiben würde. Ich aber glaubte eher, daß diese Reise so lange dauern würde, bis ich mir das Fundament eines neuen Lebens geschaffen hätte. Nach der

Verkündung meiner Absicht, wieder wegzugehen, wirkte Nikos in unserem letzten Gespräch zum erstenmal außerordentlich bekümmert. Er legte mir langsam und höflich wieder seine Gedanken, seine Argumente dar, und alles lief darauf hinaus, daß ich meine Meinung ändern und nicht weggehen sollte. Das Gespräch endete mit zwei Sätzen, die Nikos' ganzen Tadel und seinen Grund zur Klage über mich zusammenfaßten: »Aber du hast dich nicht gebührend bemüht, Arkadaş – mein Freund.« Und dann all die Bitterkeit und Enttäuschung, die in meinem Innern ihr Netz gewoben hatten: »Aber worum soll ich mich hier an diesem Ort bemühen?«

Wir sprachen nicht mehr miteinander. Nikos unternahm einen letzten Versuch, mir zu beweisen, daß man mit Arbeit, Beharrlichkeit und Geduld auch die schwierigsten Dinge verwirklichen könne, wir müßten es nur wirklich wollen. Er dachte an etwas Bestimmtes und glaubte, damit könne er mich überzeugen, doch als es in die Tat umgesetzt wurde, war es bereits zu spät, meine Entscheidung stand endgültig fest. So wurde die Idee, die einen andern Inhalt bekam, zum Abschiedsgeschenk für mich, nahm aber gleichzeitig viel größere Dimensionen an und beglückte viel mehr Menschen, als man sich je hätte vorstellen können.

Die Einzelheiten seines Plans hatte ich später in groben Zügen erfahren, als er mir ohne Worte erzählt hatte, wie er auf ihn gekommen war. Er hatte in meinen Sachen gewühlt und die Noten gefunden, die mir Gertrud bei meiner Abreise aus Leipzig geschenkt hatte. Daraufhin wandte er sich an den katholischen Erzbischof von Smyrna, Monsignore Polikarpos Timoni, und erklärte ihm, was er sich vorstellte. Er bat ihn um seine Hilfe, denn seine Idee und sein Vorhaben seien gottgefällig, und selbstverständlich werde eine großzügige Spende folgen. Er ging zum französischen Collège, dort kannte er Père Raimbaud, einen

Musikkenner, Nikos weihte ihn ein, dieser fand die Idee erstaunlich, schließlich animierte er auch den orthodoxen Bischof. In der katholischen Kirche gab es bereits einen Chor aus jungen und alten Mitgliedern der ganzen Gemeinde. Und so wurde der Plan umgesetzt. Die Noten wurden den Nonnen von der Mission übergeben, abgeschrieben und nochmals abgeschrieben; etwa siebzig Kopien wurden angefertigt. Dann wurden Musiker gesucht, man durchkämmte ganz Smyrna und sogar Konstantinopel. Père Raimbaud, ein alter Musiklehrer, der in eine Mission eingetreten war, widmete sich voller Hingabe dieser Idee, für die er seine Seele verkauft hätte. Und wenn man jemanden nicht zu einem freiwilligen Beitrag überreden konnte, bezahlte statt dessen Nikos. Die Vorbereitung dauerte drei, vier Monate, ich weiß es nicht genau. Wenn wir nach Smyrna fuhren, verschwand Nikos immer für Stunden, und ich war sicher, daß er sich nicht bei Michelle aufhielt. Wenn ich ihn fragte, wich er mit lächerlichen Vorwänden aus. Trotzdem erfuhr ich bis zum letzten Augenblick nichts, ich schöpfte nicht den geringsten Verdacht.

An einem Herbstnachmittag des Jahres 1894, die Wolken waren dicht, und man spürte, wie der Wind hoch vom Sipylos den Geruch des Regens brachte, fuhr der Zug von Smyrna nach Kassaba zur gewohnten Zeit ein. Nikos war bereits früh zum Bahnhof gegangen; er hatte gesagt, er habe eine Überraschung für uns bereit, und wir sollten zu Hause auf das Signal warten. Wie schon länger üblich, gab er uns durch Emin Bescheid. Wir gingen alle hinunter, sogar Anna, und am Ende des Bahnsteigs traten wir in den Wartesaal, der schön mit Stühlen und Bänken hergerichtet war, die man aus dem Wartesaal und den umliegenden Kaffeehäusern geholt und in ordentlichen Reihen aufgestellt hatte. Da saßen im Halbrund der Kaimakam von Manisa mit ein paar Beis oder Agas, der Metropolit, der Vizekonsul von

Griechenland, ein paar Popen und Muftis sowie die Lehrer von Manisa einträchtig nebeneinander auf derselben Bank. Und auch alle unsere Freunde, Händler die einen, Großgrundbesitzer die andern. Man hatte für weitere Besucher und für uns Stühle reserviert. Nikos empfing, grüßte, gab sich alle Mühe. Direkt vor dem Saal waren im Abstand von einigen Metern etwas weniger als zwanzig leere Stühle zu den Zuhörern gewandt aufgestellt; Emin sorgte dafür, daß sich dort niemand hinsetzte. Und zwischen den beiden Welten, die von den Stühlen hier und den Stühlen dort gebildet wurden, hing hoch oben vom Schutzdach die große runde Bahnhofsuhr und maß die Zeit, die die Welten trennte. Der Zug brachte noch mehr Leute, die zu diesem Zweck kamen, die meisten waren Bekannte aus Smyrna. Nachdem wir es uns bequem gemacht hatten, sahen wir, wie am Ende des Bahnsteigs ein Schwarm katholischer Nonnen den letzten Wagen verließ, hinter ihnen die Musikanten mit Geigen, Blasinstrumenten, Bratschen und Celli. Der Zug fuhr nicht weiter. Er ließ den Dampf aufsteigen und wartete mit uns. Alle, die ausstiegen, blieben etwas abseits stehen, und wer die Fahrt fortsetzte, hing aus den Fenstern und beobachtete verwundert, was sich auf dem Bahnsteig zutrug. Schnell nahmen alle ihre Plätze ein, die Musiker und die Choristen, die letzten Geladenen. Ohne irgendwelche Förmlichkeiten, ohne Ansprache, ohne das geringste Brimborium verständigte sich Père Raimbaud mit Nikos und Timoni und hob den Taktstock. Eingeweihte wie Nichteingeweihte wurden still. Die Fächer hielten inne, die Rosenkränze, die Komboloi, einige nahmen den Fes ab, nur der Minutenzeiger der Uhr bewegte sich, und Père Raimbaud begann zu dirigieren. Da ergossen sich wie ein Strom die Klänge der Geigen und der Blasinstrumente, die Stimmen füllten den Raum unter dem Schutzdach, das sich über den ganzen Bahnsteig zog, flogen stürmisch in die Gassen von Manisa, machten sie lieblich, machten sie lind und stiegen hinauf zu den Minaretten und den Kirchtürmen und hallten im Tal wider, erreichten den Gipfel des Berges, nahmen unsere Seelen mit, zogen die Wolken an, daß sie sich senkten. Und die Teilpächter drückten das Kreuz durch und suchten in den Wolken nach Antwort. Türken und Griechen, Armenier und Juden, Katholiken, Orthodoxe und Muslime, Männer des Sultans, Händler, Grundbesitzer, aber auch Lastträger und Müßiggänger in den Kaffeehäusern ringsum, die nach und nach neugierig näher traten und diskret im Hintergrund stehenblieben, alle miteinander lauschten sie reglos, stumm, wie versteinert, am Fuß des Sipylos, dem letzten Teil der »Matthäuspassion« von Bach.

Das Stück dauerte nicht lange. Als es zu Ende war, war nur der Wind zu hören, der vom Sipylos herunterwehte. Sie wiederholten es. Sie sangen es dreimal. Es war so wunderschön, daß ich meinte, es habe nur einen Atemzug lang gedauert. Ich suchte Nikos mit den Augen und wollte ihn zum Teilhaber der Dankbarkeit machen, die ich ihm gegenüber verspürte. Da stand er, an die Bahnhofswand gelehnt, hinter der letzten Reihe der Sitzenden, und lauschte; sein Blick ruhte auf der Uhr, die über uns allen hing. In jenen Augenblicken hatte ich das Gefühl, alles sei machbar, daß man für alles einen Weg finde, um es zusammenzuführen und zu vereinen, daß diese Musik, auch wenn sie nicht bei allen die Saiten erklingen ließ, sie dennoch festhalten, fesseln und dazu bringen konnte, diese Musik zu achten, daß sie Gedanken in den Menschen erweckte. Daß alles einen Urgrund hat. Als das kleine Orchester aufhörte zu spielen, öffnete sich der Himmel, und der erste Herbstregen fiel in Strömen. Die Erde duftete, als wolle auch sie hergeben, was ihr verblieben war. Das Straßenpflaster wurde naß und glänzte im ersten Regen, an den Straßenrändern, wo die letzten Wasser des Regens flossen, glaubte man sie jene

Melodie singen zu hören. Alle waren sich einig, daß dieser Regen die Antwort Allahs, Gottes und Christi auf jenes Gebet, der Segen für ihre Anliegen sei. Einige entdeckten, daß jenseits der Ägäis, weit hinter der Donau, eine andere Welt existierte, die nicht nur eine andere Sprache sprach, sondern auch ganz andersartig sein mußte, um ihrem Gott mit einer solchen Musik zu huldigen. Waren wohl die Menschen dort so anders wie ihre Musik? Wie war es möglich, daß des Menschen Geist so verschiedene Dinge schaffen konnte, selbst wenn er das gleiche sagen wollte? Der Name Bach ging von Mund zu Mund, als sei es die Pflicht jedes einzelnen, ihn sich zu merken, ihn zu achten, mochte ihn auch jeder anders aussprechen. Auf der Rückfahrt wandte sich Emin plötzlich an Nikos und fragte ihn: »Nikolis-Efendi, was haben sie gesagt, daß er ist? Auch ein Gott oder nur sein Prophet?«

Eine Woche später brach ich mit der Delegation zur Rückreise nach Berlin auf. Ich nahm so wenig wie möglich mit, um die Meinen zu überzeugen, daß ich nur für wenige Monate weg sein, im Frühjahr mit der Delegation wiederkommen und in Magnesia die Grabungsarbeiten wiederaufnehmen würde. Mit Versprechen, Versicherungen und Andeutungen, die mir wie zufällig über die Lippen kamen, konnte ich sie schließlich überzeugen, daß ich nicht für immer ginge. So entkam ich dem Weinen und den Überschwenglichkeiten. Sie glaubten es. Alle, außer Nikos. Das Zimmer bei der Armenierin hatte ich nicht wieder gemietet. Nikos bezahlte es weiter. Selbst sie hatte ich angelogen und gesagt, ich käme bald wieder. Sie hatte nichts gesagt und so ausgesehen, als glaube sie mir. Sie hatte nur gesagt, ich solle vorsichtig sein. Mein Vater war am Ende, er begriff nicht, für wie lange und weshalb ich wegging, das war ohnehin nicht mehr von Bedeutung für ihn. Ich packte sorgsam meine Lieblingsbücher und jene, die ich für wichtig hielt.

Ich füllte die Ledertasche, die Nikos und ich damals gekauft hatten, als man uns in Mitilini den Kredit ausgehändigt hatte, mit meinen persönlichen Notizen, Papieren, die mir Nikos gegeben hatte, einem Brief von Gertrud und ein paar Hausmittelchen von der Nona, denn man wüßte ja nie, was mich dort in Deutschland alles heimsuchen könnte. Ich verabschiedete mich von so wenigen wie möglich, von meinem Vater, meiner Großmutter, von Ismail, von Miltiadis und der Miltiadena, von Kirios Lefteris. Am Vortag fuhr ich zusammen mit meiner Mutter, der Nona, Anna und Nikos nach Smyrna und quartierte uns im »Kraemer« ein, wo sich die deutsche Mission bereits zusammengeschart hatte. Ich bat Nikos, mich zu entschuldigen, und lief zu meiner Armenierin. Niemand war zu Hause. Ich setzte mich in mein Zimmer und wartete, versuchte vergeblich, zum letztenmal das Schlaflied der Italienerin hinter den verschlossenen Fenstern zu hören oder es mir wenigstens vorzustellen. Die Stunden vergingen, es wurde spät, und meine Armenierin tauchte nicht auf. Ich ging zur Bibliothek, sie war geschlossen, ich fand keine Menschenseele, die ich nach ihrem Verbleiben hätte fragen können. Ich suchte nochmals mein Zimmer auf, wartete noch eine Weile und ging dann mit bleiernem Herzen ob meiner Wut und Bitterkeit zurück. Am nächsten Morgen am Kai die letzten Umarmungen, die letzten Ratschläge, die letzten verstohlenen Blicke, die letzten Botschaften. Ich suchte hinter den Schultern der Meinen nach der Armenierin, sie war nirgends. Es kamen mir die Tränen, doch der Wind blies von Westen, und sie trockneten sofort. Als letzter umarmte mich Nikos, er drückte mich an sich und flüsterte mir ins Ohr: »Schreib uns nicht ab – schreib uns, schreib auch mir.« Ich nickte und flüsterte zurück, während ich ihm diskret einen Brief in die rechte Tasche schob: »Lies du es ihr vor, denn meine Tscherkessin kann nicht lesen.« Ich lehnte an der Reling, sah, wie der

Kai kleiner wurde, um meinen Hals lag ein warmer Schal von der Nona, und ich dachte an die drei Gründe, die hinter einer großen Entscheidung, die unser Leben verändert, stehen können, wie Nikos einmal zu mir gesagt hatte. Ich fragte mich, aus welchem von den dreien ich meine große Entscheidung getroffen hatte.

Hier endet die Kompilation von Fragmenten aus dem Tagebuch von Vaios-Efendi. Er führte ein Tagebuch, schrieb zeitweilig seine Gedanken nieder, seine Erfahrungen, die Geschehnisse, seine Erlebnisse und was sein persönliches Empfinden berührte. Es wurden hier jene Fragmente zusammengetragen, die Licht in die Jahre seines Lebens mit Nikos bringen, in seine Beziehungen zur Welt, in der sich jene Freundschaft entwickelte. Das vollständige Tagebuch wurde irgendwann an die Adresse von Nikos, von Nikolis-Efendi, nach Manisa gesandt, hinten und vorne sorgsam mehrere Male mit Lack versiegelt. Aus unbekannten Gründen wurde es nie geöffnet und blieb im Turmhaus außerhalb von Manisa zusammen mit den andern Sachen von Nikos auf einem Stapel liegen. Viele Jahre nach der kleinasiatischen Katastrophe fand es unerwartet den Weg von den Bergen des Sipylos hinab zu einem Ort etwas unterhalb des Klosters von Kaissariani, zur Siedlung der Flüchtlinge.

Vaios kehrte nie mehr nach Manisa zurück. Er war auf der Suche zwischen Berlin und Leipzig, zwischen den Kreisen des Archäologischen Museums und dem Traumspiel, das er um Gertrud schuf. So zumindest beklagte sich Gertrud, die schon immer auf ihn gewartet hatte und Hoffnung schöpfte, als sie Witwe wurde. Als Vaios sich in Berlin niederließ, gewöhnte sie sich nach und nach daran und begnügte sich mit dem Gedanken, daß nur ein Teil ihrer Hoffnung in Erfüllung gehen konnte, und dem entsprach Vaios jedesmal, wenn er aus Berlin kam und sie besuchte. Nichts änderte sich, als Vaios sich 1900 in Wien niederließ. Er starb, gemäß einem Brief von Gertrud, als oberster Bibliothekar der Bibliothek von Wien, kurz nach dem Weltkrieg, an der Grippe von 1918, die in Europa wütete. In ihrem Brief schrieb Gertrud noch, Vaios sei vielleicht glücklich weggegangen, so weit von zu Hause, mit wenig Geld, ohne Familie, weit weg auch von ihr. In seinen letzten Stunden besuchte sie ihn in Wien, zwei Tage bevor er starb, und er sagte zu ihr, in der folgenden Woche, wenn er wieder wohlauf sei, werde er sie mitnehmen und ihr die Bibliothek zeigen. Er war stolz auf seine Welt der Bücher. Er ging weg, und Gertrud war zutiefst überzeugt, daß er jene Jahre in Wien auf eine Weise gelebt hatte, die ihm zu einem starken inneren Gleichgewicht verhalf, sowohl in den guten Zeiten bis zum Weltkrieg als auch danach in den schwierigen Jahren. Den gleichen Ausdruck: »auf ein neues inneres Gleichgewicht« benutzte Vaios in Briefen an Nikos. In den Erzählungen der Familie nannte ihn seit dem Tag, an dem er abgereist war, niemand mehr »Vaios-Efendi«. Für alle war er »Onkel Vaios«, und es gibt nur gute Erinnerungen an seine Manieren und an seine Kultiviertheit.

Die Erzählung der Nona

VAIOS FUHR WIEDER NACH DEUTSCHLAND, und etwas sagte mir, daß er nicht mehr nach Manisa zurückkehren wollte. Man sah auch, daß er hier zu vertrocknen schien. Weder der erste noch der letzte, so viele haben alles, und der Teig will doch nicht aufgehen. Sag nie, wer oder was schuld war. Vielleicht war es so, vielleicht war es anders. Ich ging an meinem Kummer fast zugrunde, aber ich sagte ihm nichts. Auch mein Weinen hätte nichts geholfen. So oder so, für mich war seine Freude wichtiger als mein Schmerz. Und ich empfand einen Schmerz wie damals, als ich bei der Geburt mein erstes und einziges Kind verlor. Ich werde da ungefähr vierzehn gewesen sein, kaum neun Monate stand ich in den Diensten von Anton-Efendi. Wir, mein seliger Mann und ich, stammten aus einem christlichen Dorf weit weg in Kappadokien. Er aus Sinassos und ich aus Prokopi. Er war der erste, der mich an einer Kirchweih sah, er wollte mich, er besprach es mit meinem Vater, und nachdem sie sich einig geworden waren, kam er. Sei es ihm gegönnt, ein strammer Bursche vom Scheitel bis zur Sohle. Bis uns der Pope segnete, sagte er mir: »Mein Täubchen, hier ist kein Erfolg, auch kein Fortschritt für uns. Der Fortschritt ist in Smyrna. Dort, wo sich unsere Leute versammeln und vermehren wie die Ameisen. Unsere Kinder sollen das nicht durchmachen, was wir hier inmitten dieser Steine durchgemacht haben.« Am Morgen heirateten wir, am Mittag schon, ich trug immer noch das Brautkleid, brachen wir mit einem Esel, zwei Kamelen und einer Ziege nach Smyrna auf. Am selben Abend, neben einer Quelle zwischen dem Esel und den Kamelen, zeugten wir unser erstes Kind. Es war so schön, als ich zum erstenmal über mir den Himmel sah und nicht die Sterne zu zählen begann. Am Abend spannten wir abseits der Dörfer an abgelegenen Orten aus, damit man uns und unsere beladenen Kamele nicht sah und ausrauben konnte. Vier Tage lang ernährten wir uns von Brot, Zwiebeln, Oliven und Ziegenmilch. Schließlich kamen wir nach Manisa, und da befand mein seliger Mann, wir seien weit genug gereist, und diese Gegend hier sei von Gott gesegnet. Im ersten Weinberg, auf den wir stießen, machten wir Rast. Das Schicksal wollte es – in dem Moment kam Anton-Efendi vorbei, fragte uns, was wir wollten und woher wir kämen. Wir erzählten ihm alles, er nahm uns sogleich mit auf sein Gut, gab uns ein Stück Erde und einen kleinen Weinberg, und wir gaben ihm die zwei Kamele.

Meines seligen Mannes habe ich mich nicht erfreuen können. Mein Bauch war riesig wie eine Pauke, da brachte man mir zuerst die Nachricht und gleich danach ihn selber: Er war tot. Er war oben auf der Mühle ausgerutscht, am Boden wie eine Wassermelone zerplatzt und liegen geblieben. Die Woche darauf brach mir das Wasser, und das Leben, das ich unter dem Herzen nährte, ging ab. Ich starrte den Erdboden an und bat, er möge mich verschlingen. Am selben Tag, zur selben Stunde, in der ich mein Kind verlor, wurde Anna geboren. Doch ihre Mutter hatte keine Milch, sie zu stillen, wie sehr man ihr auch Wasser vom Gediz Kizlar gab. Bald schon kam die Mutter von Anton-Efendi, nahm mich an der Hand, ich war immer noch völlig aufgewühlt, und legte mir Anna in den Arm. Sie fand vom ersten Augenblick an ein warmes Nest in meinem Herzen. Ich stillte sie, gab ihr all meine Milch. Sei es ihr gegönnt. Sie behielten mich von da an bei sich im Haus, als wäre auch ich von ihrem Blut. Vaios trat damals ins dritte Lebensjahr. Ich sorgte für sie, ich liebte sie, und ich zog sie auf, als wären sie meine eigenen Kinder. Und als Vaios irgendwann begann, mich »Großmutter« zu nennen, schimpfte seine Mutter mit ihm und sagte, es gebe nur eine Großmutter, mich müsse er »Nona« nennen, und als Vaios fragte, was die Nona sei, sagte seine Mutter: »Auch eine Großmutter.« Er nannte mich Großmutter, denn er sah mich in schwarzen Kleidern und mit schwarzem Kopftuch. Von da an nannten mich alle »Nona«, damit Vaios es kapierte und damit die wirkliche Großmutter aufhörte zu maulen. In Tat und Wahrheit war ich zu jung, als daß er mich Großmutter hätte nennen können. Ich war sechs Jahre jünger als seine Mutter. Von meiner Familie habe ich mich schon früh abgewandt. Ich schickte viele Nachrichten, doch nichts kam zurück. Ich band mich an jene, die mich aufgenommen hatten, und schlug in Manisa Wurzeln, wie auch Griechen und Juden in der Stadt Wurzeln schlugen, Armenier in Malta, aber auch Bosniaken und Turkmenen der verschiedensten Völker außerhalb von Karaköy.

Frühling, Sommer und Herbst – der Ort war von Gott gesegnet. Die Tiere nährten sich von Früchten und Gemüse wie wir. Im Sommer brachten wir wagenweise Wassermelonen nach Smyrna, und die Früchte des Gartens verfaulten in der Hitze, so viele konnten wir gar nicht verkaufen. Unser Winter aber war hart. Wenn der Regen kam, reichte der Schlamm in den ungepflasterten Straßen bis zum Knöchel, und später, wenn der Schnee kam und es fror, zerbrachen die Wassergläser, wurde das Öl hart und jedes Kleidungsstück steif, man konnte es an die Wand schlagen, und es bekam keine Falten. Tag und Nacht scharten wir uns um die Kohlenbecken und warteten auf einen Feiertag, damit wir am Morgen in die Kirche gehen und am Abend einen Besuch machen konnten.

In all diesen Jahren kränkte mich niemand, und niemals kränkte ich jemanden, niemals sagte man ein böses Wort zu mir. Nur einmal, ganz am Anfang, passierte etwas, und Anton-Efendi gab mir eine Ohrfeige. Es war nicht schlimm, aber es war eine Ohrfeige. Und letzthin, vor einigen Tagen, bevor der erste Schlag ihn traf – ich beugte mich über die Großmutter und ordnete die Ruhepolster –, da kam er, um zu sehen, ob ich sie richtig ausgebreitet hatte, und packte meinen Hintern. Ich sagte nichts, aber als wir aus dem Schlafraum gingen, sagte ich: »Sieh dich vor, nächstes Mal erfährt es deine Mutter.« Er lachte, wagte es aber nie mehr, mich anzufassen. Sei's drum.

Die Kinder gingen zur Schule, lernten lesen und schreiben wie damals nur wenige Kinder aus unserer Gegend. Die Jahre vergingen, und nach und nach entfernten sie sich von uns. Ich weiß nicht, warum. Wurden sie einfach älter, oder lernten sie überflüssige Dinge, die sie von uns wegzogen? Unser Leben aber änderte sich nicht, weder als die Kinder größer wurden, noch als eine Widrigkeit nach der andern Anton-Efendi heimsuchte. Wir in unserem Heim und unserem Haus spürten nichts davon. Es änderte sich auch nichts mit der Krankheit von Anton-Efendi, die ihn fast dahingerafft hätte und Vaios zwang, sofort heimzukehren. Wie sehr wir auch mit alldem einschliefen und aufwachten, nichts konnte die Gewohnheiten stören, die Reihenfolge der Dinge durcheinanderbringen. Nach und nach änderte sich alles, wir merkten es gar nicht – von dem Tag an, als Nikolis in Manisa erschien, Nikolis-Efendi. Mochte auch diese böse Enttäuschung mit Anton-Efendi passiert sein, mochte er auch monatelang nicht über die Schwelle kommen, so tat ich doch mein Bestes und sorgte für ihn in seinem Turmhaus.

Die Finger sind nicht alle gleich lang, auch die Liebe kann man nicht in gleiche Teile teilen. Ich gestand es niemals einer Menschenseele ein, aber ich liebte Vaios viel mehr, er wohnte in meinem Herzen, als wäre er das Kind, das ich verloren hatte. Vaios wollte Nikolis, er wollte ihn zum Herrn machen, je nun, das war für mich ein Befehl. Aber nicht nur das, auch nicht, daß es mit den Geschäften schnell aufwärts ging. Mit dem, was er sagte und tat, begannen alle und alles sich um ihn zu drehen. Er war ein Mann, doch er benahm sich uns gegenüber anders, wie soll ich es sagen, mir fehlen die Worte, er brachte es fertig, daß wir alle uns besser fühlten. Er war so ein guter Bursche. Ob wohl alle Leute aus Epirus so sind? Sei's drum.

Als Vaios sich am Kai von mir verabschiedete, umarmte er mich, steckte mir, gesegnet sei er, drei Goldpfund in die Hand, was sollte ich damit tun, und sein letzter Satz war: »Paß auf Nikos auf.« Er nannte ihn immer Nikos, selbst als er für uns alle bereits Nikolis-Efendi war. Einige Tage bevor er abreiste, ging er hin und überschrieb alles auf seinen Namen. Nicht daß er viel hatte, nur ein paar Felder von der Mutter seiner Mutter, denn Anton-Efendi gab, solange er lebte, niemandem Land. Kirios Ignatios, einer ihrer engsten Freunde, kam aus Smyrna, bezeugte all die Papiere, sogar der Advokat kam aus Mitilini, und Nikolis-Efendi übernahm die ganze Schuld für den großen Kredit. Vaios muß ihm auch noch andere Mandate übertragen haben. Sie hockten einen ganzen Abend im Wohnzimmer und redeten, immer wieder vernahm ich etwas, nur so ungefähr, viel verstand ich nicht. Ich weiß zudem, daß er seine Mutter und seine Großmutter beiseite nahm, bevor er abreiste, und ihnen sagte: »Damit es ein für allemal klar ist, der einzige Herr ist Nikolis-Efendi.« Und die Großmutter, die im Lauf der vielen Jahre jegliches Getue verlernt hatte, wandte sich an ihren armen Enkel und sagte: »Und wer ist es bis jetzt gewesen?« Er ging mit Gottes Segen, und die Stelle, die leer wurde in meinem Herzen, füllte ich im selben Augenblick mit Nikolis-Efendi. Anton-Efendi wiederum sagten wir nur die halbe Wahrheit. Vaios sei geschäftehalber nach Deutschland gegangen und werde bald zurückkommen. Ob er es glaubte oder nicht, man wußte es nicht, manchmal war er völlig von Sinnen, dann wieder erleuchtete ihn Gott und schenkte ihm ein paar klare Gedanken.

Ich jedenfalls kümmerte mich um Nikolis-Efendi. Zusammen mit der Mutter von Miltiadis, zwei Hirne und vier Hände, nichts sollte ihm fehlen, ihm, der ganz allein in seinem Turmhaus lebte. Sosehr ich auch nachdachte, was wir sonst noch hätten tun können, mir fiel nichts ein. Am Tag nach Vaios' Abreise weckte ich Emin noch in der Dämmerung, denn ich wußte, daß Nikos früh aufbrechen würde, und wir gingen aufs Gut. Hurtig, damit wir ihn noch erreichten; stolz ritt er auf seinem Hengst weg, der heilige Georgios in Person. Er sah uns und wurde unruhig, saß ab, ich beruhigte ihn, es sei nichts Schlimmes geschehen, aber nun, wo sich alles ändere, vielleicht wolle er noch etwas. Es schien ihn zu freuen, er lachte, doch man hörte keinen Laut. Er dachte nach, ihm fiel nichts ein, und als er wieder aufs Pferd stieg, drehte er sich um, beugte sich tief hinunter und sagte mir ins Ohr: »Hab mich gern, liebe Nona, hab mich gern.« Ich konnte ihm gar nicht mehr sagen, er tue mir unrecht, schon war er weg. So vergingen die Monate und die Jahre bis zum ersten Krieg, dem griechisch-türkischen. Anton-Efendi ging es immer gleich, weder besser noch schlechter, ihm den Hintern zu putzen war eine Qual für uns wie auch für ihn. Im Jahr nach Vaios' Weggang starb auch unsere Großmutter. Die Knochen taten ihr weh, Arme und Beine und der Hals waren steif, sie litt, doch sie war bis zu ihrem Ende bei klarem Verstand. Gott hab sie selig, sie war die einzige, die Anton-Efendi gegenüber laut wurde und vor niemandem auf die Knie fiel. Meine Herrin, lassen wir ihre grauen Haare beiseite, scherten weder die Winter noch die Sommer. Sie hatte auch keine Sorgen, höchstens, wann ein Brief von Vaios käme und wann Anna heiraten würde. Anna weilte mit ihrer englischen Freundin mal in Smyrna, mal in Konstantinopel und mal in Athen. Ein-, zweimal an Weihnachten, Neujahr gingen sie auch nach England. Uns klingelten die Ohren wegen dieser Viktoria, als hätte sie diese höchstpersönlich geboren. Aber daß unsere Anna nachgedacht und ihr Ja zu irgendeinem Bräutigam gesagt hätte, so viele bewarben sich um sie... Pah! Mit der Zeit kamen immer weniger Freier, obwohl die Mitgift von Jahr zu Jahr größer wurde. Und Anna wurde im Lauf der Zeit sanfter, sie wurde richtig duldsam und hielt langsam ihre Zunge im Zaum. Nicht daß sie ihre Ansichten geändert hätte, aber, na ja, sie war nicht mehr das verzogene Töchterchen von Anton-Efendi. Vaios schickte selten mal einen mehrseitigen Brief, an dem er wochenlang geschrieben hatte. Einmal schickte er uns auch zwei Photographien, die eine mit einer Deutschen und die andere mit einem deutschen Freund von seiner Arbeit. Sei's drum.

Nikolis-Efendi änderte nach Vaios' Abreise seine Gewohnheiten nicht, nichts war ihm oder seinem Verhalten anzumerken. Einmal im Monat kam er und schloß sich mit meiner Herrin im Wohnzimmer ein, dort redeten sie längere Zeit. Sonntag für Sonntag kam er am Mittag und aß mit uns. Jedesmal hatten wir für ihn Lamm mit Kartoffeln im Tontopf. Ob es ihm schmeckte oder nicht, ich habe keine Ahnung. Meine Herrin jedenfalls sagte, das sei sein Lieblingsgericht, doch wie sehr er es auch mochte, ich dachte mir, irgendwann muß er es doch satt haben, wahrscheinlich sagte er aus Höflichkeit nichts. Alles fand er köstlich, er betete meine Zwiebelpastete an, doch nie hat er es den andern eingestanden. Ich buk sie und brachte sie ihm ins

Turmhaus. An den großen Feiertagen kam er immer herunter und führte uns alle zur Kirche. Ebenso an Hochzeiten, zu denen meine Herrin gehen wollte, oder zu einem wichtigen Besuch. Es ging uns von Jahr zu Jahr besser, obwohl Anna viel Geld verschwendete. In den ersten Jahren, wie uns Kir-Lefteris immer wieder sagte, legte Nikos für sich persönlich nichts auf die Seite, und nichts wurde auf seinen Namen überschrieben. Alles geschah im Namen von Anton-Efendi, der krank dalag und manchmal bei der Erwähnung von Anna oder Vaios lächelte. Aus irgendwelchen Gründen, die Kir-Lefteris besser kannte, wurden ein, zwei Felder einfach so und vorläufig auf seinen Namen übertragen. Ich sorgte für alles, was er im Haus brauchte. Für die andern Ausgaben, da gab es nicht viel, bat er Lefteris um Geld oder schickte ihm die Rechnungen. Lächerliche Dinge, wenn man denkt, wo wir standen und wohin er uns gebracht hatte. In Manisa schätzen ihn Türken wie Griechen. Und wenn er auf den Dorfplatz ritt, so sprangen alle Leute in den Kaffehäusern auf, sobald Lengos Schnauze an der Ecke zu sehen war, bevor er selber zum Vorschein kam. Sein Wort zählte kaum weniger als ein Firman, in unserem Herzen, in unserem Sinn wog es noch schwerer. Kurz vor dem Krieg zahlte er auch den Kredit zurück.

Den ersten Krieg von 1897 bekamen wir kaum mit. Doch die ersten Massaker an den armen Armeniern ein, zwei Jahre zuvor hatten uns erschüttert. Von da an brachte Anna, wenn sie aus Smyrna zurückkehrte, jedesmal eine Neuigkeit mit, sie hatte Angst, daß es bald auch in unserer Gegend Unruhen und Tumulte geben könnte. Das sagte auch ihre Lehrerin, die Engländerin, immer wieder, die es von ihren englischen Freunden vernahm. Kir-Lefteris, der Verwalter, erzählte in einem fort, was er da hörte, was er dort hörte, und stimmte mit Anna überein. Sogar Kirios Ignatios, der einmal auf Besuch kam, sagte uns, die Dinge könnten von

Sekunde zu Sekunde schwieriger werden, und alles würde durcheinandergeraten. Nikolis-Efendi hörte zu, beruhigte uns, doch man sah, daß auch er sich trotz seiner Worte Sorgen machte. Zu jener Zeit dankte Kirios Ignatios Gott, dem Herrn, daß es ihm gelungen war, seine Tochter zu verheiraten, und dieser Satz drückte mir auf die Seele. Anna, das sagten nun schon alle, würde als alte Jungfer enden. Wer sollte auch im Sinn haben, mit ihr noch eine Familie zu gründen, wo alle ihre Freundinnen zwei und drei Kinder hatten, die teilweise schon zur Schule gingen? Mit ihrem Benehmen hatte sie sich einen schlechten Namen gemacht, die Freier blieben aus, und seit einem Jahr hatte keine Ehevermittlerin mehr angeklopft. Kirios Ignatios sagte mit allem Nachdruck, schließlich und endlich müsse in den schweren Zeiten, die kommen würden, ein Mann im Haus sein, und sein Freund Anton-Efendi zähle nicht mehr, weder als Mann noch als Herr, daran gäbe es nichts zu rütteln. In meiner Gegenwart redete er so, und meine Herrin sagte nichts, nickte nur und war seiner Meinung, und immer wieder schlug sie die Hand vor den Mund, als wollte sie den Kummer, der sie auffraß, nicht herauslassen.

»In schwierigen Zeiten gehört ein Herr ins Haus.« Dieser Satz blieb ihr, und nach jenem Besuch wiederholte sie ihn immer wieder; wenn Tage vergingen, ohne daß sie ihn sagte, brachte ich ihn in Erinnerung. Den Bräutigam hatten wir gefunden, einen besseren gab es nicht. Die Frage war nur, ob Anna ja sagte, die, wenn man etwas von Ehevermittlung erwähnte, wie besessen kreischte. Anna fürchtete nur einen und verehrte ihn gleichzeitig. Auf diesen setzte meine Herrin all ihre Hoffnung. Geduldig wartete sie Tag um Tag auf einen dieser hellen Momente, die Anton-Efendi manchmal hatte. Bei der ersten Gelegenheit stürzte sie sich auf ihn, sie war gut vorbereitet und sprach langsam und honigsüß, was aus der Familie werden würde, sie war sein Augenstern, was sein Freund Ignatios über die schwierigen Zeiten, die kamen, sagte, über die Gefahren, und daß das Glück von uns allen und besonders von Anna, aber auch unser Hab und Gut von jener Heirat abhingen. Und nicht mit dem Nächstbesten, sondern mit Nikolis, und wenn sie ihm das Ja nicht gebe, so solle er sie nicht aus dem Zimmer lassen. Er solle sie, wenn nötig, erschrecken und ihr sagen, daß er vor Kummer sterben würde. Das und noch viel mehr, wie soll ich mich an alles erinnern. An jenem Morgen saß Anna am Tisch und schrieb Briefe. Ihre Mutter rief sie, schubste sie ins Zimmer von Anton-Efendi und machte die Tür hinter ihr zu. Sie blieb stehen und lauschte, und ich kniete vor dem Schlüsselloch und schlug das Kreuz.

Anton-Efendi stützte sich mit dem guten Ellbogen auf den Kissen ab, nahm wortlos all seine ihm in dieser Welt noch verbliebenen Kräfte zusammen und gab dann weiter, wovon ihn meine Herrin unterrichtet hatte. Er tat sich schwer, lallte und lispelte vor lauter Anstrengung, mit der guten Hand versuchte er die Lippen geschmeidig zu machen und den Hals zu reiben, damit seine Stimme wieder zu hören war. Sogar der kleine Finger seiner Krüppelhand begann zu zittern. Erschöpft fiel er in die Kissen zurück, und als wir schon meinten, er sei völlig von Kräften und könne nicht mehr atmen, da ergriff er das Weberschiffchen dort, wo er es vorher gelassen hatte, und schickte es weiter hin und her. Kaum hatte Anna ihren ersten Satz herausgebracht, tat er so, als hätte er sie nicht gehört, als würde er zum erstenmal reden. Er nahm die Geschichte von Anfang an wieder auf, zum zweitenmal und ächzte wie ein Lastträger. Und wieder und wieder, er hörte nicht auf, und Anna schien mit Mund und Augen immerfort nein zu sagen. Wir lehnten an der Tür, hörten Annas Schluchzen und Bitten, er möge sich ihrer doch erbarmen und sie nicht drängen. Aber er, solange sie das Ja nicht sagte, peitschte und zerfleischte sie mit seinen Worten, er würde es ihr schon zeigen. »Hierher hast du mich das erste Mal gebracht, und von hier wird man mich jetzt wegtragen«, brüllte er, und Anna biß sich in die Hand, daß die Adern fast platzten, und aus dem Weinen wurde ein gellendes Schreien, das im ganzen Viertel zu hören war, die Haare standen einem zu Berge. Meine Herrin hielt mich in ihrer Angst, ich stand ja neben ihr, so fest an der Schulter, daß ihre Nägel mir die Haut aufrissen, und ich drückte sie an mich, auch wenn ich vor Schmerzen keine Luft mehr bekam. Und als Anna mitten in ihrem Schluchzen mit klappernden Zähnen etwas erwiderte, machte er wie der Teufel mit der gleichen Kraft weiter, er hatte sie wohl all die Jahre Tropfen für Tropfen tief in seinem Herzen für genau diesen Augenblick gesammelt: »Ich will keine Versprechungen. Ich will einen Schwur. Einen Schwur. Schwöre es mir auf den Knien.« Aus ihrem Mund kam eine Stimme, sie wollte die Worte zusammensuchen und etwas sagen, aber der Schmerz hatte ihr den Mund verbrannt. Meine Herrin hielt es nicht mehr aus und ging ins Zimmer, ich hinterher. Anna kniete neben dem Bett, hielt seine gute Hand mit dem großen Ring und schluchzte und weinte, sie wollte etwas sagen, aber sie brachte keinen Ton heraus, der Kiefer zitterte, das Herz schlug wie wild in der Brust, die Tränen flossen über den Ring, und vor lauter Weinen und Klagen troff ihr sogar der Speichel aus dem Mund. Anton-Efendi regte sich nicht, nur sein linker Finger wollte sich nicht beruhigen. Meine Herrin lief zu ihm, beugte sich über ihn und begann, ihm mit ihrem Tuch den Schweiß abzuwischen und ihn zu beruhigen. Als Anna zu Boden glitt, sie hielt immer noch seine rechte Hand, da hob er den Blick zu meiner Herrin und sah sie zum erstenmal in seinem ganzen Leben so an. Als wollte er zum erstenmal ihr Urteil hören. »Eleni, hab ich das gut gesagt?« flüsterte er. Zum erstenmal war der richtige Name meiner Herrin im Haus zu vernehmen.

»Antonena« hatte er sie bis dahin genannt, »Antonena« nannten auch wir sie. Und sie nahm seinen Kopf in die Arme, er war naß und dunkelrot, sie streichelte ihn, besänftigte ihn und sagte zu ihm, als verzeihe sie ihm alles, was sie ein Leben lang durchgemacht hatte: »Es gibt keine Eleni mehr, mein Antonis, nur noch Antonena, nur noch Antonena.« Die Tränen rannen stumm wie sonst, wenn er sie beschimpft hatte. Erst als Anna jenes zweite Kreischen ausstieß, sahen wir, daß Anton-Efendi in den Händen meiner Herrin sein Leben ausgehaucht hatte. Als hätte er seine Seele hergegeben, nachdem er durch den Schwur Annas Seele bekommen hatte.

So war es mit Anton-Efendi, dem Herrn, zu Ende. Er starb, und viele wunderten sich. Die einen, weil sie nicht glaubten, daß er sterben könnte, die andern, weil sie ihn schon seit langem tot geglaubt hatten. Ein Jahr verging in Trauer und Geduld, wir waren darauf bedacht, daß Anna ihren Schwur nicht brach. Auch der Herrgott im Himmel trug dazu bei, und kurz danach ging die Engländerin weg, um ihre Viktoria zu besuchen. Als das Jahr vorüber war, holten wir eine Ehevermittlerin, doch diesmal lief es anders. Wir würden Nikos bitten, Anna zur Frau zu nehmen. Anna willigte ein, daß ich und nicht ihre Mutter mit ihm sprechen sollte. Sie dachte immer noch, er könnte nein sagen. Die Herrin gab mir ihren Landauer, so nannte man diese Kutsche, ich zog meine besten Kleider an, Emin nahm die Zügel, und wir fuhren so schicklich wie möglich hinaus aufs Gut. Nikos war fröhlich, denn er hatte gerade einen Brief von Vaios bekommen und wollte bei der ersten Gelegenheit an einem Abend zu uns kommen und ihn uns vorlesen. So machte er es immer, aber ich glaube, er las uns nicht alles vor, denn ich merkte manchmal, daß er ganze Sätze übersprang. Sei's drum. Er war erstaunt, als er uns so sah, und fragte, was passiert sei. Ich redete nicht um den Brei herum und sagte mit dem Mut der zweiten Mutter: »Mein Sohn, Zeit, daß du heiratest, und Anna will dich. Komm morgen zu uns, wir tauschen die Ringe, und du liest uns Vaios' Brief vor.« So, in zwei Sätzen, sagte ich ihm alles. Er öffnete eine Schachtel mit schwärzlichen Zigaretten, zum erstenmal sah ich ihn fertige Zigaretten rauchen, und nachdem er einen Zug genommen hatte, so tief, daß der Rauch nicht mehr heraufkam, sagte er zu mir: »Du sagst mir, daß sie mich will, aber sie zeigt es mir nicht.« Ich fuhr ihn an. »Was glaubst du denn, mein Lieber, meinst du, ich bin von alleine gekommen?« Ich erzählte ihm eine bunte Mischung aus Wahrheit und Lüge, und als wir gingen, sagte ich noch: »Wir erwarten dich morgen abend, blamier uns nicht.« Bis zum Schluß bestand er auf dem Sonntag abend, an dem er sowieso zum Essen kommen wollte. Auf dem Heimweg wurde mir angst und bang. Es hieß, er habe ein Verhältnis mit einer aus Smyrna, die er versteckt halte, und er gehe jede Woche und treffe sie. Es sah so aus, als hätte eine aus dem Bordell ein Auge auf ihn geworfen. Mich schauderte, daß er nun nein sagen könnte, aber dann hätte er es deutlicher gesagt. Ich hatte bis zum Sonntag Zeit, alles zu erledigen, was sich für diese Gelegenheit ziemte, vielleicht will er sich auch von der in Smyrna trennen, dachte ich und verscheuchte meine bösen Gedanken.

Wir zählten die Tage bis zum Sonntag. Am Freitag, als wir beim Kaffee saßen, sagte meine Herrin zu mir: »Du wirst sehen, er schickt uns eine Nachricht, daß er nicht kommt. Gestern hat man mir etwas von einem Verhältnis erzählt.« Ich wechselte sofort das Thema, aber was konnte man tun, wieder begann die Sorge an mir zu fressen. Am Samstag mittag sagte sie mir mitten in der Hitze des Gefechts: »Gehen wir in den Hamam«, es gab damals drei in Manisa, »wir wollen uns waschen und gut abreiben und es uns gutgehen lassen.« Seit Jahren waren wir nicht mehr im Hamam gewesen, seit wir das neue Bad eingerichtet hatten, mit einem Waschbecken so groß wie ein kleines Zimmer, das war ein Fortschritt und Balsam für unsere Seele. Wie dem auch sei, der Hamam war etwas anderes, der kam aus dem Paradies. Von dem Moment an, wo einen die Aufseherin empfing, betäubten einen die Düfte, die aus den inneren Räumen und den Bädern strömten. Mit der Pflege, die einem die Badefrauen zukommen ließen, fühlte man sich wie eine Sultanin. Wir lagen auf dem Bauch, und sie walkten und schlugen uns von den Schultern bis zu den Fersen, um die Verspannungen zu lösen, und hernach die Salben … Am Anfang aus Nelken und Wacholder, dann andere Schönheitsmittel und Cremes, für das Gesicht zerstoßene Mandeln mit Jasmin oder Balsam aus Mekka. Wir taten Henna ins Haar, um unser Alter und unsere Qualen zu verbergen, und die Türkinnen ließen kein einziges Härchen an ihrem Körper, wie es ihre Religion vorschrieb. Sie rieben sich mit Ot ein, einem Enthaarungsmittel, das war ein ekliges Zeug, das ihnen überall die Haare löste. Im vorderen Raum gab es weiche Sofas ringsum und dicke Teppiche, man bot Sorbets und süße Früchte und Limonaden an, sogar eine Wasserpfeife zündeten sie an, wenn man Lust zum Rauchen hatte. Das Mundwerk war locker, witzige und deftige Sprüche flogen hin und her, man erfuhr an einem einzigen Tag mehr als das Viertel und der Markt zusammen in einem Monat. Wir erzählten Witze und lachten oder sangen ein Lied, und das Herz ging uns auf. Von all dem hatten Anna und ihre Freundin niemals etwas gehört, und als wir im Haus das Bad einrichteten, ließ die Mutter sie nicht mehr gehen, nicht einmal mit mir. Sei's drum. Wir machten uns also auf den Weg zum Hamam. Wie sollte ich auf den Gedanken kommen, daß sie etwas anderes im Sinn hatte als die Wohltaten für unsere Seele? Unterwegs bat sie mich, ich solle die Aufseherin und die Badefrauen ausfragen, ob sie etwas wüßten oder etwas gehört hätten in all dem Geschwätz über irgendeine Frauengeschichte von Nikolis-Efendi. Das paßte mir gar nicht, aber was sollte ich tun, ich nahm eine nach der andern beiseite und fragte sie aus, mal diskret, mal auch direkt, wenn ich sah, daß sie nicht begriffen. Meine Herrin machte das gleiche mit jeder, von der sie wußte, daß sie über ein loses Mundwerk verfügte. Wir redeten uns den Mund fusselig, aber vergebens. Nach Stunden gingen wir als letzte, der Abend dämmerte schon, und der Hamam würde nun für die Männer offen sein. Wir trafen bereits die ersten Eiligen und legten unser Kopftuch wie einen Schleier um, damit sie uns nicht sahen. Was für eine Schmach! Sei's drum. Der Sonntag kam, und als Nikolis am Mittag auftauchte, schlugen wir das Kreuz.

Bei der Verlobung lief alles nach Wunsch. Auch der Herrgott schien sie zu segnen. Nicht ein einziges Mal bekam das Glas einen Sprung. Und Anna, das muß ich gerechterweise sagen, benahm sich noch trefflicher als mein Liebling, der sogar, wenn er redete, mit seinen Augen das Schweigen der andern erforschte. Nachdem die Ringe getauscht waren und der Pope sie gesegnet hatte, gingen wir zu Tisch, Nikos neben Anna, wir beobachteten sie und trauten unsern Augen nicht. Nach dem Essen zog Nikos eine kleine Schatulle aus der Weste, machte sie auf, und drin war ein Ring mit einem Stein so groß wie eine Bohne, dunkelblau, und er glänzte und glitzerte. Er gefiel meinem herzallerliebsten Kind so sehr, daß sie nicht an sich halten konnte, sie riß ihm den Ring fast aus der Hand, dankte ihm und streifte ihn über den Ringfinger. Kurz vor der Dämmerung, wir hatten zwei- oder dreimal Vaios' Brief gelesen, stand Nikos auf, küßte die Antonena und mich, zum erstenmal umarmte er uns, hielt Annas Hände für eine Sekunde und sah ihr tief in die Augen, dann wünschte er uns eine gute Nacht und sagte, er komme nächste Woche wieder. Wir begleiteten ihn in den Hof und bewunderten ihn, wie er sich in den Sattel schwang.

Am folgenden Morgen früh schickte mich die Antonena zu ihm, ich sollte ihn fragen, wann die Hochzeit sei, denn das wollte sie am Tag zuvor nicht ansprechen. Er gab mir zur Antwort: »Wir bauen zuerst unser Haus, unser neues Haus, und wenn Anna bis dahin ihre Meinung nicht geändert hat, heiraten wir sofort.« Was ich auch sagte, ich konnte ihn nicht umstimmen. Mitte der Woche erschien ein Ingenieur aus Smyrna mit Plänen. Pläne für fünf verschiedene Häuser. Er breitete sie im Gästeraum aus, alle kamen und begutachteten sie. Anna beugte sich vom Morgen bis zum Abend darüber, sie konnte sich nicht entscheiden, und Nikos tat ihr jeden Gefallen, er war immer ihrer Meinung, was sie auch sagte. Sie machten den Ingenieur halb wahnsinnig, bis er aus den Plänen alles, was sie wünschte, zusammengetragen und angepaßt hatte; er war drauf und dran davonzulaufen. Im nächsten Monat waren sie bereit und fingen an, am andern Ende des Hofes ihr Haus zu bauen. Der Hof war groß, es gab reichlich Platz, und so war es noch besser, wenn das eine Haus gegenüber dem andern lag, dazwischen der Hof und ringsum die Einfriedungsmauer, die uns alle beschützte. Es kamen Bauhandwerker aus Smyrna und belegten für sechs Monate die Herberge am Ort. Sie brachten Steine, Holz, Mörtel, füllten den Hof, machten alle Pflanzen außer meine Bougainvillea kaputt und versperrten für einen Monat die Straße. Überall legten sie weiße und schwarze Marmorplatten, wie bei diesen Kuchen. Was für eine Glätte... Nach sechs Monaten war es fertig, und das alte Haus sah daneben aus wie eine Hütte. Ausnahmslos alles in diesem Haus hatte Anna ausgesucht. Tausendmal ging sie nach Smyrna, einmal gar nach Konstantinopel. Aus unserem Haus holte sie einige Dinge, die sie liebte, ihre Mutter gab ihr auch das gute Porzellanservice und das Silber. Nach der Trauer um ihren Mann hatte die Antonena weder Lust noch die Absicht, unser Haus wieder mit Leben zu füllen.

Kurz vor der Hochzeit erhielt Anna einen Brief von ihrer Freundin, die sie völlig durcheinanderbrachte und schrieb, sie könne leider nicht zur Hochzeit kommen. Zwei Nächte machte meine Herrin kein Auge zu vor lauter Reden. Gott sei Dank ging auch diese Aufregung vorüber. Das war unser einziger Kummer in jenen Tagen, doch da kam gleich darauf ein Telegramm von Vaios, er war krank auf der Lunge und konnte nicht kommen. Wir sahen nur noch schwarz, Nikolis sah es noch schwärzer als schwarz. Kurz danach kam ein Brief von Vaios, er schrieb von seiner Krankheit, es sei nicht so schlimm, wir müßten uns keine Sorgen machen, doch es brauche seine Zeit, und der Doktor habe ihm das Reisen verboten. Jahre später erfuhren wir, daß er im selben Brief schrieb, er wolle ihnen ein schönes Geschenk machen, doch sein Geld reiche nicht aus, er sei elend dran. Da eilte Nikos nach Smyrna, suchte Ignatios auf, zusammen gingen sie zur Bank, er ließ ihn unterschreiben und schickte ihm eine Summe, die Ignatios angeblich von Schulden aus alten Rechnungen sandte; die seien anderswo geschrieben gewesen und erst jetzt zum Vorschein gekommen, und er bat ihn tausendmal um Verzeihung. Zwei Tage vor der Hochzeit erhielten wir eine Nachricht vom Bahnhof, am Nachmittag komme eine Kiste für Nikolis-Efendi, und ich schickte Emin, sie abzuholen. Doch Emin kehrte mit leeren Händen zurück, sie war so schwer, daß er sie unmöglich heben konnte. Ich ging hinunter zum Bahnhof, sie war so groß wie vier Truhen zusammen. Wir trieben einen Karren und vier Lastträger auf und luden sie auf den Karren, und den zogen wir dann langsam zu unserem Haus und ließen ihn mitten im Hof stehen. Als Nikolis und bald darauf Anna kamen und wir die Kiste aufmachten, da war es ein schweres, großes, schwarzes Klavier von Vaios. Annas Freude war unbeschreiblich. Sie stürzte in Nikos' Arme, als wüßte sie, daß er es bezahlt hatte. Niemand konnte sich damals vorstellen, daß es tatsächlich so war. Es wurde eine rauschende Hochzeit am Tag des heiligen Athanassios. Zwei Tage vorher schickten wir Frauen, die das angelaufene Silber polieren und die roten Teppiche bürsten sollten. Unser Despot traute sie. Was soll ich zuerst erzählen, wo soll ich anfangen? Die Braut und der Bräutigam, die geladenen Gäste, die Leute aus Manisa, aus Smyrna und aus den umliegenden Orten. Ismail brachte die Musikanten mit ihren Instrumenten her, Ignatios sandte aus Smyrna einen Photographen, sogar den Sattel von Lengo erneuerten wir. Drei Tage lang kochten wir, und die Antonena sagte in einem fort: »Jesus Christus, das reicht nie und nimmer.« Die Geschenke und Gaben füllten beide Häuser. Der Klatsch und Tratsch ebenfalls. Einige sagten, zwischen ihnen sei ein kleiner Altersunterschied, aber niemand kam es in den Sinn, daß Anna zwei Jahre älter war als er. Nikolis-Efendi sah älter aus, nicht viel, aber älter. Zur Hochzeit waren auch viele Fremde gekommen. Die meisten Franzosen, aber auch Engländer und Holländer, jedenfalls Katholiken, doch es war ein Festtag, und für mich waren alle gleich. Und der Trauzeuge war ein Knochengestell aus Smyrna, der lachte, wenn die andern nicht lachten, und wenn die andern lachten, dann schwieg er. Sei's drum. Damals, 1898, war Nikolis-Efendi achtundzwanzig und unsere Anna dreißig.

Nach neun Monaten gebar Anna ihr erstes Kind, Jorgos, nach weiteren elf Monaten das zweite, Kostas, und im dritten Jahr, sie hatte kaum Atem geholt, kam Antonakis auf die Welt. In unser Gegend suchten damals die Paten den Namen des Kindes aus, nicht die Eltern. So war's auch hier, nur beim dritten waren sie übereingekommen, bevor sie den Taufpaten auswählten, daß der Säugling Antonis heißen würde. Noch bevor der dritte, der kleinste, getauft war, geriet alles drunter und drüber. Viele beneideten uns wohl schon seit langem. Sie nahmen all ihren Neid zusammen und warfen unsere Welt über den Haufen, walzten sie platt und zerschmetterten uns. Wer verfluchte uns, die wir niemandem etwas zuleide getan hatten? Für welche Sünde – und wer hatte sie begangen – war der Augenblick des Strafgerichts gekommen? O weh, wenn ich an jenen Sonntagnachmittag denke, als die Sonne sich verfinsterte, obwohl sie draußen vor unserem Fenster strahlte.

Wir waren fertig mit dem Essen bei Nikolis, wo wir jeden Sonntag waren, und tranken unseren Kaffee. Seine Gemahlin, unsere Anna, die zwei Kleinen und daneben Antonakis, dem die Antonena ein Schlaflied sang. Nikolis hatte bereits am Morgen Miltiadis und Ismail gerufen, um mit ihnen über die Arbeiten zu reden, danach aßen sie mit uns. Er fand sowieso immer wieder jemanden, den er auf den Sonntagvormittag zum Gespräch und unter Umständen auch zum Essen einlud. Anna paßte diese Gewohnheit nicht besonders. Nicht daß es sie störte, wenn wir Leute bewirteten. Aber je nachdem, wen Nikolis-Efendi einlud, maulte und mäkelte sie herum, daß dieser oder jener nicht ihrem Stand entsprach, und ein-, zweimal, als sie vollends überspannt war, vollführte sie ein Riesentheater, bis die Leute gingen. So war es auch an jenem Sonntag wieder, vom Morgen an. Sie verspritzte Gift und Galle. Nur unter Zwang setzte sie sich an den Tisch. Und als die Männer scherzten und lachten, bevor der Kaffee den Taumel vom Wein ein wenig linderte, da erzählte einer dem andern irgendeinen Witz, wie es die Männer tun, wenn sie den Kamm in die Höhe stellen, Nikolis erwiderte etwas, Anna nahm es auf und sagte etwas zu ihm, er wiederum antwortete lachend und scherzte: »Sag, was du willst, du wolltest mich immer, und die drei Söhne sind der Beweis.« Man kann sich nicht vorstellen, was dann geschah. Welche Frau wagte es je, ihrem Mann gegenüber derartige Worte zu äußern. Anna lief rot an, wurde zornig, sprang auf, wartete, bis alle sie ansahen, wog ihre Worte ab und spuckte sie aus, wie eine Viper ihr Gift verspritzt: »Du bist und bleibst ein ungehobelter Klotz. Und falls du es wissen willst, ich habe dich einzig und allein wegen eines Eides geheiratet, meine Mutter und die Nona sind Zeuginnen. Und diese drei Kinder gehören nur mir. Denn nicht ein einziges Mal habe ich dich gewollt. In der ersten Nacht, wo du mich genommen hast, habe ich dich verflucht, in der zweiten ebenso. Jedesmal wenn du mit mir geschlafen hast, war es für dich ein Vergnügen und für mich die Hölle. Alle nennen dich Herr, aber ein Herr hat Respekt, du hast niemals Respekt davor gehabt, daß ich dich niemals wollte.« Sie nahm den Säugling in den Arm, stieß die beiden Ziehtöchter weg, die an der Tür standen und wortlos wie wir alle Annas Ausbruch verfolgten, und ging in ihr Zimmer. Als hätte sie uns mit einem Hieb die Zunge abgeschnitten. Nikolis saß reglos am Tisch und starrte aus dem Fenster, als sähe er etwas auf der Straße. Dort haftete sein Blick, seine Stirn war kraus, und in diesem Schweigen war sein Atem, den er durch den engen Spalt des Mundes einsog und ausstieß wie ein Pfeifen, ein Mißton. Er war bei uns und doch nirgends. Ohne ein Wort zogen sich Miltiadis und Ismail zurück, wir schickten die Mädchen weg, dann räumten die Antonena und ich lautlos den Tisch auf. Nur sie wagte es und näherte sich ihm beim Hinausgehen, sie legte ihm die Hand auf die Schulter und sagte zu ihm: »Sei ihr nicht böse, mein Sohn. Sie ist unsere Anna, und du kennst sie.« Wir machten die Tür hinter uns zu, gingen zu Anna, fanden ihr Zimmer verschlossen, doch wir unternahmen nichts weiter und begaben uns in unser Haus.

Von da an veränderte sich Nikolis-Efendi. Nicht daß er es je an etwas mangeln ließ, doch nach einem Nachmittag,

einer Nacht und einer Morgenröte war er nicht mehr derselbe. In der ersten Nacht brannte die Lampe im großen
Zimmer, bis der Tag anbrach. Am zweiten Abend kam er
heim und besorgte wie gewöhnlich allein sein Pferd, dann
kam er, anstatt in sein eigenes Haus zu gehen, zu uns und
legte sich im alten Gastraum hin. Ich bezog schnell das
Bett mit frischen Leintüchern, räumte hastig auf und holte
ihm einen Teller warmes Essen. Bis ich zurückkam, hatte
er eine ganze Flasche puren Raki geleert. Am nächsten Tag
erwachte er spät am Mittag, er rief mich, trug mir auf, ein
Zimmer zu suchen, in dem er unterkommen konnte, im
Haus werde er nie mehr schlafen. Er sagte es in einem Ton,
daß man es nicht einmal gewagt hätte, eine Erwiderung zu
flüstern. Er suchte seine Sachen zusammen und packte das
Zimmer voll bis hinauf zur Decke. Eine Woche später entschloß er sich zu einer Reise. Es war tiefer Winter, und bei
den Geschäften und Arbeiten herrschte die Ruhe vor dem
Sturm. Er ließ einen Zettel für unseren Lefteris zurück, mit
allen Anweisungen, es sollte uns an nichts fehlen, bestieg in
Smyrna voller Bitterkeit und Enttäuschung ein Schiff und
fuhr durchs ganze Schwarze Meer. Einen guten Monat war
er weg. Doch nicht einmal da vergaß er uns, mochte auch die
Bitternis seine Augen trüben. Jede Woche ein Telegramm,
wir sollten uns keine Sorgen machen. Und für jeden von uns
brachte er etwas aus Konstantinopel mit.

Unser Leben nahm wieder seinen Lauf. Ob sie redeten,
ob sie einander böse Worte sagten, keiner von uns erfuhr
es. Nach außen war alles wie eh und je, doch innen hatte das
Glas Sprünge bekommen. Nikolis-Efendi kehrte niemals
wieder in ihr Schlafzimmer zurück. Um jeglichem dummen
Geschwätz vorzubeugen, sagte man, das Schnarchen von
Nikolis-Efendi lasse den kleinen Antonakis nicht schlafen,
und das Weinen von Antonakis halte Nikolis-Efendi vom
Schlafen ab. Die Jahre vergingen, sie bleiben uns in Erinne-

rung wegen der großen Feiertage der Christenheit, wegen des Festtags in der Moschee der Sultanin an jedem 9. März, wegen der Namenstage von Nikolas und Anna und der drei Kleinen. Die Zeit ließ sich auch anhand der seltenen Briefe von Vaios einteilen und später anhand der Sommer, als die Kinder größer wurden und wir anfingen, mit ihnen, ihrer Mutter und ihrer Großmutter ans Meer bei Smyrna zu fahren und dort die heißen Augusttage zu verbringen.

Unter ihren drei Söhnen stach der mittlere, Kostas, heraus. Er schien schon ganz früh an der Kette der goldenen Uhr zu hängen, als gäbe es keine andere Sache, die ihn faszinieren könnte, sosehr Nikolis-Efendi auch versuchte, sie zu verstecken und zu schützen. Gleichgültig, ob er selber langsam abstumpfte vor Freude, daß Kostas einzig und allein die Uhr im Auge hatte. Und als er laufen lernte, hatte er nebst der Uhr eine zweite Liebe, nämlich Lengo. Jeden Nachmittag, wenn Nikolis-Efendi heimkehrte, lief er zwischen Lengos Beinen herum, kletterte auf seinen Rücken, mit oder ohne Sattel, und hängte sich an sein Zaumzeug. Was mußte dieses Tier aushalten, unbeschreiblich, es ließ ruhig und geduldig alles über sich ergehen, als hätte es Nikolis-Efendi vor sich. Als die Kinder zur Schule gehen sollten, schickte er sie auf die beste Privatschule in Smyrna, es hieß, sie sei französisch und griechisch. Wenn er geschäftehalber nach Smyrna mußte, erkundigte er sich immer auch in der Schule, wie es seinen Lieblingen erging. Anna fuhr ebenfalls, aber allein, nach Smyrna und fragte in der Schule nach den gleichen Dingen. Ein Lehrer, der für Anna ein gewisses Interesse zeigte, wie sie selber sagte, fragte sie sogar einmal, ob Nikolis-Efendi und sie an verschiedenen Orten wohnten, denn zwei Tage zuvor war er dort gewesen, um wie gewöhnlich nach dem Ergehen seiner Söhne zu fragen.

1908 war das erste Jahr, in dem alle drei zur Schule gingen. Kurz darauf gründete Anna mit zwei Freundinnen,

Sofia und Anastassia, den »Wohltätigen Frauenbund«, sie redeten und redeten über die Stellung der Frau, unerhörte Sachen, überall tuschelte man, und die Männer wechselten die Straßenseite, wenn sie ihnen begegneten. Zu der Zeit fingen auch die Unruhen mit den Jungtürken an, und unsere Leute faßten wieder Mut. Von da an hörten die kleinen Scharmützel nicht mehr auf. Es begannen Zank und Streit zwischen den Osmanen, manchmal wurden auch wir hineingezogen, man konnte nicht mehr unterscheiden, wer Freund und wer Feind war, niemand kam mehr raus. Am Abend ritt der Mutasarrif mit all seinen Pferden zu unserem Schutz durch die Christenviertel. Anderswo wiederum floß christliches Blut. Einmal fragte Emin, auf wessen Seite wir mit unseren Interessen stünden, und Nikolis antwortete ihm: »Deinen und meinen, Emin?« Er war nachdenklich, vielleicht machte er sich auch Sorgen, aber er zeigte es nicht. Er war nicht sicher, wie diese Geschichte mit den Jungtürken ausgehen würde, und jedesmal wenn Leute aus unserer Gegend oder aus Smyrna zu Besuch kamen, wurde über dieses Thema geredet. Bald darauf fingen die Kriege an, einer folgte dem andern. Hörte einer auf, fing sogleich der nächste an, und man wußte nie, wer gegen wen kämpfte. Und als es viel später wieder anfing und alle aufeinander losgingen, da machten wir uns große Sorgen um Vaios. Hätten wir wenigstens gewußt, für wen er war.

1911 war die neue Brücke über den Gediz fertig. Aus Stein, mit zwanzig Bögen. Die ganze Welt war stolz, der italienische Ingenieur war stolz, und die Händler rieben sich die Hände. Das Leben in der Stadt veränderte sich in weniger als einem Jahr. Mit dem Krieg von 1912, in dem Griechenland größer wurde, in dem wir aber auch von den Inseln gegenüber abgeschnitten wurden, redeten alle über den Verlust durch unsere Trennung von Lesbos. Einige glaubten, früher oder später würden auch wir folgen. Sicher aber war nur, daß jene Abtrennung uns und auch den andern Verluste zufügen würde. Nach und nach verarmten alle, die zwischen den beiden Küsten Handel trieben, oder waren gar ruiniert. Uns brachte diese Trennung zum Glück keinen Schaden, denn Nikolis trieb seine Geschäfte anderswo. Daß man die Häfen schließen könnte, wie es 1911 und noch zwei-, dreimal danach passiert war, bereitete ihm viel mehr Sorgen, aber auch diese Widrigkeiten gingen vorbei.

Als Ioannina frei war, bekam er einen Brief von seinen Schwestern. Es kann nicht der erste gewesen sein, denn ich hatte ein paarmal gesehen, wie er sich im Zimmer über den Tisch beugte und ihnen schrieb. Die Briefe seiner Schwestern gelangten nie nach Manisa, Ignatios muß sie abgefangen und ihm in Smyrna gegeben haben. Jener Brief versetzte ihn in mächtigen Aufruhr. Ich fragte ein paarmal, was ihn quäle, und da ich nicht lockerließ, gestand er mir, daß es seiner Mutter in Epirus nicht gutgehe und sie nicht mehr ein noch aus wüßten. Mehr sagte er nicht. Bevor das Jahr zu Ende ging, krochen die Gerüchte langsam wie Blutegel durch den Ort. Zuerst, vor Monaten, seien seine beiden Schwestern aus Epirus nach Smyrna gekommen, sie hätten eine ganze Woche zusammengehockt, und in der Tat, er war für eine Woche in Smyrna gewesen, das hatte er bis dahin nie gemacht, als er weggegangen sei, habe er ihnen Goldpfunde für die Mitgift gegeben. Dann habe er auf der Bank eine große Summe geholt und sie Vaios geschickt, der sie für ihn aufbewahren sollte. Bald darauf, er habe eine andere Summe auf der Bank von Marseille, und als er so plötzlich die Fabrik für die Feigen verkauft habe, da habe er das ganze Geld bei einer Bank in Athen auf den Namen einer Hure aus Smyrna einbezahlt. Die Giftzungen sagten auch, Nikolis habe ihr entsprechende Visiten abgestattet, wenn er nach Smyrna gefahren sei, und eines Tages habe sie alles zusammengerafft und sei nun eine Dame in Athen. Über all das hatte Nikolis-

Efendi nie und zu niemandem auch nur ein Wort gesagt. Mag sein, daß Lefteris etwas wußte, wahrscheinlich auch Ignatios in Smyrna. Aber sie hielten den Mund. Wie die Vipern schlängelten sich die Worte in unser Haus. Arm an Gewißheit, aber reich an Gift und Galle. Kaum schien eine Sache vergessen zu sein, folgte ein paar Monate später schon die nächste. Niemand wagte zu fragen, und Anna, unnahbar, wie sie war, wollte sich weder beim ersten noch beim zweiten, noch beim dritten Mal äußern. Monate vergingen, in ihr und in mir nagte der Kummer, was nun wahr, was gelogen wäre. Und als das letzte kam, er habe die Fabrik verkauft und alles der Hure aus Smyrna überschrieben, war auch ich erschüttert, und bei Anna lief das Faß über.

Nikolis-Efendi sagte sie nichts, sie fuhr allein nach Smyrna und suchte Ignatios auf. Ob sie recht hatte oder nicht, sie schleuderte ihm alles an den Kopf, als wäre er der Schuldige. Sie nahm ein Schiff, fuhr nach Athen, trieb dort den besten Advokaten auf und beauftragte ihn mit Nachforschungen, er könne ausgeben, was er wolle, sie müsse einfach die ganze Wahrheit wissen. In Smyrna und in Manisa glaube sie keinem mehr. Im Lauf der Woche erledigte sie alles und kehrte befriedigt zurück, setzte sich hin und wartete auf Neuigkeiten aus Athen. Nikolis kam nicht der leiseste Verdacht, was sie in Athen gemacht hatte, und Ignatios hielt für einige Zeit den Mund, denn er wollte nicht noch mehr Öl ins Feuer gießen. Es waren fast zehn Jahre vergangen seit dem Unglück für die Familie an jenem Sonntag nachmittag. Und wieder an einem Nachmittag traf uns der nächste Schlag. Es kam ein ellenlanges Telegramm, und das gelangte wie jedes andere vom Telegraphenamt schnurstracks in die Hände von Lefteris. Ohne darauf zu achten, für wen es bestimmt war, öffnete es der arme Kerl, las es und gab es so, wie es war, Nikolis-Efendi. Er gab es ihm, bevor der noch vom Pferd gesprungen war, und der las es ein-, zweimal, es war eine ganze Seite. Das Pferd war unruhig, es wollte in den Hof, und er hielt es vor der Tür am Zügel fest. Es wollte sich bewegen und konnte keinen Schritt tun. Ich sah sie vom Fenster aus, ich begriff nicht, was sich da zutrug, glaubte, es sei ein Brief von Vaios, denn sein Gesicht war rot angelaufen, die Brauen sahen aus wie zusammengewachsen, so war er, bei all seiner Arbeit, noch gar nie gewesen. Er sprang vom Pferd, trat in den Hof, ich ging hinunter, fragte, und er sagte zu mir: »Nona, mach mir einen Kaffee.« Dann zog er einen Stuhl heran und setzte sich mitten in den Hof, zwischen die beiden Häuser, und rauchte. Lefteris drückte sich ganz am Rand auf ein Steinbänkchen und wagte kaum zu atmen. Als ich ihm den Kaffee gebracht hatte, nahm er einen Schluck und sagte nur: »Nona, du hast zuviel Zucker hineingetan.« Dann las er immer wieder das Telegramm, sann nach und war einsam, noch viel einsamer als ein Einsiedler. Nachdem er den Kaffee getrunken hatte, begleitete er Kir-Lefteris hinaus, sattelte das Pferd ab und besorgte es, wie er es jeden Abend machte, bevor er in das alte Haus kam, wo er seit damals schlief. Er drehte sich um und sagte zu mir: »Und das bring zu deiner Herrin.« »Ist es von Vaios?« fragte ich, doch er gab keine Antwort und schloß die Tür hinter sich. Anna war nicht oben. Sie war bei einer Freundin, so setzte ich mich auf die Treppe und wartete; immer wieder warf ich einen Blick auf das Papier, doch ich konnte kein einziges Wort lesen. Alles Schreckliche schoß mir durch den Kopf, da erschien plötzlich Anna, packte das Papier und las es voller Bangen. Und jedesmal wenn sie es von neuem las, schien ihre Wut mehr zu verrauchen. Sie faltete es langsam zusammen, steckte es in ihren Busen, sie sah zufrieden aus, und ich erzählte ihr, was vorgefallen war. Da fühlte sie sich elend, sie geriet in Aufruhr, vergrub das Gesicht in den Händen, aber sie sagte kein Wort zu mir. Ich fragte auch sie, ob das

Telegramm vielleicht von Vaios sei. »Nein«, erwiderte sie, es sei von einem Freund, ich solle mir keine Sorgen machen, nichts Ernstes. Niemand wollte mir etwas sagen, da ging auch ich schlafen, und ich fragte mich, was für eine Art von Freund das nun wieder war.

Am nächsten Tag ging Nikolis-Efendi in aller Frühe nach Smyrna. Auch er sagte mir nichts, wollte nichts von mir. Ich erfuhr alles auf einmal am folgenden Abend, halb von ihr, halb von ihm, ohne Geschrei und ohne Streit, und nur ich war Zeuge. Als wir gegessen hatten – ich platzte fast vor Neugier –, sagte ich einen einzigen Satz: »Gott möge uns helfen, daß kein weiteres Unglück geschieht.« Das Telegramm war vom Advokaten. Er antwortete auf alles, worum ihn Anna gebeten hatte, und schrieb am Schluß etwas Levantinisches, was den Verheirateten gar nicht gefiel. Und Nikolis ging nach Smyrna zu Ignatios mit seinen Gedanken und Phantasien, und dann verstand er alles. Alles, was Anna hinter seinem Rücken vermutet, geglaubt und ausspioniert hatte. Im Telegramm stand, daß »nach eingehender Prüfung und fleißigen Bemühungen mehrerer Kollegen«, ich erinnere mich immer noch an jene Worte, erstens tatsächlich »zur fraglichen Zeit« auf der Bank in Berlin eine Summe gelegen habe, und zwar auf einem Konto, das auf den Namen von Vaios und Anna gelautet habe. Auf der Bank in Marseille hätten sich zwei Konten gefunden, ein kleines auf seinen und Annas Namen und ein weiteres, kurz danach, auf den Namen von Anna und der drei Kinder, und darauf liege all das Geld, das er für den Verkauf der Fabrik erhalten habe. Auf keiner einzigen Bank in Smyrna, Konstantinopel, Mitilini oder Athen existiere ein Konto auf den Namen einer unbekannten Frau. Informationen zufolge habe diese Frau den Wohnsitz nach Mitilini verlegt. Über die Goldpfunde für die Schwestern schrieb er nichts, denn er hatte Anna von Anfang an klargemacht, daß er einen derartigen Auftrag nicht übernehme. Nikolis aber sagte ihr von sich aus am selben Nachmittag, er habe ihnen gegeben, was ihm sein Gewissen aufgetragen habe. So waren die Dinge und nicht anders. Ich wünschte mir, die Erde würde sich auftun und uns verschlingen.

Wir drei aßen an jenem Abend zum letzten Mal allein. Die Kinder kamen nur am Wochenende aus dem Internat nach Hause. Die beiden redeten langsam und einträchtig, doch ihre Worte hatten keinen Anfang und kein Ende. Nikolis-Efendi sprach viel mehr, aber ich verstand nur wenig. Als spräche er von jedem Satz nur einen Teil laut und den andern bei sich. Man wurde nicht schlau daraus. Auch Annas Äußerungen ergaben keinen Sinn. Die Worte hingen in der Luft, als würden die beiden gar nicht miteinander reden. Sie sahen sich nicht einmal in die Augen, der eine blickte hierhin, der andere dorthin. Das Essen rührten sie nicht an. Sie schluckten ihre Worte hinunter und schwollen an. Ein-, zweimal wandte sich Nikolis an mich und sagte: »Und was sagst du, meine liebe Nona?« »Was soll ich sagen, Efendi?« antwortete ich. Ich war so verängstigt, daß ich »mein Sohn«, »mein lieber Junge«, »mein Pascha« vergaß und ihn »Efendi« nannte. Wenn mir meine Erinnerung keinen Streich spielt, so drehte sich in einem Satz alles um das Vertrauen, er sagte nämlich: »Wenn du nach der Liebe auch das Vertrauen durchstreichst, dann bleibt gar nichts mehr«, oder etwas in der Art.

Am Tag darauf rief er Miltiadis, Ismail und Emin, und sie holten all seine Sachen aus den beiden Häusern. Anna saß schweigend am Fenster und sah zu, wie sie die Sachen in den Hof hinunterbrachten und in Körbe und auf Wagen luden. Es war ihr nicht gleichgültig, aber sie krümmte nicht einmal den kleinen Finger, um ihn aufzuhalten. Die Kinder, Gott sei Dank, waren nicht da, und sie sahen dieses Unglück nicht. Als erster war Ismail fertig mit Aufladen, er fuhr hinaus zum Turmhaus, das Vaios für Nikolis gebaut hatte. Ich hörte, wie der Wagen sich auf dem Kopfsteinpflaster entfernte, Nikolis sprach kein Wort, doch er hustete immer wieder, ich eilte ihm hinterher, vom einen Haus zum andern, weinte und flehte ihn an, er möge sich besinnen. Er besann sich nicht, und wer ihn gut kannte, hätte das auch nicht erwartet. Beim Weggehen blieb er kurz stehen, küßte mich auf beide Wangen, sagte zu mir, es würde uns an nichts mangeln, und ich solle in Manisa verbreiten, die Doktoren hätten ihm geraten, für eine gewisse Zeit dort draußen zu bleiben, seine Gesundheit fordere es, und dann werde er gestärkt wieder nach Hause kommen. An einem Abend hatte er alles reiflich überlegt, hatte sich entschieden, in einer Woche hatte er die Dinge mit allen geregelt.

Am Freitag ging er zu seinen drei Söhnen. Er führte sie in ein Hotel, er sagte ihnen die Hälfte, die andere Hälfte verschwieg er. Als sie am Freitag abend kamen, wußten sie, daß der Vater nicht zu Hause sein würde. Sie waren schon älter, sie begriffen. Jorgos und Kostas in derselben Klasse, der Große kam mit dem Lernen nicht zu Rande und war nun mit Kostas zusammen. Kostas war einer der besten Schüler der Klasse, eine Klasse unter ihm Antonakis. Als sie hereinkamen, fragten sie sofort ihre Mutter, was vorgefallen sei. Auch sie erzählte ihnen nur die halbe Wahrheit, so ungefähr zog ein jeder seinen Schluß, und sosehr ich mich auch bemühte, das Ganze zu vertuschen, indem ich erklärte, der Grund sei eine Krankheit, die aber vorübergehe, konnte ich doch nichts ausrichten. Sie bildeten zwei Lager. Jorgos und Antonis schlugen sich auf die Seite der Mutter, Kostas ergriff Partei für seinen Vater.

Wie oft ich Anna auch drängte, sie solle ihn besuchen, mit ihm sprechen, immer bekam ich dieselbe Antwort: »Hier ist sein Haus, soll er doch kommen.« Ich bat die Kinder, mit ihr zu reden, doch vergebens. Ich wandte mich an Ignatios, und der schrieb Vaios einen Brief. Wieder nichts. Als sein Brief kam, standen darin viele wunderschöne Sachen über Wien, sonst keine Silbe. Ich hoffte nur noch auf die Namenstage von Nikolas und Anna, die ja kurz aufeinander folgen, vielleicht würde da etwas geschehen und der eine oder der andere milder werden. Nikolis erschien an beiden Feiertagen als erster und ging als letzter, doch nichts rührte sich. Und fragte man Anna, wie es Nikolis-Efendi gehe, so erwiderte sie: »Es geht ihm besser, bald kommt er zurück.« Die Leute glaubten den Worten von Nikolis, daß er krank sei, statt daß sie ihren eigenen Augen trauten, die ihn hoch zu Pferd wie einen Erzengel einhergaloppieren sahen, oder ihren Ohren, die ihn lachen hörten, und unter dem Getrampel bewegten sich sogar die Steine.

Die Zeit verrann, und Nikolis-Efendi war immer noch der Herr im Haus, auf den Gütern, bei der Arbeit, auf dem Platz, in ganz Manisa. Doch die tiefe Wunde in seinem Innersten, die konnte er nie mehr heilen. Man las es in seinen Augen, man sah es am Spalt, der sich nach und nach zwischen seine Brauen grub. Sogar seine strahlende hohe Stirn bekam immer mehr feine Risse, wie bei schlecht gebrannten Krügen. Je mehr er mit seinen Leuten verkehrte, desto offensichtlicher wurde, daß sich in ihm etwas verändert hatte. Immer weniger sprach er von Dingen, die nicht den Alltag betrafen, wie er es einmal so gern getan hatte, man hätte fast meinen können, er wäre Lehrer oder Pope. Wir hatten damals nicht alles verstanden, aber es war so schön gewesen, ihm zuzuhören. Einmal, Jahre später, sagte er zu mir: »Ich habe alles erreicht, liebe Nona, oder fast alles, an das ich geglaubt und für das ich mich abgemüht habe, nur bei Anna ist es mir nicht gelungen. Und es ist ja gar nicht schwierig zu sehen, was eine Frau will, und es ihr zu geben und sie glücklich zu machen.« Aus seinen Augen tropfte es wie von Bittermandeln.

Schnell vergingen die Wochen und die Monate. An den Namenstagen der Kinder und der Christenheit kam er uns besuchen, wir aßen alle zusammen, luden wie früher auch andere ein, doch was geschehen war, war geschehen.

Anna mangelte es an nichts. Weder an Luxus noch an Reisen, noch an genügend Geld, um für die »Große Idee« zu spenden. Sie hatte, was sie brauchte, um sich in Manisa als Herrin zu präsentieren oder, wenn es die Umstände erforderten, einen Mann an ihrer Seite zu haben. Manchmal bereute sie, was geschehen war. Doch es war zu spät.

Nichts fehlte uns in all jenen Jahren, Kostas wollte später die Handelsschule in Smyrna abschließen, Jorgos, der weiterhin gar ungern lernte, nahm irgendeine Arbeit in Manisa auf und ging mit dem Taschengeld, das ihm Anna zusteckte, auf Freiersfüßen.

Nichts fehlte uns in all jenen Jahren, und unser Name wurde hochgehalten, ohne daß jemals eine Erklärung überdacht oder gar angezweifelt wurde, die Nikolis-Efendi gegeben hatte.

Nichts fehlte uns ...

Nur, ich hörte unablässig seine Stiefel im Hof, seine Schritte auf der Holztreppe, seinen Husten vom Tabak oder sein jähes Lachen, das zwischen den Häusern hin und her flog, und ich sagte mir, die ganze Welt fehlte uns.

Die Nona kam während der kleinasiatischen Katastrophe zusammen mit andern nach Griechenland. Die letzten Jahre ihres Lebens verbrachte sie in Nea Philadelphia und starb kurz nach der deutschen Besetzung an Altersschwäche. Ein kleiner Kreis von Menschen, von denen niemand mit ihr verwandt war, stand ihr bis zu ihrem letzten Atemzug zur Seite.

Die Erzählung des Lehrers

ICH SCHLOSS DIE HOHE SCHULE in Konstantinopel ab, und sogar als Bester, und erfüllte so den Traum meines Vaters, der ihn selber nicht hatte verwirklichen können. Mit wenig Schulwissen und immenser Anstrengung war er Händler geworden, zu Geld gekommen und lebte in Wien, dort heiratete er eine Griechin, die Tochter eines Händlers, er gründete einen Hausstand und eine Familie. Als für mich die Schulzeit anbrach, ließ er sich von den Bitten meiner Mutter nicht erweichen, auch nicht von meinem Jammern, ich wolle, wie alle andern Griechenkinder auch, in Wien zur Schule gehen. Er bestand darauf, daß ich eine garantiert griechische Bildung erhielt, die seiner Meinung nach einzig die Hohe Schule bieten konnte. So fand ich mich rasch in Konstantinopel wieder und lebte bei meinen Onkeln, bis ich die Schule abschloß. Als ich nach Wien zurückkehrte, stolz auf meine Auszeichnungen und voller Lust auf Arbeit, da begriff ich mit einemmal, daß ich mich endgültig von meinem Geburtsland gelöst hatte. Es war zweifelhaft, ob das Rüstzeug, das ich mir in Konstantinopel erworben hatte und das mich dort zum gefragten Mann machte, mir in Wien ebenso nützlich sein würde, in einer Welt des Suchens und der Neuordnungen, die nach den Regeln eines Kaiserreichs lebte, aber nichts mit jenem von Abdul Hamid zu tun hatte. Die Jugend köchelte mal in den Cafés vor sich hin, berechnete die Zeit, bis die Ideen des Sozialismus reif wären, mal rannte sie hinter jedem modischen Wahn her, in jenem eigentümlichen Klima der Wiedergeburt von Ideen, das alles, was man bis dahin fest und gegeben geglaubt hatte, freiließ, umwandelte, anzweifelte oder verwarf. Das bißchen Deutsch, das ich verstand, reichte nicht aus, damit ich mich wieder mit der Gesellschaft dort vereinen konnte, und es schien mir unmöglich, an der Universität den Vorlesungen zu folgen. Ich kehrte zurück nach Konstantinopel. Ich wollte diesen Geschmack der Bitterkeit, den ich während der ganzen Rückreise verspürte, vertreiben und vergessen, Bitterkeit, weil ich nicht in der Lage war, in Wien Fuß zu fassen, und weil mein Vater trotz all seiner guten Absichten nicht rechtzeitig gesehen hatte, in welcher Richtung sich die Welt bewegte. Ich tröstete mich mit dem Gedanken, daß ich wenigstens in Konstantinopel nicht gezwungen wäre, Krämer zu werden wie mein Vater in Wien.

Ich war nicht zufällig in Smyrna. Es war meine eigene Wahl. Da ich nun also meine Laufbahn innerhalb der Grenzen des Osmanischen Reiches beginnen mußte, wollte ich wenigstens selber entscheiden, wo und wie. Meine Beziehungen zum Patriarchat und mein familiäres Milieu mit den beiden Onkeln hatten mich in einen Ring von Einschränkungen und Verpflichtungen eingebunden, die nach meinem Schulabschluß noch mehr auf mich drückten, anstatt nachzulassen. Das unerwartete Angebot, in der besten Privatschule von Smyrna zu unterrichten, war für mich »Manna vom Himmel«. Es handelte sich um eine Schule mit einem Ruf, der noch aus dem vergangenen Jahrhundert stammte, sie legte besonderes Gewicht auf die Fremdsprachen, hauptsächlich auf Französisch. Wenige Jahre später nahm die französische Mission sie unter Kuratel, und dann wurde sie vom griechischen Staat als eine von den elf gleichwerti-

286

gen Schulen des Osmanischen Reiches anerkannt. Ihr Ruf erreichte sogar Konstantinopel und Athen, und ihr Lehrplan für klassische Bildung oder für die Richtung Handel und Finanzen erfüllte die Ansprüche selbst der anspruchsvollsten Eltern.

Ich ergriff die Gelegenheit und nahm den Vorschlag unverzüglich an; meine beiden Onkel waren perplex und jammerten und klagten. Nach einer Woche war ich bereits in Smyrna. Smyrna war eine Überraschung, hatte es auch nicht den Glanz, die Imposanz, die Geltung des Griechentums von Konstantinopel. Es hatte Freiheit, es war voller Lebendigkeit, und rasch begriff man, daß über allem das griechische Element herrschte, es zog die Fäden der Macht, trieb die Räder der Wirtschaft an, regelte den Pulsschlag der Gesellschaft. Eines der ersten Dinge, die mich beeindruckten, war, daß ich gerade da erfuhr, daß sich in Rußland die Bolschewiken erhoben hatten, es gab Unruhen, Tumulte, es floß Blut. So lange Zeit hatten wir in Konstantinopel nicht das geringste vernommen. In Smyrna wußte man alles in jeder Einzelheit, man diskutierte furchtlos darüber, man urteilte und verglich, und es war einem gleich, wer zuhörte oder ob gerade türkische Würdenträger vor einem standen. Ich kam ohne Schwierigkeiten im besten Viertel der Stadt unter, in dem sich auch die griechische Gemeinde befand. Sogleich wurde ich regelmäßiger Stammgast im Sporting Club, und an den Nachmittagen, Winter, Sommer, Frühling, Herbst, war ich stets im Kafenion von Loukas unten am Kai. Besonders im Sommer, wenn die Windstille uns erstickte, eilte ich am späten Nachmittag als einer der ersten zu Loukas und wartete dort auf die Meeresbrise, die uns wieder belebte. Diese Brise war es, die uns kurz darauf Botschaften und Blicke sandte, wenn die Flaneure vom Kai bis zum »Regie« und zurückschlenderten. In Luxus, Pracht, Koketterie und Mode aus Europa hatten die Frauen von

Smyrna die von Konstantinopel hinter sich gelassen und behielten den Vorrang. Ein Teil des Wirtschaftslebens von Smyrna war dazu ausersehen, der weiblichen Pracht und den Bedürfnissen der gehobenen Gesellschaft von Smyrna zu dienen. Das Frankenviertel und die Parallili Odos vereinten in sich den Reichtum des Ostens und des Westens. Zwei Spaziergänge reichten aus, um eine Antwort auf die Frage zu finden: Was hatte Konstantinopel, das Smyrna nicht hatte?

Nachdem ich meinen Lehrerlohn erhalten hatte, war meine erste große Anschaffung ein Grammophon. Ähnliche Geräte hatte ich zum erstenmal in Wien gesehen, während meines kurzen Aufenthalts, und meine erste Schallplatte war eine Melodie von Moszkowski, seine vielgeliebte »Serenade«. Das abendliche Leben wurde mit Theater und Musik bereichert, mit Ensembles, Künstlern und kleinen Orchestern jeglicher Herkunft. In den Cafés-chantants herrschte eine andere Atmosphäre, für die gediegene Gesellschaft meistens an der Grenze des Erträglichen. Da drängte sich bis zum Ersticken die männliche Bevölkerung, keiner gab es zu, aber alle gingen hin. Auch ich ging ein paarmal. An diesen abendlichen Zusammenkünften der Männer vernahm man Geschichten, die mal glaubwürdig, mal sehr unglaubwürdig waren; sie spielten in Harems, Hamams, in finsteren Gassen und in geheimen Quartieren. Geschichten von Sklavinnen und schönen Fräuleins, von Männern voller Wagemut, von jungen Liebhabern, von hingebungsvollen, schmachtenden Dienerinnen, von unartigen Gatten, von Ledigen, die warteten, oft waren die Erzähler selber die Helden oder die angeblichen Helden. Geschichten oder Märchen, das war nicht von Bedeutung, der Zauber war stets der gleiche.

Diese Gesellschaft des griechischen Großbürgertums besaß dennoch Sensibilität, die sich in zahlreichen Spenden

288

für mildtätige Werke ausdrückte. Hinter dieser Welt, die um sich herum Repräsentanten aller wichtigen Staaten des Westens scharte, nicht nur die diplomatischen Vertreter, sondern auch ein dichtes Netz von Händlern, Kulturbeflissenen, Kirchenvertretern und Menschen aus dem Bildungswesen, hinter dieser Welt erstreckten sich die Innenstadtviertel der Türken, der Armenier und der Juden. Und verloren unter ihnen lebten Leute aus aller Herren Ländern, Ägypter, Perser, Tscherkessen und Araber. Ein endloses Gemisch, aus dem einzig die Armenier und einige jüdische Familien heraustachen, die wesentliche Beziehungen zur Gesellschaft am Kai, in der Paralilli Odos, im Frankenviertel und in der Odos Punta unterhielten.

In der ersten Zeit forderten meine Pflichten als Lehrer all meine Kraft und füllten meinen ganzen Tag aus. Die Schule hatte eine siebenklassige Progymnasiumsabteilung mit vier Klassen Volksschule und drei Klassen griechischer Schule. Die Gymnasiumsabteilung folgte dem Studienprogramm der griechischen Gymnasien und der französischen Lycées, die Ausbildung dauerte insgesamt vier Jahre, und die Schüler konnten nach ihrem Abschluß vor eine spezielle Prüfungskommission in Smyrna treten, um das Baccalauréat zu erwerben. Und dann gab es noch die dreijährige Handelsschule, die nach einer Prüfung vor einer Kommission der französischen Konsularbehörde ein Diplom ausstellte. Auch hier wurden die meisten Fächer in Französisch unterrichtet. Das Programm im siebenklassigen Progymnasium, an dem ich lehrte, umfaßte Griechisch, Latein, Philosophie, Religion, Wirtschaft, Geschichte, Mathematik, Geographie, Naturkunde, Physik, Englisch, Deutsch, Türkisch und Turnen. Geschichte, Geographie und Naturkunde wurden auf Französisch erteilt. In der dritten Klasse begann die Lehre der türkischen und in der sechsten Klasse der deutschen sowie der englischen Sprache. Zudem gab es eine zweiklassige Abteilung für Sprachen und Wirtschaft, während in elf Klassen die Fremdsprachen üblicherweise im Unterrichtsprogramm integriert waren.

Der neue Bekanntenkreis, die neue Umgebung, der Arbeitsstil, der Geist und die Prinzipien, die an der Schule herrschten, gaben mir zur Gänze recht in meiner Wahl und der Entscheidung, Konstantinopel zu verlassen und hier mein Berufsleben zu beginnen. Stil und Ordnung waren nicht von jener erdrückenden Last, wie wir sie an der Hohen Schule erlebt hatten, und doch ging ihr inhaltlich nichts Wesentliches ab. Die Schule unterhielt ein Internat, und unser Kontakt mit den Eltern der Zöglinge war unausweichlich enger, denn sie wollten sich natürlich regelmäßig ein Bild über den Fortschritt ihrer Kinder machen. Dieser Kontakt führte bei jeder sich bietenden Gelegenheit zu Einladungen an Namenstagen oder andern gesellschaftlichen Veranstaltungen, denn die Eltern fühlten sich verpflichtet, uns zu allem und jedem einzuladen. Es waren in der Regel gutsituierte Familien, die außerhalb von Smyrna wohnten und an ihrem Wohnort nicht die Bildung bekommen konnten, die sie für ihre Kinder erstrebten. Das Internat war eine Lösung, denn es befreite auch die Eltern von Angst und Sorge, die alle drückte, auch jene, die nur wenige Kilometer außerhalb von Smyrna wohnten.

Eine meiner ersten Bekanntschaften schloß ich mit Nikolis-Efendi und dessen Gattin. Zuerst lernte ich Kiria Anna kennen. Ein blitzender Landauer, ich glaube nicht, daß es einen noch saubereren überhaupt geben konnte, brachte sie und holte sie immer ab. Beim ersten Besuch lenkten mich ihr Charme, ihr Strahlen, ihre Schönheit ab, und ich konnte mich den ganzen Rest des Tages nicht mehr konzentrieren. Sie war die schönste Mutter an der ganzen Schule. Sie hatte zwei herrliche Augen; wenn sie einen anblickten, hatte man das Gefühl, sie kontrollierten und beobachteten einen, und wenn sie einen nicht verzauberten, dann beherrschten sie einen. Es war nicht nur ihre physische Schönheit. Ihr Wesen, ihre Art, zu sprechen oder diskret ihre Hände zu bewegen, unterschieden sie von allen Frauen, die in der guten Gesellschaft von Smyrna einen leichteren Stil pflegten. Sie hatte auch etwas, was einen auf Distanz hielt, und je stärker diese Kraft wurde, desto heftiger wurde auch die Anziehung, die ihr entsprang. Sie kleidete sich vornehm, streng und unauffällig, sie machte keine großen Worte und erging sich nicht in Koketterien, Lächeln und Schäkereien, sie erschien und verschwand wie eine hochfahrende Vision aus einer andern Welt. Man spürte erst, wie schön sie war, wenn sie sich verabschiedete und man ihr beim Gehen nachsah. Trotz ihres Alters war sie die schönste Frau von Smyrna, jedenfalls für die, die sich nicht nach der Mode richteten.

Ihren Gatten, Nikolis-Efendi, lernte ich einige Wochen später kennen, als er mich aus dem gleichen Grund aufsuchte. Monate vergingen, bis ich begriff, daß sie mich ohne Absprache aufsuchten, der eine schien den andern nicht darüber zu informieren, was er an den jeweiligen Besprechungen erfahren hatte. Nikolis-Efendi sah ich zufällig auch an ein paar Abenden in Smyrna. Gewöhnlich im »Kraemer«, wo er den »Neologos« oder eine französische Zeitung las. Dann wieder nebenan im Wirtshaus, er trank Bier und unterhielt sich leise in einer Ecke. Manchmal sah ich ihn bei den Veranstaltungen im Sporting Club. Auch dort saß er gewöhnlich abseits, er lauschte viel mehr den Diskussionen, als an ihnen teilzunehmen. Ich sprach nur ein einziges Mal mit ihm, als ich ihn bei einer Ausstellung mit Werken von Maleas traf. Er saß so lange reglos vor einem Bild, daß ich ihn auf meinem zweiten Rundgang immer noch dort sah; ich wurde neugierig, trat zu ihm und fragte höflich: »Gefällt es Ihnen?« Er bekam beinahe einen Schreck, als hätte ich ihn aus einem Traum gerissen, er wandte sich um, sah mich an, dann erkannte er mich, nickte und antwortete: »Sehr.«

Ich war Nikolis-Efendi gegenüber während seiner Besuche in der Schule besonders vorsichtig und verschlossen. Vielleicht weil genau das Gegenteil geschah, wenn seine Gattin Anna kam. Bei ihr flammte mein Interesse sofort auf und trieb mich sogar zu Vorwänden, das Gespräch auszudehnen, das Ende ihres Besuchs so lange wie möglich hinauszuzögern. Vielleicht bekam ich deswegen Schuldgefühle, die mich hemmten, mich ihrem Gatten gegenüber gleich zu benehmen, oder die mich antrieben, in seiner Miene und seinen Gewohnheiten tatsächliche oder auch imaginäre Brüche zu suchen, damit ich ihn kritisieren, ihn auf Distanz halten und kühl meine Lehrerspflicht dem Erzeuger gegenüber erfüllen konnte. Besonders die Tatsache, daß jeder allein herkam, um sich über den Fortschritt der Kinder zu informieren, verstärkte mein unterschiedliches Verhalten. Die ersten Besuche folgten rasch aufeinander und verliefen alle gleich. Ich konnte keine Reaktion auf etwas Uneingestandenes erkennen, die ich aus Anna herauszulocken hoffte, und Nikolis-Efendi gelang es ebensowenig, von mir wesentlichere Dinge über seine Kinder zu erfahren. Diese Situation wurde plötzlich durch ein Ereignis erschüttert, das so oder so unvermeidlich war. Der älteste Sohn von Nikolis-Efendi, Jorgos, blieb sitzen. Er war kein Dummkopf, er war nicht unbegabt. Er war nur faul und oberflächlich. Trotz der Ratschläge seiner Eltern, trotz unser aller Bemühungen, ihm nachmittags mit Nachhilfestunden auf die Sprünge zu helfen, kamen die Dinge nicht ins Lot. An zwei aufeinanderfolgenden Sitzungen des Kollegiums wurde beraten und seine Zurückstellung beantragt, mochte es sich auch um den Sohn von Nikolis-Efendi handeln, der eine bekannte und ehrbare Persönlichkeit nicht nur in Manisa, sondern auch in Smyrna war und zudem ein diskreter Gönner unserer Schule. Mit aufrichtigem Bedauern, aber auch im Vertrauen auf unsere Aufgabe und die Richtlinien, die wir zu beachten hatten, stellten wir ihn zurück.

Die Mutter erfuhr es zuerst und kam sogleich zu mir. Bezaubernd wie immer, mit dem Charme einer echten Engländerin, jedoch beunruhigt und aufgeregt, zum erstenmal an der Grenze des üblichen Benehmens, an das ich mich gewöhnt hatte. Sie unterbrach mich ständig, ich brachte nur mit Mühe einen Satz zu Ende, ich tat mich schwer, es ihr zu erklären, sie ließ mich kaum etwas zu meiner Verteidigung sagen, falls sich ein Lehrer überhaupt verteidigen kann. Ihr stärkstes Argument faßte sie schließlich in einem Satz zusammen: Wie konnte ein Sohn von Nikolis-Efendi sitzenbleiben? Wie konnten wir eine derartige Beleidigung der Familie beschließen und sie vor der gesamten Gesellschaft auf nie wiedergutzumachende Art und Weise bloßstellen? Jeder Versuch meinerseits, das Gespräch auf ein anderes Niveau zu bringen, scheiterte. Am Schluß sprach sie noch vom Undank der Schule gegenüber Nikolis-Efendi. Dem Zauber, den sie auf mich ausübte, folgten Verblüffung und schließlich mein inniges Bemühen, sie nicht einfach abzulehnen, indem ich allergrößtes Verständnis für ihre Erschütterung zeigte.

Ich hatte meine Gedanken noch nicht wieder geordnet und folgte ihr mit meinem Blick, als sie ging, ich sah, wie sie Nikolis-Efendi, der gerade angekommen war, alles brühwarm erzählte, wir hätten Jorgos offensichtlich mit Vorsatz Unrecht getan sowie ihn selbst und seine Familie beleidigt. Die Diskussion des Ehepaars dauerte einige Minuten, und ich war entschlossen, gelassen des wirklichen Gewitters zu harren. Mit einem Nicken verabschiedete er sich von seiner Gattin und trat zu mir. Er grüßte mich höflich, ich grüßte ihn wieder und schlug vor, wir sollten uns in den Konferenzraum setzen und dort in Ruhe das Problem besprechen, das aufgetaucht war. Schweigend folgte er mir, und ich spürte seine Last auf meinen Schultern. Ich bestellte Kaffee, er zündete eine Zigarette an und wartete, ohne ein Wort zu sagen, daß ich das Gespräch eröffnete und sagte, was ich zu sagen hatte. Vom einen Extrem des Ausbruchs von Anna zum andern Extrem des erdrückenden Schweigens von Nikolis-Efendi. Er sagte kein Wort, und das machte es mir noch viel schwerer, die Umstände zu erklären. Offensichtlich bekümmert, rauchte er, und nachdem er den ersten Schluck Kaffee getrunken und das Täßchen vorsichtig auf den Tisch gestellt hatte, sprach er doch als erster: »Ich kann mir vorstellen, wie schwierig Ihre Arbeit ist.« Ich faßte Mut, fand einen Anfang für meine Ausführungen und begann ihm von meiner Arbeit zu erzählen, von meinen Schwierigkeiten, meinen Ansichten über die Bildung, das Wissen, das Lehren, über die Notwendigkeit von Kriterien und deren Anwendung, auf daß die Herrschaft der Würdigen erreicht werden könnte. Auch von meinen Bemühungen, seinen Sohn außerhalb der Schulstunden zu unterstützen, damit seine Leistungen besser wurden. Er hörte mir zu, ohne mich zu unterbrechen, ich kam ein-, zweimal auf Details zurück, von denen ich fürchtete, ich hätte sie während des Gesprächs nicht richtig ausgeführt. Ein endloser Monolog, der bei meinen allgemeinen Ansichten über die Bildung begann und in Einzelheiten von Jorgos' Persönlichkeit endete, bei seinen Schwächen, seinen Stärken, seinem Charakter. Ich sagte alles aufrichtig und verantwortungsbewußt, erhellte dabei mit besonderem Eifer all jene Brüche, die ich mit meiner früheren Haltung nicht erhellt hatte oder nicht hatte erhellen wollen. Nikolis-Efendi hörte aufmerksam zu und sah mir tief in die Augen, er war besorgt, sein Gesichtsausdruck zeigte, daß er meinen Worten aufmerksam folgte, und nachdem ich fertig war, sagte er nach kurzem Schweigen: »Wie viele sind dieses Jahr noch sitzengeblieben?«»Aus dieser Klasse noch einer«, antwortete ich. Er nickte, stand langsam auf, streckte die Hand aus, drückte die meine, verabschiedete sich und ging kommentarlos zur Tür. Ich spürte das Bedürfnis, die Bitterkeit zu lindern, die ich hervorgerufen hatte, ihm ein paar Worte über Kostas zu sagen, in aller Aufrichtigkeit, wie ich auch über Jorgos gesprochen hatte, jedoch mit einem völlig andern Inhalt. Ich holte ihn an der Tür ein und sagte: »Hingegen möchte ich Ihnen versichern, daß Kostas…« Er lächelte, als verstehe er, worauf ich zielte, und sagte: »Auch das weiß ich, Kostas geht es sehr gut.« »Genau«, erwiderte ich, »genau.« »Ich bedanke mich nochmals bei Ihnen«, sagte er und ging zur Pforte. Nach diesem Vorfall kamen beide weiterhin mit dem gleichen Interesse, um von den Fortschritten ihrer Kinder zu hören. Kostas wurde immer besser, Jorgos wurde ehrgeizig und bemühte sich, und der jüngste, Antonis, eine Klasse darunter, erledigte seine Aufgaben mit Fleiß und Sorgfalt, doch ein herausragender Schüler war er nicht.

Die Haltung, die Nikolis-Efendi eingenommen hatte, schätzte ich, und sie gab mir Anlaß, noch am selben Nachmittag mit den Kollegen darüber zu sprechen. Die meisten kannten ihn. Einer erzählte von einer andern Begebenheit, von der ihm der Kaimakam von Manisa berichtet hatte. Die Banken und die Bankiers von Smyrna gewährten Teilpächtern oder hochverschuldeten Großgrundbesitzern nur höchst ungern Kredite. Ihr Schwerpunkt waren Handel und Industrie. Im Landbau sahen sie nur Gefahren und hegten größte Zweifel, ob sie das Kapital zurückbekämen, zudem mit dem vertraglich vereinbarten Zins. Ihr Ziel war keineswegs, daß die Schuldner in die Ausweglosigkeit gerieten und gezwungen waren, ihnen das Land abzutreten. Genau so erging es jedoch anderen, besonders im Inneren von Kleinasien. Jenen, denen die Banken und die seriösen Bankiers

keinen Kredit gewährten, griffen die Wucherer unter die
Arme. Die Opfer waren meist Türken. Kleine und große
Fische gingen ihnen über kurz oder lang ins Netz, wurden
zahlungsunfähig wegen einer schlechten Verwaltung oder
wegen unerträglicher Zinsbelastungen, und so gelangten
Güter und ganze Ländereien aus türkischen Händen in die
Hände von Ungläubigen, üblicherweise Großgrundbesit-
zern. Der Kaimakam sah dies alles, doch er konnte nichts
sagen. Alles war legal, und wohl oder übel mußte er zustimmen. Eines Tages fiel ein Armenier vor Nikolis-Efendi fle-
hend auf die Knie; er hatte ein Stück äußerst fruchtbaren
Bodens oben am Fluß. Er befand sich in Mißlichkeiten,
brauchte einen Kredit, doch in Smyrna blieben ihm die
Türen der Griechen und der Juden verschlossen. Nikolis-
Efendi taxierte ihn, gab ihm den Kredit, fragte, zu welchem
Zins man ihm in Smyrna den Kredit gegeben hätte, falls
er kreditwürdig erschienen wäre, und forderte genau den
gleichen Zins mit den gleichen Garantien. Das sprach sich
in Manisa herum, und einige machten ein böses Gesicht.
Innerhalb eines Jahres geschah es noch ein zweites und ein
drittes Mal. Die andern Großgrundbesitzer suchten ihn auf
und fragten, warum er das tue, das sei doch gegen seine
Interessen, und er mache damit die herrschende Gepflogen-
heit zunichte. Es paßte ihnen nicht, was sie da hörten, und
nach und nach zogen sie sich von ihm zurück. Ein »Guten
Tag« sagten sie, wenn sie ihn auf dem Platz trafen, und
selbst dieser Gruß tat ihnen weh, er antwortete jedesmal mit
einem doppelten »Guten Tag« und lächelte dabei. Die Dinge
nahmen keinen schlimmeren Verlauf, weil Nikolis-Efendi
nicht grundsätzlich Geld verlieh, er war kein Bankier, hatte
weder die Zeit noch das Kapital, um in dieser Branche etwas
zu unternehmen. Doch so machte er sich einige zu Feinden,
andere gewann er als Freunde. Ebenso die Achtung des Kaimakam, der erfuhr, daß er Türken Kredite gewährte, und

zwar nicht zu Wucherzinsen; als er Nikolis-Efendi einmal auf dem Platz sah, rief er schon von weitem: »Allah sei mit dir, du bist ein echter Efendi«, und alle Türken, die zufällig anwesend waren, nahmen spontan ihre Kappe ab.

Ich war beeindruckt. Eines Tages fragte er mich bei einem seiner gewohnten Besuche, ob wir zusammen einen Kaffee trinken könnten, er wolle sich mit mir über etwas unterhalten, das ihn beschäftige. Wir verabredeten uns für den Nachmittag im »Kraemer«. Er saß im Salon und trank Kaffee, er war gut aufgelegt, las und redete gleichzeitig mit jemandem vom Nebentisch. Als er mich sah, stand er auf, begrüßte mich, bot mir Platz an, und als mein Kaffee kam, begann er ein allgemeines Gespräch über Smyrna und Manisa und über seine Arbeiten und Geschäfte. Er fragte mich nach meiner Meinung zu den Jungtürken und zum Schicksal des Kranken Mannes am Bosporus, sogar meine bevorzugten Bücher interessierten ihn. Er sprach von seinem Schwager, der in Wien lebte, und von allem, was dieser ihm im Lauf der Zeit über eine Welt grenzenloser Schöpfungskraft und neuer Ideen geschrieben hatte, über Dutzende von Personen, die auf ihrem jeweiligen Gebiet einen Stein zum Bau einer neuen Epoche beitrugen. Schließlich erzählte er mir eine alte Geschichte, die ihn begeistert hatte, und ich brauchte lange, um zu begreifen, wie wichtig sie für ihn war.

Er gestand mir, daß er vor vielen Jahren zum Schluß gekommen war, es müsse etwas geschehen, man müsse mit dem Anbau von Mohn aufhören. Er machte überall seine Aufwartung, schlug den Landwirten wohldurchdachte andere gewinnbringende Produkte vor, doch keinen stimmte er um. Er gab nicht auf. Im Archimandriten fand er einen Kampfgenossen, dazu zwei Lehrer. Der Kaimakam, ein schlauer Mann mit Weitsicht, unterstützte ihn, so gut er konnte, aber verbieten konnte er den Mohn nicht. Alle, die in Manisa Bildung und Ansehen hatten, Griechen, Türken und Armenier, gewann er für sich. Sogar der Religionslehrer an der Medrese von Manisa begann auf seine Leute einzureden. »Der Mohn tötet den Verstand ab, und der Verstand ist das Kostbarste, was uns Gott, Allah, und die Natur für unser Fortkommen geschenkt haben.« Die Ergebnisse waren spärlich. Sie gelangten sogar an den Wali von Smyrna, überzeugten ihn, und gemeinsam schritten sie bei der Hohen Pforte zur Tat. Die Jungtürken hatten sich noch nicht erhoben, der Sultan faßte alle Beschlüsse. Dem Sultan aber gab man ein, es stünden wichtige Interessen auf dem Spiel, die Verluste für den Staatssäckel wären immens, man habe schon genügend Probleme und brauche kein weiteres. Sie kehrten mit einem knappen »Nein« zurück, man wollte auch nicht weitersehen, geschweige denn darüber nachdenken. Immer noch gab er nicht auf, er sann nach, wurde fast irre dabei, drehte und wendete es, besprach es auch mit dem Sohn eines Großgrundbesitzers, dem die Angelegenheit ebenso am Herzen lag, und als schließlich alle glaubten, die Sache sei vergessen, begannen Nikolis-Efendi und Panajis-Efendi ausschließlich denjenigen Grundbesitzern Kredite zu gewähren, die Schlafmohn kultivierten, und zwar mit Bedingungen und Bürgschaften, die dazu beitrugen, daß die Mohnfelder in die Hände eines der beiden gelangten. So bekamen sie sechs, sieben Güter, allesamt klein, ein Tropfen im Meer, bauten dort etwas anderes an und bewiesen, daß auch andere Pflanzen außer Schlafmohn zum Erfolg führten und Gewinn brachten. Auch andere ließen sich überzeugen und bauten etwas anderes an, doch den Mohn brachten sie nicht zum Verschwinden. Trotz allem konnten Nikolis und Panajis ihrer kleinen Welt zeigen, daß es auch einen andern Weg gab, der zu einem besseren Leben führte und den Pflanzern und deren Familien den Fortschritt brachte. Sie überzeugten noch einige andere, denen es bis dahin gleichgültig gewesen war, ob man Mohn anbaute, daß es eben nicht genügte, ihn nicht mehr zu kultivieren, sondern daß sie dafür sorgen sollten, auf ihre Art und Weise jene zu brandmarken, die ihn kultivierten, auf daß der Mohn mit der Zeit endgültig aus ihrer Gegend und aus ihrem Leben verschwinden würde. Damals schuf sich Nikolis-Efendi die meisten Feinde. Denn er brachte nicht nur die Großgrundbesitzer mit ihrem Mohn gegen sich auf, sondern auch diejenigen, die Opium herstellten und damit handelten, eine lange Kette von Interessen, aber das ließ ihn kalt. »Am wichtigsten ist«, schloß Nikolis-Efendi, »daß es uns damals gelungen ist, ihnen die Augen zu öffnen. Entweder sagen sie es offen, oder sie akzeptieren es, geben aber nicht zu, daß Opium eine Katastrophe für Türken wie für Griechen, für Armenier wie für Juden ist. Wort um Wort, Satz um Satz haben wir auch an anderen Problemen gerührt und die verschiedensten Auffassungen miteinander konfrontiert. Wir haben die Leute dazu gebracht, gewisse Dinge anders zu sehen.«

Er sah auf seine Uhr, als sei diese Geschichte eine geeignete Einleitung gewesen, und kehrte plötzlich zum Thema unseres Gesprächs zurück. Er fragte mich, ob ich freitags, nach dem Unterricht, den Zug nach Manisa nehmen und Nachhilfe geben könnte – ich sei bis zum Sonntag sein Gast, am Sonntag nachmittag würde ich dann zurückkehren. Das Internat schloß am Freitagnachmittag, da war die Schulwoche zu Ende, die Kinder hatten das Wochenende über frei und konnten ihre Eltern besuchen. Ich bekäme Kost und Logis und ein großzügiges Entgelt. Und ich solle mir keine Gedanken wegen meiner Bekannten und der Abendunterhaltung machen. Wann immer ich wolle, könne ich noch am selben Abend zurückfahren, gewisse Abendveranstaltungen könnten wir überdies auch gemeinsam besuchen. Jorgos brauchte ständige Unterstützung, Antonis, der Jüngste, hatte noch Zeit, sich zu verbessern. Mit diesen Gedanken und gemischten Gefühlen der Neugierde und des Reizes, Annas Welt, vielleicht sogar ihr persönlich näherzukommen, nahm ich fast sofort den Vorschlag von Nikolis-Efendi an. Am Schluß sagte er verlegen lächelnd: »Und, übrigens, ich möchte, daß Sie auch mir eine Stunde am Tag Unterricht geben.« Verblüfft fragte ich: »Was für Unterricht, Nikolis-Efendi?« »Ich möchte, daß wir zwei, drei antike Schriftsteller auswählen, wir setzen uns zusammen, Sie lesen mir vor und übersetzen für mich, denn ich verstehe sie nicht, und danach reden wir darüber. Es hat keinen Sinn, daß ich jetzt noch Altgriechisch lerne. Ich will nur erfahren, was sie sagen, wie sie dachten, wie sie ihre Entscheidungen getroffen haben. Ich weiß, daß in Leipzig all die antiken Schriftsteller herausgegeben wurden, in meinem Turmhaus habe ich schon einige Bücher, und was wir brauchen, wäre da. Und dann möchte ich, daß wir herausfinden, inwiefern ihre Wahrheiten mit Korais' Worten in Einklang stehen.« Ich sagte ihm, wir hätten in der Schule ebenfalls antike Schriftsteller in ebendiesen Leipziger Ausgaben, und es sei nicht schwierig, ihm auch diese Bitte zu erfüllen.

Schon am nächsten Freitag, als die Schule zu Ende war, ging ich mit seinen drei Söhnen zum Bahnhof von Kassaba. Hierokaisarea war in Kassaba umbenannt worden, wie so viele Orte im Lauf der Geschichte ebenfalls Name und Gesicht geändert hatten. Seine Söhne hatten gemischte Gefühle; einerseits freuten sie sich über diesen unerwarteten Besuch, andererseits fürchteten sie, ihre Schullast könnte noch schwerer werden oder ich würde Nachlässigkeiten oder Unarten von jedem ausplaudern; sie stellten vorsichtige Fragen, ein jeder erforschte den andern mit Blicken, und der Unruhigste von allen war Jorgos. Während der ganzen Zugfahrt spielte Kostas den Fremdenführer, er zeigte unablässig aus dem Fenster und erklärte.

Als wir im Bahnhof einfuhren, wartete Nikolis-Efendi bereits. Er begrüßte mich herzlich mit einem breiten Lächeln und fragte streng, wie es seinen Lieblingen gehe. Ich sagte über jeden ein gutes Wort, er gab ihnen einen Rat, und dann verließen wir den Bahnhof. Da kam die erste Überraschung, die ich jedoch nicht kommentierte. Ein Landauer wie jener, der Anna bei ihren Besuchen in Smyrna brachte und abholte, und auch genauso blitzend, wartete auf uns. Mit einem Sprung waren die Kinder drin. Nikolis-Efendi gab dem Kutscher ein paar Anweisungen, dann grüßte er alle, und es war sonnenklar, daß wir sie nicht wiedersehen würden. Er nahm mein Gepäck, lud es auf einen Wagen, der nebenan wartete, und nachdem er mir den Kutscher als den besten Burschen von ganz Manisa vorgestellt hatte, machten wir uns auf den Weg, hinauf zu unserem Ziel. Er fragte, ob ich Manisa kenne, ob ich schon einmal hier gewesen sei. Ich kannte Manisa nur aus vereinzelten Gesprächen und von zwei zufälligen Besuchen, die ich bei Ioakim, dem Despoten von Manisa, und beim Prokonsul abgestattet hatte. »Hier ist es nicht wie in Smyrna. Hier ist die Welt anders. Vielleicht weil die Türken in der Mehrzahl und Großgrundbesitzer sind, haben sie nicht das Gefühl, daß wir sie bedrohen, obwohl der Handel und der Fortschritt der ganzen Gegend in unserer Hand ist. Manisa ist die Heimat von Sultanen und der Friedhof für viele vornehme Türken, ein authentischer Teil ihrer Überlieferung. Es gibt hier mehr Moscheen als Kirchen. Aber sogar in der Ulumoschee – sehen Sie, wie sie von dort, hoch oben am Berghang, alles beherrscht, vor Jahrhunderten war sie eine christliche Kirche und den drei Kirchenvätern geweiht – holt man immer am 30. Januar die Kandelaber heraus, und wir alle machen eine Wallfahrt hinauf und zünden eine Kerze an. Von großer Bedeutung bei dieser Kirche ist, daß man sie mit dem Marmor antiker Tempel und ionischer Säulen gebaut hat, im Zwischengeschoß befindet sich ein Schweizer Uhrwerk, so groß wie zwei Webstühle übereinander. Man wundert sich schon, wie vier Kulturen und zwei Religionen in einem einzigen Gebäude Platz gefunden haben. Und vergessen Sie nicht, in diesem kleinen Manisa, das gar nichts vom kosmopolitischen Smyrna an sich hat, leben seit der Zeit von Karaosmanoğlu Türken, Griechen, Armenier, Juden, Marokkaner und Perser einträchtig zusammen, aber auch Katholiken und Protestanten und die Brüder vom Orden der Mewlewijen, der Schech hat hier seinen Palast, obwohl sein Amtssitz in Konya ist.« Während der ganzen Fahrt grüßte er mit einem Wort oder einer Geste einen Freund, Bekannten und Würdenträger nach dem andern oder grüßte zurück. Plötzlich sagte er zu mir: »Ach, ich habe vergessen, Ihnen mein Haus zu zeigen. Ein andermal…«, und kommentarlos setzten wir unsere Fahrt fort…ich hatte keine Ahnung, wohin sie mich führen würde.

Als er dann von seiner Arbeit und seinen Geschäften sprach, wußte ich, daß wir auf seine Ländereien fuhren. Er erzählte mir von seinen früheren Bemühungen, in der gesamten Gegend die Produktionsverhältnisse bei den Rosinen zu verbessern. Es fehlte ihnen die richtige Fabrik mit zeitgemäßen Maschinen, und alle Kleinproduzenten sandten ihre Ernte hierhin und dorthin, mal nach Smyrna, mal in andere Gegenden, wo es Fabriken gab, und immer waren sie von den Größeren abhängig. Er trommelte sie immer wieder zusammen, redete auf jeden einzelnen ein, sie sollten gemeinsam in Manisa eine Fabrik bauen, denn es brächte niemandem etwas, für nur einen Monat von zwölfen Geld auszugeben und so eine Fabrik nur für seine eigenen Bedürfnisse aufzustellen. Er argumentierte, erklärte es ihnen noch einmal, anhand von Zahlen und Beweisen, daß es vorteilhafter wäre für alle, wenn ein jeder seinen Anteil beisteuern würde, und man sollte gemeinsam eine Gesellschaft gründen, wie man sie im Ausland habe, »Aktiengesellschaften« nenne man diese. Sie könnten ruhig schlafen, würden von keinem abhängig sein, hätten eine bessere Produktion, und die zur richtigen Zeit und sicher mit einem höheren Gewinn. Er mühte sich ab, aber es gelang ihm nicht, den Stein zu zerschlagen, den ein jeder in seinem Kopf herumtrug. Der Argwohn gegenüber Neuem, die Bequemlichkeit, weil es schon immer so war, der Egoismus eines jeden, aber auch die persönlichen Konkurrenzen unter ihnen, je nach Zeiten und Umständen, dies alles ließ die Dinge stagnieren. War einmal die Hälfte einverstanden, war die andere es nicht, und umgekehrt. Keiner machte sich Gedanken über das Morgen, keiner begriff, wohin die Dinge für alle führten. Aus dieser ganzen Geschichte erwuchs Nikolis-Efendi kein so großer Schaden, denn er hatte bereits im ersten Jahr alles durch einen Vertrag mit Smyrna geregelt. Nicht einmal das sahen sie. Sie glaubten fest, er habe mit diesem Vorschlag einzig und allein seine Interessen im Sinn. Ich tröstete ihn: »Vielleicht hatten sie kein Geld, um ihren Anteil zu zahlen«, und bitter gab er zur Antwort: »Geld hatten und haben sie, den Verstand haben sie nicht, ihren Nutzen zu sehen.«

Die Dämmerung war schon fortgeschritten, als wir bei dem Turmhaus anlangten. An der Tür warteten die Leute vom Gut, um uns zu begrüßen. Sie hielten so viele Petroleumlampen, wie sie nur hatten auftreiben können, um unser Eintreffen bei diesem dichten Nebel zu erleuchten. Nach den Begrüßungen und dem Raki und ein paar Worten für jene, die ihm am nächsten zu stehen schienen, setzten wir uns in den Wohnraum. Ein junges Mädchen, Maria, nahm seine europäischen Überkleider und legte ihm einen tiefroten Kaftan um die Schultern, er war mit Mustern bestickt, die seine Herkunft aus den Donauregionen neben Kleinasien zeigten. Dann führte er mich hinauf zur Galerie. Ich traf auf eine Bibliothek, die vom Boden bis zur Decke reichte und über die ganze Länge ging, nie hätte ich mir vorgestellt, so etwas auf einem Landgut außerhalb von Manisa zu sehen. Ein Reichtum an Wissen, wie man ihn nur selten in einer Privatbibliothek zu Gesicht bekam. Griechische und französische Bücher, Ausgaben aus dem freien Griechenland, jedes griechische literarische Werk, das in Leipzig erschienen war – und er hatte geklagt, er besitze nur einige wenige –, aber auch Ausgaben aus Konstantinopel, Paris und Venedig. »Das ist meine Welt und mein Königreich. Mit Möglichkeiten ohne Ende, sie kennt keine Grenzen, weder zu Land noch zu Wasser, und je länger sie der Zeit trotzt, desto jünger wird sie.« Auf dem Sofa lag ein Buch von Dionisios Therianos über Korais, das 1890 in Triest erschienen war und das wir auch in der Schule als Hauptquelle zu Korais' Ideen benutzten.

Es war Zeit, und wir setzten uns zu Tisch. Die Bewirtung war hervorragend, bei der Vorbereitung war man klaren Anweisungen gefolgt. Und als Krönung ein wunderbarer Wein. Dennoch war ich neugierig, etwas lief nicht so, wie es sollte. Ich hatte weder seine Frau noch seine Kinder gesehen. Ich suchte nach einem Vorwand, um meine Fragen zu stellen oder ihn zu einer Antwort zu provozieren, denn ich glaubte, daß wir am Anfang eigentlich etwas anderes abgemacht hatten. Nachdem wir gegessen hatten und während wir einen Hosaf schlürften, ein Früchtekompott mit Nüssen und Rosinen, wie ich es in meinem Leben noch nicht gekostet hatte, da schien er plötzlich zu merken, daß der Zeitpunkt gekommen war, und er sagte: »Alle, die Sie gesehen haben, und noch viele andere, die in meinen Diensten stehen, können weder lesen noch schreiben. Ebensowenig ihre Kinder. Und bei dem Leben, das sie führen, haben sie auch keine Aussicht, es noch zu lernen. Von den Erwachsenen können die meisten nicht denken und Unterscheidungen treffen. Von dem wenigen, was sie vom Leben selber gelernt haben, beißt sich das eine mit dem andern, und alles miteinander hält sie am Boden, sie sind abhängig von Gott, vom Land und vom Regen, und das Schlimmste ist, wenn man sieht, wie ihre Kinder nach dem gleichen Muster leben und das gleiche Schicksal haben. Einen Teller auf dem Tisch und ein Dach über dem Kopf finden sie bei mir, sie können es auch anderswo finden. Sie sind arbeitsam, großzügig und ehrenhaft, kümmern sich um ihre Familie, aber sie können sich keinen Zoll erheben, um weiter zu blikken, über das Heute hinaus und ihren Fortschritt jenseits dessen, das sie haben, oder der paar Groschen, die sie beiseite gelegt haben. Die Älteren fragen mich oft nach Dingen, auf die des Menschen Geist schon vor langer Zeit eine Antwort gefunden hat, und die meisten Kinder wissen nicht einmal, daß es überhaupt Schulen gibt, in denen andere, gleichaltrige, lernen. Ich sagte mir also, wir müssen etwas tun. Für die Kleinen und für die Großen. Für die Erwachsenen ist es vielleicht nicht mehr von Bedeutung, ob sie Lesen und Schreiben lernen. Aber es wäre doch nützlich, wenn wir sie jeden Sonntagnachmittag hier versammelten und mit ihnen über Dinge sprächen, die sie beschäftigen, über nützliche Dinge, über das, was kommt. Ich glaube, wir könnten ihr Interesse wecken und ihnen dort helfen, wo sie es tatsächlich nötig haben. Bei den Kindern ist es klar – wir bilden eine Klasse, und Sie bringen ihnen Lesen und Schreiben bei. Wir halten Unterricht am Samstag und am Sonntagmorgen. So habe ich es mir vorgestellt. Was sagen Sie?« Ich war überrumpelt. Er hatte alles umgestoßen, er wollte nichts von dem, was ich geglaubt hatte. Gleichzeitig beeindruckte er mich mit seinen Auffassungen ein zweites Mal, wie er mich mit seinem Schweigen beeindruckt hatte, damals, als ich ihm hatte mitteilen müssen, daß Jorgos sitzenbleibe. Verlegen und hilflos sagte ich ihm, ich hätte geglaubt, er wolle mich für seine Kinder, doch er entgegnete, die hätten alles, ihnen fehle es an nichts. Und je mehr er um die Ausbildung seiner Kinder besorgt sei – natürlich sei's ihnen gegönt –, desto mehr drücke ihn die Notwendigkeit elementarer Gerechtigkeit gegenüber all jenen, die nichts hätten, und er selber habe bis dahin nichts unternommen, um ihnen zu helfen. Wir besprachen noch dies und das, er traf meinen Nerv, wir kamen überein und gingen zufrieden schlafen.

Am nächsten Morgen trafen nach und nach alle Teilpächter und die Arbeiter ein, die in den Diensten von Nikolis-Efendi standen. Griechen, hauptsächlich aber Türken, einige Armenier und Juden. Die unruhigsten fragten die andern, was vorgefallen sei. Ein jeder sagte, wovor er sich fürchtete. Als alle beisammen war, ergriff Nikolis-Efendi das Wort, er wünschte ihnen einen guten Tag, fragte den und jenen, wie es mit der Arbeit vorangehe, wie es mit diesem und jenem Verwandten gesundheitlich stehe, dann fuhr er fort und legte ihnen in einfachen Worten dar, er habe sie gerufen, um ihnen zu sagen, daß es über der Erde, der Ernte, der Frucht, ihrem Anteil, dem großen und dem kleinen Geld noch andere Dinge gebe, die im Leben wertvoll sind. Und wenn das Leben sie einiger dieser Dinge beraube, dann müßten alle dafür sorgen, daß es ihren Kindern nicht auch so gehe. Für jede kleine oder große Entscheidung, für jede Bemühung und jeden Fortschritt brauchten wir angesichts der Widrigkeiten und des Unglücks zusammen mit der Gesundheit ein gewisses Rüstzeug. Wir müßten Wissen haben, müßten lesen und schreiben können. Jeden Samstag würde ich dort sein, um ihren Kindern Lesen und Schreiben beizubringen. Anfangs würden wir mit dem Samstag und dem Sonntagmorgen beginnen, dann würde man sehen. Sein Beschluß sei keineswegs ein Befehl, doch wer seine Kinder nicht zum Unterricht schicke, würde sein Mißfallen

erregen, und er sei sicher, daß keiner von ihnen sein Mißfallen erregen wolle. Er wandte sich um und deutete auf
mich: »Das ist der Lehrer aus Smyrna, er hat diese große
Aufgabe übernommen.« Darauf ergriff ich das Wort und
wiederholte, was er bereits gesagt hatte, ich widmete mich
zudem ausführlich der Bedeutung, die die Bildung für
die Entwicklung der gesamten Persönlichkeit ihrer Kinder
hatte. Plötzlich hatte ich das Gefühl, es habe mich wahrscheinlich gar keiner verstanden, und ich betonte nochmals
die Bedeutung dessen, was ihr Herr gesagt hatte, und schloß
meine Rede ab. Nikolis sagte ihnen, sie sollten sich eine
Zigarette drehen, darüber nachdenken, und wenn jemand
etwas habe, so solle er es sagen. Auch er zündete sich eine
Zigarette an und begann sich mit diesem und jenem zu
unterhalten, der gerade in der Nähe stand. Kurz darauf
ergriff er wieder das Wort und fragte sie, ob jemand eine
Frage habe oder noch etwas hinzufügen wolle. Bei den
Arbeitern, vielleicht weil sie ihn mehr fürchteten, vielleicht
weil sie in seinen Diensten standen und direkt abhängig
von ihm waren, gab es kein Problem. Miltiadis, der Aufseher, ergriff das Wort und sagte, daß ihm alle dankten und
mit Freuden die Kinder schicken würden. Dann verlangte
ein Teilpächter das Wort, er schien der mutigste von ihnen
zu sein, bat Nikolis-Efendi demütigst um Verzeihung und
legte in zwei Sätzen dar, daß die Bauernarbeit weder einen
Samstag noch einen Feierabend kenne und daß sie ihre Kinder unmöglich während zweier Tage auf den Äckern ent-
behren könnten. Nikolis-Efendi eröffnete die Diskussion
erneut und sprach voller Leidenschaft und Überzeugung
fast zu jedem einzelnen, nannte ihn beim Namen, legte
die Argumente noch ausführlicher dar mit Beispielen aus
ihrem Alltagsleben, die zu einem jeden paßten. Am Ende
rechnete er ihnen vor, welchen finanziellen Nachteil ihnen
die Abwesenheit der Kinder am Samstag und am Sonntag-

morgen bringen würde, und versprach allen ein Bakschisch, die sich einverstanden erklären würden. Er ließ ihnen wieder Zeit zum Nachdenken und zündete sich eine zweite Zigarette an. Während wir auf die endgültige Entscheidung der Teilpächter warteten, trat einer zu uns und blieb verlegen stehen, bis Nikolis-Efendi ihn sehen und ihm das Wort erteilen würde, und sagte zögernd: »Nikolis-Efendi, ich kann nicht lesen und schreiben, aber ich habe auch keine Kinder und keine Familie. Wenn es für dich nicht zu schwierig ist, so möchte ich mit den Kindern zum Unterricht kommen.« Nikolis-Efendi war hoch erfreut, er schlug ihm auf den Rücken, um ihn zu ermutigen und anzufeuern. Da trat ein zweiter vor, gleich alt wie der erste, auch er fand den Mut und bat darum, Lesen und Schreiben zu lernen. So war ich zumindest sicher, daß ich unter den Teilpächtern zwei Freiwillige hätte, das war sehr wichtig. Derjenige, der im Namen der Teilpächter gesprochen hatte, trat wieder zu uns, um uns die endgültige Entscheidung zu eröffnen: »Nikolis-Efendi, nach reiflicher Überlegung und unter großen Schwierigkeiten sagen die andern Familien ja, aber ich und auch Manolis, verzeih uns noch einmal, wir können nicht zustimmen.« Nikolis-Efendi war bereits ziemlich zufrieden und bestand nicht darauf: »Es ist nie zu spät, und wenn ihr eure Meinung ändert, wir sind hier.« Dann bat er einen jeden, bei dem Holztisch vorbeizukommen, an den er sich setzte, und schrieb den jeweiligen Namen, die Namen der Kinder und deren Alter auf ein Blatt Papier. Mit den beiden Erwachsenen, Thymios und Migriditsch, einem Armenier, kamen alles in allem dreißig Namen zusammen. »Außergewöhnliche Ernte«, murmelte er. Wir strahlten vor Freude. Dann entließ er sie, und sie gingen nach Hause, um es ihren Kindern zu erzählen; am Sonntag morgen sollten sie die Kinder zu uns zur Mühle bringen, wo wir neben den Lagerräumen provisorisch ein Klassenzimmer einrichten würden. So geschah es. Einige hatten bereits den Raum gestaltet, und am nächsten Morgen begann die erste Unterrichtsstunde, mitsamt den Schwierigkeiten und den Überraschungen, die aber ohne große Bedeutung waren, verständlich für den Beginn eines solchen Unternehmens. Die erste Bilanz war nicht entmutigend, im Gegenteil, sie machte uns Hoffung, daß die Mühe nicht vergebens sei. Als ich am Sonntag nachmittag auf den Zug nach Smyrna wartete, verabschiedete sich Nikolis-Efendi von mir, drückte mir die Hand viel stärker als gewöhnlich und sagte:»Eftichios, ich danke dir.«

Am folgenden Freitag fuhr ich wieder mit den drei Söhnen von Nikolis-Efendi nach Manisa; Jorgos war verwundert über meinen zweiten Besuch und zögerte nicht, mich zu fragen. Ich erklärte ihnen, was ich mit ihrem Vater zusammen begonnen hatte, aber der einzige, den das berührte und der immer und immer wieder nach Einzelheiten fragte, war Kostas. An jenem Freitag abend eröffnete mir Nikolis-Efendi, er habe alle wegen des kommenden Vormittags benachrichtigt. Wir würden seine zweite Idee in die Tat umsetzen, von der wir beide glaubten, daß auch sie uns Schwierigkeiten bescheren würde. Sie trafen ein, brachten die Kinder zum Unterricht, und nachdem Miltiadis alle ins Schulzimmer geführt hatte, ergriff Nikolis-Efendi das Wort. Er sagte ihnen, er habe sie gerufen, weil er ein paar Dinge über ihr Leben erfahren wolle. Was sie sich erhofften, was sie sich von Gott oder Allah wünschten. Gesundheit, gute Ernte, Hochzeitskränze für die Kinder, ein gutes Alter und was sie sonst noch brauchten, damit sie sagen könnten, ihr Leben werde besser, möchten ihre Anstrengungen ertragreich sein und ihre Bemühungen gesegnet. Niemand ergriff das Wort, verlegen sahen sie einander an, sie konnten nicht verstehen, was das sein sollte, was der Herr diesmal von ihnen verlangte. Nach jeder Frage nur

Schweigen. Nikolis-Efendi konnte sich an keine Antwort klammern und weitermachen. Da sagte er zu ihnen: »Soll ich euch sagen, was ich glaube? Ich glaube, ihr alle habt in euch eine Antwort. Vielleicht habt ihr alle miteinander sogar die gleiche Antwort. Aber was euch verstummen läßt, ist eure Furcht. Aber wovor fürchtet ihr euch, daß ihr nicht redet?« Das Wort Furcht traf sie in ihrem Ehrgefühl, das paßte ihnen nicht, und sie fingen an zu murmeln, einige protestierten: »Aber nein, doch nicht Furcht, Nikolis-Efendi«, sagte der Mutigste, er lächelte und bewies, daß man ihn beleidigt hatte. Nikolis-Efendi packte die Gelegenheit beim Schopf, gab zu, daß er sich vielleicht getäuscht habe, nahm das Wort zurück und sagte zu ihnen: »Da wir also nichts fürchten, können wir reden. Wir wollen uns treffen und über unsere Probleme sprechen, über unsere Gegend, über das, was wir erleben, und über das, was kommt. In diesen Gesprächen könnte jeder von uns etwas finden, das ihm zusagt, etwas Neues, etwas Nützliches lernen, was ihm auf seinem Weg und bei seinen Entscheidungen hilft. Je mehr wir wissen, desto besser bestimmen wir über unser Ergehen und unser Leben, aber zuerst müssen wir anfangen zu reden, damit wir gewisse Dinge, die nicht gut sind, auch ändern können.« Er machte eine Pause, zündete eine Zigarette an und fragte, ob jemand sprechen wolle. Ein alter Mann stand von der Holzbank auf, nahm die Kappe ab und sagte: »Nikolis-Efendi, schön sagst du das, du machst schöne Worte, aber haben wir für all das nicht die Kocaba, den Kaimakam und den Despoten? Ist es nicht deren Pflicht, nachzudenken und über all das zu entscheiden?« Da erzählte ihnen Nikolis-Efendi als Beispiel von einer Apotheke in Manisa, auch ich hörte zum erstenmal davon. In der Apotheke in Manisa versammelten sich damals all die Gebildeten unserer kleinen Gesellschaft und gründeten ohne Formalitäten und Statuten einen Club. Dort beredeten sie spontan all die großen Fragen der Politik, der neuen Ideen, der Gesellschaft, und immer nahmen sie eine wichtige Meldung oder einen beeindruckenden Artikel zum Anlaß, worin eine Ansicht verteidigt oder eine andere bekämpft wurde. Er erklärte ihnen, wie wichtig das für all jene war, die ohne jegliche Verpflichtung zu diesen Zusammenkünften gingen, er erläuterte ihnen den Nutzen, den jeder aus diesen Gesprächen zog, und daß sie sich, auch wenn sie nicht einig waren oder nicht immer zum gleichen Schluß kamen, nach und nach stärker in ihrem Urteil fühlten und klarer in ihren Lebensentscheidungen wurden. Und daß viele gelehrte Männer und Herren nicht ihre Zeit in einer Apotheke vergeudet hätten, wenn sie keinen Nutzen davon gehabt hätten. Mochten von ihm aus auch die Kocaba, der Kaimakam und der Despot alles entscheiden. Und zum Schluß sagte er, wenn schon die Gebildeten und die Herren es einmal nötig hätten, so hätten sie selber es zehnmal nötig. Langsam verrieten ihre Blicke und ihre Halbsätze, daß sie die Bedeutung dessen, was Nikolis-Efendi gesagt hatte, verstanden und daß sie zustimmten. Da rief einer: »Nikolis-Efendi hat recht.« Und dieser schloß das Gespräch und sagte: »Alsdann, jeden Sonntagnachmittag ist meine Tür offen, ich erwarte euch zum Gespräch. Bringt auch eure Frauen und eure großen Kinder mit. Morgen ist Sonntag, ich erwarte euch gegen fünf.« Das versetzte sie in Aufruhr, einer fragte: »Was sollen wir dir mitbringen, Efendi?« Alle plapperten und redeten durcheinander, keiner wollte heim. Ich ging ins Schulzimmer, wir hatten schon mehr als eine Stunde verloren.

Der neue Plan von Nikolis-Efendi verschob meine Rückfahrt vom Nachmittag auf den Abend. Ich schickte mich drein, um ein Unternehmen nicht zu gefährden, dessen Schwierigkeiten sich dann in der Praxis zeigen würden; die größte aber war, daß wir alle von der Notwendigkeit, der

Nützlichkeit und ihrem eigenen Vorteil überzeugen mußten, den eine Gesprächsrunde zeitigte; sie würde aber auch
mit Sicherheit Dinge an die Oberfläche bringen, die mit
dem, was sie in ihrem Innersten glaubten, in Konflikt standen und die anzuzweifeln keiner bereit wäre. »Eftichios,
wenn es uns gelingt, auch nur ein wenig Licht in dieses Dunkel zu bringen, so ist das ein großer Gewinn.« Damit schloß
er an jenem Abend, als wir gegessen hatten, die Bilanz ab.
So begann ein neuer Abschnitt in meinem Leben, Montag
bis Freitag in Smyrna, Freitagabend bis Sonntagabend in
Manisa. Ich unterrichtete sie in der griechischen Sprache,
und Nikolis-Efendi bemühte sich, ihnen das Denken beizubringen, indem er ihren Verstand mit Werkzeugen verglich, dem Pflug, der Axt, der Spitzhacke. Er selber gab
keine Antworten, er versuchte, sie bestimmte Prinzipien zu
lehren, sie sollten das, was sie seit je kannten, anzweifeln
und das, was die andern beschlossen, prüfen. Mit schlichten
Vergleichen versuchte er, ihnen das Schwierige zu verein-
fachen, sie mit Beispielen ins Wanken zu bringen, ihnen
den Kopf heiß zu machen, indem er erklärte und erklärte,
wiederholte und wiederholte.

Nach dem zweiten, dem dritten Mal erschienen sie
spärlicher, gut fünfzehn verblieben, doch diese fünfzehn
machten mit Feuereifer weiter, schnell wurde die Idee von
Nikolis-Efendi zu ihrer eigenen, sie erinnerten sich nicht
einmal mehr, wie alles angefangen hatte. Jene, die sich
ängstlich und feige unter Vorwänden und Rechtfertigun-
gen zurückzogen, waren meist Ältere, und von denen waren
wiederum die meisten Muslime, die sogleich spürten, daß
das, was Nikolis-Efendi sagte, nicht zu Allahs Befehlen
paßte, auch nicht zu den Bräuchen, denen sie huldigten.
Trotzdem erschienen zwei junge Türken weiterhin und
scherten sich nicht um die Kritik, die ihre Glaubensgenos-
sen äußerten. Ismail war ebenfalls behilflich, die rechte

Hand von Nikolis-Efendi, und sagte, Allah sage nirgends, wir dürften nicht denken. Und sie nickten und sagten: »Daran haben wir nicht gedacht.«

Die Abende bei Nikolis-Efendi wurden plötzlich durch die Teilnahme dreier seiner Freunde aus Manisa bereichert. Es waren der Apotheker, ein gewisser Vesiropoulos, der Pate von Kostas, und der Sohn eines armenischen Advokaten. Die Aufforderungen von Nikolis-Efendi, sie sollten auch ihre Frauen zu unseren Zusammenkünften mitbringen, fielen auf unfruchtbaren Boden. In Manisa existierte ein Zirkel von Frauen, der »Fortschrittliche Frauenbund«, Bannerträger liberalster Ideen über die Stellung der Frau. Gründungsmitglied dieses Zirkels war die Gattin von Nikolis-Efendi, Anna. Trotz meiner Versuche, diese beiden Zirkel zu frequentieren, brachte ich absolut nichts zustande. Ich hatte sogar das Gefühl, daß sich hinter den höflichen Manieren der Vertreterinnen des Zirkels der kategorische Beschluß verbarg, niemals eine Einladung für einen geselligen Abend anzunehmen. Besonders nach einer Begebenheit, die mir ganz zufällig ihre Haltung uns gegenüber enthüllte.

Es war Samstagmittag, ich hatte den Unterricht beendet, war mit Nikolis und Ismail zum Platz gegangen und trank Kaffee. Zufällig stießen wir auf zwei Bärentreiber, die man in ganz Manisa kannte. Sie zogen durch die Viertel und zu den Kirchweihen, doch man sah sie oft an den Wochenenden mitten auf dem Platz; der eine schlug das Davul, eine Trommel, um die Bären, die einen Ring durch die Nase trugen, zum Tanzen anzutreiben. Als Nikolis ihrer ansichtig wurde, brüllte er: »Fahrt zur Hölle!« Er ging zu ihnen und fragte sie, wieviel sie für die Bären wollten. Sie lehnten ab, und als er ihnen vor aller Augen eine Summe abzählte, die in den Kaffeehäusern Raunen auslöste, ergriffen die beiden das Geld und drückten ihm die Riemen in die Hand, an denen sie die Bären hielten. Er zog an den Riemen, obwohl einer der Bären wütend wurde und kurz davor war, ihn anzufallen, lud die Tiere allein aufs nächstbeste Fuhrwerk, niemand eilte ihm zu Hilfe, dann fuhr er davon in Richtung Sipylos. Ismail sprang auf seinen Esel und folgte ihm. Ich selber blieb im Kafenion und wartete auf ihn, hörte Kommentare voller Bewunderung über seine Tollkühnheit, aber auch voller Bangen um seine Unversehrtheit oder gar um sein Leben. Je länger sie ausblieben, desto mehr verwandelten sich die Worte der Bewunderung in Worte der Beunruhigung. Es kam der Moment, wo wir in einem Anfall von pessimistischen Prophezeiungen bereits das Schlimmste fürchteten. Ich wußte nicht, was ich tun und wohin ich gehen sollte. Der Vorfall hatte schon die Runde gemacht, man erzählte ihn in allen Gassen. Und da erschien plötzlich Anna in Begleitung einer Freundin; bevor ich sie beruhigen konnte, sagte sie: »Solcherlei Dinge bringen Sie also unseren Kindern bei? Wir bezahlen Sie, damit Sie Menschen aus ihnen machen und keine Bärentreiber.« Ich schluckte meine Wut hinunter. Ich wollte sie beruhigen, da sah ich zum Glück, wie Nikolis-Efendi stolz zusammen mit Ismail zurückkam. Er trat lächelnd zu uns, Anna schleuderte ihm eine Beleidigung ins Gesicht, nahm ihre Begleiterin und verschwand, ohne eine Antwort oder einen Kommentar abzuwarten. Nikolis folgte ihnen mit den Augen und sagte: »Die Nasenringe habe ich ihnen nicht abnehmen können, aber sie sind frei, ganz dort oben über der Höhle von Yaila. Trinken wir jetzt Kaffee.« Als wir über den Markt gingen, trafen wir die beiden Bärentreiber, sie saßen da und tranken. Verlegen grüßten sie ihn, befürchteten wahrscheinlich, er würde das Geld von ihnen zurückverlangen, er bückte sich und flüsterte ihnen etwas ins Ohr. Niemand hörte ihn, doch alle sahen, wie er eine zwei Spannen lange Klinge aus seinem Gürtel zog und sie zu zittern anfingen. Seitdem haben wir in Manisa niemals mehr einen Bärentreiber gesehen.

Und mit der Zeit begann auch der Zauber zu verblassen, den Anna auf mich ausübte.

Mit einemmal verstand ich, daß die Ursache des getrennten Lebens von Nikolis-Efendi und Anna nicht seine vermeintliche Krankheit war. Als ich einmal in ihn drang, wußte er sie mir nämlich nicht genau zu beschreiben und verwickelte sich in Widersprüche. Ich respektierte sein Geheimnis, obwohl er es mir auch da nicht offenbarte, ich respektierte die Übereinkunft des Ehepaars, in getrennten Häusern zu leben, ich sah auch die notwendigen Kompromisse ein, daß sie eben gemeinsam erschienen, wenn die Konvention oder die gesellschaftlichen Gepflogenheiten es erforderten. Zwei-, dreimal gingen wir am Sonntagmittag in sein Haus in Manisa und aßen dort. Anna umsorgte uns nach allen Regeln der Kunst. Einmal sogar sagte ich in dieser Atmosphäre der familiären Wärme und Behaglichkeit zusammen mit den drei Söhnen ein paar schöne Worte über seine Familie, und da murmelte eine Alte, die im Haus wohnte, Nikolis nannte sie »Nona«, hinter meinem Rücken: »Ach, wenn du wüßtest, Canım, mein Lieber.«

Während wir die Idee von Nikolis-Efendi in die Tat umsetzten, ging ich am Wochenende nicht zurück nach Smyrna. Er widmete sich voller Leidenschaft den Versammlungen, die er sonntags organisierte und für die wir jeweils am Vorabend das Thema aussuchten, das wir den Leuten vorlegen wollten. Mit dem Ausbruch des Großen Krieges sollten die Zukunft des Kranken Mannes am Bosporus und die Große Idee zur Diskussion kommen. Das war mein Vorschlag. Verwundert stellte ich zum drittenmal fest, was schon in den Diskussionen im Jagdclub in Smyrna oder an den Abenden in der Apotheke in Manisa deutlich geworden war. Es war keineswegs, wirklich keineswegs selbstverständlich, daß alle einmütig diese Lösung wollten oder daß sie an die Möglichkeit der Realisierung glaubten. Wenn es verständlicherweise in bezug auf den Kranken Mann am Bosporus verschiedene Meinungen gab, so glaubte ich doch, stets die Auslandsgriechen um mich geschart zu haben, die mit Leib und Seele die Vereinigung mit der Mutter Griechenland ersehnten. Aber ich hatte nicht alle um mich geschart. Es gab auch die andere Auffassung, an die viele glaubten und die auf der friedlichen Oberherrschaft des Griechentums über die Türken basierte wie auch auf der Notwendigkeit stetiger Machterhaltung und Ausdehnung, nicht aber auf der Vereinigung mit dem Mutterland. Doch all jene merkten, daß sie unserer Ansicht unterlegen waren, die die Leute in ihren Bann zog und mitriß; sie sagten nicht viel. Besonders in Smyrna und in Ayvalik, wo das griechische Element in einem solchen Maß mächtig war, daß man ganz nüchtern sagen konnte, daß die beiden Städte einen Teil des freien Griechenland bildeten. Sogar Nikolis-Efendi, der unablässig kämpfte und von einer schöneren Welt träumte, war sich bei der Großen Idee nicht sicher. Nicht daß er sie ablehnte, doch er zweifelte, daß dies wirklich das war, was die Leute suchten oder mit ihrem persönlichen Glück gleichsetzten. An jenem Abend ging unser Gespräch mit einer Rede von Nikolis-Efendi zu Ende: »Nehmen Sie es mir nicht übel, daß ich nicht weiß, was richtig ist. Nur eines ist sicher – daß meine eigene große Idee viel weniger Anhänger hat. Sie hat keine Standarten und Flaggen. Sie verlangt von niemandem besondere Opfer, noch ist jemand bereit, für sie sein Leben zu geben. Aber sie braucht Kampfgeist, Mühe, Beharrlichkeit und Geduld, und bis sie Früchte trägt, braucht sie viel Zeit, und nicht einmal dann ist sicher, wie viele sie freudig willkommen heißen, welche Nationen und welche Völker! Aber ich glaube zutiefst, daß dies die Große Idee ist.« Ich fragte ihn, was er damit meine, und er erwiderte: »Natürlich die Bildung.

Nicht nur das Lesen, das Schreiben, das Wissen, sondern auch die Bildung, die den Verstand erleuchtet und die Gedanken öffnet. Was Korais und alle, die so gedacht haben wie er, uns zu suchen aufgetragen haben. Die Bildung, die das Denken der Menschen vereinen kann, mögen sie hier oder am andern Ende der Ägäis oder noch weiter weg auf dem Balkan und im Westen leben. Die Bildung, die nach und nach für jeden die fehlende Freiheit sprießen läßt, sie wird ihn Duldsamkeit gegenüber Andersgläubigen und Respekt vor dem Andersartigen lehren. Die Bildung, die eine große neue Gesellschaft schaffen, uns alle umfassen und uns Kraft verleihen kann, und dann wird unser Fortschritt nicht von den Fetvas, den islamischen Rechtsgutachten, und den Beschlüssen der wenigen abhängig sein.«

Die Zeit verging, und es mehrten sich die Befürchtungen jener, die glaubten, daß die Jungtürken, die die Verfassung wieder eingeführt hatten und die wir angenommen hatten, als sei es unsere eigene Revolution gewesen, unsere Hoffnungen auf Gleichheit vor dem Gesetz nicht erfüllen würden. Immer wieder gab es Ausschreitungen in den kleineren Städten an der Küste, doch nie wurde Manisa oder Smyrna davon berührt, immer wieder Beschlüsse, die den Buchstaben und den Geist der Verfassung Lügen straften. Einmal legte sich Nikolis-Efendi mit dem Kadi an, denn der hatte falsch Recht gesprochen. Im Kafenion sagte er, die Gerechtigkeit Allahs könnte nicht anders sein als die Gerechtigkeit Gottes, denn Götter könnte es mehrere geben, aber es gebe nur eine Gerechtigkeit. Und die sei für Griechen und Türken gleich. Und wenn die Entscheidung des Kadis im Gegensatz zur Gerechtigkeit stehe, an die wir alle glaubten, dann stehe sie auch im Gegensatz zur Gerechtigkeit Allahs, denn dieser könne es nicht hinnehmen, daß die Griechen so und die Türken anders beurteilt würden. Schweigen füllte das Kafenion, niemand sagte ein Wort, aber sie starrten ihn an. Die Sache gelangte bis zum Mutasarrif von Smyrna, zudem hatte man auch die Geschichte mit dem Schlafmohn und dem Schaden, den er ihnen zugefügt hatte, nicht vergessen. Die türkische Verwaltung war zwiegeteilt, die einen gingen so weit zu behaupten, der Verstoß von Nikolis-Efendi sei ein Verbrechen, und er gehöre an den Galgen. Viele wollten ihn retten, hinter seinem Rücken, denn er war stolz und hatte nichts für Vermittlungen hintenherum übrig. Sein Freund, der Kaimakam, fuhr zwischen Smyrna und Manisa hin und her, um ihn zu retten, doch selbst ihn betrachteten die Jungtürken argwöhnisch. Zum Glück gab es den Adjutanten des Mutasarrif. Er war durchtrieben, heimtückisch, doch es heißt, er habe ihn im letzten Augenblick gerettet. Und Nikolis-Efendi konnte ihn nie leiden, denn er hielt ihn für eine Echse, die sich sonnte und dann wieder verbarg. Nie verriet man ihm, daß er diesem Kerl Dank schuldete, sonst hätte er alles wieder durcheinandergebracht. Nikolis-Efendi zog aus diesem ganzen Vorfall den Schluß, daß man sogar bei gewissen Türken den Respekt vor dem Recht wecken könne.

Mit der Kirche hatte er nicht viel am Hut. Wenn es wieder einmal hieß, er sei schon lange nicht mehr zum Gottesdienst gegangen und habe gebetet, erschien er, ich glaube, er wollte einfach die Nörgler zum Schweigen bringen. Er beklagte sich bei jedem Anlaß, weil die Katholiken viel tatkräftiger und menschenfreundlicher waren als unsere Leute. Und trotzdem ging er immer wieder bei den zwei Gymnasien vorbei und fragte, wie es stehe und ob sie etwas benötigten, und daß er stets bereit sei, seinen Obolus zu entrichten. In einem fort spendete er großzügig Geld, aber dann beklagte er sich wieder, weil er fand, sie machten nur wenig daraus, und wenn man ihn fragte: »Was sollen sie denn sonst noch damit machen?«, sagte er: »Es ist ihre Aufgabe, herauszufinden, was sie machen müssen, meine ist es,

zu bezahlen. Sehen sie denn das Beispiel der Evangeliumsschule und der Aronisschule nicht?«

So ging Nikolis-Efendi in Manisa eben seinen Weg,
gemäß seinen Überzeugungen und stets auf der Suche nach
einem Ziel, mochte es klein oder groß sein, wenn er nur
fest glauben konnte, daß er die Verhältnisse für alle verbessern könnte. Er war versessen auf alles, was die Dinge
vorantrieb, was die Menschen und ihre Beziehungen zum
Besseren wendete, was ihm erlaubte, Wissen, neue Ideen
anzubieten, die Unabhängigkeit eines jeden und die Gerechtigkeit für alle zu erweitern. Von Zeit zu Zeit störte ich mich
daran, daß er kleine Kompromisse einging, die wahrscheinlich die Mühe gar nicht lohnten, und stets bei Dingen, wo
ich es nicht getan hätte. Früher oder später gab ihm die Realität recht, denn dadurch wendete er ernsthafte Schäden ab,
manchmal schaffte er es auch, weil er aus andern Dilem-
mata, die viel kritischer waren, als Sieger hervorging, daß
sein Wille geschah und er gleichzeitig ein ruhiges Gewissen
haben konnte. Trotzdem geriet er ein paarmal in Konflikt
mit gewissen Leuten, wieder andere machte er sich zu geheimen Feinden, denn offen wollte ihn niemand bekämpfen,
während er sich bei andern wochen-, monatelang bemühte,
ihnen ein Licht anzuzünden und den Blick zu erweitern.
Er hatte es eilig, ein Kummer trieb ihn, er gab nicht auf.
»Nach und nach werden sie begreifen, es geht nicht anders,
sie werden begreifen. Wir dürfen nie aufhören zu erklären.«
Hätte er sich nicht mit gewissen Leuten überworfen, vielleicht hätten ihn alle geliebt. Nur daß sie ihn dann weniger
geschätzt hätten.

Er wußte das Angenehme zu genießen, ihm gefielen das
gute Essen und die Frauen, seine Bücher und die Lieder.
Auf seine Bitte hin brachte ich ihm einmal ein Grammophon aus Smyrna und so viele Platten, wie ich dort fand.
Rasch hatte er seine Wahl getroffen: eine Schallplatte, auf

der Jannis Apostolou eine Arie von Puccini sang, »Tra voi belle«. Er hatte sie gelernt und sang sie leise, wenn er sich allein glaubte. Unverbesserlich mißtönend, er, der glaubte, daß alles sich verbessern ließe. Er sang noch etwas anderes, die Worte verstand ich nicht genau, halb Hebräisch, halb Griechisch, »Der Traum der jungen Frau«, er summte ununterbrochen die Melodie und murmelte ein paar Verse. Er hatte dennoch etwas Dorisches in seinem Ausdruck und seinem Benehmen, das ihn von den Menschen Ioniens oder von den Orientalen, vom Babel der Levantiner unterschied, die sich im Sporting Club, in der Brasserie Pilsen, bei Empfängen, Bällen, in Clubs und Privatsalons tummelten. Er hatte kein Verlangen danach, aber er weigerte sich auch niemals, wenn wir uns gemeinsam in Smyrna aufhielten, mich zu dem oder jenem zu begleiten, der uns zufällig einlud.

Er stach von den andern durch seine einfache Sprache und auch durch sein Schweigen ab. Man nannte ihn »Nikolis-Efendi«, doch man sah auf den Gesichtern derer, die seinen Namen in den Mund nahmen, daß sie ihn tatsächlich als Efendi anerkannten. Ein Efendi, und das verdankte er nicht seiner vornehmen Geburt, nicht seinen Gütern und seinem Geldbeutel. »Er wurde zu einem Efendi mit dem, was er sagte, und blieb ein Efendi mit dem, was er verschwieg«, sagte immer die Miltiadena, Tochter eines Pächters, Ehefrau eines Pächters, Mutter eines Pächters.

So bekannt und durchsichtig sein öffentliches Leben für alle war und so gut ein jeder wußte, was er sagte, was er tat oder woher, wann und wie Nikolis-Efendi hergekommen war, so verschlossen, hermetisch verschlossen war er bei allem, was sein privates Leben betraf. Nicht das, welches nach außen zum Vorschein trat, nein, sein wirkliches, jenes, das er in seinem Inneren lebte und fühlte, das er allein und weit weg von den Worten und Blicken Bekannter oder Freunde verbrachte. Für ihn sorgte, wie Mutter und Tochter, die Nona. Ein liebenswerter Mensch, der, auch wenn er nicht lesen und schreiben konnte, dennoch über die einfache Weisheit des Volkes verfügte, die nur jemand mit besonderem Geist und Urteilsvermögen abschließend beurteilen könnte. Selten, zwei-, dreimal insgesamt, war sie am Wochenende zum Turmhaus hinaufgegangen, um dort etwas zu erledigen, aber man wußte, daß sie auch mitten in der Woche vorbeikam, und Nikolis mangelte es dank ihren Vollmachten und ihrer Fürsorge an nichts. Die täglichen Arbeiten im Turmhaus besorgten zwei Frauen, Mutter und Tochter; die Nona hatte sie ausgewählt, und pflichtbewußt folgten sie ihren Anweisungen. Die Mutter war Jüdin, die Christin geworden war. Als Rachel kannte man sie, mochte sie auch auf einen christlichen Namen getauft sein, Rachel nannte man sie weiterhin. Ihre Tochter wurde am selben Tag wie Rachel getauft, aber sie hatte ihren Taufnamen übernommen, und man nannte sie Maria. Rachel war die erste Arbeiterin gewesen, die Nikolis-Efendi aufs Gut genommen hatte, als er vor vielen, vielen Jahren die Befehlsgewalt erhalten hatte. Er nahm sie mit dem Säugling im Arm, dies war sein erster Entschluß, und Rachel hörte nie auch nur für eine Sekunde auf, ihm dankbar zu sein. Als ich sie kennenlernte, war sie um die Vierzig, Maria ungefähr halb so alt wie sie.

Mit der gleichen Hingabe und Fürsorge, die sie uns von dem Moment an erwies, als ich am Freitag abend den Fuß in das Haus setzte, bis am Sonntag nachmittag, als ich den Zug zurück nach Smyrna nahm, wird sie, so stelle ich mir vor, Nikolis-Efendi die ganze Woche über behandelt haben. Ihre Sorge für uns und für das Haus hatte nichts Gekünsteltes. Sie kannte kein Lächeln der Höflichkeit oder der Servilität, das Lächeln kam ohne Murren, selbstverständlich, spontan. Von Zeit zu Zeit sagte sie ein paar Wörter auf griechisch und hebräisch durcheinander, ich verstand nicht viel, aber sie riefen bei Nikolis-Efendi Heiterkeit bis hin zu schallendem Lachen hervor. Ihre wenigen hingeworfenen Worte mußten lustige Kommentare sein, und für sich belächelte sie genauso die üblichen Wünsche: »willkommen«, »schlaf gut«, »gute Reise«, und sprach fast nicht. Ob wir etwas wollten, etwas wünschten, das fragte uns Maria. Und wenn Nikolis mit ihr sprach, so kamen die Antworten mittels ihrer Handlungen, mit einer Kopfbewegung, einer Geste. Hätte ich nicht gesehen, daß sie jedem Begehren von Nikolis-Efendi schon beinahe nachgekommen war, bevor er es richtig ausgesprochen hatte, so hätte ich gesagt, daß sie eine grimmige Frau war. Am Abend pflegte er sie zu uns an den Tisch einzuladen. Sie gab nie eine Antwort, man fand nie heraus, warum, doch manchmal setzte sie sich zu uns, manchmal lehnte sie ab und hockte sich auf einen Schemel am Rand, manchmal machte sie sich wieder an ihre Arbeit. Wie sie sich auch verhielt, Nikolis gab ihr mit Worten und Taten recht. Gewöhnlich saß sie auf dem Schemel, erledigte auf ihrer Schürze verschiedene kleinere Arbeiten und folgte wachsam den Gesprächen. Man sah die Reaktionen schwach auf ihrem Gesicht, doch sie sagte kein einziges Wort. Eine sonderbare Beziehung zwischen den beiden, die man nicht näher bestimmen konnte. Mit Gewißheit war es keine Beziehung zwischen Herr und Dienerin. Sie glich der Beziehung zu einer Schwester, aber auch dies traf den Sachverhalt nicht. Außer einem durchsichtigen schwarzen Kopftuch, das sie jedesmal anders um ihre Haare schlang, hatte sie nichts Weibliches, das einen hätte anziehen können, nichts Ätherisches, wie Anna es hatte, weder deren Benehmen noch deren bezaubernde Bewegungen. Sie war ein Mannweib, mit breiten Schultern, sicher größer als Nikolis, mit harten Gesichtszügen und plumpen Bewegungen. Sie war keine schöne Frau. Zumindest war sie nicht nach meinem Geschmack. In ihrem Inneren jedoch hütete sie etwas, das man spürte, wenn sie ins Zimmer trat, und das verflog, wenn sie hinausging, es war, als nehme sie es mit. Irgendwie so mußte es sich auch mit dem elektrischen Strom verhalten, nach den Beschreibungen derer, die sich auskannten. Ich würde sagen, es war ein schweigender Zauber. Sie verzauberte die Dinge, die sie auf den Tisch stellte, sie machte sie leichter, unbeständiger, zerbrechlicher, sie verzauberte die Luft im Raum, verdichtete sie, bis wir ihre Berührung spürten. Sie verzauberte den Wind, der vom Sipylos herunterwehte, und sie stand an der Hoftür, mit verschränkten Armen ihren Körper umschlingend, und wartete, ihn zu empfangen, auf daß er unter ihren Rocksaum wirbelte, ihre Haare wehen und flattern ließ wie Fahnen auf einer uneinnehmbaren Burg. Sie verzauberte die Wolken, die tief einherzogen, bis die Himmel aufgingen und Sturzbäche flossen. Sie verzauberte die Zeit, hielt sie an und machte, daß sie schneller verging.

Dennoch, ihre große Gabe, die ihr Zauberwesen noch übertraf, war etwas anderes, es war ihr von Gott, der Natur, den Zauberern und den Nachtigallen der ganzen Schöpfung geschenkt. Was sie hatten und was sie geben konnten, hatten sie ihr mit dieser Gabe überreicht. Darin strahlten ihr Leben, ihre Schöpfungskraft, ihr Ausdruck und ihre Verbindung zu den andern, die Welt ohne Anfang und Ende. Dort wickelte und entwickelte sie ihre Gedanken, wob sie ihre sehnsüchtigen Wünsche, ihre Hoffnungen, ihre Märchen, goß sie die Heilkräuter für das Gestern und den Mut für das Morgen auf. All das war oder wurde eins und kam hervor oder wurde geschaffen von ihrer Stimme und ihrem Lied, es war wie Opium, das Nikolis-Efendi aus der Fassung brachte und mich schon beim zweitenmal zu ihrem Sklaven machte.

Jedesmal nach dem Abendessen geriet Nikolis in einen sonderbaren Zustand, er machte sich bereit, doch nie war er entschlossen, es ausdrücklich einzufordern. Wir füllten unsere Weingläser, warfen einander verstohlene Blicke zu und wogen und schätzten unsere Aussichten ab. Wir zündeten uns jeder eine Zigarette an, hatten aber nicht vor, ein Gespräch zu beginnen, gaben nur irgendwelche schlichten, unzusammenhängenden und vorgeblich gleichgültigen Kommentare ab; wir lauschten auf die Stille in den Pausen, räusperten uns, wischten ziellos ein paarmal den Mund oder schaukelten mit dem Stuhl. So warteten wir ganz brav darauf, ob sie sich entschließen würde, das Lied anzustimmen. Und dann sang Rachel, mal hockte sie auf dem Schemel, mal saß sie bei uns am Tisch, inmitten der absoluten Stille der Nacht, eines nach dem andern die Lieder der Sephardim. Der erste Ton entfloh ihr wie ein Seufzer, der in ihrem Innern genistet hatte, und stieg auf in einem tiefen Brunnen, schwer und entlang den Wänden kreisend, zur Pforte ihrer Lippen, und wollte nicht heraus. Er zitterte in ihrem Hals, schlängelte sich hinauf, berührte den Gaumen und kehrte wieder zurück. Wir lauschten und wollten ihn vernehmen, so gut es ging, hinter ihrem Gesicht, ihrem Blick, der unbewußt flackerte, in der Ritze zwischen ihren Lippen. Und als dann ihr Mund sich halb öffnete und die Melodie entschlüpfte wie ein Hauch, da spürte man, wie ihr warmer Atem zu Musik wurde, und in der Musik erkannten wir Silben, die ersten Worte. Und jene Laute, die Melodie, die sie flocht, Worte, die verloschen und gleichzeitig in eine Melodie hineinströmten, weckten Gedanken, ohne daß man die Botschaft oder deren Inhalt verstand. Ihr Lied schien einerseits ein Selbstgespräch zu sein, dann wieder schien es nach unseren Antworten zu suchen und sich an uns zu lehnen. Und wir suchten unseren Mut zusammen, wagten kaum zu atmen, damit wir nicht zerstörten, was eben zur Welt kam. Zu schwach, um all die Worte und Zusammenhänge zu verstehen, malten wir uns aus, was sie uns singend mitteilte, und wenn wir uns am letzten Vers festhielten, ängstlich Worte oder Silben stotternd in unserem Bemühen, sie mit der Melodie in Einklang zu bringen, so begann sie im gleichen Atemzug das nächste Lied.

Und die Stimme ertönte schon klar, kraftvoll, die Distanzen verschwanden, sie hypnotisierte unsere Augen und unsern Verstand und hielt uns an, hinter ihr herzustürmen, uns zu verlieren in jenem Klang, der emporschoß wie das Wasser aus den ungefaßten Quellen Ioniens. Es war Fluß und Leidenschaft, Schmerz und Hoffnung, Weinen, Freude, Anmut und Erwartung, wir eilten hinter ihr her, sie führte uns weg und brachte uns zurück. Dann stimmte sie das nächste Lied an und ließ den einen von uns auf die Schultern des andern sinken, und wir wiegten uns mit den Versen, der Melodie und der Stimme in Barken und in Karawanen, auf gepflasterten Dorfplätzen, in der sternklaren Nacht und im Schein des abnehmenden Mondes. Bei jeder Strophe wurden unsere Lippen trocken und wieder feucht. Sie hob die Ellbogen und klatschte in die Hände, an den Armen zwei Reife wie ein mythisches Instrument. Sie senkte die Hände auf den Tisch, alles, was sie fand, verzauberte sie und machte mit Fingern und Nägeln ein Santuri, ein Schallbecken. Und wenn sie mit dem Knie am Tischbein den Takt klopfte, wenn sie mit den nackten Sohlen oder voller Kraft und Trotz mit den Fersen auf die Fliesen schlug, hörten wir Tamburine, die nicht existierten, und Davul, die aus der andern Welt herüberschallten. Sie war Laute, Violine, Klarinette und Zither, die aus ihrem Körper schossen, platzten, seufzten, zuckten. Und der Schweiß dampfte unter ihren erhobenen Armen und aus dem schmalen Spalt zwischen ihren Brüsten wie Weihrauch und Myrrhe, die uns auf unserer großen Reise geleiteten. Nach dem vierten, dem fünften Lied hallte ihre Stimme schon im ganzen Haus wider. Sie lief rasend durch das hintere Zimmer, dann wieder in die

Küche, wenn sie das Geschirr spülte, schlug auf Kupfer, Messing, auf Pfannen und Töpfe, diese nahmen den Ton auf, verwandelten ihn und sandten ihn zurück. Dann kam sie vom Treppenabsatz im Hof, brandete wie eine Welle an die Fenster, die Scheiben, die klirrten, es hallte der Hof, und Nußbäume, Platanen und Pappeln gaben Antwort. Und ihre Stimme ließ Beseeltes und Unbeseeltes zu Musik werden, nahm die Seelen, zog sie mit aufs Meer, auf die Felder, in die Berge und die Schluchten, führte sie spazieren in der Ägäis, auf Rhodos, in Chania, nach Malta und weiter bis nach Gibraltar, Porto und Andalusien. Sie sammelte Kreuzfahrer, Spanier, Marokkaner und Tuareg und erzählte von Märchenkönigen, die arme Mädchen liebten, von jungen Frauen, die zuvorderst in die Schlacht zogen. Sie hauchte Sirenen Leben ein, die Seefahrer in die Irre führten, Einsiedlern auf der Suche nach den Geheimnissen des Lebens, Völkern, die verfolgt wurden, und Unschuldigen, denen man Unrecht tat. Und führte sie wieder zurück, setzte sie ab auf dem Haimos, auf Bergen und in Schluchten, in Sarajevo und in Sofia. Sie schloß ganz Saloniki und Kavala in die Arme, setzte ihren Fuß in den Bosporus und nach Galata, flog herunter von Çanakkale und fiel wieder in Smyrnas Schoß. Weitere Märchen kamen von den Donautälern und Strömen in Rußland, andere erreichten den Brand Jerusalems und den Sand Ägyptens, löschten die Erinnerung an Phönizien aus. Es war, als erwache der Sipylos mit dem Tosen, das ein Beben ankündigte, und die mächtigen Felsen ächzten, und die Schlucht und die Höhlen verstummten, und ihre Stalaktiten erschallten wie Pfeifen. Im Rhythmus schwollen die Wasser des Gediz, strömten über die Ufer und tränkten fruchtbare Felder und unfruchtbaren Boden, wuschen schwitzende Körper ab, Körper, von den Menschen ganz und gar vergessen. Es erwachten die Kamele, es wieherten die Rosse, und man hörte das Getöse der Waffen wie Zimbeln der Eroberer, die vom Tal her kamen. Es erwachten die Adler und die Falken und begannen ihre Kreise zu ziehen über den Feldern, und sie zogen einen neuen Kreis und noch einen Kreis, umfingen die ersten Kreise und füllten den Himmel mit endlosen Kreisen mit demselben Mittelpunkt, die sich im Rhythmus der Musik drehten wie ein Strudel. Die Himmel gingen auf, die Erde, das Meer, jede Brust und jeder Schoß. Auch das Blut und der Schweiß wurden Musik zusammen mit den Wassern der ganzen Welt, und das Mittelmeer wurde zum größten Weihwasser für die Sündiger, die Tollkühnen, die von Träumen Gehetzten. Und Nikolis und ich waren schon mitten darin, und jedes Lied war uns Barke, Brigg, Bombarde oder Sakoleva in einem neuen Reich der Musik, der Fühlungnahme und der Seele, in einer Welt, die nichts Schändliches hatte, nichts Böses, nichts Kleines und nichts Weniges. Eine solche Schönheit in der Seele, man hält es nicht aus. Und da sahen wir, daß Rachel uns langsam entschwand, sie verließ uns, und wir verloren sie, sie war schon anderswo, sosehr wir uns auch verzweifelt bemühten, für eine Sekunde auch nur ein Sandkorn in der großen Uhr zu sein. Selbst wenn wir in jenen Momenten das Gefühl hatten, unser Übergang in ein anderes Universum, in eine andere Welt vollende sich. Sie blieb unerreichbar. Diese häßliche Frau, das Mannweib, wurde zur Frau der ganzen Welt, und in der ganzen Welt gab es keine andere Frau. Sie war die Welt.

Am nächsten Morgen erst kamen wir wieder zu uns, standen wir wieder auf dem Boden. Doch wir sprachen nie über das, was wir am Vorabend erlebt oder phantasiert hatten, aus Furcht, es könnte sich etwas als Traum oder Lüge erweisen. Ich weiß nicht, ob Nikolis-Efendi noch andere Beziehungen zu Rachel hatte. Aber wenn ich mir vorstelle, daß nie eine andere Frau die Bühne betrat, außer der Nona und seiner Gemahlin, die aber nie zum Turmhaus kam...

Er verhielt sich nicht so, nichts war zu sehen, das einen derartigen Verdacht geweckt hätte. Sicher war nur – was er in jenen abendlichen Stunden in ihren Liedern erlebte, war so mächtig, daß es ihn an sie band.

Dieses eigentümliche Leben dauerte fast zwei Jahre. Zwischen Smyrna und Manisa, zwei erfüllte Jahre voller Gemütsbewegungen, neuer Erlebnisse und mit dem intensiven Gefühl der Erfüllung, denn wir taten etwas, das Erfolg hatte. Doch in dieser ganzen Zeit fehlte mir die weibliche Gesellschaft. Nicht daß ich diesbezüglich verwöhnt war, aber jene Art des Lebens, das mich jedes Wochenende von Smyrna fernhielt, nahm mir gleichzeitig die Möglichkeit, mit Menschen zu verkehren und dadurch reiflich über eine Heirat nachzudenken. In Tat und Wahrheit war diese Entbehrung verheerend für mich. Beim ersten Vorschlag, den man mir überbrachte – was heißt da Vorschlag, es war eine ganz normale Ehevermittlung –, und nachdem ich das Mädchen, besonders schön und aus bestem Haus, kennengelernt hatte, konnte ich meinen Kollegen, die vereint beschlossen hatten, mich zu verheiraten, keinen Widerstand mehr entgegensetzen.

Seit der Verlobung war mir klar, daß ich diesen Kreis meines Lebens schließen mußte, Nikolis-Efendi würde einen andern finden und mit diesem fortführen, was zu Beginn ein Traum für ihn gewesen war und was wir nach und nach in eine Bahn hatten lenken können. Er freute sich, ohne zu heucheln, als ich ihm die Neuigkeit berichtete, und im selben Moment, als ihm bewußt wurde, was diese Veränderung für ihn und sein Leben bedeutete, schloß er lachend: »Ich komme, wenn's sein muß, bis zur Kirche und lasse deine Heirat platzen, wenn du mir bis dahin keinen Stellvertreter gefunden hast.« Er wollte sofort Trauzeuge sein, doch einige meiner Kollegen waren ihm zuvorgekommen. Ich sagte ihm das, und es schien ihn zu betrüben. Er sagte nichts, akzeptierte es und rief Rachel, sie solle den guten Cognac bringen, den man ihm einmal geschenkt hatte. Wir tranken alle auf die Gesundheit der Zukünftigen, die abwesend war, auf gute Zeiten, auf das Glück, das Wohlergehen und den Fortschritt und auf die Gören, die nach der Heirat kommen würden. Er sorgte vor und wollte sich gleich das Recht sichern, das erste Kind zu taufen, Junge oder Mädchen, und ich versprach es ihm von ganzem Herzen.

Als ich eines Sonntagabends zum letzten Mal vom Bahnhof in Manisa abfuhr, sagte er mir, er halte die Abschiede nicht aus, wir würden einander so oder so nicht aus den Augen verlieren, er werde weiterhin kommen und nach dem Ergehen seiner Söhne fragen, und wir würden uns in Smyrna sehen. Dennoch bemühten wir uns besonders, dem andern unsere Rührung nicht zu zeigen. Er drückte mir die Hand, wollte sie nicht mehr loslassen, wir sahen uns stumm an und sagten dies und das. Zwischen zwei Pfiffen des Zuges lief alles vorbei, nach dem wir gemeinsam gesucht hatten. Ich lehnte aus dem Fenster und verabschiedete mich zum letzten Mal, ich winkte, bis ich ihn in der langgezogenen Kurve aus den Augen verlor.

Ohne es recht zu begreifen, fiel ich kopfüber in mein neues Leben, in die Arme meiner Verlobten und ihrer Familie, die mich sogleich herzlich aufnahm. Die Vorbereitungen für die Hochzeit und das neue Haus ließen mich keine Sekunde an etwas anderes denken, es beschäftigte mich manchmal sogar im Unterricht. Die Telegramme Smyrna–Wien–Smyrna eilten hin und her, weil unsere Aufträge und Bestellungen und hauptsächlich deren Änderungen mit Briefen niemals rechtzeitig am Bestimmungsort angekommen wären. Die Wünsche meiner Braut, das »es ist nicht recht, wenn nicht« meiner zukünftigen Schwiegermutter und das »Muß« des glücklichen Schwiegervaters preßten mir den letzten Saft aus dem geplagten Hirn.

Das, woran ich mich noch erinnere, passierte schnell, so plötzlich, daß ich ihm gar nicht folgen konnte, und ich wollte ihm auch gar keinen dramatischen Inhalt geben. An einem Montagabend wurde ich mir bewußt, daß ich den ganzen Tag über die Söhne von Nikolis-Efendi nicht zu Gesicht bekommen hatte, nicht einen von den dreien, nicht einmal zufällig von weitem. Ich erzählte meiner Braut von meiner kleinen Sorge, aber sie beruhigte mich, indem sie mich davon überzeugte, ich sei einfach nur erregt und verliebt, und das mache sie besonders glücklich. Am nächsten Morgen ging ich ein wenig besorgt zur Schule. An der Hoftür traf ich den Hausmeister, ich blieb stehen, wünschte ihm einen guten Tag, doch anstatt zu antworten, fragte er mich etwas, was mein Verstand nicht aufnehmen und begreifen wollte. Ich fragte ihn, was genau er zu mir gesagt habe, und er wiederholte seine Frage: »Ich sagte, bist du nicht zur Beerdigung gegangen?« »Zu welcher Beerdigung?« »Von Nikolis-Efendi, von deinem Freund Nikolis-Efendi. Hast du es denn nicht erfahren? Er ist gestorben, der Stier von Manisa. Gestorben, aus und vorbei. Wer hätte das gedacht, Gott hab' ihn selig. Er war ein Herr, zuverlässig...« Er redete und redete, bis er merkte, daß ich nicht mehr zuhörte, nahm seinen Besen und wischte weiter. Ich blieb stehen. Ich hob den Blick, wollte sehen, ob das Schulhaus noch an seinem Platz stand, ob ich in der Realität lebte oder mich in einer unserer Märchennächte befand. Ich wußte nicht ein noch aus, wußte nicht, wohin mich die Füße trugen, wohin ich gehen wollte. Ich schämte mich, daß ich der letzte war, der es erfuhr, ich schämte mich, daß ich nicht in seiner Nähe war, daß ich nicht bei seinen Kindern war, daß ich die Gelegenheit verpaßt hatte, ihm ein letztes Adieu zu sagen. Nikolis-Efendi tot. Unmöglich, wahrscheinlich eine Verwechslung. Meine Gedanken drehten sich rückwärts. Nikolis-Efendi tot. Wie war es möglich, daß so urplötzlich

Menschen erloschen, die selber vor Leben strotzten, Leben weitergaben, das Leben der andern bewegten. Wie gewaltsam und radikal konnte das Leben einer kleinen Welt sich ändern mit dem plötzlichen Tod des Rades, das sie antrieb!

Wenig später erfuhr ich von meinen Kollegen in groben Zügen ein paar Dinge. Am Donnerstag abend kam ein Mann aus Manisa, meldete dem Direktor den Tod von Nikolis-Efendi und bat darum, die Kinder zur Beerdigung mitzunehmen. Die Schule wollte nichts Näheres sagen, die Mutter sollte bei ihnen sein, wenn sie von diesem schweren Unglück erfuhren. So verließen sie am Freitag wie gewohnt die Schule, am Montag würde die Beerdigung stattfinden. Alles geschah so schnell und unter einer solchen Verschwiegenheit, daß die Kinder es in Smyrna nicht erfuhren. Dann kam das Wochenende, und niemand dachte daran, es mir mitzuteilen. Ich war im Klassenzimmer und erteilte meinen Unterricht, da sah ich plötzlich durch das Fenster, wie die Hoftür aufging und die drei Söhne meines Freundes hereinkamen, hinter ihnen Vesiropoulos, Kostas' Pate. Als die Lektion zu Ende war, sah ich, wie der Direktor sich am Hoftor von ihm verabschiedete. Ich eilte in der Pause hinaus, traf die Kinder, erzählte ihnen, wie traurig ich sei, entschuldigte mich für meine Abwesenheit und bat sie, in mir etwas anderes zu sehen als nur den Paten und Onkel. Jorgos kamen die Tränen, auch Antonakis, Kostas biß die Zähne zusammen, preßte die Lippen aufeinander, es gelang ihm, die Tränen zurückzuhalten, er schluckte alles hinunter. Wie ich meine Frage auch stellte, mit aller Diskretion und Zurückhaltung, ohne ein zweites Mal darauf zu bestehen und die Wunde noch schmerzhafter zu machen, ich erfuhr von den dreien nichts darüber, wie er gestorben war. Einzig am Nachmittag vernahm ich vom Direktor, daß Vesiropoulos ihm gesagt hatte, er sei plötzlich an einem Herzschlag gestorben. Ich beschloß, am nächsten Wochenende nach

Manisa zu fahren, ohne zu wissen, wen oder was ich aufsuchen sollte. Seine Gattin, um zu kondolieren, oder besser
vielleicht nur Vesiropoulos, Ismail, Miltiadis. Und Rachel,
wo mochte Rachel sein?

Freitag nachmittag, wie früher, mit den drei Kindern im
Zug nach Manisa, doch nun war alles anders. Am Bahnhof
traf ich nebst Emin auch Ismail, der auf uns wartete. Er war
als Beistand mitgegangen, und kaum sah er mich, ließ er
sich in meine Arme fallen. Da bemerkte ich, daß die Nona
schweigend im Wagen saß und auf uns wartete. Ich lief zu
ihr, sie umarmte mich, ich küßte sie, sie weinte, sie sagte
etwas zu mir, doch ich konnte die Worte nicht verstehen,
schließlich kamen auch die Kinder, und weil mich alle so
bedrängten, ich müsse mit ihnen nach Hause kommen, ihrer
Mutter wenigstens guten Abend sagen, verabschiedete ich
mich von Ismail und versprach ihm, noch am selben Abend,
wie spät es auch sein werde, zum Turmhaus hinauszukom-
men. Wir fuhren los, da hielt ich es nicht mehr aus, ich
wandte mich an die Nona und fragte sie, wie das Unglück
geschehen sei. Ich bekam keine Antwort, weder von ihr
noch von den drei Söhnen. Stumm und verlegen sahen sie
mich an, keiner wollte etwas sagen. Ich fragte, ob es ein
Herzschlag gewesen sei, wie mir der Direktor gesagt hatte,
da ergriff Emin, der vorn saß, das Wort und sagte: »Kein
Herzschlag, meine Herrin sagt, daß der Efendi Zucker
hatte, er durfte keinen Zucker essen, aber an jenem Tag aß er
viele Süßigkeiten, und da stieg der Zucker, und so haben wir
ihn verloren.« Ich war verblüfft über diese Vermutung, zum
erstenmal in jenen zwei Jahren hörte ich davon, und fragte
die Nona, ob dem so sei. Sie zögerte und sagte schließlich
nach einer Weile: »Es kann so sein, es kann auch anders
sein«, dann machte sie den Mund nicht mehr auf.

Der Besuch war so kurz, wie es nur ging. Er hätte vielleicht länger dauern können, doch Anna empfing mich auf

eine Art und Weise, die mir keinen Spielraum ließ. Rasch ein Kaffee, eine ausführlichere Erklärung, die dem entsprach, was Emin gesagt hatte, die gewohnten Wünsche für Mut und Zuversicht, dazu die Versicherung, ich stünde den Kindern jederzeit zur Verfügung. Ich wünschte ihnen eine gute Nacht und wollte schnell zu Ismail hinaus. Der aber wartete vor dem Hoftor mit dem Wagen auf mich und rauchte eine der Zigarren, die ihm Nikolis immer geschenkt hatte. Wir nahmen den Weg zum Turmhaus. Ismail hatte eine große Sorge, er mußte Kir-Lefteris aufsuchen und rechtzeitig das Schulgeld der Kinder besorgen, ihm klarmachen, daß Nikolis-Efendi dies schon vor langer Zeit angeordnet hatte für den Fall, daß ihm etwas zustoße. »Nur das, das andere wird sich nach und nach finden und seinen Weg gehen.« Ich fragte ihn, wie es gehe, ob alle wohlauf seien, er, Miltiadis, Rachel, unsere Freunde. Allen ging es gut, so gut es einem gehen kann, der im selben Moment den Vater, den Bruder, den eigenen Sohn verliert. »Eh, uns geht's einigermaßen«, erwiderte er. »Was Rachel anbelangt, du hast mich gefragt, ich sage es dir hier und jetzt, frag nicht mehr, am Tag nach dem Unglück nahm sie ihre Tochter und machte sich davon. Sie ist wie vom Erdboden verschluckt. Sie warfen zwei Bündel über die Schultern und gingen weg, armseliger als damals bei ihrer Ankunft. Ich rannte ihnen nach, durch die Weinberge, rief nach ihnen, aber sie ... Keiner hat sie gesehen, ich habe mit der Nona und unseren Leuten ganz Manisa abgeklappert, auch die Güter ringsum. Keine Menschenseele.« Wo sie auch fragten, sie bekamen keine Antwort, fanden keine Erklärung. Nur die Nona sagte, am Tag nach der Beerdigung, als sie nachgeschaut habe, ob man noch etwas für das Grab benötige, habe sie darauf zwei große Haarbüschel liegen sehen, genau wie die Haare von Rachel.

Wir kamen am Turmhaus an. Innerhalb von drei Tagen hatte sich eine fingerdicke Staubschicht auf alles gelegt, und dieses Bild der Unordnung und Verlassenheit erinnerte in nichts mehr an das, was wir in den zwei Jahren erlebt hatten. Nach drei Tagen zeigten die Dinge die Welt ganz anders. Wir aßen, was Ismail eben fand und zubereitete, und leerten ein paar Gläser Wein, das einzige, was von jener Zeit übriggeblieben zu sein schien. Dann brachte ich das Gespräch wieder auf die Umstände des Todes von Nikolis-Efendi. Ich sagte ihm, was Vesiropoulos dem Direktor berichtet, was mir Emin gesagt und Anna bestätigt hatte, zudem jene Antwort der Nona: »Vielleicht oder auch nicht.« Ismail sah mich lange wortlos an, dann klarte seine Miene auf, das Gesicht erhellte sich, die Runzeln verschwanden von der Stirn, und ruhig, gelassen, mit einem sanften Lächeln beugte er sich zu mir herüber und sagte: »Was du nicht sagst, mein lieber Eftichios, das haben sie dir erzählt? Du mußt mich fragen. Am Donnerstag, am hellen Mittag, genau unter der Sonne, da hat er Rachel im unteren Weinberg umarmt. Nonas Zwiebelpastete, für die er sogar einen Krug auf den Kopf gestellt und das Wasser auf den Boden hätte plätschern lassen, hatte er nicht angerührt. Die Trauben sahen es und wurden vor der Zeit reif, die Ameisen hörten sie und hielten in ihrer Arbeit inne. Er starb in Rachels Schoß, während er sein Werk verrichtete, das von Allah höchst gesegnete.« Ich traute meinen Ohren nicht. »Das ist unmöglich«, flüsterte ich. »Hör mir zu«, fuhr Ismail fort, »ich kehrte auf dem Pfad dort unten zurück und bin fast über sie gestolpert. Lengo sah mich und schnaubte. Ich hielt die Luft an, stieg von meinem Esel und nahm eine Abkürzung, um Allahs Segen nicht zu zerstören.« Dies war also die Wahrheit über das jähe Ende von Nikolis-Efendi. Ich konnte nicht mehr denken. Was hätte ich sagen sollen? »Gottes Segen, Ismail«, war das einzige, was ich fand, um ihn zu beruhigen. »Einerlei«, erwiderte er und nickte.

Ich erinnere mich noch an ein weiteres Geschehnis. Wenige Tage vor der Schulentlassung der zwei Älteren ließ mich Kirios Ignatios, ein alter Freund von Nikolis-Efendi aus Smyrna, wissen, daß er mit mir reden wolle. Er war bereits in vorgerücktem Alter und bat um Verzeihung, daß er mich nicht aufsuchen könne. Ich ging zu ihm, und nach den ersten Höflichkeiten und nachdem wir Erinnerungen an die Zeiten mit Nikolis-Efendi ausgetauscht hatten, öffnete er ein winziges Paket mit sichtbaren Spuren von Siegellack und mit einer zerschnittenen Schnur; aus einer kleinen Schatulle zog er eine goldene Taschenuhr und sagte zu mir: »Das ist die Uhr von Nikolis-Efendi, gib sie Kostas am Tag seines Schulabschlusses.« Ich sagte sofort, da könne etwas nicht stimmen. Die Uhr von Nikolis, die er anbetete und mit der seine Hände so oft spielten, die er mir voller Stolz zeigte und mir als Geschenk seines Vaters schilderte, war eine »Elgin«, die ich nach seinem Tod sogar schon mehrere Male in Kostas' Händen gesehen hatte. Ich erklärte ihm, es sei ein Irrtum, aber er beharrte darauf. Schließlich hatte ich keinen Grund abzulehnen und nahm sie entgegen mit dem Versprechen, sie Kostas zu geben. Als ich wieder in der Schule war, öffnete ich sie erneut und sah, daß ich recht hatte. Es war eine goldene »Breguet«, im Deckel war »Georgiadis – Smyrna« eingraviert. Zudem gehörte die Schatulle nicht zu ihr, sie hatte vorher etwas anderes enthalten; doch ich konnte es nicht lesen, denn die Buchstaben auf der Schatulle waren kyrillisch.

Mit meiner Heirat löste ich mich endgültig von Manisa. Ein paarmal begleitete Lefteris Anna bei ihren regelmäßigen Besuchen in der Schule, ich fragte ihn diskret, ob er etwas über Rachel erfahren habe. Sie war und blieb verschwunden. Ich erfuhr nie, was aus Mutter und Tochter geworden war. Ich erinnerte mich einmal an sie, als ich mich in einer Gasse im Judenviertel von Smyrna befand und der Wind von irgendwoher eines ihrer Lieder herübertrug, die Nikolis so liebte; es handelte von einem, der nach den Geheimnissen des Lebens suchte, leise hatte er es immer wieder gesungen.

Eftichios lebte mit seiner Frau bis ins hohe Alter, er hatte Kinder und Enkel. Nach dem Weltkrieg, kurz bevor Smyrna befreit wurde, kehrten sie nach Konstantinopel zurück, auf Druck seiner Eltern, die mit einem prallen Geldsäckel aus Wien in die Heimat kamen. Bis 1922 beklagte er sein Schicksal, das ihn von Smyrna weggeholt hatte. Dank diesem Schicksal entgingen sie der Katastrophe in Smyrna. Seine Eltern starben in Konstantinopel, wie sie es sich gewünscht hatten. Ihm selber und seiner Familie gelang es, nach und nach beinahe all ihr Hab und Gut nach Athen zu bringen und sich Mitte der dreißiger Jahre in Kypseli niederzulassen.

Die Erzählung des Engels

IM JAHR 1886, ES WAR IN KONSTANTINOPEL, verlor mein Großvater Konstantis-Efendi seine Frau. Sie starb an Schwindsucht, trotz aller Anstrengungen, die türkische, griechische und österreichische Ärzte unternommen hatten. Es war Kismet. Die Nüchternsten jedoch sagen, seine Entscheidungen hätten den Gang der Dinge geändert und nicht der Tod seiner Frau.

Er hatte zwei Söhne, Apostolos, meinen Vater, und Angelos, der jünger war; man konnte ihnen nur mühsam ein paar verstreute Worte über ihren Vater, Konstantis-Efendi, entlocken, Worte, die mehr sagten als das, was sie jedesmal monoton wiederholten. Nur der kleinere, Angelos, erinnerte sich an den einen und einzigen Wunsch seiner Mutter: »Möge keiner von euch jemals Konstantis ähnlich sein.« Es war ein Segen und ein Fluch zugleich.

Mein Großvater Konstantis war ein wohlhabender Mann mit einem Heer von Karren und Fuhrwerken, von Türken, Griechen und Slawen, mit denen er ganz Konstantinopel beackerte. Er hatte noch Landauer, Kutschen und große Wagen für Handelswaren. Er führte Transporte an den beiden Seiten von Galata durch, übernahm jedoch auch Aufträge am ganzen Schwarzen Meer, besonders dort, wo der Handel mit unseren Landsleuten blühte. Er organisierte

Karawanen jeder Art, und ohne daß er selber Händler war, gab es ohne ihn keinen Handel. Das sagte er auch, und darauf bildete er sich etwas ein. Er hatte einen brüderlichen Freund, einen Türken, der ihm zu Beziehungen mit den Derebeis, den Feudalherren, verholfen hatte, die ihn von Sinop bis Trabzon duldeten, wenn nicht gar protegierten. Die Entwicklung des Handels und der Seefahrt in Samsun, Giresun und Trabzon hinderte Konstantis-Efendi nicht nur nicht daran, seine eigenen Geschäfte auf dem Festland auszubauen, im Gegenteil, er bekam dadurch die Möglichkeit, mit seinem Unternehmen noch zusätzlich und weit ab von seinen Konkurrenten tätig zu werden. Für Landtransporte war der Name meines Großvaters eine Garantie für Sicherheit. Nach und nach begann er auch mit Pferden zu handeln, die er kaufte oder verkaufte. Zudem verlieh er Geld zu horrenden Zinsen, aber keiner wagte es, ihn als Wucherer anzuklagen. Sein Unternehmen hatte er im Parterre eines dreistöckigen Gebäudes untergebracht, in dem sich daneben ein für seine Blätterteigpasteten berühmtes Lokal und im zweiten und dritten Stock eine Herberge befanden.

Jeden Morgen in der Dämmerung fuhr er, in warme Sachen gehüllt, eilig mit seinem Wagen los, bevor die Sonne noch die ersten Strahlen schickte; er wollte unbedingt sein Geschäft aufmachen, bevor Chrissafis kam. Chrissafis war der Salepverkäufer, der ihn mit seinem bevorzugten Sütlü-Salep versorgte. Nicht daß er seinen Sütlü-Salep nicht bekommen hätte, wenn Chrissafis schon wieder weg gewesen wäre. Chrissafis gab den Salep in ein Glas, bedeckte ihn mit einem Blech, rund mit verbogenem Rand, das er für diesen Fall dabeihatte, und stellte es auf den Fenstersims gleich neben der Tür. Nur daß dann der Salep kalt wurde und kein Salep mehr war. Wenig später machte das Kafenion gegenüber auf, und der erste, und hopp, auch der zweite Kaffee für meinen Großvater kam. Den ganzen Tag lief der Kleine aus dem Kafenion mit Kaffee oder Tee für den Großvater, dessen Kunden oder sonstwen hin und her.

Um elf, wenn er merkte, daß die Geschäfte ihren Lauf nahmen, verließ er das Büro und ging hinüber zum Kafenion. An einem Tisch an der Wand, immer demselben, als sei er für ihn reserviert, nahm er Platz, mit dem Rücken zur Wand. Wieder bestellte er Kaffee, und der Kleine, der seine Gepflogenheiten kannte, brachte zusammen mit dem Kaffee ein Spielbrett.

Von da an spielte er bis am Nachmittag Tavli mit jedem, den er fand, mit jedem, der den Mut nicht hatte, nein zu sagen. Fand er keinen Mitspieler, so holte er irgendeinen seiner Kutscher, der gerade vorbeikam, mit einem Wink vom Kutschbock und spielte mit ihm eine Partie, ob der nun wollte oder nicht. Der Kafenionbesitzer pries Gott, daß er nie einen Würfel in die Hand genommen hatte, mochte Konstantis-Efendi ihn dafür auch zutiefst verachten, als sei er ein Eunuch.

Seine Leidenschaft für das Tavli war auf dem Platz, auf dem Markt und am Hafen unten bekannt. Viele wechselten die Straßenseite, damit sie ihm nicht begegneten und nicht gezwungen waren, mit schlechtem Gewissen nein zu sagen. Er wurde lästig und ließ die Leute oft im Büro warten, bis er mit seiner Partie fertig war. An regnerischen Tagen, wenn nicht viel los war in den Straßen, befiel ihn Verzweiflung. Dann ging er in das Bugatsalokal und suchte mit Witzen und Scherzen einen Mitspieler, oder er ging sogar zum Markt und suchte den erstbesten Lastträger, der Tavli spielen konnte. Er kannte einen jeden von ihnen, er rief sie zum Spiel, und an Tagen des »Mangels«, wie er sie nannte, bezahlte er sie nach Tarif, als schleppten sie auf dem Buckel Säcke herum. Wer zu glauben wagte, nun wäre die Gelegenheit gekommen, sich einen leichten Taglohn zu verdienen, und ihn gewinnen ließ, den schickte er wohl oder übel zur

Hölle, und er sah ihn niemals wieder. Sein Können beim Tavli zweifelte niemand an. Er beherrschte das Spiel so gut, daß er alle, die es ebenfalls konnten, abschreckte. So lautete der Vorschlag für alle, die ihn kannten: »Gewinnst du, bezahle ich den Kaffee. Gewinne ich, spendiere ich ihn.« Bei den letzten Würfen, die zum Sieg führten, wirbelten die Würfel übers Brett wie Kreisel über die Fliesen, und alle, die nicht weiter als zwanzig, dreißig Meter entfernt waren, wußten, daß die Partie zu Ende ging. Sie kannten sogar schon den Sieger. Mit wem er auch spielte, mit einem Bekannten oder einem Unbekannten, dem Kutscher oder einem Kunden, dem Lastträger oder dem zufällig vorbeikommenden Landstreicher, alle nannte er »Efendi«, immer wieder »Efendi«. »Wirf, Efendi, nimm, Efendi«, die Würfel glitten aus der Rechten, die Linke wirbelte das Komboloi hin und her. Und vorgeblich bescheiden, im Innersten aber völlig eingebildet, pflegte er vor sich hin zu murmeln: »Ich suche immer noch den, der mich dreimal an einem Tag besiegt.« Und in der Tat, keiner hätte behaupten können, es gebe einen.

Eines Tages tauchte Akamatis im Viertel auf. Alle kannten ihn, er tauchte auf und verschwand wieder, je nach seinen Geschäften mit der Polizei. Sie benutzten ihn nur für Sonderaufträge, und in der Öffentlichkeit mieden ihn alle, damit der Umgang mit ihm nicht ihren guten Namen besudle. Das Wort »Akamatis – fauler Hund« – war noch das mindeste. Eine tiefe Kerbe im Gesicht ließ ihn mehr wie einen Henker denn wie ein Opfer aussehen. Er spuckte mehr, als er redete, wo immer er war, in welcher Situation er sich befand, mit wem er sich unterhielt, das war ihm alles egal. Er tötete mit erstaunlicher Schnelligkeit, mit halb ausgestreckten Fingern, Fliegen, Mücken, auch Bienen, an der Wand, auf dem Tisch oder auf seiner Stirn. Er hatte einen Dolch, und es hieß, mit diesem habe er schon alles zerschnitten. Es hieß auch, er sei ein Janitschar, doch man habe ihn aus dem Heer gejagt, weil er die andern verdorben habe. Einmal habe er auch zwei Arbeiten für Konstantis-Efendi erledigt, bei Schuldnern, die mit ihren Zinszahlungen übermäßig in Rückstand geraten waren, ein andermal habe er meinen Großvater gebeten, er möge ihm einen Wagen vermieten, und der Großvater habe abgelehnt, da er sich seinen Namen nicht habe beschmutzen wollen. Dieser Abschaum geriet eines Morgens an meinen Großvater, seit drei Tagen herrschte ein scheußliches Wetter. Er trat ins Kafenion und bestellte einen Kaffee. Der Großvater war schon von schwärzester Verzweiflung befallen, weil er keinen Mitspieler fand. Ungeachtet seiner Meinung über Akamatis lud er ihn auf eine Partie ein, und Akamatis nahm an.

Sie hockten da und spielten eine Partie nach der andern, bis es Abend wurde. Der Kafenionbesitzer zählte den ganzen Tag über die Kaffees. Er brauchte sie nicht anzuschreiben, denn er wußte, daß Konstantis-Efendi sie am Schluß allesamt bezahlen würde. Solange das Spiel im Gange war, tönten Akamatis' Flüche durchs Lokal, nicht nur, wenn er verlor, wie meistens, sondern auch dann, wenn er gute Würfel hatte. Mein Großvater nannte ihn trotzdem immer »Efendi«, »Efendi« hier, »Efendi« dort. Nachdem er fast alle Partien gewonnen hatte, wandte er sich an den Kafenionbesitzer und sagte, er wolle alle Kaffees bezahlen, dann ging er zufrieden zur Tür. In dem Moment fragte ihn der Kafenionbesitzer: »Konstanis-Efendi, alles gut und schön, aber wie kannst du nur diesen Akamatis immerzu ›Efendi‹ nennen?« Und der Großvater beugte sich zu ihm und antwortete: »Wie ich verpflichtet bin, den Sultan Efendi zu nennen, so habe ich jedes Recht, selbst diese Ausgeburt Efendi zu nennen.« Er warf seinen schweren Umhang über die Schultern, setzte den Fes auf, sagte dem Kafenionbesitzer gute Nacht, schloß die Tür und ging zum Kontor, um zu sehen, ob alles in Ordnung sei. Indem er mit solchen Äußerungen auf sein Nationalbewußtsein anspielte, war er scheinheilig auf seine Würdigung unter den Auslandsgriechen aus, die seine Beziehungen zur Pforte und seine Kriecherei bekrittelten.

Früh am Nachmittag räumte er seine Rechnungen zusammen, schloß die Arbeiten ab, oftmals schickte er dann den Kleinen aus dem Kafenion zu einem guten Kunden, er solle den um Verzeihung bitten wegen einer kleinen Inkonsequenz oder eines Fehlers und dafür, daß er ins Kontor gekommen sei, ihn dort aber leider nicht angetroffen habe, und er solle ihn fragen, was er wünsche, und dann ging er selber am Abend bei ihm vorbei, um den Auftrag entgegenzunehmen.

Zwischen zwei Partien kamen gewöhnlich Bugatsa und Katmer, seine heißgeliebten Pasteten. An den heißen Tagen mit Pfefferminztee, an den kalten mit Raki. Die Bugatsa war aus Zutaten, die einem, wenn man nur an der Bäckerei vorbeiging, die Sinne schwinden ließen. Die Bleche und den dünnen Teil bestrichen sie mit frischer Butter, der besten, die im Handel zu bekommen war. Sie legten die Pastete in ein nicht zu tiefes Blech, deckten sie mit einem weiteren zu und buken sie in der glühenden Asche, drehten sie dann um, so daß sie auch auf der andern Seite schön gebacken wurde. Die Katmer, auch eine Art Pastete, mit Pasturma, gewürztem Pökelfleisch, Kasserikäse und getrockneten Tomaten gehörten ebenfalls zu seinen Leibspeisen. Jedesmal wenn er zufrieden rülpste, bat er untertänigst um Verzeihung. Sucuk, Würste, Pasturma oder getrocknete Makrelen aus Giresun, allerbeste Qualität, hatte er stets im Haus, nie hatte er diese Dinge auswärts probiert.

Die Großmutter, Triandafillia hieß sie, wartete jeden Abend am Fenster auf ihn, sie hatte einen Schal umgelegt, denn es überkamen sie immer wieder richtige oder auch nur eingebildete Schauder trotz der Wärme, die den ganzen Tag im Haus herrschte. Sie blickte auf die Gasse hinaus oder fragte monoton ihre Söhne, ob sie die Hausaufgaben gemacht hätten. Und immer wieder ein diskretes trockenes Hüsteln, stetig wie die Schläge der Uhr, die kommen und kommen, und es ist sicher, daß sie wiederkommen. Sie aß nicht, sie sprach nicht, sie hoffte nicht. So leer, daß nicht einmal die Anwesenheit der beiden Söhne sie füllen konnte. Konstantis-Efendi bot ihr alles, außer das Gespräch, die Verständigung oder die Achtung ihrer Meinung. Nichts also.

Kurz nachdem er in Konstantinopel aufgetaucht war, lernte sie ihn bei einem gesellschaftlichen Familienanlaß kennen. Sie war geblendet von seiner stattlichen Erscheinung, und ihr Vater war es wegen seiner Geschäfte, die Tag für Tag expandierten. Als er später eine Ehevermittlerin sandte, nahmen die Dinge wie selbstverständlich ihren Lauf, und auch noch viel schneller als üblich. Mit der Mitgift ihres Vaters in Goldpfunden, die die reichen Worte von Konstantis aufwiegen sollten, die jedoch in der Ehe keine Entsprechung mehr fanden, dafür in seinen Geschäften. Außer zwei Söhnen und einem Fingerring schenkte er ihr nichts.

Bereits bei der zweiten Schwangerschaft verlief ihr Leben so wie nun. Sie akzeptierte es rasch, dann kam die Gewohnheit, dann die Schwindsucht. Sie wußte genau, daß es für die Heimkehr von Konstantis keine geregelte Zeit gab. Sie wußte, daß sie nach einer guten Stunde allein essen konnte, vielleicht zusammen mit den Kindern, ohne noch weiter auf ihn warten zu müssen. Sie wußte, wie es auch das ganze Viertel wußte, daß Konstantis-Efendi an vielen Abenden in irgendein anderes Haus ging, von dem er in der Morgendämmerung zurückkam. Welchem Fahrplan er nach Geschäftsschluß folgen würde, entschied er im allerletzten

Moment. Nur wenn er ins Haus mit den Huren gehen wollte, tauchte er sofort auf. Er ging bei seiner geliebten Bäckerei vorbei und nahm drei große Portionen Bugatsa mit einem Haufen Zimt. Sie machten auch Katmer, die rochen und dufteten, aber die Damen wollten nur Bugatsa, die bevorzugten sie, wie sie auch Öle und Parfums aus Aleppo bevorzugten, Seide und Musselin, um ihre Schamlosigkeiten zu verdecken.

Der Großvater Konstantis-Efendi trat in Konstantinopel plötzlich in unser Leben, mit prallem Beutel stellte er schnell ein beneidenswertes Unternehmen auf die Beine. Das sagten alle. So wird es gewesen sein. Nie sprach er von seinem Leben vorher oder von seiner Herkunft. Hie und da erwähnte er Manisa und Smyrna, doch wenn man ihn fragte, wechselte er das Thema. In Momenten des Dünkels und der Begeisterung rief er aus: »Wo bist du, Antonis, komm her und bestaune mich!« Aber niemand wußte, wer dieser Antonis war, er selber sagte nichts dazu. Er war ein gleichgültiger Vater und ein gleichgültiger Ehemann. Das bezeugten alle Informationen und Berichte. Ich habe ihn sogleich aus mir verbannt. Und mochte ich auch seinen Namen erwähnen und mochten seine beiden Kinder das Gegenteil behaupten, mein Vater und mein Onkel, was sie auch erlebten, sahen oder hörten, sie wollten es einem Dritten gegenüber nicht zugeben, sie wollten ihn nie verraten. So plötzlich, wie er in unser Leben getreten war, so plötzlich verjagte er die beiden aus seinem eigenen.

Zuerst starb die Großmutter Triandafilla eines unerhörten, schauderlichen und abscheulichen Todes, indem sie in einen Scheintod fiel. Alle glaubten, sie hätte ihre Seele ausgehaucht unter der Bürde ihrer unheilbaren Krankheit. Man legte sie in den Sarg und nagelte ihn zu, damit des Nachts nicht die Diebe in das Kirchlein kommen und ihr alles, was man ihr angelegt hatte, stehlen würden. Tief in der Nacht wachte Triandafillia auf, und als sie begriff, was geschehen war, schrie sie in der Kiste. Doch bis der Pope, der im Häuschen nebenan Wache hielt, begriff, daß aus den Schreien, im Weinen des Todeskampfs, aus dem gedämpften Brüllen, das er vernahm, eine Stimme sprach: »Konstantis, mach auf, Konstantis«, bis er begriff, woher die Stimme kam, und er ein Beil packte und anfing, mit zitternden Händen einen Nagel nach dem andern aus der Kiste zu ziehen, verreckte Triandafillia, lebendig begraben und in ein Leichentuch gewickelt, im Alter von dreißig Jahren. Als sie den Deckel hoben, sahen sie zum erstenmal, welch große Augen sie hatte, sie waren weit offen und naß. Sie sahen ihren Mund, der noch schrie, den Mund, aus dem ein Leben lang kein Wort gekommen war. Sie sahen die Kratzer auf ihrer Brust, die sie aufgerissen hatte, die Kratzer an Schläfen, Wangen und Hals. Sie sahen ihre zerbrochenen Fingernägel, die sie mit blutenden Fingern ins Holz des Sargdeckels gebohrt hatte. Und sie sahen die Finger ihrer beiden Hände weit offen wie die krummen Krallen eines Höllenvogels, der bereit war, die Seele dessen zu packen, der als erster den Sarg öffnete.

Nach einem Jahr heiratete mein Großvater wieder. Seine Trauer dürfte weniger lang gedauert haben. Die zweite Frau war genau das, was die erste nicht gewesen war. Eine von denen, die er immer wieder aufgesucht hatte, als Triandafillia noch am Leben gewesen war. Lange vor ihrer Hochzeit wechselten mein Vater und sein jüngerer Bruder die Schule. Konstantis-Efendi konnte nicht allein für sie sorgen; so vertraute er sie dem Patriarchat an, und sie kamen in ein Internat und an die Theologische Schule von Chalkis. Er lud sie zur Hochzeit ein, aber sie gingen nicht hin. Angeblich bekamen sie keinen Ausgang, was der Stiefmutter Anlaß genug war, aufzustampfen und von Konstantis zu verlangen, daß er sie nie mehr treffen werde.

Monate danach fand Konstantis-Efendi eine Gelegenheit, ich glaube, es war am Tag des heiligen Konstantinos, ihnen eine Nachricht zukommen zu lassen und sie nach Hause einzuladen. Sie sollten ihn sehen, er wollte sie sehen, sie sollten ihm Glück wünschen, das Vergangene vergessen und einen neuen Anfang machen. Die beiden Brüder redeten und redeten darüber, fragten auch die Pfarrer nach ihrer Meinung, dann trafen sie ihre Entscheidung. Sie kamen mit Süßigkeiten beladen, Angelos trug sie, sie klopften an die Tür, und sofort öffnete ihnen die Stiefmutter, als erwarte sie Kundschaft. »Das rote Kleid, das sie trug, blendete uns richtiggehend«, erzählte der Vater Jahre später, »so daß weder Angelos noch ich uns an ihre Figur und ihr Aussehen erinnern. Wir bekamen fast einen Schreck, wir waren völlig baff. Wir stellten die Süßigkeiten auf die Treppe, kehrten um und gingen mit verschränkten Armen wieder weg, wir drängten uns eng aneinander, damit sie uns, wenn sie hinter uns herlief, nicht trennen konnte. Wir haben sie niemals wiedergesehen. Wir haben ihn niemals wiedergesehen, noch haben wir etwas von ihm gehört.« Mit diesen Sätzen machte mein Vater Apostolos immer seinen Bericht, wenn wir ihn über den Großvater Konstantis ausfragten, immer waren da gewisse Spitzen zu spüren, daß er seiner Verantwortung nicht nachgekommen sei. Ich sagte ihm deutlich meine Meinung, damit er wenigstens kein schlechtes Gewissen haben mußte. Ich hatte das Gefühl, daß er eine gewisse Zeit lang Nachrichten von Konstantis erhielt, doch wir erfuhren nicht, wie er damit umging.

Viele Jahre später, nachdem wir uns in Athen niedergelassen hatten, hielt ich mich für zwei Tage in Konstantinopel auf und mußte für unseren Umzug einen Kutscher nehmen. Als wir hinfuhren, fragte ich ihn: »Gehörst du zu Konstantis?« »Ich habe zu ihm gehört«, erwiderte er, »jetzt bin ich mein eigener Herr. Konstantis-Efendi ist vor vielen Jahren gestorben. Und du, wer bist du?« Ich gab keine Antwort und fragte ihn, wie er gestorben sei. »Er war tavlikrank. Eines Tages spielte er mit seinem besten Freund, dem Türken. Der Türke hat ihn zweimal nacheinander besiegt. Konstantis-Efendis Miene hatte sich verdüstert. Beim dritten Spiel standen alle um den Tisch herum, auch ich war dort, kein Laut im ganzen Lokal, die Würfel fielen, und alle zählten, als seien es Pfunde, Kutschen, Karawanen. Der Türke warf zum letztenmal die Würfel, es war wie ein Donnerschlag. Er gewann auch die dritte Partie. Er brachte gemütlich seinen Fes in Ordnung, wandte sich an den Kafenionbesitzer und sagte: ›Die Kaffees gehen auf mich.‹ Konstantis-Efendi hob den Kopf, sah, wie wir ihn alle anschauten, als hätten wir allesamt gewonnen und nicht nur der Türke, als hätten wir uns verschworen. Sein Blick ruhte auf seinem Freund, er wollte aufstehen, schob das Spielbrett beiseite, und die Steine fielen alle auf den Boden. Er blieb kurz stehen, setzte sich gleich wieder, sank mit der Nase geradewegs in die Bugatsa und stand nicht wieder auf. Er hat es nicht ertragen, daß man ihm die Ehre genommen hat.« So schloß der Kutscher seinen Bericht. »Und seine Frau?« »Die haben sie schon am nächsten Tag zusammen mit einem Adoptivsohn im Bett erwischt.« Er drehte sich zur Seite, sah mich an und fragte: »Hast du ihn gekannt, hast du ihn je gesehen?« »Nein«, erwiderte ich, »weder habe ich ihn gekannt, noch habe ich ihn je gesehen.«

Mein Vater und sein jüngerer Bruder waren die Erben. Mein Vater als der Ältere beschloß, eine Familie zu gründen, er wollte nicht die ganze Leiter bis zur Priesterweihe hochklettern. Der Jüngere hingegen, Antonis, wollte Despot werden, mochte das auch den Verzicht auf das Eheleben bedeuten. Er wurde Despot mit dem Namen Agathangelos und diente der Orthodoxie. Mein Vater heiratete ein Mädchen, das ihm das Patriarchat in einem Waisenhaus in Pringipo fand, sie hatte sittliche Prinzipien, war Christin, und sie stand treu und ergeben meinem Vater und der Familie zur Seite, die er mit ihr gründete.

Ich wurde als erster geboren und erhielt den Namen des Großvaters, ohne daß ich heute noch stolz wäre auf ihn. Es folgte Assimakis, der sehr jung an einer unbekannten Krankheit starb, dann kamen meine vier Schwestern Athanassia, Ariadni, Efthalia und Sacharenia. Athanassia war streng, das zweite Auge und das Ohr unserer Mutter, alles sagte sie ihr weiter. Ariadni ein Dämon, ein Feldwebel. Efthalia gutgläubig und offenherzig, das ewige Opfer der Ränke von Ariadni, und Sacharenia, die Jüngste, war der Liebling aller. Wir waren eine Familie mit festem Zusammenhalt, voller Liebe, Gehorsam, Disziplin, mit allen Regeln, die die geistliche Würde unseres Vaters, die Erziehung unserer Eltern uns auferlegten, aber auch mit all den Regeln des Bürgertums.

Bei Sonnenuntergang hatten wir alle im Haus zu sein. Im Winter mußten wir manchmal von der Schule heimrennen, damit wir rechtzeitig ankamen. Alle unsere Fenster hatten Eisengitter, und der Vater, Papa-Apostolis, ging immer, wenn er Bereitschaftsdienst hatte, erleichtert weg, denn er müßte am Abend nach der Andacht nicht heimkommen. Er war ein heiliger, schlichter Mensch mit einem Lächeln auf den Lippen. Seine einzige Sorge für sich selbst war, daß das Priestergewand sauber war, das Komboloi aus Bernstein in der Innentasche lag und daß Ariadni, die zweite, ihm seinen grauen Bart und die Haare kämmte. Er glaubte daran, daß er nichts Eigenes hatte außer seinem aufrichtigen, herzensguten Segen. Er wog ihn ab, er maß ihn, er gab ihn mit offenen Händen weiter, doch wir hatten stets den Eindruck, daß er ihn nach dem Maß der Gerechtigkeit zuteilte.

Die Ernsthaftigkeit der ganzen Orthodoxie, die hatte meine Mutter Exakousti. Soviel Freiheit sie uns nahm, so viel gab uns der Vater, oder er versuchte es zumindest. Natürlich innerhalb der Grenzen seiner geistlichen Würde, natürlich innerhalb der Grenzen einer guten und ziemlichen Erziehung. Unsere begrenzten finanziellen Mittel, in Beziehung zu den Kosten für die Ausbildung von uns fünfen, zwangen beide, schrecklich sparsam zu sein. Ebenfalls ein geheimes Bedürfnis meiner Mutter, diskret und ausgewählt das zu verfolgen, was sie als grundlegend für den Geist des Bürgertums betrachtete. Wir sollten Leute empfangen, gutaussehend an allem teilhaben können, nichts sollte davon zeugen, daß wir irgend etwas entbehrten, das uns ein anderes Schicksal bescheren würde. Gute Ausbildungen für meine Schwestern im Zappeion und Baxter und für mich die juristische Fakultät in Athen, das waren der unverrückbare Beschluß und das große Ziel.

Unsere Kinderjahre verliefen friedlich und ruhig, ohne besondere Vorfälle, die den Weg des einen oder andern hätten zeichnen können. Das einzige, woran ich mich erinnere, wie sehr ich mich auch in jene Zeit versetze, ist die Furcht des Vaters und noch mehr der Mutter vor den Türken, unsere Lektüren und die unendlichen Stunden, in denen meine Schwestern ihre Mitgift stickten und häkelten; es gibt noch etwas Persönliches, Ernsteres, und das sind die Kopfschmerzen, die schon in meiner frühesten Kindheit auftraten.

Denn es nistete in diesem ganzen ruhigen, abgemessenen Leben eine Schmach, die ich schon als Kind mit mir herumzutragen lernte. Es waren meine Augen. Alle sagten es zu mir, und alle sprachen von meinen schönen Augen. Daß ich zwei schöne blaue Augen hätte, wie die der Engel, zwei helle Augen, genau wie die, welche wir in der Kirche sahen, von Heiligen, Göttlichen, Märtyrern, wenn der

Ikonenmaler ihnen nicht die byzantinische Strenge verleihen wollte, sondern die Sanftheit des milden Herzens,
die alterslose Unschuld. Alle redeten von meinen Augen,
und ich schämte mich und lief rot an. Und meine Mutter
sagte, es sei eine Sünde, wenn ich mich über so schöne
Augen freue, und sogleich empfand ich es schon als Sünde,
sie nur zu haben. Ich verbarg mich hinter dem Gewand
meines Vaters, hing am Rockzipfel meiner Mutter und
sah zu Boden, auf die Fliesen, die Erde, tat alles, was
mich verbergen konnte. Schnell verbanden sich in meinem
Geist die Engel, die Augen der Engel, die Sünde und die
Schmach.

Meine Kopfschmerzen begannen schon sehr früh. Anfangs spärlich, eine gewisse Unpäßlichkeit, die mich klagen
ließ, nicht sehr, denn für einen Jungen gehörte sich das
nicht. Doch auch meine Mutter glaubte nie, es könnte etwas
Ernstes sein. Sie flüchtete sich zu Hausmittelchen, für die sie
handgeschriebene Rezepte hatte, ein ganzes Buch. Einige
Jahre ging's damit. Wie ich auch mit andern Hausmitteln
einige Erkältungen überstand, die mich ans Bett fesselten.
Sonst hatte ich nie etwas Ernstes.

Ich werde gut vierzehn gewesen sein, als eines Tages die
Kopfschmerzen wiederkamen, zum erstenmal unerträglich,
kein Medikament und kein Hausmittel half. Mein Vater
kannte aufgrund der Beziehungen, die er in Phanar unterhielt, die besten Ärzte. Am folgenden Tag holte er Kirios
Aristidis ins Haus, er solle nach mir sehen; er hatte erfolgreich in Deutschland studiert und war zu der Zeit der
bekannteste Arzt in Konstantinopel. Er untersuchte mich
mit dem Eifer des Wissenschaftlers, der sich auf dem Gipfel
seines Ruhmes befindet, desjenigen, der sich stets als würdig
erweisen will. Er konsultierte die Bücher, blätterte, fragte
auch andere, er kam zu keinem Schluß. Wir probierten alles,
was damals die Wissenschaft vorschlug, ohne Erfolg. Da

kam meine Patin, und nachdem sie mich begutachtet hatte, sagte sie zu meiner Mutter: »Exakousti, Konstantinos ist verhext.« Meine Mutter, hätte sie die Patin nicht als Familienmitglied angesehen, sie hätte sie im selben Moment hinausgeworfen. Ein solcher Satz in unserem Haus, das konnte ihr Verstand nicht verwinden. Auch wenn die Kirche für den bösen Blick ein besonderes Gebet vorgesehen hatte. Am zweiten Abend bekam ich Fieber. Spät erschien wieder Kirios Aristidis und gab mir Chinin. Ich hörte, wie er sich mit meinen Eltern über alle möglichen Ursachen dieser Kopfschmerzen unterhielt, und ich bin sicher, daß er sagte: »Vielleicht kommen die Kopfschmerzen auch von seinen Augen.« Ich traute meinen Ohren nicht. Wie konnte eine solche Interpretation wohl wahr sein? Doch je mehr ich sie von mir wies, desto mehr weckte sie in mir den Verdacht, daß die Kopfschmerzen eine Strafe waren für meine Sünde, schöne Augen zu haben, wie es hieß. In jener Nacht quälten mich Dämonen aller Art, bis in der Dämmerung der heilige Nikolaos über dem Kissen erschien, er sah aus wie auf unserer kleinen Ikone, und die Nachtmahre verscheuchte. Ich wachte sozusagen ohne Fieber auf, aber mein Kopf war schwer, und der Schmerz kreiste. Die Mutter hatte eine Verpflichtung und war weggegangen, da kam die Patin zu mir. Sie wußte, wie sie die hintere Tür aufstoßen mußte, um hereinzukommen. Sie kam sogleich an mein Bett, mit ihr ein ehrwürdiger Greis. Er sah genauso aus wie der Greis, der in der Dämmerung die Nachtmahre verscheucht hatte. »Mein Sohn, wie geht es dir?« fragte die Patin. »Gut«, murmelte ich, und der Greis setzte sich ans Ende des Bettes, so an die Kante, daß er gar nicht zu sitzen schien – leicht und sanft wie ein Engel.

Er nahm meine Hände, und ich spürte, wie seine kühlen Hände mir Linderung verschafften. Er betrachtete mich und flüsterte. Er flüsterte und schlug das Kreuz über mir.

Die Berührung seiner Hand, die kühl auf meiner Stirn lag und das Blei von meinem Gesicht nahm, war so schön, die Berührung seiner Hand, die über meinen Körper glitt und immer wieder das Kreuzzeichen machte. Wir blickten uns in die Augen, und ich merkte, daß keiner von uns den sah, der blickte. Als er fertig war, nahm ihn meine Patin hastig an der Hand, und sie gingen wortlos weg, sie rannten, weil sie meiner Mutter nicht begegnen wollten. Sie schafften es gerade noch, denn kurz danach kehrte die Mutter unruhig heim, weil sie mich so lange allein gelassen hatte.

Da wurde zum erstenmal mein Glaube an alles, was meine Mutter sagte, erschüttert. Ich glaubte an den bösen Blick, an Verhexung und Enthexung. Das war mir lieber, denn so konnte ich besser den Gedanken an die Sünde und den Verdacht bekämpfen, die Kopfschmerzen seien eine Strafe. Bis sie mich fragte, wie es mir gehe, ging es mir bereits viel besser. Bis sie nochmals fragte, blickte ich bereits zur Zimmerdecke hinauf und dachte darüber nach, ob ich ihr von diesem Vorfall erzählen müsse oder nicht. Ich beschloß zu schweigen, so hatte ich etwas für das nächste Mal, wenn ich wieder gezwungen war, mich zu jenem heiligen Menschen zu flüchten. Schon am nächsten Tag rannte ich zu meiner Patin und bat sie, es geheimzuhalten, denn wer weiß, vielleicht könnten wir ihn wieder brauchen. Die Patin ihrerseits beschwor mich, niemandem etwas zu sagen und meinem Vater schon gar nicht. Zum erstenmal hatte ich ein Geheimnis vor meinen Eltern, und das noch zusammen mit einer Person, zu der sie volles Vertrauen hatten. »Es war ein Auge auf deinen Augen, sagte Fotoula, als sie aus dem Haus ging«, vertraute mir die Patin an. »Deine Augen, mein Junge«, fuhr sie fort, »sind nicht von dieser Welt.« »Welche Fotoula, liebe Patin? Es war ein Greis«, sagte ich zu ihr. »Welcher Greis, mein Junge? Dich hat das Fieber verwirrt. Fotoula hat dich enthext, und sag ihr besten Dank, wenn du sie siehst.« Sie fuhr mich an, und ich dachte, daß mich das Fieber in der Tat schwer geschlagen hatte.

Es war Gründonnerstag, als mich die Kopfschmerzen zum zweitenmal unerträglich und erbarmungslos heimsuchten. Vierzig Tage mit Fasten, in der Karwoche einen Tropfen Öl, immerfort Lektüre und gleich danach am Psalterium aufrecht stehen. Ich folgte gehorsam, aber erschöpft an jenem Abend den zwölf Evangelien aus meines Vaters Mund. Und da kam, jäh, nicht schleichend und tückisch, wie ein Hammerschlag der Schmerz und schlug mir den Kopf entzwei. Ich blinzelte, drehte den Kopf so diskret wie möglich nach links und rechts, drückte die Finger auf die Nasenwurzel, zwischen den Augen, drückte sie tief, so tief es ging, in ihre Höhlen, als suchte ich irgendwo dort den Dämon, um ihm den Garaus zu machen. Die Hitze war unerträglich, der Weihrauch erstickte mich, alles um mich drehte sich, langsam ging ich unter. Ich setzte mich ruhig und langsam auf den Kirchenstuhl hinter mir, während alle, sogar die ältesten Frauen, aufrecht standen angesichts des göttlichen Geschehens.

Da sah ich am anderen Psalterium zum erstenmal einen anderen Psalmisten. Den Greis, den die Patin zu mir gebracht hatte. Er saß schweigend da, unbeteiligt, zwischen den anderen drei Psalmisten. Als hätten sie ihn nicht bemerkt, psalmodierten sie weiter, auf das heilige Buch konzentriert. Ich spürte, wie sein Blick mich suchte, mich aufforderte, ihn anzuschauen, ihn zu sehen. Ich neigte mich zur Seite und lehnte meinen Kopf an, um ihn aufrecht zu halten, und es gelang mir, die Augen vor Schmerz halb geschlossen, durch die Schlitze unter den Wimpern seinen Blick zu erhaschen, seine beiden Augen zu sehen. Ich blieb reglos sitzen, bis ich irgendwann spürte, wie ich leer wurde. Wie die Last von mir fiel. Wie das Blei, das mir im Nacken lag, leicht wurde. Wie die Schläge der Hämmer in meinen

Schläfen schwächer, stumpfer wurden, erloschen, wie die Adern unten am Hals aufhörten zu pulsieren. Ich fühlte, wie ein leiser Wind kam, durch meine Haare fuhr, an ihren Wurzeln zupfte, in den Kopf drang und langsam die Hitze in meinem Hirn kühlte und entströmen ließ. Ich lehnte den Kopf nach hinten, und als schien ein geheimer Deckel aufgegangen zu sein, verflossen die letzten Schmerzen. Ich schlug die Augen auf und sah vor mir den Pantokrator, der mich von hoch oben in der Kuppel ansah. Ich stand wieder auf, ging zu meinen Psalmisten und begab mich diskret an den Platz, wo die beiden sangen. Aus dem Augenwinkel bemerkte ich, wie mein Vater mich unruhig über seine Brillengläser hinweg ansah, nicht grimmig, sondern beunruhigt über das, was mit mir geschehen war. Dann wandte ich meinen Blick vom Heiligtum ab und hin zum Zentrum der Kirche und sah die ganze Schar der Gläubigen, die alle den Blick auf mich richteten, Dutzende von Augen sahen mich an, sahen in meine zwei Augen. Zu Hause fragte mich mein Vater, was passiert sei, ich antwortete, mir sei schwindlig geworden, die Mutter murmelte: »Das wird von der Hitze und vom vielen Weihrauch gekommen sein«, und da endete das Gespräch. An jenem Abend, nachdem alle sich schlafen gelegt hatten, kam meine zweite Schwester, kniete sich neben das Bett, beim Kopfkissen, und sagte: »Ich weiß alles. Ich weiß, daß man dich verhext, und ich weiß, daß die Patin Fotoula zu dir bringt. Ich glaube an Verhexung und Enthexung, laß Mama nur reden.« »Ariadni, was sagst du da! Geh sofort schlafen.« Ariadni beugte sich über mich, küßte mich auf die Stirn und verschwand wie ein kleiner Teufel im Dunkel. Ich schlief mit der großen Verwunderung ein, wie ich nur die alte Fotoula mit dem Greis, der mich an den heiligen Nikolaos erinnerte, verwechseln konnte. Und am Psalterium, wer war das gewesen, wieder Fotoula?

Die Jahre vergingen. Mit dem Ende des Weltkriegs ging ich nach Athen und schrieb mich an der juristischen Fakultät ein. Sehr rasch begann die Familie darüber nachzudenken, ob es vernünftig wäre, Konstantinopel zu verlassen. Um, solange noch Zeit war, nach Athen zu gehen, bevor es für uns Christen nicht mehr auszuhalten wäre. Smyrna ist das eine, Konstantinopel das andere. Mein Vater nahm es immer deutlicher wahr. Er besonders, der aufgrund seines Priesteramts eine ständige Provokation bei jedem Ausbruch von Fanatismus der Türken gegenüber den Griechen in Konstantinopel war. Zur Zeit der Katastrophe von 1922 waren ich und meine große Schwester bereits in Athen, die andern waren noch in Konstantinopel. Die Tragödie von Smyrna, die nationale Niederlage beschleunigten die Entschlüsse, und die ganze Familie kam nach Athen. Mein Vater wurde zum Priester im Ajio Meletio ernannt, und alle miteinander bewohnten wir ein zweistöckiges Haus, das wir in der Odos Agathoupoli gekauft hatten. Der Umzug von Konstantinopel nach Athen verlief reibungslos. Wir erlebten die kleinasiatische Katastrophe nicht, nicht die Tragödie, die Vertreibung, die Erniedrigung, wir verloren keine Angehörigen. Trotzdem brauchten wir einige Zeit, um die Furcht, die in uns nistete und die wir aus Konstantinopel mitgebracht hatten, endgültig zu vertreiben. Das tägliche Brot war sogleich unsere erste Sorge, und der Onkel, der Despot, der Bruder meines Vaters, Angelos, der zu Agathangelos geworden war, verschaffte mir dank seiner Bekanntschaften und Beziehungen eine Stelle als Advokat in einer der besten Kanzleien von Athen.

Viele unserer Sachen aber waren zurückgeblieben. Ich wollte trotz der Einwände der Eltern versuchen, sie heimzubringen. Und zudem meine Patin und unsere Cousine Margarita zu überreden, alles zu packen und nach Athen zu gehen. Als ich in Konstantinopel ankam, traf ich eine

Gesellschaft, die sich einzig und allein über die politische Entwicklung unterhielt. Der Vandalismus hatte das Klima überall verschlechtert.

Das Haus war zum Glück unberührt, verschlossen und verrammelt. Alles war in Unordnung, entsprechend der Hast, in der man es verlassen hatte. Ich schlief zum letztenmal in meinem geliebten Bett, das ich in allen Einzelheiten, mit all seinen Unebenheiten kannte. Am nächsten Tag ging ich zur Agentur, um den Reiseplan abzumachen, mich wegen der Lastträger, die kommen und unsere Sachen holen würden, und wegen der Preise zu verständigen. Die Agentur gehörte einem Juden, einem Freund der Patin, er war ein gewissenhafter, ehrbarer Mensch und hatte vor allem klare Richtlinien. Wäre meine Familie nicht so religiös gewesen, hätten wir sogar Freunde sein können. Er freute sich, als er mich plötzlich nach so langer Zeit sah. Er hatte von der Nona die Neuigkeiten über mich erfahren und war aus der Ferne stolz auf mich gewesen und hatte mich bei jeder Gelegenheit seinen Leuten als Beispiel hingestellt. Isaak wollte die Sachen aus der Nähe sehen, wir gingen zum Haus, machten einen Rundgang, und mir wurde bang, denn ich mußte entscheiden, was ich mitnehmen und was ich vielleicht für immer hierlassen sollte. Nach einer Stunde hatten wir alles geregelt. Er ging. Er würde mir Arbeiter schicken, die sofort mit dem Packen beginnen würden.

Ich machte einen weiteren Rundgang durchs Haus, um in aller Ruhe das, wofür ich mich entschieden hatte, anzuschauen. Alle Teppiche, das Klavier, das Metronom und eine kleine Marmorbüste von Chopin, all die venezianischen Lampen, zwei Buffets, den österreichischen Schrank mit den gemalten Früchten, das bronzene Bett meiner Eltern. Das Silber hatten sie mitgenommen. Es blieb noch das silberne Service des Sultans – aber das ist eine andere lange Geschichte. Ich trug es zusammen, wie der Vater seine heiligen Gefäße zusammengetragen hätte. Die Stube meines Vaters mit dem Drehsessel. Bilder, Priestergewänder und liturgische Gefäße, das alles hatten sie schon bei ihrer Ankunft gehabt. Es gab noch Sachen von Wert, zwei Schaukelstühle von Thonet, zwölf normale Thonet-Stühle, die um den Tisch gestellt waren, ein Wiener Salontischchen und zwei tiefe Strohsessel mit Samt und Troddeln. Zwei Öfen mit venezianischen Kacheln, ein großer deutscher Kochherd. Alles andere hatte keinen besonderen Wert oder war zu sperrig für den Umzug. Ich ging im Haus herum und fand jedesmal wieder etwas, das ich dazustellte. Es blieben die Bücher, einige hatten meine Schwestern schon ausgesucht, ich legte ein paar weitere in eine kleine Kiste. Hinter den Büchern fand ich noch zwei versteckte Schallplatten, obwohl wir gar kein Grammophon hatten. Es hatte damals eine unendliche Diskussion mit der Patin gegeben, und die Mutter hatte unnachgiebig gesagt: »So etwas kommt mir nicht ins Haus.« Ich setzte die Brille auf, um die kleinen Buchstaben lesen zu können. Auf der einen stand »Johann Strauß, An der schönen blauen Donau«, die andere enthielt eine Arie, aber das Etikett war beim Namen abgeschabt, und man konnte nicht erkennen, von wem sie war. Ich legte auch die beiden sorgfältig zu allem anderen. Ich suchte nach der Singer-Nähmaschine der Mutter, doch ich fand sie nicht. Ich dachte, daß sie die als erstes verpackt hätte. Bei all dem Kupfer wurde mir schwindlig. Was sollte ich mitnehmen, was sollte ich dalassen? Tabletts, kleine Töpfe, Bleche, große Töpfe, Kasserollen, Kannen, Kaffeepfännchen, alles hatten sie hiergelassen. Im Küchenschrank fand ich sechs silberne Kerzenständer, die in der Eile vergessen worden waren, sie waren in Papier gehüllt, das wir aus Wien hatten.Und zuunterst im Schrank ein Sack mit Hanfsamen, mit denen wir die Tauben gefüttert hatten. Ich leerte ihn am Hoffenster aus, damit er nicht verdarb. Ich stolperte über das kupferne Kohlenbecken – um ein Haar hätte ich es vergessen –, dabei hatte ich es immer in meiner Nähe. Ich wickelte auch die drei guten Vasen ein, die wir hatten, ein, zwei kristallene und eine aus Fayence, die voll von Komboloi war – das einzige, was dankbar akzeptiert wurde. Ich nahm auch die Gardinen, die einen waren aus Samt, die anderen von Hand gehäkelt.

Ich ging schnell weg, bevor die Lastträger kamen. Ich wollte die Patin besuchen, ich wollte mit ihr reden, sie überzeugen, und das bis zum Mittag, dann wollte ich wieder im Haus sein. Ich hielt die erste Kutsche an, die ich sah, und sagte zum Kutscher, er solle mich zum Haus meiner Patin fahren. Dabei erfuhr ich zufällig vom Tod des Großvaters Konstantis. Nicht daß es mir viel ausgemacht hätte. Ich fand das Haus verschlossen, verriegelt, als habe auch meine Patin die große Reise angetreten. Meine Patin Polimnia gehörte sicher zur wohlhabendsten Schicht von Konstantinopel. Sie hatte ihre Bekanntschaften, ihre Einkünfte und das große Erbe ihres Mannes, der jung gestorben war. Sie war bei allem dabei, überall willkommen, von Phanar bis zur Hohen Pforte, von den Clubs und den sogenannten Bruderschaften bis zu den Läden in den Geschäftspassagen, wo sie Delikatessen, Parfums und Kosmetika kaufte. Vor allem die Deutschen bewunderten sie, einerseits waren es Händler, anderseits Diplomaten, von Zeit zu Zeit auch Militärs, die nach Konstantinopel kamen. Ich war beunruhigt, denn außer der Patin waren auch der Gärtner und das Hausmädchen nicht da. Ich nahm meinen Mut zusammen und klopfte am Haus nebenan. Ein Fenster ging auf, direkt über der Tür, eine herzliche Alte beugte sich heraus und fragte, was ich wolle. Sie erkannte mich, auch sie kam mir irgendwie bekannt vor, sie fragte mich, wie es meiner Familie gehe; nachdem sie mich lange genug gequält hatte, sagte sie endlich: »Deine Patin ist nach Wien gegangen, wir wissen nicht, Junge, wann und ob sie zurückkommt.« Ich fragte, ob sie irgendwo eine Wiener Adresse hinterlassen habe, aber die alte Frau wußte nichts. Sie trug mir auf, meiner Familie ihre Wünsche auszurichten; ich war gezwungen zu fragen: »Von wem?« Die Alte sah bekümmert drein. »Bring sie seitens der Tante Fotoula, die dich enthext hat, als du noch ganz klein warst.« Ich gab meiner Zerstreutheit die Schuld, grüßte sie und machte mich auf, meine Cousine Margarita zu besuchen. Diesmal hatte ich mehr Glück, wir umarmten uns wie zwei verlorene Geschwister. Ich setzte die strengste Miene auf, die ich zustande brachte, wurde brüsk, damit sie keine Gelegenheit hatte, lange zu diskutieren, und sagte: »Es ist ernst, Schluß mit den Lügen, trag alles zusammen und komm nach Athen, das ist die Weisung von Papa-Apostolis.« Margarita lebte beim Onkel, dem Despoten, er sorgte für sie, sie sorgte für ihn, aber vor meinem Vater zitterte sie, und sie fürchtete ihn, obwohl er weit unter dem Despoten stand. Ihr Dilemma war nicht, ob sie bleiben oder gehen sollte. Sie kümmerte einzig, wie sie den Despoten allein lassen konnte, wie sie alles regeln, wie sie es sagen und wie er es auffassen würde. Ich sagte ihr, wir würden alles in Ordnung bringen, aber ich hätte es eilig, und legte nochmals Nachdruck in meine Stimme: »Es ist die Weisung von Papa-Apostolis.« Ich küßte sie auf die Stirn und fuhr mit der Kutsche zurück zum Haus, wo ich auf die Arbeiter traf, die vor der Tür saßen und auf mich warteten. Bis spät am Nachmittag trugen wir die Sachen zusammen, wir packten sie, verschnürten sie, stapelten sie. Am Abend tauchten zwei große Pferdekutschen auf, in der einen saß Isaak, der kam, um die Arbeiten zu beaufsichtigen. Es wurde alles aufgeladen, wie es sich gehörte, ich vertraute es ihm an, bezahlte ihn im voraus, wie wir es abgemacht hatten. Am nächsten Morgen, bevor die Sonne aufginge, bevor noch die Minarette der Hagia Sofia zu erkennen wären, würden wir, die Sachen und ich selber, mit demselben Schiff nach Saloniki und weiter nach Piräus fahren.

Ich schloß die Tür hinter mir und ging herum; ich sah die Plünderung unseres Hauses, dachte nach über die Verwüstung einer großen Welt, das Ende einer Epoche, die Nöte der neuen. Unsere Landsleute, die Armenier und die Juden waren zweigeteilt. Die einen sagten, was in Smyrna geschehen sei, würden wir noch einmal in Konstantinopel erleben, die anderen glaubten oder hofften, was in Smyrna geschehen sei, könne sich auf keinen Fall wiederholen.

Während ich durchs Haus streifte, sah ich plötzlich über der Tür im Korridor, was ich vergessen hatte. Die große, runde Wanduhr, eine »Junghans«, auch sie ein Geschenk meiner geliebten Patin, die ganzen Jahre über mit ihrem feierlichen Schlagen ein lebendiges Stück in unserem Alltag. »Mein Gott, was habe ich da vergessen!« murmelte ich, stieg auf einen Hocker und hängte sie sorgfältig ab, damit sich die Verbindungsstellen der einzelnen Teile, die Spiralfedern und das Pendel nicht bewegten. Im gleichen Augenblick war jemand an der Tür zu hören, es tönte wie ein feines Klopfzeichen. Ich öffnete das Fensterchen in der Tür; es war ein kleiner Junge, fast verborgen im Türrahmen, er wartete reglos. Ich machte ihm auf, und er kam sofort herein. »Ich bin der Sohn von Isaak«, sagte er schnaufend, »mein Vater schickt mich, er hat gesagt, du sollst heute nacht nicht im Haus schlafen. Er hat gesagt, er hat etwas gehört von einem Lastträger, der die Sachen zusammengepackt hat, vielleicht ist es wahr, vielleicht ist es gelogen, aber du sollst heute nacht nicht im Haus schlafen. Und er hat noch gesagt, er bittet dich, daß du zum Schlafen auch nicht zu uns nach Hause kommst. Er bittet dich um Verständnis und Entschuldigung, und morgen früh, wie ihr es abgemacht habt, gehst du aufs Schiff und fährst nach Piräus.« Er schloß die Tür hinter sich und verschwand in der Dunkelheit, ohne daß ich ihm noch ein Wort hätte sagen können. Schnell machte ich die Uhr unten auf, hängte vorsichtig das Pendel ab, damit es sich nicht bewegte und Schaden nahm, und steckte es in die innere Jackentasche. Schnell und nicht besonders sorgfältig hüllte ich die Uhr in ein Tuch, das ich fand, und band eine Schnur drum. Ich rannte nach unten und drehte Gas und Wasser zu, so fest ich konnte. Ich nahm meinen kleinen Koffer, den ich schon bereit hatte mit all den Dingen, die mich auf der Reise begleiten sollten, öffnete die Tür einen Spalt, alles ruhig, schloß sie hinter mir, drehte den Schlüssel zweimal um und ging hinaus auf die Straße und wußte nicht, wohin.

Langsam machte sich die Müdigkeit nach diesem langen Tag bemerkbar, die Furcht, ich würde nicht rechtzeitig aufwachen, die fixe Idee, ich müsse etwas unternehmen, um wirklich sicher und pünktlich auf dem Schiff zu sein. Meine Schritte führten mich unbewußt zur Straßenkreuzung, an der einmal das Kontor meines Großvaters Konstantis gewesen war. Im spärlichen Licht des Kafenions, das sich in seinem Eingang spiegelte, war keine griechische Tafel mehr zu sehen. Das Unternehmen hatte ein Türke übernommen, türkisch die Aufschriften, türkisch auch die Meldungen. Neben dem dunklen Kontor des türkischen Nachfolgers von Konstantis leuchtete und dampfte die Pastetenbäckerei. Zwischen den beiden Lokalen, der Agentur und der Pastetenbäckerei, beleuchtete vor der schmalen Tür eine runde Birne eine Tafel mit türkischer, griechischer und armenischer Aufschrift, die darauf hinwies, daß sich in den oberen Etagen eine Herberge befand. Ich war zwei Schritte vom Ausgangspunkt meiner morgigen Reise entfernt und sah in der Herberge den einzigen nützlichen und praktischen Ausweg für die Nacht.

An der Tür erschien ein untersetzter Mann und nahm mich in Empfang. Er wünschte mir einen guten Abend,

er war der Herbergsinhaber, ich fragte nach einem Zimmer
für eine Nacht, aber man müsse mich am Morgen unbedingt wecken, da ich das Schiff erreichen müsse. Er sagte:
»Was du begehrst, Efendi. Im ersten Stock gibt's ein
Zimmer mit einem Armenier, auch er will morgen in der
Dämmerung nach Piräus fahren, so kommt's dich günsti-
ger, und er scheint anständig zu sein. Ist ja nur für eine
Nacht.« Ich war einverstanden, wollte bezahlen, doch er
sagte:»Schon in Ordnung, laß nur, zahl morgen früh, wenn
Allah es Tag werden läßt.« Er drehte sich zum Tresen,
streckte die Hand aus und nahm einen Schlüssel. »Nummer 1«, sagte er, »aber mach bitte keinen Lärm, der Armenier
schläft.« Mitternacht rückte näher, ich war ein lebendiger
Leichnam, und zudem hatte ich Hunger. Ich sagte zum
Herbergsinhaber, ich ginge eine Pastete essen, nachher
würde ich mich schlafen legen. Doch ich wollte mein Gepäck
nicht dortlassen. Mit dem kleinen Koffer in der einen Hand,
der Uhr unter dem Arm und dem Schlüssel in der Tasche
ging ich zur Pastetenbäckerei. Das Lokal war voll, es gab
keinen freien Tisch. Die frische Butter duftete, die Düfte
ließen einem die Sinne schwinden, sie waren noch stärker als
der Geruch der Tabaksschwaden, in denen man eine Person
im Abstand von drei Metern nicht mehr erkennen konnte.
Das Lokal war voller Menschen, die mit ihrem Tagwerk
fertig waren, und voll von anderen, die Kraft schöpften,
bevor sie mit der Arbeit begannen. Bootsunternehmer,
Lastträger, Seeleute, Nachtschwärmer, die kamen und
gingen und das Antlitz des Lokals immer wieder veränderten. Viele kleine Marmortische mit jeweils zwei Stühlen, auf denen man es sich nicht bequem machen konnte,
man konnte gerade schnell essen und wieder gehen. Sorbets, Tees, Pfefferminzaufgüsse und Kaffee, für die feinen
Leute Raki und Genever. Und über allem die Pastete, die
Sultanin.

Ich blieb ein wenig stehen, wartete auf einen freien Tisch. Durch die Tabakschwaden sah ich in diesem lauten Getümmel, wie mir im Hintergrund eine Hand zuwinkte. An einem Tischchen, in einer Nische hinter dem Tresen, saß ein Greis und winkte mir zu, ich solle mich zu ihm an den Tisch setzen. Ich hatte keine Wahl und ging zu ihm hinüber. »Setz dich, Efendi«, sagte er, »sonst kannst du noch lange warten.« Ich dankte ihm und setzte mich. Er hatte nichts vor sich stehen, vielleicht hatte er ebenfalls noch nicht bestellen können. Der Kellner kam, ich bestellte, doch bevor der alte Mann etwas sagen konnte, war der Kellner schon wieder weg; er hatte ihn ignoriert, als wäre er Luft. Bald danach kam eine dampfende Pastete mit einer feinen Zuckerschicht und viel Zimt. Ich dachte, nun würde der Alte ebenfalls bestellen, nun würde der Kellner ihn fragen. Doch nichts geschah. Als wäre er noch immer gar nicht da, drehte sich der Kellner um und verschwand. Der Alte war ärmlich gekleidet, und da konnte ich nicht mehr an mich halten und fragte ihn spontan: »Darf ich dich zu etwas einladen?« »Nein, mein Sohn«, erwiderte er, »ich habe alles.« Ich fühlte mich äußerst unbehaglich, wie ich da essen sollte, während er mir zuschaute. »Einen Kaffee, einen Salep«, fuhr ich fort. »Nein, mein Sohn, ich habe alles«, sagte er wieder. Ich schlug das Kreuz, wie ich es immer zu tun pflegte, und stürzte mich auf die Pastete. Während ich über dem Teller kaute, hob ich unfreiwillig immer wieder den Blick und sah ihn an. Er hatte seinen Blick ständig auf mich gerichtet und zog mich beinahe aus. Als ich fertig war und den Zukker abwischte, sagte er zu mir: »Du hast die Augen eines Engels.« Ich war verblüfft. Ich spürte, wie meine Kindheitssünde wieder hervorkroch, wie meine Augen zum Zentrum jenes Zusammentreffens wurden in jener Trübheit des spärlichen Lichtes und der dicken Rauchschwaden, die einen nichts erkennen ließen. Meine Augen waren erwähnenswert für einen Greis, der in seinem Leben gewiß schon sehr vieles gesehen hatte. Automatisch sagte ich: »Sie sind von meinem Vater.« »Nein«, sagte er, »sie sind von einem Engel.« »Auch du, alter Mann, du erinnerst mich an jemanden«, erwiderte ich. Ich fragte ihn, woher er komme und was er mache, und er erwiderte, er komme aus unserer Gegend, und er lese aus den Augen der Menschen, und seine Arbeit sei es, Geschichten zu erzählen.

Ich wollte aufstehen, doch bevor ich eine weitere Bewegung machen konnte, war da wieder die Hand, die mich mit großer Kraft hielt und mich nicht loslassen wollte. »Alter Mann, verzeih mir, aber ich bin todmüde, sterbensmüde«, sagte ich. »Damit du nicht stirbst, solltest du noch eine kleine Weile bei mir bleiben«, erwiderte der Alte, und so, wie ich da stand, halb aufgerichtet, über den Tisch gebeugt, meine linke Hand in der Umklammerung des Alten, sah ich, wie seine Augen die meinen nahmen und sie zusammen mit meinem ganzen Körper wieder auf den Stuhl setzten. Ich fragte ihn: »Alter Mann, willst du mir etwas sagen?« Aber er lächelte und sagte: »Aber ich habe dir doch alles schon zwei- und dreimal gesagt.« Ich schämte mich. Hatte er geredet, und ich hatte nicht zugehört? Hatte er geredet, und ich hatte ihn nicht verstanden? Ich suchte in meiner Verlegenheit wie wild nach einem Rettungsanker. Und da sagte der Alte, als habe er etwas Erfreuliches gefunden: »Erzähl mir jetzt von deinen Kopfschmerzen.« Wir haben ein Thema, sagte ich bei mir, ich nahm meinen Mut zusammen und begann ihm zu berichten, von Zeit zu Zeit unterbrach er mich, doch hauptsächlich redete ich, eine endlose Erzählung, was alles noch in meiner Erinnerung war, die ganze Geschichte, wie sie auftraten, wie sie stärker wurden, wie sie sich steigerten, wie sie verflogen und wie sie wiederkamen, eine ganze Jugend, betrachtet aus dem Blickwinkel der Kopfschmerzen, eine ganze Studienzeit an der juristischen Fakultät mit Kopfschmerzen, die kamen und gingen, mit Vorlesungen, die verbunden waren mit Kopfschmerzen, mit Prüfungen, die verbunden waren mit Kopfschmerzen, mit Momenten der Freude und der Trauer, persönlichen Momenten und Momenten in der Gemeinschaft, die verbrämt waren mit Kopfschmerzen.

Als ich endete, war bereits die erste Morgenkundschaft ins Lokal gekommen. Alle, die mit Transporten für den Gemüsemarkt beschäftigt waren, mit der Verteilung von jeder Art frischem Gemüse für die Kleinhändler, die Männer mit ihren Karren und die Lastträger vom Hafen kamen vorbei, um einen Salep zu trinken und ihre Eingeweide gelinder zu stimmen. Der Lärm der Karren auf dem Straßenpflaster, die einen kamen an, die andern wurden abgeladen, andere fuhren rückwärts, um die enge Kurve zu erwischen, weckten hier das Leben auf, bevor es in der restlichen Stadt erwachte. Plötzlich merkte ich, daß ich den Herbergsinhaber betrogen hatte und daß ich ihm zumindest die Nacht bezahlen mußte. Ich erzählte es dem Alten, und der sagte mir: »Ich weiß, du mußt nichts bezahlen, es ist alles bezahlt, laß einfach den Schlüssel hier beim Kaffeehausbesitzer und geh.« Ich schämte mich, vor den Herbergsinhaber zu treten, und wollte dem Kafenionbesitzer etwas Geld geben, als, ja, als Entschädigung für den Herbergsvater. Der Alte sagte, nicht einmal das sei nötig, aber er beharrte nicht darauf. Bevor wir gingen, bestellte ich noch einen Salep für meinen rauhen Hals, nach jenem Redeschwall über die ganze Nacht und mit rauchgefüllten Lungen sagte ich dem Alten, er möge sich doch etwas spendieren lassen. Und wieder lehnte er ab: »Mein Sohn, ich habe alles.« Mir blieb noch eins, als letztes, es war eher mein eigenes Bedürfnis denn eine Verpflichtung, ich beugte mich vor, nahm seine eiskalte Hand und küßte sie, wie ich die Hand meines Vaters oder meines Onkels, des Despoten, küßte, und verabschiedete mich von ihm.

Ich trat hinaus auf den Platz, in der einen Hand den kleinen Koffer, unter dem Arm die Uhr meiner Mutter, und ging rasch zum Hafen, damit mich der Herbergsinhaber nicht sah und ich mich vor allen Leuten schämen mußte. Ich traf Isaak, der meine Sachen und die von andern auflud, er grüßte mich, als er mich wohlauf sah, fragte, ob ich seine Nachricht bekommen hätte, ich sagte ja, und in der Nacht hätte ich übrigens nicht im Haus geschlafen. Er bat mich, ihn zu verstehen, daß er mich nicht bei sich habe aufnehmen können, ich sagte, er solle sich keine Gedanken machen, und am Schluß bat er mich um meine Athener Adresse, denn er wollte, wie er sagte, auch in Athen einen Advokaten seines Vertrauens wissen. Er zeigte mir, wo man unsere Sachen abgeladen hatte, sagte, ich solle stets aufpassen, man könne nie wissen, und wir trennten uns mit gegenseitigen Wünschen für unsere Familien. Ich stieg hinauf aufs Deck und setzte mich in die Nähe meiner Sachen, betrachtete den Sonnenaufgang, die Stadt, die erwachte, den Hafen, der sich belebte, einen Esel, der schrie, Türen und Fensterläden, die aufgingen, die letzten Lichter, die erloschen; das Schiff war bereit zur Abfahrt.

Und da bemerkte ich oberhalb des Hafens einen Tumult, Schreie, Menschengerenne, ein gellender Schrei. Die Leute liefen aus den umliegenden Straßen zusammen, direkt auf die Pastetenbäckerei zu. Ich war in Sorge wegen des Alten. Was mochte dort, wo ich mir auf diese Weise meine erste Nacht um die Ohren geschlagen hatte, passiert sein? Ich sah, wie man die Taue löste, und das Schiff meldete mit dreimaligem Tuten seine Abfahrt. Neben mir hatten sich die Mitpassagiere über die Reling gebeugt und starrten hinüber, um zu erraten, was die Leute vom Hafen zur Pastetenbäckerei strömen ließ. Als das Schiff langsam vom Kai wegfuhr, kam ein kleiner Junge dahergerannt, er machte mit seinen Händen einen Trichter vor seinem Mund und rief dem Kapitän etwas zu – ich verstand es nicht –, der am Heck stand und auf die Meldung des Jungen wartete. Der Kapitän fragte nochmals, schien ihn nicht zu verstehen, warf ihm eine Münze zu, winkte dabei und kehrte sorglos zur Brücke zurück, um sich um seine Angelegenheiten zu kümmern. Ich ließ ein paar Minuten verstreichen, wartete auf einen Moment, wo ich reden konnte, und stieg langsam die Treppe zur Brücke hinauf. Der Kapitän war Grieche, aus Andros, das Schiff ebenfalls aus Andros, es war in Odessa abgefahren, hatte in Konstanza, in Burgas, in Konstantinopel angelegt, und über Saloniki fuhr es nach Piräus. Und danach die gleiche Reise zurück nach Odessa. Er fragte, wie es mir gehe, ich antwortete kurz angebunden und fragte ihn, was dort oben passiert sei. »Ganz schreckliche Dinge, wenn's wahr ist«, sagte er, »ich habe es nicht genau verstanden, nur so ungefähr. Man hat am frühen Morgen einen abgestochenen Armenier gefunden, dort in der Herberge über der Pastetenbäckerei. Man habe Körperteile von ihm gefunden, die man in einem großen Ofen verbrannte, um das Fett auszulassen. Und mit diesem Fett hätten sie diese schöne und berühmte Pastete gebacken. Märchen aus Tausendundeiner Nacht. Aber mit dem Armenier muß etwas passiert sein, er hatte nämlich Sachen auf dem Schiff, er war auf der Passagierliste, aber er ist nicht gekommen.« Er schwieg kurz und schloß: »Jetzt, wo ich darüber nachdenke, muß ich dir sagen, daß es immer wieder, egal, ob nach Odessa oder nach Piräus, einen Passagier gegeben hat, der das Schiff nicht genommen hat.« »Das kann doch nicht wahr sein!« stotterte ich, wir sahen uns an, nickten, und ich entfernte mich, während ich noch einmal und zum letztenmal Konstantinopel aus der Ferne betrachtete. Als wir in Piräus ankamen, war uns die Nachricht schon vorausgeeilt. Ein jeder redete von der Pastete, niemand aber vom Armenier.

In Athen nahm alles seinen Lauf, wie es sich der Vater und die Mutter gewünscht hatten. Das Leben nahm einen normalen Gang, das Leben der Pfarrgemeinde war auch das unsrige. Wir überstanden all die kleinen Mißlichkeiten, unser Leben beherrschte ständig der Geist strengster Sparsamkeit, und es blieb nur ein Problem. Zumindest was die Pflichten betraf, die mir meine Mutter auferlegt hatte. Ich hatte eine neue Arbeit, schloß neue Bekanntschaften, pflegte Umgang mit den verschiedensten Menschen, und so blieb es natürlich an mir hängen, für eine von meinen Schwestern einen Gatten zu finden. Es war sicher, daß man mir nach Erledigung dieses Auftrags einen weiteren erteilen würde, wieder den gleichen. Daß ich diese Arbeit hatte, bedeutete noch lange nicht, daß große und wichtige Fälle durch meine Hände liefen. Ich war hauptsächlich dafür zuständig, die tatsächlichen Verhältnisse festzustellen, die nötigen Akten zu sammeln und nach Ungesetzlichkeiten in den Angelegenheiten unserer Klienten zu forschen. Ich hatte jedoch die Möglichkeit, und das war das Wichtigste, selber zu regeln, was auch immer sich in meinem eigenen Kreis von Bekannten und Freunden ergab. Es wird der erste oder der zweite Auftrag gewesen sein, den mir der Advokat Kirios Papadopoulos zur Nachforschung erteilte. Es war die Forderung einer alten Klientin aus Manisa von vor zehn Jahren. Kirios Papadopoulos beschrieb sie mir als eine der eigenwilligsten, stursten und mißtrauischsten Klientinnen, die er in seiner ganzen Karriere kennengelernt hatte. Dennoch billigte er ihr zu, daß sie ihren finanziellen Verpflichtungen gewissenhaft nachkam. In ihren Angelegenheiten, die sie ihm immer wieder unterbreitete, gab es im Vergleich zur Forschungsarbeit juristisch gesehen sozusagen nichts, was für einen enthaltsamen Juristen seines Alters besonders lästig war. Nach der kleinasiatischen Katastrophe und nachdem sie sich mit ihren drei Söhnen in Phaleron niedergelassen hatte, folgten ihre Besuche immer öfter aufeinander, in Begleitung ihres Erstgeborenen legte sie ihre verschiedensten Verdächtigungen oder auch Arbeitshypothesen dar, ersuchte um juristische Ratschläge zu vollendeten Tatsachen, die eben noch nicht vollendet waren. Kurz vor einem endgültigen Ausbruch vertraute Kirios Papadopoulos mir die Mutter Anna mit ihrem Erstgeborenen Jorgos vollständig an. Jenes Mal betraf ihr Besuch die Wiederaufnahme einer Nachforschung, die vor einigen Jahren im Sande verlaufen war und die mit dem Tod ihres Bruders Vaios in Wien und dem Schicksal seiner Vermögenswerte zu tun hatte. Kirios Papadopoulos informierte mich, die Nachforschung damals habe mit Sicherheit erwiesen, daß ihr Bruder all sein Vermögen testamentarisch einer Deutschen mit Namen Gertrud vermacht habe, des weiteren sei nach mühsamer Korrespondenz und Zusammenarbeit mit Advokaten in Wien und Berlin deutlich geworden, daß alles nach dem Buchstaben des Gesetzes erfolgt sei, es gebe nicht den kleinsten Grund zum Mißtrauen oder zu Verdächtigungen, alles sei richtigerweise Gertrud zugefallen. Gertrud hatte eine mündliche Bitte von Vaios, der sie zu entsprechen gedachte, obwohl keine juristische Verpflichtung dazu bestand, ihr nachzukommen oder sie auch nur zu deklarieren. Sie sollte eine Armenierin in Smyrna aufsuchen und ihr oder ihrer Tochter eine gewisse Summe überreichen. Weder war Anna Armenierin, noch waren ihre drei Söhne Töchter, und aufgrund dessen hatte sie keinerlei Absicht, jene Summe Anna, die sie einforderte, zu geben. Kiria Anna wollte, daß wir die Nachforschung und die Korrespondenz von Anfang an wiederaufnähmen.

Aus jener Angelegenheit zog ich nur einen Gewinn: meine Bekanntschaft mit Annas zweitem Sohn, Kostas, der sich in Benehmen, Denkart und Absichten von seiner Mutter und seinem großen Bruder unterschied. Jene ausweglose Nachforschung und meine Sympathie für Kostas brachten mich der Familie näher. Kostas und ich, das kann ich sagen, wir lernten einander bestens kennen, besonders als wir einander unser tiefes Vertrauen zu Alexandros Papanastassiou sowie unsere Hoffnung auf Fortschritt und Demokratie offenbarten. Rasch stellte ich ihm meine Schwestern vor, rasch entschied er sich für Ariadni. Alle sagten erleichtert ihr »Ja«, und alles nahm seinen Lauf, wie es die Kirche, die Gesellschaft, die Finanzen der beiden Familien und die Gepflogenheiten wollten, die die Mitgift als etwas Selbstverständliches voraussetzten. Und dann gab es eine zufällige Entdeckung, aufgrund derer die Kontakte der Familien sich lockerten und schließlich abbrachen; nur Kostas stand weiterhin mit mir in Verbindung.

Es wird ein gutes Jahr nach der Hochzeit gewesen sein, als an irgendeinem Namenstagsfest, an dem alle zusammenkamen, eine Tante oder Patin, »Nona« nannte man sie, aber eine Großmutter war sie jedenfalls nicht, nachdem sie einen zweiten oder dritten Likör, einen Sweet Cherry, getrunken hatte, von dem man auf nüchternen Magen schon nach einem Glas taumelt, sich plötzlich umdrehte, als habe sie etwas vergessen und sich nun unvermittelt daran erinnert, und in bester Stimmung zur ganzen Versammlung sagte: »Soll ich euch etwas sagen, was ihr nicht wißt? Kostas und Ariadni sind Cousin und Cousine.« Wir waren sprachlos. Und die Nona, die endlich im Mittelpunkt des Interesses stand, erklärte triumphierend: »Unser Konstantis-Efendi, Gott sei seiner Seele gnädig, war der Großvater unserer Ariadni, war der Bruder von Anton-Efendi, Gott sei auch seiner Seele gnädig, dem Großvater von Kostas. Nun? ...« Wir sahen uns hilflos und verlegen an, vor allem natürlich Kostas und Ariadni. Anna, die Mutter, faßte sich als erste wieder und fuhr der armen Nona über den Mund, die, zufrieden über ihre Offenbarung, noch einen kleinen Likör wollte. »Was erzählst du, Nona, bist du verrückt geworden? Welcher Konstantis-Efendi?« Und da äußerte die Nona gemächlich den gewaltigen Satz, der uns alle erbleichen ließ: »Eh, unser Konstantis-Efendi, der die Rinoula abgeschlachtet hat, die Tochter vom Popen, und der nach Konstantinopel geflohen und ein bedeutender Mann mit Karren und Wagen geworden ist.«

Die Worte »der die Rinoula abgeschlachtet hat« hingen bedrohlich in der Luft über unseren Köpfen. Er war klar, es mußte so kommen. Der Abend ging jäh zu Ende, alle waren niedergeschlagen, und Anna sagte »unmöglich, unmöglich« im Ton nachdrücklichen Protestes trotz verständlicher Zweifel. Nach jenem Vorfall trafen sich die beiden Familien nicht mehr. Ich konnte nie herausfinden, was es nun war, das unsere Anna dazu brachte, sich von unserer Familie zurückzuziehen. Die Entdeckung, daß Kostas und Ariadni Cousin und Cousine zweiten Grades waren, daß der Großvater Konstantis-Efendi vielleicht sogar ein Mörder war, daß dies belastender für seine Enkelin Ariadni als für sie selber war, daß er der Bruder ihres Vaters war? Ob so oder anders, mir war beides gleichgültig, denn es hatte keinerlei Bedeutung für das Eheglück von Ariadni, meiner Schwester, und Kostas. Dennoch glaube ich, daß der wahre Grund anderswo lag, und der war in der Tat traurig. Die beiden Entdeckungen brachten die Familien einander näher, fast auf die gleiche Stufe, und das war etwas, was Anna nicht ertragen konnte. Den Verlust der gesellschaftlichen Überlegenheit ihrer Familie gegenüber der unsrigen.

Trotz alledem hielt ich mit Kostas, meinem Schwager, eine freundschaftliche Beziehung aufrecht. Vielleicht waren wir deshalb die einzigen, die fanden, jener Vorfall berühre uns nicht, er sei von keinerlei Bedeutung für die Beziehungen unserer Generation, mochte es wahr oder gelogen sein, was die Nona gesagt hatte, und schon gar nicht, weil wir beide den Namen des Großvaters Konstantis trugen. Hingegen brachten wir von Zeit zu Zeit das Gespräch auf jenen einzigartigen Zufall, der uns in Hochstimmung versetzte und eine nie versiegende Quelle anderer phantastischer Vermutungen war, für die jeder von uns die nächste unwahrscheinliche Entdeckung suchte. Aber wir gehörten nicht zu denen, die unablässig grinsten. Das Gespräch mit Kostas kam oft auf seinen Vater, Nikolis-Efendi. Der war vor einigen Jahren gestorben, und man wußte nicht, wenn man Kostas über ihn reden hörte, ob er seinen Tod schon überwunden hatte. Er verehrte ihn, bewunderte ihn und gab bei jeder Gelegenheit zwei Antworten. Eine von ihm und die andere, wie sie sein Vater Nikolis wohl formuliert hätte, wenn er noch am Leben gewesen wäre. All seine Antworten, seine Gedanken, seine Ansichten waren Varianten oder Weiterentwicklungen der Ideen und der Ansichten seines Vaters. Zu bestimmten Zeiten, wenn er erhitzt debattierte und mit zitternder Stimme seine Argumente betonte, veränderten sich seine Miene, seine Art zu sprechen, seine Bewegungen, sogar die Färbung seiner Stimme, und ich hatte den Eindruck, daß bei all dem, was er mir in endlosen Stunden über Nikolis erzählte, er sich selber, ohne daß er dessen gewahr wurde, in Momenten der Hochstimmung entsprechend seinem Vorbild verwandelte. Es ist sehr schwierig, so etwas zu behaupten, doch diese Veränderung war so klar und deutlich, daß meine Gedanken zu Nikolis-Efendi fliegen mußten, auch wenn er nicht mehr lebte und ich ihn auch nicht kennengelernt habe. Bei den Besuchen, die ich bei ihnen bis zu jenem Vorfall machte, der Grund oder Anlaß war, daß sich die beiden Familien voneinander entfernten, im Gegensatz zu dem, was mit Kostas und mir geschah, sprachen sie nie von Nikolis-Efendi. Einmal, bei einem meiner ersten Besuche, als ich aus Höflichkeit nach dem frühzeitig aus dem Leben geschiedenen Gemahl von Anna fragte, schwiegen alle drei, auch sie schwieg, nach einer Weile antwortete sie dann: »Nikolis war ein guter Mensch. Nicht bei allem, aber er war ein guter Mensch.« Die beiden Geschwister von Kostas nickten zustimmend, und von da an kam das Gespräch nicht wieder auf ihn. Auch hatte ich keine Lust, mit ihnen über Nikolis-Efendi zu sprechen.

Aus unserer Beziehung mit seiner Familie erwuchsen mir weitere Bekanntschaften mit Leuten aus Manisa, und auch meine erste gute Klientel begann zu mir zu strömen. Der eine brachte den andern. Plötzlich wurde mir klar, daß es nicht Kostas' Empfehlungen waren, auch nicht mein Diplom als Bester, das hinten im Büro in einem Rahmen hing. Ein untrennbarer Bestandteil des Besuchs jedes Klienten war auch die Erinnerung an den Namen von Nikolis-Efendi. Als betrachteten es alle als eine Verpflichtung, in ihren Beglaubigungsschreiben an ihre Bekanntschaft mit Nikolis-Efendi zu erinnern und als winzigen Ehrentribut seinen Charakter zu vergöttern oder ein Geschehnis, das sie mit ihm erlebt hatten oder zu dessen Zeugen sie zufälligerweise geworden waren und das sie in allen Einzelheiten erzählen konnten. Daß sie mich als ihren Advokaten in der oder jener Angelegenheit auswählten, beruhte auf dem Echo einer Vertrauenswürdigkeit, die sein ehrenwerter Name, das Maß, die Verdienste und die Gerechtigkeit ausstrahlten, die sie mit seiner Person gleichgesetzt hatten. Als könnten all diese Eigenschaften vererbt oder weitergegeben werden bis hin zum Bruder der Gemahlin des Sohnes von Nikolis-Efendi. Ich verheimlichte nie, daß ich seine Familie erst Jahre nach seinem Tod kennengelernt hatte; zudem fragte man mich bereits im ersten Augenblick, ob ich ihn zu seinen Lebzeiten je getroffen hätte. Sie gingen darüber hinweg, fälschlicherweise und weil sie es so wollten, wurde ich der Schwager von Nikolis-Efendi. Beinahe übernatürlich, als befinde sich Nikolis-Efendi irgendwo und ziehe die Fäden unseres Lebens, waren sie der Meinung, ich sei seine Wahl, seine Empfehlung an alle Leute aus Manisa für einen ehrenhaften Advokaten. Trotz der Katastrophe, die man in der Wendung der Geschichte erlebte, mit Verlusten an lieben und teuren Personen, an Reichtum und Vermögen, mit verworfenen Ideen und Erwartungen, alles, woran man unerschütterlich und im Vertrauen darauf, daß niemand es je anrühren würde, geglaubt hatte, war nur noch ein Scherbenhaufen; von allem, was tief in ihrem Bewußtsein unbeschadet weiterlebte, blieb der Name von Nikolis-Efendi. Sie vermißten Nikolis in Nea Philadelphia, in Nea Smyrni, in Kaissariani, in Nea Ionia. In einer Welt, in der Reiche und Arme zu einem geworden waren, vereinigte Nikolis-Efendi all das auf sich, was jeder von ihnen gezwungenermaßen hatte zurücklassen müssen nach der großen Katastrophe, und jeder mußte nun aus eigenem Antrieb seine Kräfte, seinen Widerstand, seine Fähigkeiten mobilisieren, um weiterzukommen und es zu etwas zu bringen, den Blick immer nach vorn gerichtet, voller Hartnäckigkeit und Entschlossenheit. Sein Name waren seine Werte, wie er sie miteinander verbunden hatte, wie er es geschafft hatte, so gut es ihm eben gelungen war, aus Ideen Taten zu machen, immerfort auf der Suche nach neuen Wegen.

Ich erinnere mich noch, wie sich Kostas' Familie und die meinige zufällig auf einer Hochzeit befanden, zusammen mit allen gemeinsamen Bekannten und Freunden. Eine Frau aus Smyrna heiratete einen Athener. Die Kirche war bis zum Bersten voll, und die Leute kamen nur mühsam voran in dieser Atmosphäre der Lebendigkeit, der Hochstimmung der Jungen, die aus den Familien des Bräutigams und der Braut zusammengeströmt waren. Gezwungener-

maßen blieb ich hinten bei den Kirchenstühlen, ging dorthin, wohin mich die Menge schob, die sich nicht beruhigen
wollte. Ich lehnte an einem Kirchenstuhl, und da sah ich
verblüfft, daß neben mir die Nona saß. So nannte man sie,
ich habe ihren Namen nicht behalten können. Doch als ich
sie grüßte und sie mir antwortete, sah ich, wie ergriffen sie
war, wie ihre Tränen flossen und sie nicht sprechen konnte.
Sie ergriff mich am Handgelenk, drückte es schweigend,
und ihr Kinn zitterte, als sie mir sagte: »Warte, geh nicht
weg, ich habe dir etwas zu sagen.« Ich nahm an, daß sie die
Braut kannte und vor lauter Rührung weinte. Ich hatte mich
getäuscht. Sie dachte aus unerfindlichen Gründen an Nikolis und daß die Männer in der Kirche allesamt nicht seinen
kleinen Finger wert seien. Ich fand das übertrieben, wollte
das nicht akzeptieren, sie aber auch nicht anzweifeln, und
so, da ich ihre Schwäche für meinen Freund kannte, wagte
ich es und fragte sie lächelnd: »Nicht einmal Kostas?« Ich
brachte sie in eine schwierige Lage. Sie machte den Mund
zweimal auf und zu, als kaue sie die Luft, antwortete nicht,
dann hob sie die Augenbrauen und sagte verschwörerisch:
»Nein.«

Wir sprachen bis zum Ende der Messe nicht mehr, doch
immer wieder hob sie den Blick und sah mir tief in die
Augen, ohne etwas zu sagen, und dann noch einmal und
noch einmal. Nach der Messe nahm ich sie am Arm und
suchte Kostas und seine Familie. Im Gedränge murmelte sie
etwas vor sich hin, ich hörte es nicht genau, beugte mich zu
ihr hinunter und fragte, ob sie etwas wolle. Und da drehte
sie sich um und antwortete: »Solche Augen wie du hat nicht
einmal Nikolis gehabt.« Wieder meine Augen. Begann der
Alptraum von neuem?

Die Geschichte mit meinen großen blauen Augen, Augen
eines Engels, wie es hieß, wurde früher oder später zum
Thema, wohin ich auch ging, an der Universität, bei den Kol-

legen, in der Pfarrgemeinde, in unseren neuen gesellschaftlichen Kreisen. Einige Athenerinnen tuschelten unverblümt und brachten mich oft in Verlegenheit. Oft ging ich zum Spiegel und betrachtete mich, versuchte, tief in sie hineinzuschauen, aber ich sah nichts, nichts Besonderes, was mir diesen Mythos hätte erklären können. Nur eines war wahr. Auch ich hatte sie beobachtet, hatte sie geprüft. Meine Augen hatten nicht immer die gleiche Farbe. Die Nuancen veränderten sich entsprechend dem Licht, dem Tag, der Tageszeit, entsprechend, wie es hieß, meiner seelischen Verfassung. Sie waren hell, aber konnten in ihre Helligkeit alle Farben in all ihren Nuancen aufnehmen. Alles andere war Klatsch von Frauen, die mich neckten und heimlich über mich sprachen. Trotzdem glaube ich, daß meine Beziehungen zur Welt der Frauen sozusagen alten Entwürfen folgten. Frauen waren für mich meine Mutter, meine Schwestern, meine Patin und meine Cousine Margarita. Und bei allen sieben gab es nie auch nicht im allergeheimsten den Argwohn einer Beziehung zwischen Mann und Frau. In der Pubertät, als ich so schrecklich von den Kopfschmerzen geplagt wurde, habe ich nie herausgefunden, ob sie in Beziehung zum andern Geschlecht standen, ob es natürlich war oder unnatürlich, ob es das Resultat einer starken und selbstverständlichen Disziplinierung oder eines Drucks und eines Drangs war, der nie die Gestalt eines Mädchengesichts oder später einer Frau anzunehmen vermochte. Ich lernte auch einen Kreis von Athenern kennen, wo die Mädchen mehr Mut hatten als die Burschen. Aber auch dort geschah nichts, keine zog mich in ihren Bann, mochten auch meine Augen so viele begeistern. Nichts brachte mich dazu, auch nur einen Augenblick in meinen Träumen die Welt einer Beziehung zum andern Geschlecht zu betreten. Ich verspürte tatsächlich niemals das Bedürfnis nach einer Frau, wie ich sie in meinen Gedanken mir auch ausmalte, um mich meinen Freunden und Bekannten ebenbürtig zu fühlen. Niemals kam es mir so vor, als gehöre ich einem Geschlecht an. Vielleicht war dies die tatsächliche Strafe für die Sünde, die ich wegen der blauen Augen in mir trug, und mit diesem Gedanken machte ich mich langsam vertraut. Das gleiche auch mit meinen Kopfschmerzen. Ich lernte, mit ihnen zu leben, sie zu erwarten, sie anzunehmen, sie zu ertragen, meine Familie so wenig wie möglich zu belasten. Als dann nicht einmal die Ärzte von Athen zu einer Übereinstimmung gelangen konnten und vorschlugen, ich solle hinausgehen und mich zeigen, verzichtete ich endgültig auf meine Versuche mit der Wissenschaft. Diese meine Schwäche, die mich bei der Arbeit und in meinen gesellschaftlichen Beziehungen fügsam machte, zusammen mit dem Fehlen jeglichen Kontakts und jeder Chance beim andern Geschlecht, begann nach und nach meine Persönlichkeit zu verändern, mich zu transformieren, in mich einzuschließen. Wie sehr sich Kostas auch bemühte, mich zu überzeugen, daß die Wissenschaft ganz sicher Antworten auf beide Probleme hätte, so brachte ich es dennoch nicht fertig, diese Wendung zu unterbrechen, welche die Dinge tief in meiner Seele nahmen. Zuerst erloschen die Sehnsüchte, dann die Gemütsbewegungen, und schließlich wurden meine Gefühle stumpf. Nach und nach spürte ich, daß ich nicht zu dieser Welt gehörte.

So begann ich, mich immer weniger auszudrücken, mich immer weniger nach außen und an immer weniger Menschen zu wenden. Doch die Freundschaft zu Kostas hielt stand. Zusammen erlebten wir die vier Jahreszeiten, hatten kleine und große Erlebnisse in der Familie, bei der Arbeit, in der Gesellschaft, doch sosehr mir Kostas immer wieder bewies, daß er mein allerbester Freund war, entfernte ich mich auch von ihm, floh von seiner Seite, von meiner Familie, floh vor allem, was mich noch am Leben hielt in einem

Leben endloser Ketten von Kopfschmerzen. Ich erinnere mich nicht, wann ich ihn zum letztenmal gesehen habe, noch wann ich mir zum letztenmal den Mythos von Nikolis-Efendi ins Gedächtnis gerufen habe; und meine ständige Ungewißheit war, in wie vielen verschiedenen Welten ein jeder leben kann, während er in dieser Welt hier lebt.

Meine letzte Freude, die mir blieb, war mein Fahrrad. Es war mein erster großer Kauf, den ich mir von meinem Honorar nach einem guten Geschäft geleistet habe. Ein deutsches Fahrrad, bei dem ich, so schwer es auch war, die gesamte Kraft meiner Beine, die ganze Spannung und den Schwung meines Körpers auf die Pedale leiten und durch Athen rasen konnte, die Agathoupoleos hinunter, dann Phokionos Negri, mühelos, wieder ins Zentrum zurück, die Pfade des Likavittos hinauf und wieder hinunter, dann zur Akropolis und wieder zum Philopappos hinauf. Es war mein Stolz, war meine höchstpersönliche Angeberei, deshalb auch die neue Sünde. Ich konnte überall hinfahren, mit dem Fahrrad zu den abgelegensten und schwierig zu erreichenden Orten gelangen, mich damit brüsten, daß keiner sonst meine Leistungsstärke besiegen und mich überflügeln konnte.

Es war August, und die Sonne brannte schon am Morgen auf die Steine. Ich war geschäftehalber nach Piräus gefahren, und das Gespräch drehte sich einzig darum, daß alle so schnell wie möglich fertig würden und nach Hause zurückkehren könnten, um sich einzuschließen. Das Meer reglos, kein Windhauch. Und all die Männer, die dazu verurteilt waren, einen Wagen zu schieben oder Waren von hier nach dort zu transportieren, sie verdienten unser Erbarmen. Wir unterschrieben einige Verträge, man servierte uns Orangensaft, man brachte uns Ouzo, ich lehnte ab, und gegen eins, nichts wie los. Ich schnallte die Mappe sorgfältig auf dem Gepäckträger fest, wie immer mit einem doppelten Band, schwang mich aufs Rad und fuhr die Pireos hinunter. Auf der Straße keine Menschenseele. Alle hockten drinnen. Kein einziger Vogel, der mich auf meinem Heimweg hätte begleiten können. Das einzige, was sich bewegte, waren Türflügel, die sich einen Spalt öffneten, auf daß eine Brise hineinströme, und die Fensterläden, schräggestellt, Zeichen derselben Hoffnung.

Ich merkte, wie die Sonne die Gummireifen weich machte, sie flach werden ließ, das Metall des Fahrrads zum Glühen brachte und bald mit ihrer ganzen heißen Wucht auf mich schlug, als wollte sie mich vernichten. Das erstemal merkte ich, wie ich mich abmühen mußte, wie die Kraft meiner Beine nicht ausreichte, wie mir die Fußsohlen beim Treten brannten. Gezwungenermaßen beugte ich mich nach vorn, da ich glaubte, so all die Kraft, über die ich verfügte, zu konzentrieren und den großen Aufstieg zu bewältigen. Dann Vathis und Philis. Das zweite Stück wäre einfacher. Der Aufstieg endlos, meine Kräfte ließen nach, aber ich wollte nicht aufgeben. Ich wurde trotzig. Ich war trotzig wie noch nie in meinem Leben. Die Zähne zusammengebissen, voller Wut, trat ich in die Pedale und drehte die Räder. Ich zählte die Umdrehungen, maß die Entfernungen, setzte mir einen Punkt, dann wieder einen Punkt, den ich erreichen wollte, dann wieder einen, um den zweiten zu passieren. Die ersten Häuser Athens tauchten auf, und ich faßte wieder Mut. Ich sah wieder Hoffnung, als ich um die letzte Kurve bog, dort, wo die Iera Odos abgeht, und geradeaus im Hintergrund sah ich den Omoniaplatz. »Die letzte Gerade«, rief ich, um Kraft zu schöpfen, als sei das verbleibende Stück ein Kinderspiel. Ich schluckte leer. Nichts ging hinunter. Ich sah mich nach einem Brunnen um, wo ich hätte Wasser trinken können, doch ich zögerte, das langsame Tempo, das ich hatte, ganz zu unterbrechen. Am Omoniaplatz, sagte ich zu mir, halte ich an und trinke Wasser. Ich spürte, wie meine Schläfen schmerzten und wie langsam, hinten im Nacken, wie die altbekannte Kneifzange, der Kopfschmerz kam. Ich ignorierte ihn, nur noch bis zum Omoniaplatz, das war mein Ziel. Überall die gleiche Wüstenei. Keine Seele, Menschen und Tiere allesamt verschwunden. Ich senkte den Kopf, drückte die Augen zu, biß die Zähne zusammen, nahm alle meine Kraft zusammen und sagte mir: »Wenn ich sie wieder aufmache, bin ich beim Odeon.« Ich spürte, wie mein Kopf kurz vor dem Platzen war. Die Sonne war in ihm und trocknete mir das Hirn aus. Ich suchte vergeblich den Greis aus meinen Kinderjahren, der mich retten könnte. Welch ein Schmerz, mein Gott. Aus dem Magen stieg langsam der Brechreiz, mein Verstand taumelte im Schwindel. Und da schlug ich für einen Augenblick, nur für einen Augenblick, die Augen auf und sah vor mir in einem Meter Abstand, einem halben, keinem mehr, einen Omnibus, der auf mich stürzte und mich hinunter auf die Straße riß, ich fiel auf den Rücken und zerschellte, und mein Kopf ging auf wie ein Krug, der ausfließt.

Meine Augen offen, gegenüber nur Licht. Ein Licht, viel eindringlicher als das Licht der Sonne, endlos, wie der Himmel, all sein blaues Licht. Nicht das Licht der Natur oder des Menschen Kunst. Und die Not, der Todeskampf, mit meinen Augen und dem Augenstern, all das Licht schon in mir. Das Universum in mir Licht und am Horizont matt die ersten Farben. Verschwommene Farben, Farben wie kleine Punkte und nach und nach ein jeder seine Farbe. Und alle miteinander an farbigen Bändern, bis zum Schluß eine riesige, endlose Allee mit all den Farben des Regenbogens. Und diese siebenfarbige Allee unter meinen Füßen und mit ihr ein langgezogener Ton hinter meinen Augen im Kreis. Immerfort das gleiche schlichte Motiv. Am Anfang ich auf ihr. Bewegungslos. Und sie unter mir in einer Geschwindigkeit, immer schneller, mit der Schnelligkeit des Blitzes, unaufhaltsam auf der Allee, näher an ihrem Ende, aber ohne Ende. Und einen Augenblick in den Farben eine Gestalt von Sinnen. Um sie herum allein, die Hand in die Höhe gestreckt oder mit der einen Hand an einem Seil hängend bis in den Himmel. »Mein Konstantinos!« und meine Mutter, wieder Farbe. Und danach aus der Tiefe eine Gestalt nach der anderen. Personen, manchmal allein, manchmal in kleinen Gruppen, bekannte Gesichter, unbekannte Gesichter, Gesichter nur aus der Geschichte oder aus der Phantasie, in Punkten, Farben, starke Farben, im strahlenden Licht und nach ihrem kräftigen Leuchten, Farbe gegen das Milchweiß, gegen das Schneeweiß, etwas weniger als Weiß und etwas mehr über Gott und hinten dasselbe Licht, das verschwenderische Licht, das einzigartige Licht. Und ich bewegungslos. Und dieses endlose Band, diese Allee der Farben auf mich zu und unter meinen Füßen, vielleicht auch in meinem Bauch. Und dann fahl im Licht riesig, weit offen, grenzenlos meine beiden Augen. Am ganzen Himmel, vom Horizont vor meinen Augen bis zum Horizont hinter meinen Augen und wiederum von Anbeginn an wieder und wieder auf der Suche.

Inhalt

PIPER

Antonis Sourounis
Der Rosenball

Roman. Aus dem Neugriechischen von Gesa Schröder.
480 Seiten. Geb.

»Alles auf die Sechsundreißig rot!« Mit feuchten Handflächen und einer fast unerträglichen Anspannung in der
Brust sitzt Noussis, wie jeden Abend, vor dem sich kreisen-
den Roulette, im Ohr nur das dämonische Klackern der
Kugel. Wie Max der Vogel, wie Otto und der Professor
ist Noussis nur von einem einzigen Gedanken getrieben:
Welches ist die Zahl, die heute gewinnen wird? In der
dunklen Anonymität der Welt der Kasinos fühlt Noussis
sich geborgen: Freundschaft und Vertrauen haben in
dieser Welt eine andere Qualität, denn keiner weiß viel
vom anderen, keiner braucht etwas zu wissen. Es zählt nur
der gemeinsame Nenner: das Spiel. Bis eines Tages Irina, die
schöne Tochter eines russischen Emigranten, auftaucht,
und Noussis erkennen läßt, daß sein Glück am Roulette-
tisch maßgeblich von seinem Erfolg bei ihr abhängt...
Rastlos durch die Kasinos Europas reisend, folgt Noussis
schließlich einer Einladung zum Rosenball nach Monte
Carlo, wo er seine inzwischen perfektionierte Kunst der
Wahrscheinlichkeitsberechnung ein letztes Mal zum Einsatz
bringen wird.

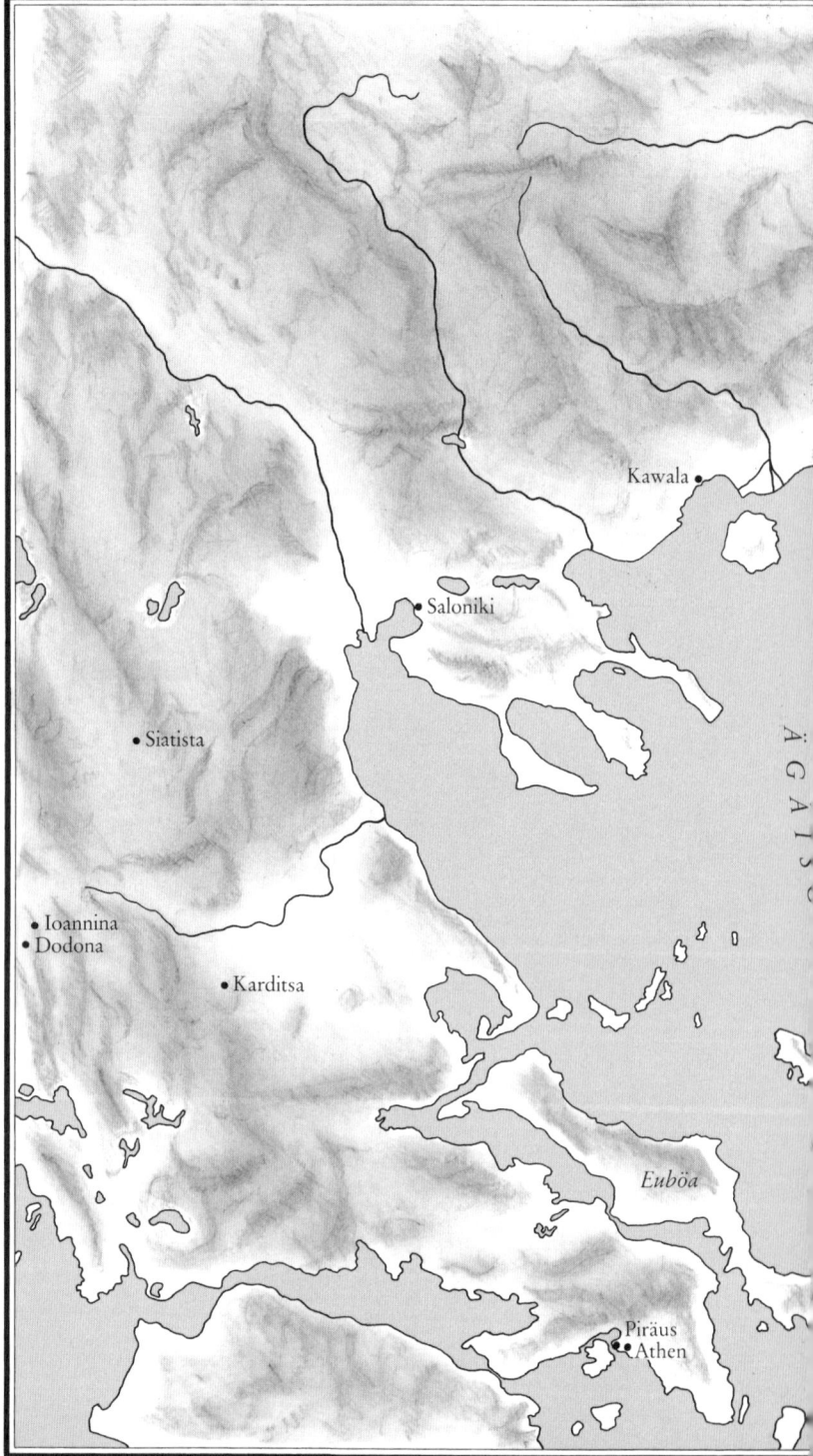

Kawala •

Saloniki •

Siatista •

Ä G Ä I S C

Ioannina •
Dodona •

Karditsa •

Euböa

Piräus •
Athen •